MICHELINE BOUDET

La Baladeuse

MICHELINE BOUDET

La Baladeuse

Albin Michel

22, rue Huyghens, 75014 Paris
ISBN 2-226-00775-X

A mon fils Alain

1

Mon grand-père s'appelait Paul et ma grand-mère Virginie. Grâce à de tels prénoms leur destin romanesque ne pouvait manquer de s'accomplir. Paul Bourgeois rencontra donc Virginie qui, au dire de chacun, était la plus belle fille de Metz. Il la vit, l'aima et lui ouvrit son cœur et ses bras.

Je n'irai pas jusqu'à affirmer qu'elle courut s'y blottir, il y avait à ce geste de petit oiseau effarouché un empêchement majeur : ma grand-mère dépassait allégrement son fiancé d'une bonne douzaine de centimètres.

Paul était petit. Il avait le corps sec, l'œil rieur et bleu pétillant, au-dessus d'une superbe paire de moustaches rousses et drues qu'il retroussait d'un geste machinal, de la main la plus fine, la plus blanche du monde, et qui paraissait si troublante à Virginie que quand celle-ci mit sa grande main dans la main délicate de Paul, elle y resta pour la vie.

Cette différence de gabarit obligeait parfois ma grand-mère à de tendres astuces. Ainsi, elle m'a maintes fois raconté qu'allant en promenade avec son jeune fiancé, elle n'hésitait pas à lui céder le haut du pavé, gardant pour elle le caniveau dans lequel elle avançait dignement, retenant son jupon, la tête un peu entraînée de côté, à la fois par la lourdeur de son chignon, et par le désir de plonger ses admirables yeux verts à la bonne hauteur, dans le regard de Paul.

Lui, ne souffrait nullement de cette disparité ; les complexes n'étant pas encore inventés à cette époque, il poussait même le sens de l'humour jusqu'à poser devant les photographes, à califourchon sur le dos de son imposante future.

Ils convolèrent en justes noces dès que leurs parents leur en donnèrent l'autorisation et ne tardèrent pas à s'établir au numéro 14 de la rue de la Tête-d'Or, dans le magasin de « Chemises sur mesure » légué par le papa Bourgeois qui en avait commandé à Majorelle la décoration intérieure et extérieure. De ce magasin-jardin fabuleux dont le décorateur fait aujourd'hui les délices des amateurs de « modern'style », je garde le souvenir des soucis à la tête trop lourde, des leucanthèmes échevelés et des iris grimpants dont la folie boisée encadrait la sagesse des popelines à rayures, des étamines blanches et des soies à petits carreaux.

Mon grand-père se promenait entre deux coupes dans le magasin, brandissant ses grands ciseaux terribles à l'aide desquels il taillait à grand bruit dans le coton et la flanelle. Moi, tapie derrière lui, j'attendais les chutes de tissu afin d'en fabriquer des robes pour mes poupées. Couturière dilettante, je n'ai jamais été capable de faire un surjet, car à l'école, quand arrivait l'heure de la couture, je postulais régulièrement pour la fonction de lectrice, déjà attirée par la joie de découvrir et de faire découvrir aux autres les textes que je détaillais avec délectation.

« Mon Dieu, qu'elle lit bien cette petite! s'écriait sœur Sainte-Cécile. C'est un plaisir, voilà pourquoi elle a l'orthographe naturelle! »

Voilà pourquoi j'obtins un magnifique zéro le jour de l'examen pour avoir, en vain, tenté d'exécuter un pauvre petit ourlet de rien du tout. Si mes dons de couturière ne s'épanouissaient guère, ma diction en revanche se perfectionnait, préparant ainsi les bases de mon futur métier.

Paul de Metz ne se contentait pas de couper des chemises : il fumait la pipe, élevait des chiens de race et donnait des leçons de flûte. Je n'ai jamais su si les chiens étaient charmés par le son de cet instrument, mais je sais qu'il ne séduisait guère Virginie, pour qui tout art était inutile, et qui s'écriait en levant les yeux au ciel : « Mon Dieu, faut-il être snob pour aimer Beethoven! » Un jour, lassé de se sentir incompris, Paul abandonna la flûte et ses joyeux trilles pour les joies infiniment plus prosaïques de la pêche à la ligne.

Chaque samedi, il prenait ses gaules et son pliant d'une main, la laisse du chien de l'autre; et moi, portant le seau dans lequel les poissons devaient trouver leur dernière demeure, je trottinais à ses côtés jusqu'à l'île Saint-Symphorien sur les bords de la Moselle où, tandis qu'il installait pliant, lignes et appâts, j'étalais sur l'herbe un grand torchon blanc et rouge. Nous déjeunions de *Würtz* (saucisson de foie), de pain blanc, de fromage frais et de beignets croquants saupoudrés de sucre léger que Virginie confectionnait pour nous avec amour. Pendant ce temps-là, le petit terrier noir appelé Bambi gambadait dans la verdure et, retroussant ses babines roses, riait de toutes ses dents aiguës.

Mais n'allons point plus avant, comme on dit dans les tragédies classiques. Comment puis-je en être à me promener avec mon grand-père, alors que ma mère n'est pas encore née? La voici donc, maman Marianne, arrivée un matin de mai, après un interminable accouchement. Elle fut suivie, deux ans après par son frère Jean dit Jeannot, futur champion de boxe de Lorraine; et, quatre ans plus tard, par sa sœur Marthe dite Mamütz, qui sut si bien monnayer ses charmes qu'elle ne jugea jamais utile d'apprendre un autre métier! On la voyait (quelque vingt ans plus tard) de temps en temps traverser Metz, allant de Paris à Monte-Carlo, en costume Chanel, suivie de bagages luxueux et de petits chiens de même style, faisant l'envie des bigotes du quartier et épatant toute la famille. Par son chic et son audace elle obtenait de nombreux succès masculins et n'hésitait pas, dans les années 25, à souffler sans vergogne à ma mère les prétendants qui la recherchaient.

Pour cette cadette frivole et insouciante, Virginie avait toutes les faiblesses. Ma mère, sentant dans son cœur les affres de la jalousie, lui demanda un jour : « Pourquoi m'aimes-tu moins que Marthe? » Et Virginie, au lieu de répondre par un charitable mensonge, lâcha ces mots mortels : « Peut-être parce que j'ai trop souffert le jour de ta naissance. » Et elle ajouta : « Je ne vois pas de quoi tu peux te plaindre, n'as-tu pas les mêmes robes que ta sœur, les mêmes coiffures, la même nourriture? » Hélas, ce n'était pas de nourritures terrestres que la petite fille avait besoin. Ce manque affectif devait faire d'elle, plus tard, une mère trop attentive. Adoptant une attitude opposée à celle de Virginie, et déversant sur sa fille Micheline toutes les tendresses qui lui avaient été refusées, elle fit à celle-ci un mal dont elle n'eut jamais conscience.

La famille Bourgeois pratiquait un patriotisme fanatique et vengeur. Au temps de l'annexion de la Lorraine par les Allemands, Paul Bourgeois, lorsqu'il se rendait à Nancy pour y rencontrer son frère, officier dans l'armée sous les ordres du général Mangin, ne décrottait jamais ses chaussures afin de conserver à ses semelles un peu de terre française! Ma grand-mère, elle, connaissait d'autres triomphes intimes, celui par exemple d'habiller ses filles en noir de la tête aux pieds pour les expédier ainsi vêtues à l'école, les jours de fêtes germaniques, avec l'ordre exprès de faire simplement semblant de participer aux chants d'allégresse dédiés au Kaiser en remuant les lèvres sans en faire sortir le moindre son. C'est ainsi qu'inventant le play-back sans le savoir, les filles Bourgeois ajoutaient leur silence au chant du *Heil die und Siekenkrantz*. Il était donc juste que Maman reçût en baptême le prénom républicain de Marianne; ce prénom, elle le porta toute sa vie comme un drapeau... Aujourd'hui encore, forte d'un fanatisme profondément ancré en son cœur cocardier, elle ne peut résister au défilé du 14-Juillet, à la musique militaire ou à la vue d'un uniforme quel qu'il soit.

« As-tu vu nos gardiens de la paix, comme ils sont élégants dans leur tenue d'été! » s'écrie-t-elle au comble de l'admiration. La vue du moindre képi ou du moindre galon la fait défaillir au point qu'elle négligerait l'élégance d'un gentleman en complet-veston pour porter ses regards attendris sur les boutons dorés d'un simple portier d'hôtel.

Le seul uniforme auquel on résistait dans la famille Bourgeois était l'uniforme allemand. Ma grand-mère, que son chauvinisme et sa haute stature rendaient un peu trop téméraire, se laissait aller à des imprudences qui faillirent plusieurs fois l'envoyer, en compagnie de son mari, dans les camps de déportation russes.

Un jour, tandis qu'elle remontait la rue de la Tête-d'Or, elle se trouva nez à nez avec un officier allemand qui ne semblait pas d'humeur badine; le trottoir était étroit, l'un des deux devait obligatoirement céder la place à l'autre... Virginie immobile sur le trottoir regardait l'ennemi en face. L'homme muet planté devant elle lui rendait son regard avec mépris, il ne bougerait pas d'un pouce, elle le comprit... Alors, avant d'abandonner le trottoir, elle lui lança au visage avec une ironie cinglante : « Ce n'est pas un Français qui ferait ça! »

Une autre fois, la *Mutte,* la grosse cloche sourde qui annonçait les victoires allemandes, sonna longuement. Bonne-Maman était à sa fenêtre, par bravade sans aucun doute, lorsqu'un voisin qui passait leva la tête vers elle et lui cria, la main en porte-voix :

« Vous entendez, madame Bourgeois, les Allemands ont encore pris une ville française. » Les yeux verts étincelèrent et la belle bouche s'ouvrit pour laisser fuser un superbe éclat de rire.

« Qu'en savez-vous, dit Virginie, vous l'avez vue, vous, cette victoire? »

C'est la passion que Paul avait pour les animaux qui évita au couple d'être porté sur la liste rouge de l'antipatriotisme allemand. Le capitaine Schmidt possédait un chien qu'aucun vétérinaire ne réussissait à remettre sur pattes. La réputation de guérisseur des animaux de mon grand-père parvint jusqu'à lui et, un beau matin, il fit son entrée parmi les iris de Majorelle, portant dans ses bras l'énorme chien-loup en bien piteux état. Sans un mot il le déposa sur le comptoir de Paul et, la voix angoissée, demanda : « Pouvez-vous faire quelque chose? » Paul regarda le chien, puis regarda l'officier : « Je ne vous promets rien, dit le chemisier-vétérinaire-joueur-de-flûte, mais je vais essayer, revenez dans huit jours. »

Le capitaine sortit... Et Virginie entra, le rouge au front et l'injure à la bouche.

« Es-tu fou de soigner le chien d'un Boche, tu ne fais pas ton devoir de patriote, qu'est-ce qui te prend?

– J'aime les bêtes », répondit Paul déjà penché sur le chien qu'il lui fallait sauver. Cet amour dut guérir l'animal car huit jours plus tard, quand Schmidt revint, le chien se leva, vint vers lui et lui lécha les mains; son maître, ému, dit à mon grand-père qui refusait toute rémunération :

« Monsieur Bourgeois, je vais vous faire un beau cadeau : je me charge de faire disparaître votre nom de la liste rouge où il figure en bonne place. Dites cependant à Mme Bourgeois que, si elle refuse de se tenir tranquille, je ne pourrai plus rien pour vous. »

Il fut bien difficile à Paul de persuader Virginie que le silence aussi était une façon de résister.

Les élans patriotiques de sa mère n'empêchaient pas la petite Marianne de faire fort heureusement ses études... Le temps passa... La guerre aussi... et tandis que Metz redevenait français, l'enfant devint jeune fille. Elle fit un stage dans la pharmacie du Dr Mazius, meilleur ami de son père, et devint vite une excellente préparatrice, ce qui était rarissime en un temps où la majorité des femmes ne possédait encore pour tout bagage que la cuisine et le point de chaînette. A vingt-deux ans, elle éprouva le désir de se libérer à la fois d'une autorité maternelle quelque peu étouffante et d'une ville où elle venait de connaître son premier chagrin d'amour; elle se rendit à Paris où elle n'eut pas de mal à trouver un emploi dans une officine de la rue du Bac devant laquelle je ne passe jamais sans un certain attendrissement, et qui a conservé beaucoup de cachet.

C'était l'été. Marianne perdue dans la capitale de cette France si aimée se sentit un matin particulièrement lasse. Elle eut tant de peine à se lever qu'elle se traîna jusqu'à l'hôpital le plus proche, et demanda un examen.

Alors, tout alla si vite qu'elle n'eut pas le temps de réaliser ce qui lui arrivait; elle entendit parler de croup, de ganglions, d'intervention; elle entendit surtout parler de vacances, sur la table d'opération où elle s'était retrouvée sans savoir comment et où l'interne, distrait par les perspectives de sa prochaine villégiature, lui sectionna malencontreusement la carotide. A peine eut-il refermé qu'il vit avec horreur le sang gicler par flots successifs au rythme des battements du cœur de la jeune fille... Il fallut rouvrir.

Pauvre petite Marianne qui se réveille seule dans un lit d'hôpital, avec au cou une horrible cicatrice rouge! Virginie fera tout de même le voyage de Metz à Paris pour se rendre au chevet de son aînée. A la vue de ce désastre, elle ne pourra retenir ses larmes. C'est l'unique moment où Virginie s'attendrira sur sa fille.

Pauvre petite Marianne, ravissante, peau de pêche, cheveux blonds, regard d'émail, à la fois ronde et fragile comme un Fragonard, pauvre petite Marianne qui décide qu'elle est enlaidie à tout jamais et que sa vie s'arrête là.

Le médecin lui conseille le midi de la France et le travail; elle essaie donc de combiner les deux, et lit les petites annonces : on demande une préparatrice dans le Lot. Sa jeunesse et sa bonne constitution reprenant le dessus, Marianne décide de partir se voyant déjà travailler dans un site fleuri et ensoleillé : elle débarqua à la gare de Cahors, un foulard autour du cou, accompagnée d'un crachin breton et d'un petit vent frisquet, et monta dans l'autocar de 17 h 20.

Fernand Boudet le conduisait. Il remarqua au premier coup d'œil cette ravissante voyageuse, s'informa de sa destination et apprit qu'elle se rendait au village où il vivait lui-même et qui portait le nom délicat de Montcuq.

Ô sort cruel qui infligea pour origine « à l'exquise interprète de Marivaux » un pays à la consonance aussi peu poétique. Mon cher grand-père Paul qui avait le sens de la boutade et ne dédaignait pas la gaillardise avait coutume de dire : « Montcuq n'est qu'un trou, mais les alentours en sont charmants. »

Il faut avouer qu'il semble bien difficile de prédire un destin glorieux à une Hermione de Montcuq, une Chimène de Montcuq fût-ce même à une Zerbinette de Montcuq, et pourtant...

Pour l'instant, ce petit village paraît bien morne à la jeune préparatrice qui arrive avec sa valise, pieds mouillés et cœur serré; sur les joues de pêche coulent des gouttes transparentes dont elle ne se sait plus très bien s'il s'agit de larmes ou de pluie.

M. Cavaillès, pharmacien dit de première classe, lui réserve un accueil cordial; c'est à peine si elle a le temps d'apercevoir les bocaux ternis, les toiles d'araignée qui voilent les étagères, et les petites souris qui accueillent d'un air narquois celle que dans le pays on appellera toujours l' « étrangère ».

M. Cavaillès lui offre comme un inestimable cadeau une chambre située derrière le magasin. Cette chambre, la jeune fille ne l'oubliera jamais : le sol est jonché de feuilles de tilleul, au plafond sont pendus des jambons, des saucissons, des chapelets d'ail; il n'y a pas de fenêtre, un lit de fer et une table en bois blanc complètent le décor peu engageant de cette chambre insolite. Marianne habituée au confort bourgeois de la rue de la Tête-d'Or ne peut y tenir. Elle se révolte : « Je ne dormirai pas là-dedans, monsieur.

– Oh! vous savez, dit le pharmacien surpris, avec un bon coup de balai...

– Non, non, trouvez-moi quelque chose dans le pays, sinon je repars séance tenante. »

Désespérée, mais fière, la petite Marianne. Le pharmacien finit par lui dénicher un logis chez des personnes sympathiques.

« Marinette, donnons-lui la chambre de Julie, c'est ma fille, elle est en voyage, vous y serez bien, le lit est confortable et pour ce soir, on vous y mettra un moine.

– Un moine, dit maman horrifiée, mais je ne veux pas d'un moine dans mon lit.

– Et pourquoi donc, vous aurez chaud en y entrant, par ces temps humides, boudiou, c'est bien agréable. »

Après un instant de confusion, maman comprit qu'il ne s'agissait pas d'un personnage à tonsure et robe de bure, mais bien d'une sorte de cage de bois dans laquelle on place des braises chaudes et dont on bassine le lit.

Dans cet asile douillet où Marianne passera sa première nuit méridionale, elle parviendra à étouffer ses sanglots. Le lendemain matin au sortir des brumes de son chagrin et de sa lourde déception, elle déjeuna d'un morceau de fougasse et d'un café noir et descendit vers son nouveau destin.

M. Cavaillès avait bien fait de parler de coup de balai, c'est en effet par là qu'elle dut commencer, méditant avec amertume sur le sort des préparatrices de province, et sur l'inutilité de leurs brillants diplômes parisiens. Elle en était là de ses pensées ironiques quand Fernand Boudet fit son entrée. Marianne portait avec chic une blouse blanche que son père lui avait coupée à Metz; le col officier un peu haut permettait de dissimuler habilement la triste balafre due à la maladresse du chirurgien pressé. Au-dessus de ce col immaculé, le visage pastel et les cheveux blonds doucement ondulés émergeaient avec une grâce qui depuis la veille encombrait délicieusement l'esprit du beau Fernand. Un peu gauche et ne sachant que dire, il demanda une bouteille d'eau minérale... Le lendemain, il en demanda une autre... Puis une troisième le troisième jour et ainsi de suite pendant plusieurs semaines; stratégie qu'on peut considérer comme particulièrement héroïque pour un homme que ses goûts portaient plutôt sur le pastis et le vin de Cahors.

A la quarante-troisième bouteille, Fernand, que toute cette eau entreposée dans sa cave commençait à effrayer, prit son courage à deux mains et fit à Marianne la plus passionnée des demandes en mariage.

Elle qui ne croyait plus en grand-chose, et surtout pas en son pouvoir de séduction, se demanda ce qui lui arrivait, se posa des questions, hésita longtemps... Fernand se fit plus pressant... De guerre lasse, elle finit par accepter. Je suis le fruit de cet amour et de ce découragement. C'est pour cette raison sans doute que ma vie aura été à la fois mouillée de larmes et traversée d'éclats de rire. Mes larmes auront toujours été légères, promptes à s'effacer avec la clarté du matin à laquelle aucun de mes chagrins ne sut jamais résister. A l'aide d'une tasse de thé de Chine brûlant et de pain grillé tartiné de marmelade d'oranges, je sens renaître tous mes optimismes. Manquer le matin me semble une honte, comme rater le meilleur de la vie, le matin, c'est l'espoir, tout peut arriver, c'est aussi la certitude d'exister encore aujourd'hui; le matin je me sens propre, prête au combat, heureuse... Drôle de prédilection pour une personne que son métier va amener à vivre surtout la nuit.

Les nuits du couple Boudet n'étaient sans doute guère plus remplies de bonheur que leurs matins.

Marianne ne se consolait pas vraiment d'avoir épousé un chauffeur d'autocar; elle avait fait des rêves plus ambitieux dans le décor raffiné de son enfance et commençait à regretter amèrement ses ridicules craintes dues à une cicatrice qui pâlissait de jour en jour jusqu'à n'être plus qu'une légère griffe blanche.

Le retour au foyer, le soir, de son brave garçon de mari qui n'hésitait pas à plonger ses mains dans l'huile et le cambouis, provoquait chez la jeune femme les montées d'un dégoût qu'elle ne parvenait pas à vaincre.

J'ai pu constater un jour qu'elle avait inscrit sur un formulaire à la rubrique profession du père : « Ingénieur mécanicien. » La mécanique dont s'occupait mon père n'était pourtant pas, je puis l'assurer, de haute précision.

Cependant le jour où j'ai appris qu'il existait des Boudet dans la famille de Molière, j'ai pensé que peut-être, Montcuq et Pezenas étant proches, l'auteur du *Misanthrope* avait pu me léguer par l'entremise de Fernand Boudet sa passion du théâtre.

Bien que quelques amis m'aient souvent poussée à faire de

ce côté d'actives recherches, j'y ai renoncé, craignant de découvrir une certitude qui risquait de m'ôter mes illusions; je préfère en comparant « leurs beaux visages plébéiens » trouver une ressemblance évidente entre le visage de Jean-Baptiste Poquelin et celui de mon père.

N'ayant ouvert sa porte que la bague au doigt, et encore! ma mère la referma sitôt le mariage consommé. Mon père qui n'avait eu que le temps de concevoir ma modeste personne, et dont le tempérament chaleureux s'accommodait mal de cette situation, devint quelque peu mélancolique. Sa femme, comme il était de mise à cette époque, retourna auprès de ses parents pour me mettre au monde, laissant son mari rêver d'une épouse à la fois plus simple et plus présente.

Ce fut tout naturellement le moment qu'il choisit pour aller s'épancher sur le sein d'une Justine de sa connaissance et pour lui faire un enfant dans un moment d'inattention. Cependant je naissais à Metz, accueillie par une religieuse matrone en cornette qui préférait les prières au forceps, méthode qui malgré toute la bonté divine manquait quelque peu d'efficacité. Ma mère, stoïque, supporta les grandes douleurs, son médecin ne lui avait-il pas affirmé : « Ayez donc un enfant, c'est bon pour la santé! »

L'accouchement dura douze heures de litanies et d' « Ave Maria » pendant lesquelles sœur Opportune, par décence, ne releva jamais le drap : je finis tout de même par voir le jour, béni soit le Seigneur. Puis l'une portant l'autre, nous regagnâmes, maman et moi, le Quercy familial.

Fernand pour la circonstance ne vint pas en autocar, mais avec une voiture prêtée généreusement par le patron de son entreprise, afin d'accueillir la mère et l'enfant.

En descendant du train, maman s'aperçut avec surprise qu'une demi-douzaine de voyageuses ravissantes et fort gaies, reconnaissant le chauffeur du car qui les conduisait habituellement se précipitaient vers lui :

« Oh! c'est le Fernand, et comment ça va, Fernand? Tu nous le fais le poutou? »

Les « poutous » tombaient des lèvres hardies sur le front, le nez, la bouche du Fernand qui fort gêné, mit fin à toutes ces effusions en présentant sa femme légitime à l'essaim de jolies filles.

Ce petit incident plongea ma mère dans une profonde perplexité qui s'accrut encore, lorsque, à quelque temps de là, son amie Justine mit au monde une petite Denise dont le visage avait avec le mien, comme un air de famille.

« Quel est le salaud qui t'a fait ça? demanda Marianne.

— Je ne peux pas te le dire. De toute façon cette enfant est ma honte, je vais la mettre à l'Assistance.

— Jamais, dit Marianne, qui découvrait les joies de la maternité, moi vivante, tu ne le feras pas. »

Et Justine, douloureusement déchirée entre son humiliation et son amitié, redoublait de sanglots d'autant plus atroces qu'elle ne pouvait en dévoiler la cause. Cependant Marianne menait son enquête sans parvenir à connaître le nom du suborneur.

A force d'affection et de patience, elle finit par persuader Justine de garder l'enfant, et le village, d'adopter Denise... Chacun apporta son cadeau, sa gentillesse et son aide à la jeune mère célibataire.

Micheline et Denise grandissaient, jouaient ensemble et se ressemblaient de plus en plus. En les voyant passer accompagnées de leur maman respective, on se poussait un peu du coude sous les platanes, on chuchotait, on riait sous cape. Marianne prise de soupçons finit un soir par interroger sa belle-mère.

« Dites-moi, Léontine, le père de la petite Denise, ce ne serait pas mon mari, par hasard?

— Hé, mon Dieu...

— Quoi, hé mon Dieu? Parlez.

— Ma pauvre Marianne, vous êtes bien la seule du village à ne pas le savoir », répondit l'heureuse grand-mère de son accent chantant.

Tout de même, il y a de quoi être interloquée! Maman le fut l'espace de cinq minutes, puis du haut du confort de sa légitimité, elle éclata de rire.

Ses rapports avec Justine, solidarité féminine oblige, ne s'en trouvèrent pas modifiés pour autant. En revanche, ceux qui la liaient à son mari n'en furent guère améliorés.

Quelques années passèrent, qui usèrent définitivement cette union mal assortie. Ma mère n'eut aucun mal à faire prendre son mari en flagrant délit. Le juge plaida la mésalliance et je dus pleurer en disant adieu à mon père, adieu à mon village, adieu à celle pour qui j'éprouvais des sentiments obscurément fraternels.

C'est cette petite Denise, quittée le jour de mes six ans, que j'éprouvai soudain, l'été dernier, le besoin de revoir. C'est pour elle que ce jour de juillet, j'arrivai à Montcuq. J'y fus accueillie et fêtée par le village comme l'enfant prodigue.

Pourquoi ce désir de rejoindre un passé si lointain? Sans doute parce qu'ayant frôlé la mort quelques mois plus tôt, j'avais besoin de refaire le parcours de mes jeunes années, dans les sentiers de mon enfance, à l'abri de cette tour moyenâgeuse au sommet de laquelle ma mère me hissait pour que j'y respire l'air le plus pur, lorsque j'étais bébé.

Dans la grisaille dorée du Causse, parmi les chênes et les châtaigniers, j'ai rencontré Denise, ma sœur presque inconnue. Denise dont ma mémoire enfantine ne gardait qu'une image très floue, c'est aussi un double de moi-même, une tentation de m'interroger sur les bonheurs subtils et les secrets de l'existence... « Pourquoi ces choses et non pas d'autres? »

Ce n'est peut-être pas un hasard si, comme je le fais aujourd'hui, mon père, dans les derniers mois de la guerre, éprouva le besoin de pousser la porte du magasin de quincaillerie où travaillait sa fille; jusque-là, et depuis la naissance de cette enfant, il n'avait osé l'aborder, et un peu lâchement, un peu tristement, il évitait son regard quand il la rencontrait chez un commerçant ou au coin d'une ruelle. Ce père qu'elle avait détesté de loin, parce qu'il avait fait le malheur de sa mère et le sien, Denise tout à coup le trouva touchant.

« Tu es contente de ton travail? Tout va bien pour toi, petite? Ça me fait plaisir. »

Et il ressortit, la laissant toute surprise, toute remuée... Le lendemain, il était arrêté par la Gestapo. Pendu par les pieds pendant des heures, il ne livra pas le nom de ses amis du maquis; ce Fernand insouciant et volage se révélait un héros et un patriote à l'heure de l'épreuve.

Il fut déporté à Ravensbrück, et mourut du typhus, pour avoir bu de l'eau polluée à la veille de la libération du camp.

Un soir, aux Buttes-Chaumont, au moment où j'allais passer à l'antenne, un technicien s'approcha de moi :

« Mademoiselle Boudet, votre père est mort dans mes bras.

Les derniers jours de son existence, il parlait sans cesse de vous. »

Je dus refouler mes larmes devant les caméras.

Un an avant sa mort, en effet, j'avais revu Fernand Boudet.

Par l'entremise de mon oncle Jeannot, rencontré par hasard sur le pont Valentré, il avait manifesté le désir de me faire venir à Cahors pour quelques jours.

Cette re-connaissance n'alla pas chez moi sans une certaine appréhension : quel était ce père inconscient dont j'avais été séparée pendant toute ma jeunesse et qui ne s'était jamais préoccupé de mon existence? Quel visage portaient ses quarante ans, comment allions-nous nous accorder?

Dans le train qui nous conduisait vers lui, maman, tout en repoudrant son joli nez, me dit avec coquetterie :

« Il va être certainement ému, tu sais qu'il était fou de moi. »

En revanche, elle ne montra aucune émotion lorsqu'elle descendit sur le quai de cette gare où, vingt ans plus tôt, le même homme en l'accueillant, était en dix minutes tombé amoureux d'elle.

Fernand m'embrassa.

« Vé, Micheline, comment vas-tu? »

Je marquai un temps de surprise; dans mon émotion, j'avais totalement oublié que mon père possédait l'accent ensoleillé des Méridionaux; il m'embrassa une seconde fois puis il se tourna vers ma mère :

« Toujours aussi belle, hé, Marianne! »

Et me prenant par le bras, il m'entraîna tendrement jusqu'à sa Citroën qui attendait sur la place.

Ensuite, il nous déposa dans le meilleur hôtel de la ville et, dès que nos bagages furent installés, nous invita à prendre le premier pastis au *Café des amis*. Des amis, il y en avait, et beaucoup. Entre onze heures du matin et une heure de l'après-midi, il me fallut serrer tant de mains que je ne réussis que trois fois à porter mon verre à mes lèvres.

« Hé, Victor, viens un peu que je te présente ma fille. Bonjour, madame Rose, voilà ma fille, elle est mignonne, non? Vé, voilà le Dr Roubissoux! Salut, docteur, vous connaissez ma fille Micheline? » Maman, stupéfaite, en oubliait de se repoudrer le nez.

Les jours qui suivirent me permirent d'apprécier mon

père; ses yeux noirs sans cesse en mouvement reflétaient la joie de vivre et la bonté; il ne savait que faire pour nous être agréable.

Des grottes de Rocamadour aux petits villages bordant le Lot, nous allâmes de fermes en auberges déguster des omelettes aux truffes et des foies gras frais, arrosés de vin de Cahors que les fermières, tout émues, déposaient sur la table en l'honneur du retour de la fille du Fernand.

Nous nous quittâmes enchantés l'un de l'autre, nous promettant de nous retrouver l'année suivante.

L'année suivante, hélas, il entrait dans la boutique de Denise et partait le lendemain, nous ayant ainsi revues l'une et l'autre, pour un voyage au bout duquel il devait trouver la nuit.

« Des officiers allemands rôdent autour de ta voiture, lui dit son vieil ami Jean Combarieux, je les ai vus; ne descends pas en ville, Fernand, ils savent que tu ravitailles le maquis, ils vont te prendre. »

Fernand l'insouciant répondit en haussant les épaules :

« Mais, pécaïre, qu'est-ce que tu veux qu'ils me fassent? Je suis chez moi, il ne m'arrivera rien du tout... »

... Et il descendit en ville.

Une fois le divorce prononcé, maman décida de remonter vers la capitale pour trouver une situation conforme à ses vœux et me remit entre les mains de Paul et de Virginie qui se chargèrent provisoirement de mon éducation.

Je fis donc mon entrée chez les sœurs saintes-chrétiennes dans la bonne ville de Metz; j'y appris l'orthographe et les rudiments du système métrique, en même temps que j'y perdis mes illusions mystiques le jour où je vis pénétrer dans les lavabos du couvent la cornette blanche et la longue robe bleue de sœur Sainte-Cécile.

Grand Dieu, quel choc! Nos « chères sœurs » étaient donc soumises comme nous aux tristes besoins de la nature? Elles n'étaient donc pas des êtres séraphiques détachés des sinistres contingences de nos pitoyables corps?

Cette découverte surprenante me laissa abasourdie... je me demande même si ce n'est pas à dater de ce jour que mes pieuses convictions commencèrent à flancher.

Le soir je m'endormais dans des rêves étranges où s'entremêlaient vaguement des chiffres, des lettres et des cornettes blanches et le visage de ma mère qui commençait sérieusement à me manquer.

Désireuse de se rapprocher de Paris dans l'intention d'y chercher du travail, elle avait accepté l'hospitalité de l'oncle et de la tante Jacot qui demeuraient rue Carnot à Versailles, face aux écuries autrefois royales, une maison dont les boiseries anciennes avaient dû jadis connaître le choc des éperons et le bruissement des robes de soie.

C'était l'hiver. Chaque soir Marianne Boudet rentrait à Versailles, lasse, découragée, ayant souvent rogné sur le prix de son sandwich pour payer son ticket de métro.

Pauvre petite Marianne qui se sent engloutie par la foule affairée, frôlée par des hommes cherchant aventure, bousculée par des femmes rentrant au logis chargées de paquets.

Elle sait bien que sa vie ne mène nulle part. Cette vie n'est, depuis des années, ma naissance exceptée, qu'une longue suite de déceptions : mariée par découragement à un homme qu'elle n'estimait pas, trompée, blessée, elle avait construit de ses mains le labyrinthe qui aujourd'hui l'emprisonnait.

Debout sur le quai du métro, il lui arrive de souhaiter d'en finir en se jetant sous la rame... Seule la pensée de la petite Micheline jouant et riant quelque part en Moselle saura la retenir.

Un jour, tante Anna, voyant les yeux rougis de ma mère, la prit à part :

« Marianne, ta fille te manque, je le vois bien. »

Maman s'effondra.

« C'est vrai, tante Anna, je n'en peux plus, je m'ennuie à mourir.

– Va la chercher, répondit la charmante femme.

– Mais, tante Anna, je n'ai pas un sou, ça vous fera une bouche de plus à nourrir.

– Va, tu me rembourseras quand tu auras trouvé du travail », dit-elle en souriant.

Maman éperdue de bonheur ne se le fit pas dire deux fois et sautant dans le premier train pour Metz me ramena tout heureuse chez nos généreux parents.

Me voici donc à sept ans versaillaise... Je n'ai qu'à traverser la rue Carnot pour me rendre à l'école; le soir, mes devoirs terminés, je regarde, de l'œil-de-bœuf du premier étage, évoluer les chevaux... l'écurie du temps de Louis XIV est devenue caserne, les soldats lavent les coursiers, les bouchonnent, leur curent les pieds; le soleil décline doucement, colorant de rose la cour et les murs; les cavaliers et leurs destriers luisant de propreté dont les sabots sonores claquent sur les pavés entourant ma rêverie d'une chanson vaguement mélancolique.

Je découvre le métier de l'oncle... de l'oncle... Tiens c'est curieux je sais bien que ma grand-tante s'appelle Anna, mais lui, ma foi, je ne l'ai jamais entendu appeler autrement que l'oncle Jacot... L'oncle Jacot donc est graveur sur cuivre et même sur argent, c'est-à-dire que dans le secret de son atelier, éternellement penché sur ses plaques ou sur quelque objet précieux, l'œil vissé sur une énorme loupe, il manie avec une extrême délicatesse ses burins, ses pointes sèches, mêlant la cire vierge, l'ambre et le bitume de Judée... Tous ces noms je les entends, je n'y comprends rien mais ils flattent mon oreille déjà enivrée par la musique des mots. Tout le monde respecte le travail de l'oncle, on marche sur la pointe des pieds en passant devant sa porte... « C'est que, dit-on dans la famille, l'oncle Jacot est un artiste. »

Et puis un jour, miracle, maman a décroché la timbale : une place était vacante à la Pharmacie commerciale de France, elle l'obtient et nous quittons la tante Anna et son artiste de mari, l'écurie du château, l'œil-de-bœuf et les boiseries du salon, pour nous retrouver à Paris, au 400 de la rue Saint-Honoré, dans une chambre que nous louent les sœurs Bouguai, deux vieilles filles à l'accent russe et au visage peu avenant, par le salon desquelles il nous faut passer pour gagner notre asile exigu.

Mais ce qui nous rend cette maison captivante, c'est que Maximilien de Robespierre y a vécu. A l'âge de huit ans, je ne savais presque rien sur l'Incorruptible. Ce que j'avais enregistré à son propos dans mon petit cerveau embrouillé me faisait croire que, malgré sa cravate montante, on lui avait coupé le cou, que ses amis habitaient tous du côté du métro Convention et qu'ils chantaient en marchant, sans doute vêtus de culottes tyroliennes et armés de pic à glace puisqu'on les appelait les Montagnards, ce qui me paraissait une raison nettement insuffisante pour être décapité.

Moi, la tête bien sur mes épaules, je ruminais toutes ces bizarreries révolutionnaires en traversant la petite cour obscure aux pavés mal joints que Maximilien lui-même avait dû si souvent fouler.

Quelques mois plus tard, la boulangère de la rue Saint-Honoré nous trouva un nouveau logis au 9 de la rue Richepanse. Il s'agissait de la location d'une mansarde sous les toits, les fenêtres étaient ornées de barreaux et le sol carrelé de tomettes rouges, il y avait un évier, une arrivée de gaz pour le réchaud et un rayon de soleil que ne filtrait aucun volet.

Telle quelle, cette chambre nous parut la plus délicieuse du monde, c'était notre maison, nous allions y vivre seules, un sentiment de fierté nous pénétrait, vivifiant et joyeux.

Le déménagement eut lieu à la cloche de bois grâce à l'aide efficace des gamins du quartier; il est vrai que nous possédions peu de chose : une table en osier, don du jardin de Virginie, trois chaises paillées, un grand lit et un tub en zinc dans lequel chaque matin maman m'aidait à effectuer mes ablutions, après l'avoir décroché du mur sans faire tomber le clou, ce qui n'était pas un exercice facile.

Les appointements de ma mère étaient encore trop modestes pour nous permettre d'installer le chauffage... alors, le soir, en attendant qu'elle revînt de la pharmacie, j'apprenais mes leçons assise sur ses pantoufles afin de pouvoir offrir à ses pieds gercés une source de chaleur.

A la Pharmacie commerciale de la rue Drouot, on consentait une remise spéciale à tous les hommes d'affaires travaillant à la Bourse. Il ne fallait donc pas s'étonner d'y voir défiler toute la journée ces messieurs soucieux d'y profiter de leurs avantages.

Ma mère, vite appréciée pour ses capacités professionnelles par son patron, ne l'était pas moins pour sa beauté par les agents de change. Elle régnait ainsi sur l'armoire aux poisons en même temps que sur le cœur de bien des clients. Très demandée à la vente, il lui fallait fréquemment abandonner en coulisses ses mortiers, ses pommades et ses fioles pour venir à l'avant-scène donner un conseil ou guider un acheteur dans le choix d'une spécialité.

Le pharmacien finit par regarder de plus près cette préparatrice si populaire et, quand il découvrit son visage, il tenta de le voir d'un peu plus près encore. C'est pour cette raison sans doute qu'un soir à l'heure de la fermeture, maman, qui changeait de chaussures pour travailler (interdiction de s'asseoir dans l'officine), n'eut pas le temps d'achever de se chausser; son patron ayant renvoyé tout le personnel pour rester seul avec elle, effectuait en effet derrière le comptoir un galot si rapide pour la féliciter de ses services, en l'attrapant par la taille, qu'elle se retrouva dans la rue portant à son pied droit une chaussure noire et à l'autre une chaussure jaune.

Pendant ce temps-là rue de La Ville-l'Évêque, je passais à l'école des sœurs de Saint-Vincent-de-Paul des heures moins agitées.

J'y vivais d'études entrecoupées de nombreuses prières et j'y déjeunais de lentilles infâmes ou de panade froide qu'on me forçait à ingurgiter la plupart du temps debout dans un coin du préau, punition destinée à forger nos caractères et à dominer nos dégoûts.

Tout d'ailleurs en ce saint lieu était prétexte à former notre volonté : un jour que mourant de soif, au cours de la récréation je demandais à me rendre au réfectoire pour y boire un verre d'eau, je m'entendis répondre sérieusement par la sœur Clotilde :

« Mordez-vous la langue, mon enfant, vous saliverez. »

Ces efforts de soumission et de bonne conduite devaient me faire parvenir tout naturellement au grade envié de petit page de la Sainte Vierge, et le soir où je ramenai à la mansarde une médaille de la mère de Dieu au bout d'un long cordon de satin bleu, accompagnée d'un premier prix de chant, le curé d'Ars ne fut pas mon cousin.

A l'âge de quinze ans, la jeune Marianne avait eu une soudaine et fulgurante révélation en assistant au théâtre de Metz, où ses parents l'avaient emmenée pour récompenser ses efforts d'écolière, à une représentation de l'ouvrage d'Adolphe Adam : *Si j'étais roi*.

Elle sortit de ce conte des *Mille et Une Nuits* aux parfums d'oranger, dans un état voisin du somnambulisme, les rues lui parurent soudain sales et mornes, les passants vêtus misérablement et la vie sans intérêt... Elle se mit à rêver d'un grand oiseau qui par je ne sais quel miracle l'emporterait sur une scène parisienne où parée de satin et de perles elle échapperait en devenant artiste à un univers terne et à un avenir sans gloire.

Quand, quelques jours plus tard armée de courage elle osa émettre son souhait le plus cher, toute la famille poussa des cris et Virginie mit immédiatement son veto aux absurdes prétentions de sa fille aînée.

Il n'en fallut pas plus, à savoir ces désirs refoulés et la prédiction d'une romanichelle de foire lui ayant dit le jour de mes six ans : « Votre fille connaîtra les feux de la rampe », pour que Marianne fît de moi l'actrice qu'elle avait rêvé de devenir !

Comme la plupart des petites filles, j'aimais à me déguiser et il n'était pas rare que ma mère me surprît, prenant appui sur le réchaud à gaz afin de me hisser plus aisément sur l'extrême pointe de mes pieds.

Ravie de me voir ce qu'elle appelait « des dispositions », elle informa ses amis Servat, anciens Mosellans demeurant à Paris, de son désir de me faire commencer par la danse l'apprentissage du métier de comédienne.

M. Servat, justement, connaissait au palais Garnier un régisseur qui pourrait me faire passer les premiers tests : coup de pied, cambrure, colonne vertébrale et santé pulmonaire...

Les résultats se trouvèrent concluants, et c'est ainsi qu'en un quart d'heure et pour dix ans de ma vie je devins une fille d'Opéra !

Je remercie l'auteur de mes jours d'avoir pris l'initiative de me donner cette base précieuse que toute actrice devrait posséder. Elle m'aura permis de me libérer de mon corps, de ne pas m'empêtrer dans mes pieds et de conserver un dos bien droit.

Aujourd'hui encore au seuil du lumineux automne de mon métier, lorsque Lolita qui m'habille à la Michodière et qui a été elle-même actrice s'écrie en me voyant entrer en scène : « Regardez-la, une gazelle ! » je suis largement payée de mes dix années d'Opéra.

M. Couband, le pharmacien trop enflammé, avait d'ailleurs encouragé maman dans son dessein, lui affirmant que l'exercice physique ne pouvait m'être que salutaire et que je serais charmante en tutu ; si ce mot entendu pour la première fois me parut de la dernière inconvenance, c'est que je l'avais toujours attribué dans ma phraséologie personnelle à la partie la plus charnue de mon individu.

Il restait à maman la tâche délicate de prévenir les sœurs de Saint-Vincent-de-Paul de la nouvelle orientation qu'elle comptait donner à mon éducation.

Au seul mot d'Opéra, comme si elle avait vu Satan lui-même, la sœur Clotilde fut la proie d'une vive émotion dont elle ne se remit qu'en faisant agenouiller la classe entière, commandant à mes camarades de prier pour cette malheureuse Micheline dont l'âme allait s'égarer dans un tel lieu de perdition.

Ma mère, que cet incident avait profondément troublée, s'enfuit de l'école dans un état de culpabilité analogue à celui des Anglais quand ils eurent brûlé Jeanne d'Arc.

Elle se crut à son tour plongée dans les flammes de l'enfer, lorsque, en rentrant rue Richepanse, elle trouva une lettre de Virginie qui lui posait cette question brûlante :

« Est-il vraiment nécessaire de faire de ta fille une sauteuse de corde? »

Ma grand-mère sans aucun doute devait confondre l'Académie nationale de danse avec le cirque Médrano!

Moi, docile, j'avais dit oui; tout ce qu'envisageait maman me paraissant judicieux... je ne savais pas qu'elle venait de me donner sans s'en douter l'enfance la moins attendue, la plus divertissante, la plus insolite du monde.

Mais non pas la plus tranquille... En effet, j'avais beau être entrée dans la division rose, je m'aperçus rapidement que la vie n'y était pas toujours couleur d'aurore.

A sept heures du matin, comme les autres écoliers, je me levais pour être à huit heures et demie en classe... je devrais plutôt dire en sacristie, car les apprentis danseurs et danseuses, mis à l'écart comme des pestiférés, sans doute pour ne pas contaminer les enfants « normaux » de la rue de La Ville-l'Évêque, se préparaient au certificat d'études dans les coulisses désaffectées d'un temple protestant de la rue d'Astorg. Ces coulisses avaient été transformées en deux salles de classe qui manquaient d'air et de lumière et communiquaient entre elles par une petite cuisine encore plus sombre, nantie d'une vieille pierre d'évier dont l'écriteau : « eau potable » existe encore. Il y avait là un grand poêle à charbon que les élèves alimentaient à tour de rôle.

Au sommet du poêle était posée une grande bassine pleine d'eau qui avait pour mission de faire chauffer les gamelles que nous apportions de chez nous afin de pouvoir déjeuner dans cette étrange école sans jardin. Pendant nos récréations, Jean Babilée et Roland Petit jouaient aux fantômes et nous faisaient mourir de peur en montant et descendant un escalier mystérieux en haut duquel était une porte toujours close dont nous n'avons jamais pu découvrir où elle menait.

Tandis que l'eau de la bassine commençait à frémir, imprimant à nos cantines d'aluminium un mouvement joyeusement sonore, la leçon de morale avait lieu dans le parfum raffiné du haricot de mouton et le cours d'arithmétique dans celui du bœuf aux carottes.

Après quoi, l'heure étant arrivée de faire honneur à toutes ces bonnes choses, nous les ingurgitions de bon cœur avant de nous diriger en rangs serrés, sous la vigilance de la terrible Mme Sturm, vers ce gros ogre d'Opéra qui engouffrait le curieux troupeau de palmipèdes que nous formions : le cartable d'une main et le sac contenant nos affaires de danse de l'autre, nous nous dandinions en cadence au rythme de ces deux poids inégaux qui imposaient à notre démarche déjà trop écartée de futures ballerines un balancement qui tenait moins du cygne de Saint-Saëns que du modeste canard de basse-cour.

A treize heures trente, en tunique de satin, bas de danse roulés à la cuisse par un élastique – le collant n'existait pas encore – et chaussons de coutil soigneusement reprisés au bout par maman pour en prolonger l'existence, je traversais les interminables couloirs roses de l'Opéra qui menaient à la classe de danse.

Mes premiers faux pas furent soigneusement surveillés par Mauricette Cébron, charmante petite femme blonde qui s'était prise d'affection pour moi, m'appelant Boud'chou et m'emmenant au moment de Noël aux Galeries Lafayette afin de m'y faire choisir la poupée de mes rêves ou le guignol malicieux qui me tendait ses bras de marionnettes.

« Et un! et deux! et trois! » L'entraînement est dur pour une petite fille lorsqu'il ne s'agit pas, comme pour certaines, d'un simple divertissement destiné à leur donner un port gracieux, mais d'une préparation à un métier dont elle sait déjà qu'il est sans pitié.

Si, au théâtre on peut être une ingénue tendre, une coquette perverse, ou une soubrette comique, la danseuse, elle, sait qu'elle doit accéder au seul emploi d'étoile, sous peine de rester noyée dans le flot scintillant mais anonyme du corps de ballet.

« Et un! et deux! et trois! et quatre! Allons, Boudet, en mesure! et un et deux, grands battements et un, bien tendus! et... Boudet bien tendu! en dehors le pied par terre! Et un et deux! Allons, forcez un peu!... Plus haut, la jambe, Boudet! »

Plus haut, plus haut, c'est vite dit... il faut pouvoir : si j'arrive à tourner sans difficulté, à battre l'entrechat assez proprement et à tenir en équilibre sur mes pointes, tout se gâte quand il s'agit de dégager la jambe et de la maintenir à la hauteur souhaitée... pourquoi? Mystère, question de conformation sans doute.

« Et un! et deux! en dehors! efface la hanche, Boudet! »

Elle est drôle Mauricette. Comment effacer ce que la nature vous a donné en trop? Est-ce ma faute si je suis faite comme une contrebasse? Ça me rendra un fier service plus tard pour jouer Feydeau, mais à présent toutes ces rondeurs sont rudement encombrantes quand on aspire davantage à l'état de sylphide qu'à celui de petite femme 1900.

J'ai beau lancer, forcer, étirer ma jambe sur la barre et prendre le pied dans la main, exercice horrible parfaitement contraire aux lois de la nature et qui constitue pour mon petit corps la plus atroce des tortures, je n'obtiens qu'un assez maigre résultat.

« Dis donc, Boud'chou, proclame Mauricette indignée, c'est une catastrophe tes arabesques! Il va falloir me travailler ça! »

Allons donc, pauvre Boud'chou, il va falloir encore tirer, encore forcer, encore transpirer et rentrer à la mansarde épuisée, les jambes flageolantes et le moral à zéro.

« Allons, un peu de courage, dit maman, tu finiras par y arriver. »

Je n'en suis pas si sûre. Il me semble que je n'ai plus ni pieds, ni cuisses, ni mollets... je me demande même si j'ai une tête : dans mes oreilles bourdonnantes résonnent encore les accords lancinants du pianiste indifférent qui joue sans conviction les yeux fixés sur son journal, et le bruit du bâton impérieux de Mme Cébron qui frappe le plancher en cadence tandis que sa voix perchée scande régulièrement : « Et un! et deux! et un! et deux! et un! et... » et je m'endors le nez dans mon assiette.

« Mange, voyons, Mimi, il faut prendre des forces, tu danses ce soir. »

Danser est un bien grand mot; ce soir c'est *Faust* et je joue le gracieux rôle de négrillon dans *La Nuit de Walpurgis,* ballet qui se situe à l'avant-dernier tableau de l'opéra de Gounod, ce qui m'oblige à attendre onze heures du soir pour entrer en scène.

J'émerge de mon assiette et de ma somnolence, j'enfile mon vieux manteau, je mets une grosse écharpe et nous nous retrouvons sur le trottoir dans le noir de l'hiver. Je suis accrochée, tout hébétée, toute frissonnante, au bras réconfortant de ma mère; elle marche d'un pas infiniment plus ferme et plus dansant que le mien, et nous arrivons dans la cour de l'Opéra; nous entrons par la petite porte surmontée du mot « Artistes » tandis que paradoxalement les vrais artistes, eux, entrent par le côté « Administration ». Je ne cherche pas à comprendre. D'ailleurs l'Administration, quelle qu'elle soit, sera toujours pour moi un grand mystère.

Mme Serre, surveillante patentée des élèves de l'école de danse, accueille les titulaires que nous sommes, Claude Naud, Jacqueline Moreau, Denise Bourgeois et moi-même, de son œil sévère. Quand je dis son œil, c'est par respect de la vérité, en effet, l'autre est à peu près inexistant, aussi, chaque fois que la surveillante me parle j'ai l'impression qu'elle s'adresse à ma voisine! Elle fait régner par son injuste autorité une sainte terreur dans les rangs des rats qu'elle pousse de deux doigts énergiques et rageurs appuyés avec insistance entre leurs omoplates pour les faire avancer.

« Je crois qu'elle ne peut pas nous voir », dit Jacqueline tout bas et Denise de répondre en louchant :

« Je ne vois pas comment elle ferait! »

Nous grimpons nos quatre étages et la grande loge surchauffée nous reçoit : vingt-quatre coiffeuses munies chacune de deux ampoules électriques, d'une glace et d'un petit placard... on y respire l'odeur du maquillage et du vernis à chaussons; un immense lavabo gris sale nous permettra, à l'issue du spectacle, un débarbouillage relativement confortable.

Pour l'instant il s'agit de se donner au maximum l'apparence du bon nègre Banania.

Un gros bâton Leichner que nous appliquons sur nos joues rondes, sans nous protéger la peau au risque de nous la gâter, nous aide pour le teint, la perruque crépue et une peau de léopard en matière synthétique complètent la métamorphose.

J'ai oublié de dire que nos dirigeants apitoyés ne nous infligent pas le maquillage du corps; nous enfilons donc des maillots de coton couleur chocolat et des gants assortis, subterfuge qui ne trompe personne et surtout pas le public puisque, après nous être agenouillés aux pieds de Cléopâtre, nos peaux de pauvres petits nègres sont plus plissées aux genoux et aux coudes que celle de l'oncle Tom!

Notre exercice au cours du ballet est extrêmement périlleux : il s'agit, au début de la variation de ladite Cléopâtre, alias Lycette Darsonval, de courir au milieu du plateau sans gêner la danseuse, de nous placer face à face comme au jeu des quatre coins sur nos rotules de coton et de lui présenter chacune un coffret de carton bouilli offrant l'illusion d'un bois précieusement sculpté, afin qu'elle y choisisse de quoi se parer.

Darsonval-Cléopâtre négligeait les deux premiers coffrets puis saisissait un collier dans le troisième qu'elle abandonnait aussitôt pour extraire enfin du quatrième un miroir qui semblait combler ses vœux et dans lequel elle s'admirait tout en exécutant pirouette et petits battements. Nous, pendant ce temps-là, nous étions remontées à toute vitesse dans le fond du décor où nous attendions debout la fin du ballet... C'était là notre importante participation à *La Nuit de Walpurgis*.

Le profane s'imaginera sans doute que ces quatre « rôles » étaient égaux, il aura bien tort... En effet, mon cœur était rongé d'une profonde envie à l'égard de l'heureuse Claude Naud qui, parce qu'elle avait le privilège d'apporter et de tendre le miroir, me paraissait accéder ainsi à une dignité égale à celle de danseuse étoile. Quelle différence avec moi dont le coffret, comble d'humiliation, était aussi vide à l'aller qu'au retour...

Heureusement j'avais en même temps que mes huit ans une forte tendance à l'optimisme et mes regrets s'envolaient avec mon teint de caramel mou.

Il faut dire que pendant ces premières années d'Opéra j'en

aurai vu de toutes les couleurs. Des négrillons de *Faust* aux effrites de *Mârouf* tirant sur l'anthracite, en passant par les esclaves d'*Aïda* d'un beau bleu égyptien, j'aurai incarné tous les spécimens du Tiers Monde!

Ces ouvrages puissamment lyriques que nous traversions sans trop comprendre ce qui s'y passait, nous donnaient malgré nous un semblant de culture musicale pas toujours en rapport avec notre âge : l'amour, la mort, la jalousie, la vengeance et la trahison étaient notre pain quotidien, et tandis que les autres petites filles se gavaient de brioche, nous partagions, nous, les passions de Marguerite, de Thaïs et de Salammbô pour le beau José Luccioni, ténor dont le charme et la voix faisaient de terribles ravages dans nos cœurs, et dont les malheurs faisaient dégouliner sur nos frimousses d'indigènes des rigoles de larmes noirâtres.

Ces interprétations aussi profanes qu'hérétiques ne m'empêchaient cependant pas de préparer ma première communion. A l'issue d'une séance de catéchisme, le curé de la Madeleine, un homme charmant et gai très en avance sur son époque, me demanda si tout allait bien pour moi et quelle était mon école.

« Je suis à l'Opéra, monsieur le curé.

– A l'Opéra, tiens, tiens, et qu'est-ce que tu fais, à l'Opéra?

– Je fais le nègre », répondis-je avec fierté.

Le saint homme éclata de rire :

« Le nègre, eh bien, c'est du propre! »

Le fait est que c'était tout sauf propre! Les choses ne s'arrangèrent pas de ce côté-là quand il fallut troquer le crayon Leichner contre le bouchon brûlé et passer du même coup de Gounod à Wagner, ce qui n'était guère plus ragoûtant mais beaucoup plus honorifique.

C'est ainsi que dans *L'Or du Rhin* nous sortions des antres de la terre, portant sur nos épaules difformes d'énormes plats et amphores en papier plus mâché que doré dont le poids imaginaire nous faisait vaciller.

Le bouchon brûlé occasionnait sans doute à l'Administration des frais trop élevés car, réduits au nombre de dix petits monstres, nous devions donner l'illusion que nous étions une bonne soixantaine.

« Courez sur vos jambes tordues », entonnait Loge en nous fouettant sauvagement.

Nous ne nous le faisions pas chanter deux fois, et courageusement nous commencions notre marathon d'horribles gnomes claudicants et sautillants. Surgissant du sol côté cour, nous déposions nos objets dorés aux pieds de Nougaro, père de Claude du même nom, puis, sortant côté jardin, nous nous précipitions en coulisses, redevenus subitement droits et agiles, courant comme des fous derrière le décor afin de replonger dans les dessous, où un accessoiriste affairé nous recollait sur les épaules plats et potiches. Et, aïe donc, nous revoilà, émergeant à nouveau de la trappe, barbus, tordus, bossus, fourbus et recommençant notre manège jusqu'à la fin du tableau qui s'achevait dans une sorte de folie tandis que, ivres de fatigue, nous nous bousculions et tombions les uns sur les autres. Jacqueline pouffait dans son hanap :

« C'est vraiment l'ordure, hein ! »

Et je lui répliquais en admirant son visage couleur de suie :

« Ça va, mon petit bouchon ? »

Ces mauvais jeux de mots nous permettaient de finir l'acte titubantes... de rire, ce qui conférait à notre interprétation dramatique une vérité dont le public ne pouvait soupçonner l'origine.

Enfin nous remontions jusqu'à nos loges (encore des marches !) où nous profitions de l'inattention de la surveillante pour tailler dans nos tabliers de forgerons des petits carrés de cuir destinés à nous fabriquer des agendas.

Alors, en passant devant le magasin de costumes, nous entendions la costumière en chef, la grande et redoutable Mme Thiébaut, qui poussait des hurlements désespérés :

« Ah ! les sales gosses, elles ont encore fait des trous à leurs tabliers, elles ont le diable au corps, si j'en attrape une je lui flanque une fessée ! » s'écriait-elle faisant ainsi détaler dans les couloirs toute une peuplade de pygmées persécutés.

Quelques semaines plus tard, Jacqueline Moreau, considérant que nous grandissions, décida de mettre fin à notre dégradante situation et, se faisant l'interprète de quelques camarades, elle me traîna devant Albert Aveline à qui elle déclara d'un ton péremptoire :

« Maître, nous en avons assez, nous avons dix ans, nous ne voulons plus être des négrillons. »

Je crus que le petit homme allait avoir une attaque, il pointa son index en direction de la porte et nous lança un :

« Voulez-vous me foutre le camp ! » qui nous dissuada momentanément de nous montrer plus convaincantes.

Nous avions perdu le premier round; cherchant alors un moyen plus efficace de dépouiller nos peaux colorées, nous décidâmes d'un commun accord une action d'éclat capable de nous faire remporter le second.

Il s'agissait à la fin du ballet des *Santons* (qui était justement un ballet d'Aveline) de nous débrouiller pour faire adroitement craquer nos culottes... à l'instant précis où nous étions prosternées le nez dans la poussière pour saluer le divin enfant. Notre effort fut couronné de succès, les culottes craquèrent avec un ensemble que le corps de ballet n'atteignait pas toujours.

Que croyez-vous qu'il arriva? Mme Thiébaut qui en avait vu d'autres fit mettre des pièces aux culottes et nous restâmes des esclaves.

A ces moments comiques succédaient des heures infiniment plus difficiles : une fois par an, il nous fallait subir l'entraînement intensif de la préparation aux examens qui devaient nous permettre de « monter » de la division rose dans la division bleue puis dans une classe supérieure et d'être finalement « engagées » dans le corps de ballet comme deuxième quadrille d'abord, l'année suivante comme premier quadrille, puis comme coryphée, petit sujet, grand sujet et enfin, suprême but rarement atteint, première danseuse et danseuse étoile.

Telle était l'ascension idéale. Hélas ! La fameuse montée pouvait parfaitement s'arrêter à l'étage du coryphée et même à celui du premier quadrille. Certaines danseuses n'ont jamais pu aller plus loin, quelques-unes, dont la technique était médiocre, finissaient, si elles avaient un bon physique, par décrocher le titre de « danseuse de caractère ». Elles ne devaient plus alors que « mimer » des personnages pleins de componction, du genre mère noble ou reine d'un royaume imaginaire, ou jouer les travestis car, à cette époque, quelques rôles de garçons étaient encore tenus par des femmes.

Donc, dans la fièvre et l'inquiétude je répétais la variation composée par la dynamique Mauricette, ce qui ne m'empêchait pas en rentrant d'apprendre mes leçons... Je passais des efforts musculaires aux efforts cérébraux avec la même conscience, mais pas toujours avec le même bonheur... Seule dans la mansarde, en attendant le retour de ma mère, je séchais sur ces insupportables problèmes de train et de densité auxquels je ne comprenais rien et que le cher Jean Babilée, malgré son savoir et sa bonne volonté, ne parvint jamais à me mettre dans la tête.

Que de soucis, que de préoccupations dans cette pauvre tête : penser aux problèmes, aux chaussons, à l'histoire de France, au tutu, pour l'examen, qui va coûter cher à ma mère, penser à « forcer » à la barre, à « serrer les reins au moment des deux tours », penser à tendre la jambe, à arrondir les bras, à sourire, et surtout, surtout penser à avaler le moins de nourriture possible afin de conserver ou d'acquérir la silhouette diaphane indispensable à la légèreté de nos cabrioles et de nos sauts de chat.

C'est de cette époque infernale que j'ai gardé, et pour toute ma vie, la hantise du camembert, du chocolat aux noisettes et des pommes de terre sautées.

Un jour, en arrivant dans la classe, j'eus l'imprudence d'avouer que je venais d'avaler un malheureux steak et une minuscule salade.

« Déjeuné, tu as déjeuné!!! » s'exclama Zizi Jeanmaire horrifiée.

Il y avait dans son intonation une réprobation si fortement mêlée de mépris que je compris séance tenante que je venais de commettre un crime de lèse-Terpsichore!

Il faut dire que Zizi apportait à son métier une ardeur sauvage...

Travaillant facilement trois heures par jour quand une seule nous suffisait amplement, elle se couvrait de lainages pour transpirer, s'étranglait la taille dans une large ceinture de gros-grain, quittait la leçon de l'Opéra pour courir aux studios Wacker recevoir l'enseignement de Mme Rousanne ou de Kniaseff, les professeurs russes en faveur à l'époque, et endurait un vrai martyre en laissant monter sur ses épaules un professeur d'acrobatie afin de dégager un cou que la « direction » avait jugé trop court.

Elle n'était pas la seule à encourir les foudres du jury à propos de son physique. Mireille, pour ne pas être renvoyée, devait entrer dans une clinique spécialisée en cures d'amaigrissement, Huguette devait faire opérer un nez trop long, Colette se lamentait pour n'avoir point de seins. Quant à toi, me disait gaillardement Roland Petit, tu as trop de fesses !

Ces humiliations permanentes ne nous empêchaient pas de travailler dur pour l'examen; la variation composée par Mauricette ne comportait pas d'arabesques, je fus donc classée troisième, ce qui me permit d'entrer dans la division bleue sous la direction de Camille Bos.

« Si tu avais un peu plus forcé, tu aurais pu être première », affirma Zizi l'insatiable.

Aussitôt, débordant d'admiration, je la priai de bien vouloir devenir ma « petite mère ».

Elle était si jolie, Zizi, avec ses yeux noisette, son sourire éclatant découvrant des dents de perle et son ravissant nez, aussi droit que ses jambes.

Nous choisissions ordinairement nos petites mères parmi les grandes danseuses du corps de ballet, pour leur expérience, leur exemple et aussi peut-être parce que nous avions un besoin secret de tendresse et de protection. Zizi, de très peu mon aînée, était bien jeune pour remplir cet office. Cependant elle accepta et inscrivit tout de suite sur mon carnet les mentions : Application au travail – tenue – discipline – propreté, à côté desquelles elle inscrivait la plupart du temps en face des notes qu'elle me donnait : peut mieux faire.

J'avais lancé la mode des jeunes mères... Je fus choisie à mon tour peu de temps après par une plus petite que moi, une fillette aux joues fraîches, aux cheveux de lin et à l'accent russe, du nom de Poliakoff, qui entra dans nos rangs accompagnée de sa sœur brune et infiniment plus ingrate qui n'était autre que Marina Vlady, future princesse de Clèves. Ma petite fille, vous l'avez reconnue, c'était Odile Versois.

Mes moyens ne me permettaient pas de lui faire de bien riches cadeaux. Je lui offrais parfois un ruban pour les cheveux, ou la photographie de son étoile préférée, ou, de temps en temps, suprême folie, je l'emmenais dans un petit salon de thé en face des Galeries Lafayette où, faisant une ponction à mes maigres économies et une entorse à mon régime, je commandais deux chocolats onctueux à souhait que nous lapions avec gourmandise en prolongeant notre plaisir, les yeux clos.

Tania-Odile me remerciait alors comme si elle avait reçu

une rivière de diamants, m'embrassait tendrement et me disait en me quittant : « A demain, Mimi... »

C'est ainsi que, comptant à peine une douzaine d'années d'existence, je découvris les joies de la maternité.

Celles de l'amitié n'étaient pas pour autant sacrifiées. Chaque soir vers cinq heures, en quittant la répétition, je raccompagnais Jacqueline Moreau jusqu'à sa porte... La rue des Mathurins et la rue Tronchet connurent les bouderies et les passions de Boul'Miche et de Boul'Kiche... Parfois, lorsque la dispute avait été plus vive qu'à l'accoutumée, Boul'Kiche rageuse changeait de trottoir; je restais seule sur le mien, désemparée et ravalant mes larmes.

Notre fâcherie dépassait rarement le coin de la rue des Mathurins; c'est qu'il s'y trouvait un petit café sympathique où la plus fortunée des deux se précipitait avec un regard éloquent à l'adresse de son amie en claironnant d'un air dégagé : « Qui veut du chewing-gum? qui veut du chewing-gum? » Aussitôt l'autre rappliquait sur le bon trottoir, ayant oublié tous ses griefs et les deux copines ressortaient du bistrot. Elles chantonnaient et mâchonnaient jusqu'au domicile de Boul'Kiche sis au numéro 19 de la place de la Madeleine.

Je voyais parfois sortir de l'immeuble un homme mince et léger comme un sylphe dont les mains fines, émergeant des poignets retroussés de sa chemise blanche, virevoltaient.

« Tu vois, me disait Jacqueline sur le ton d'une précieuse confidence, c'est un poète, c'est Jean Cocteau. »

Cette illustre proximité ne nous distrayait pourtant pas de notre objectif : devenir danseuse... Quotidiennement nous refaisions nos aller et retour, dansant, répétant, trottinant, de la classe à la rotonde, du foyer à la scène, n'imaginant guère d'autre univers que celui de la loge aux murs gris, du petit abreuvoir qui rafraîchissait nos joues en feu et nos gosiers asséchés, des escaliers interminables aux couloirs indéfiniment roses, et vivant notre existence de négrillons, d'enfants de chœur dans *L'Aiglon,* de feux follets dans *La Damnation* ou de Chinoises de pacotille dans *Siang-Sin.* Ce ballet de Léo Staats était interprété par Camille Bos, notre professeur, jolie brune aux yeux bleus dont la finesse distinguée s'évanouissait dès qu'elle ouvrait la bouche pour laisser passer un accent traînard et légèrement faubourien.

La truculence du langage de Suzanne Lorcia ne cédait en rien à celle de la belle Camille.

Un soir de première, après un immense succès, Lorcia voulut donner une généreuse somme d'argent à son habilleuse pour qu'elle partage sa joie... Celle-ci éblouie n'osa accepter :

« Vous n'y pensez pas, mademoiselle, c'est trop, c'est beaucoup trop.

– Ne t'inquiète pas, Raymonde, répondit l'étoile, mon cul est une banque !... »

J'aimais beaucoup Suzanne Lorcia ; son intelligence et son humour (assez rares, il faut bien le dire, chez la plupart des danseuses, en général trop préoccupées de leurs pieds pour faire marcher leur tête) lui faisaient dans mon esprit une place à part.

Bien souvent je me postais devant l'entrée des « Artistes », les yeux fixés avec extase sur la porte de l'« Administration » d'où elle surgissait, drapée, enroulée, emmitouflée dans les kilomètres ondoyant d'un manteau de vison qui lui tombait aux chevilles et dont la douceur soyeuse exhalait jusqu'à mes narines grisées les effluves odorants du Shalimar de Guerlain.

Dans *Le Festin de l'araignée* qu'Aveline avait imaginé pour elle, elle obtint un vrai triomphe, agrippée aux cordages de son immense toile, les yeux à fleur de tête, belle jusqu'à la laideur. Par les grands dégagés de ses jambes admirables, par ses renversements hardis et ses bras inquiétants, elle faisait trembler de crainte et d'admiration tous les pauvres insectes qui venaient mourir dans ses filets.

Nous avions quitté les perruques africaines pour les cagoules verdâtres de ver de terre et, nous tortillant avec entrain, nous savourions les douceurs de ce nouvel emploi qui nous dispensait de maquillage.

Un soir, Mme Serre vint dans la loge et nous déclara :

« Demain après la répétition je vous emmènerai à la caisse, celles qui dansent ou font de la figuration le soir toucheront un cachet.

– Qu'est-ce que c'est, Boul'Miche un cachet ?

– C'est de l'aspirine, répondit la fille de la pharmacienne sans hésiter, sans doute pour calmer nos courbatures. »

Le lendemain nous apprenions avec ravissement que nous commencions à gagner notre vie. Cette poignée de cachets représentait environ de quoi régler nos frais de transport et notre fond de teint Leichner, mais sa modestie n'entraînait pas la nôtre, il nous semblait tout à coup devenir des professionnelles, des adultes... pour ma part, je ressentis ma première grande fierté en posant sur la table de la mansarde cette somme dérisoire qui allait dans ma pensée dédommager maman de tous ses efforts... Il me resta bien peu de chose quand elle serra l'argent dans sa boîte en fer-blanc, juste de quoi payer un chewing-gum et deux tasses de chocolat.

Je trouvais cela tout à fait normal, beaucoup plus normal que l'attitude des autres mères qui déclaraient toute honte bue : « Ma fille est à l'Opéra, c'est pour trouver un protecteur. »

Par cet aimable euphémisme, on désignait un monsieur généralement vieux, toujours riche, qui possédait son fauteuil d'orchestre attitré dans la salle et à qui son abonnement donnait le droit de se promener au foyer de l'Opéra entre les volutes d'or des colonnes faussement corinthiennes et les tutus blancs des danseuses qui se chauffaient les muscles sous les portraits de la Camargo, de Vestris et de la divine Grisi.

Les ballerines n'étaient pas toutes attirées par les facilités qu'offraient ces messieurs. En général elles aimaient leur métier et en vivaient. C'est pour cette raison qu'elles effectuèrent un jour une démarche auprès de l'administrateur Jacques Rouché afin qu'il veuille bien réviser leur situation financière; elles eurent un certain mal à garder leur sang-froid quand il leur répondit en lissant sa barbe blanche :

« De quoi vous plaignez-vous, mesdemoiselles, vous avez le foyer ! »

Moi, les abonnés, cela m'était bien égal et même ça m'aurait plutôt dégoûtée; aussi ils me voyaient passer avec une sorte de terreur : postés au bas de l'escalier qui mène à la scène, ils essayaient d'engager la conversation et n'obtenaient pour toute réponse que le clic-clac de mes chaussons de coutil et le froissement de ma robe de tulle.

Cet ostracisme inébranlable me privait de l'influence de ces messieurs.

J'y perdis peut-être une ou deux places aux examens mais j'y gagnai en revanche le droit de porter la tête haute.

2

Sur notre monde superbe et grouillant (de la dernière petite élève à la première danseuse étoile) régnait, gouvernait une ancienne reine de l'école italienne, une ballerine jadis adulée, aujourd'hui respectée jusqu'à la crainte par le corps de ballet qu'elle menait du bout de sa baguette agile avec une autoritaire précision. Le visage un peu long, encadré de cheveux argentés autrefois du plus beau noir, le regard à la fois velouté et malin, le geste noble, les mains fines, petites, constamment agitées, les doigts couverts de bagues, la voix légèrement rauque – elle roulait généreusement les r en parlant notre langue –, telle se présentait la grande Carlotta Zambelli dite Mademoiselle.

On ne badinait pas avec Mademoiselle, on lui faisait la révérence, on la vénérait et on se taisait sur son passage. On la voyait traverser les couloirs pour aller à la rotonde donner la leçon aux grands sujets, vêtue d'une longue tunique à pans de mousseline pâle, les pieds pris dans d'étroits chaussons, ses frêles épaules couvertes d'un grand châle mousseux.

Tout ce qu'il y avait de mieux à l'Opéra sortait des mains expertes de Mademoiselle. Il était même opportun, pour ne pas dire indispensable, d'aller recueillir son enseignement si on tenait à passer les concours avec l'approbation du jury. Il suffisait qu'un des examinateurs se penchât vers son voisin en murmurant : « élève de Mademoiselle » pour qu'aussitôt l'élève en question fût considérée avec une attention aussi soutenue que la note qu'on lui offrait.

En effet, Mademoiselle avait ses cours personnels qu'elle donnait dans son studio de la rue Chaptal où se retrouvaient indifféremment des éléments du deuxième quadrille, des coryphées, des petits rats et des grandes étoiles...

Les cours privés de Mademoiselle étant d'un prix élevé pour les moyens financiers de ma mère, il n'était pas question que je reçoive ses conseils éclairés...

Cependant, maman, à qui on avait conseillé « pour mon bien » de faire un petit effort, puisa un jour dans la boîte en fer-blanc et je pus comme les autres pénétrer dans l'antre féerique de la rue Chaptal.

Morte de peur et mal à l'aise, je commençai le travail à la barre... Tout se passa assez bien; je reçus sans doute une réflexion sèche à propos de mes arabesques mais en venant faire ma révérence finale, j'eus droit en remettant mon billet bien plié à un sourire et à un mot gentil...

La semaine suivante, j'aurais bien aimé y retourner, mais c'était la fin du mois, la boîte en fer-blanc montrait son fond : plus de billet ni de monnaie, donc plus de cours.

Quelques semaines plus tard, traversant la place de la Madeleine pour aller chercher Jacqueline, je m'entendis héler :

« Boudet... Boudet! »

En me retournant je vis Mademoiselle qui venait vers moi; entrouvrant son sac à main, elle y glissa ses doigts de fée et me remit entre les mains un billet aussi soigneusement plié que celui qu'elle avait reçu le mois précédent... Je restai interloquée n'osant bouger.

« Tiens. Voyons, je n'avais pas l'intention de te faire payer », dit-elle en souriant. Avant que je puisse articuler le moindre son, elle avait disparu.

Ce geste élégant n'arrangea pas mes affaires, car un peu honteuse mais fière, je n'osai pas retourner chez elle de peur qu'elle ne se crût obligée de me donner des cours gratuits.

Quand la grande Carlotta mourut presque dans la misère, je compris que je n'avais pas dû être la seule à être remboursée.

Pourtant notre pauvreté ne me pesait guère sauf peut-être quand, au cours de mes premières années d'Opéra, je sentais l'attitude légèrement méprisante des mères de mes camarades à l'égard de la mienne, cela parce qu'elle travaillait, ou bien quand Zizi m'éblouissait avec ses robes couleur d'espérance bordées de putois ou encore quand on nous demanda d'apporter nos tutus le jour de la photo, et que, n'en possédant pas encore, je fus seule à poser en tunique de travail au milieu des autres impeccablement juponnées, humble volatile perdu au milieu des cygnes immaculés, misérable petit caneton sans père !

L'absence de ce père assurément laissait en moi comme un grand creux... Les petites filles arrivaient à l'Opéra accompagnées du leur, je les sentais protégées, réchauffées par cet appui de moi inconnu.

Ma mère obligée de jouer son double rôle alternait de façon quelque peu anarchique les excès de tendresse et ceux d'autorité, aiguisant ainsi une sensibilité qui me faisait éclater en sanglots irrépressibles au moindre mot un peu dur échappé de la bouche d'une copine ou d'un supérieur mécontent.

En me parlant avec douceur Mme Rista, la tendre maîtresse d'école, obtenait le même résultat ; je pleurais alors en silence sans un plissement des yeux, sans même renifler, avec un stoïcisme curieusement mêlé de bonheur, recueillant avec une délicieuse souffrance les larmes qui roulaient sur mes joues.

Gémissantes ou muettes, mes larmes me purifient et me rénovent toujours ; elles viennent à mon secours dans les moments difficiles ; salvatrices, efficaces, elles constituent pour tous mes maux la plus parfaite des thérapeutiques ; après une bonne crise de pleurs, je me sens rajeunie, fraîche, lavée.

Il est aussi nécessaire pour moi d'éclater en sanglots que d'éclater de rire.

Quoi de plus normal, puisque ce rire à la spontanéité savamment travaillée est devenu mon gagne-pain par l'entremise des joyeuses soubrettes de Molière dont j'ai, avec tant de plaisir, exprimé l'humeur et la santé sur la scène du Français ?

Cette spécialité rieuse amuse mes amis... Jean-Pierre Grédy par exemple, quand il nous arrive de dîner ensemble au restaurant et que l'atmosphère environnante lui paraît légèrement guindée, n'hésite pas à me murmurer : « Si tu nous poussais un petit éclat, ma chérie ? » Sans me faire prier, j'y vais de mes cocoricos et de mes roulades, de mes trilles et de mes cascades, cette fusée qui jaillit soudain comme la sirène du mercredi perçant le silence de la salle, jette l'effroi et la consternation parmi les dîneurs choqués qui se demandent ce qui leur arrive, et lancent vers nous des regards on ne peut plus dépourvus d'aménité...

Jean-Pierre qui meurt de joie en profite pour pouffer à son tour dans son sorbet à l'ananas en s'esclaffant :

« Merci, mon ange. Ah! quel dessert, non mais, quel dessert! »

De toute façon c'est moi qui me régale, la conversation de Jean-Pierre est un tel délice! Ensemble, chez lui, au restaurant, au téléphone, nous n'en finissons pas de nous adonner aux joies sans cesse renouvelées du bavardage... Je lui raconte mes malheurs, il me raconte ses pièces, nous refaisons le monde, le théâtre, nos amis, nous passons avec allégresse et sans transition de l'ironie à l'espérance, je le réconforte quelquefois quand il doute, il me rassure toujours quand j'ai peur; ses conseils pleins d'humour m'aident et me réjouissent, bref, je n'ai aucune raison de ne pas lui éclater de rire au nez quand il me le demande.

Mais revenons à nos moutons, ou plutôt à nos petits rats.

A Carlotta Zambelli s'opposait un personnage qui avait surgi pour moi spontanément du plancher de la rotonde à un moment resté imprécis dans ma mémoire, mais dont l'image en revanche renaît, chaque fois que je la sollicite, avec la même précision.

C'était une sorte de dieu sauvage et brun, au corps élastique, dont les yeux un peu bridés semblaient perpétuellement se moquer du monde et de lui-même; son nez plat, ses pommettes saillantes, lui donnaient un peu l'apparence d'un Gengis Khan, apparence fort heureusement corrigée par l'accent caressant et la voix enveloppante qui font partie intégrante du charme slave.

Toujours coiffé de son béret basque, il traversait la cour de l'Opéra de son pas chaloupé, tel un marin sur le pont du *Potemkine,* et montait à la salle de répétition, couvert comme un oignon d'une bonne demi-douzaine de chandails qu'il ôtait un à un en faisant sa barre, au rythme de ses exercices transpiratoires : le pull de marin troué cédait la place à une sorte de serpillière décolorée, qui recouvrait elle-même un gilet d'un vert incertain, lequel cachait à son tour un tricot de corps blanchâtre qui laissait apparaître enfin un maillot noir sans manches, dégageant deux bras musclés couleur de pain d'épice, qui me paraissaient au moins aussi parfaits que ceux des statues des Tuileries.

Cet Apollon en guenilles, bien sûr vous l'avez reconnu, c'était le nouvel empereur de la danse, c'était l'objet de ma vénération, de mon admiration, c'était mon premier amour de jeunesse, c'était Serge Lifar.

Carlotta Zambelli représentait la tradition raffinée et l'expression de la grâce dans sa pureté classique. Le pied cambré vers l'extérieur, les doigts précieusement détachés dans une attitude empruntée aux primitifs de son pays, elle enseignait la dignité, l'élégance, la réserve.

Lifar, lui, bousculait tout, tapait des pieds en cadence, invoquait les dieux, se roulait par terre, bondissait vers le ciel, cassant la raideur de nos bras, il nous apprenait à laisser tomber la main comme une fleur alanguie; il ajoutait aux cinq positions déjà existantes une sixième attitude : les pieds droits dans le prolongement naturel de la jambe, imitant l'attitude représentée sur les bas-reliefs égyptiens. Il créait le style néo-classique. La danse n'était plus une démonstration sage du genre académique; elle apportait, libérée de deux siècles de contraintes, une bouffée de jeunesse, de folie et de passion, à tout le corps de ballet galvanisé.

Zambelli retenait avec peine son agacement. Un jour que Lifar, au foyer, venait lui présenter ses hommages, s'inclinant sur sa main en joignant les pieds, « J'accepte votre salut, lui dit-elle, mais en cinquième... je ne connais pas d'autre position », et elle mit ses pieds dans ladite position.

La conversation des deux rivaux faisait nos délices : les vifs pizzicati de la gazelle italienne mêlés aux ronronnements traînants de l'émigrant russe nous offraient la musique curieusement contrastée d'un concerto de Paganini revu par Rimski-Korsakov.

Mademoiselle, pourtant, estimait Lifar, car toute personne luttant et travaillant pour son art lui semblait, à juste titre, estimable.

Tous les mercredis, assise dans le fauteuil 52, elle assistait à la soirée de ballets... Elle en connaissait par cœur chaque pas, chaque figure, y compris ceux de son ennemi, et le deuxième quadrille ou le grand sujet qui commettait une erreur, même dans le fond du décor, se voyait sévèrement tancé par Carlotta le lendemain à la classe.

Son grand amour de la danse se confondait avec celui qu'elle nourrissait pour son partenaire d'autrefois, Albert Aveline, amour né de leurs adages chorégraphiques, de leurs tendres duos, de leurs étreintes exaltées, au gré de la musique. L'harmonie totale de leur corps et de leur cœur avait fini par les faire glisser insensiblement du rêve à la réalité, cet amour si souvent simulé en scène devint la plus durable des vérités.

Aussi, quand Albert, devenu vieux, fut retenu à son foyer par la paralysie et par l'autorité de son épouse, Carlotta quitta son appartement de la rue Chauvau-Lagarde et les couloirs roses du palais Garnier, pour retourner dans sa famille, en Italie, finir de vivre et commencer de mourir.

Nos tailles, nos bras, nos jambes grandissaient avec le temps et il nous arrivait pour certains ballets d'être choisies comme les langoustes, « selon grosseur ».

Lifar en tout cas se souciait peu de l'ordre hiérarchique et du scandale qu'il provoquait en distribuant les danseuses, non pas d'après leur classement, mais d'après son goût personnel. L'état d'excitation dans lequel nous vous trouvions le jour de la désignation des rôles était aggravé pour moi par les palpitations désordonnées de mon pauvre cœur, amoureux du prince en béret basque, de l'inaccessible Icare, du beau chevalier noir.

Lifar devint l'objet de toutes mes rêveries, de tous mes souhaits, de toutes mes ambitions; je m'étais mise à travailler avec rage, espérant de toutes mes forces qu'il me remarquerait, soit à l'examen, soit à la répétition, qu'un beau soir peut-être je pourrais danser dans son ombre, qu'il me ferait le signe qui me hausserait jusqu'à lui.

Ce jour-là, et par la grâce du Maître, je fus promue séraphin de service dans son nouvel ouvrage *Les Créatures de Prométhée*.

Le corps à peine voilé d'une tunique courte ourlée d'argent, de petites ailes transparentes au dos et casquée de boucles blondes, je m'appliquais, de toute la grâce dont j'étais capable, à exécuter sur la musique de Beethoven les

1. *Paul et Virginie.*

2. *Entrée… en vie de la « p'tite Boudet ».*

3. *Ah ! c'qu'on s'aimait ! c'qu'on s'aimait toutes les deux ! Maman et Micheline : années trente.*

4. Mon premier rôle de composition.

6. Ce rôle de danseuse décidera de mon futur métier d'actrice. France Ellis, Mady Berry, La Mort du cygne.

5. Des danseuses... Trois hommes, un négrillon. Les hommes, de gauche à droite : Serge Lifar (en béret basque), Paul Morand, J.-B. Lévy, metteur en scène, pendant le tournage de La Mort du cygne. *Le négrillon, c'est moi !*

7. Le ballet des poupées. Denise Bourgeois, en tutu, Jacqueline Moreau, danseuses étoiles chez Cuevas, Claude Naud, Jacqueline Queffélec. Debout, Jean Guelis, Christiane Vaussard. Sur les hauteurs, Zizi Jeanmaire. A genoux et sans tutu, votre servante.

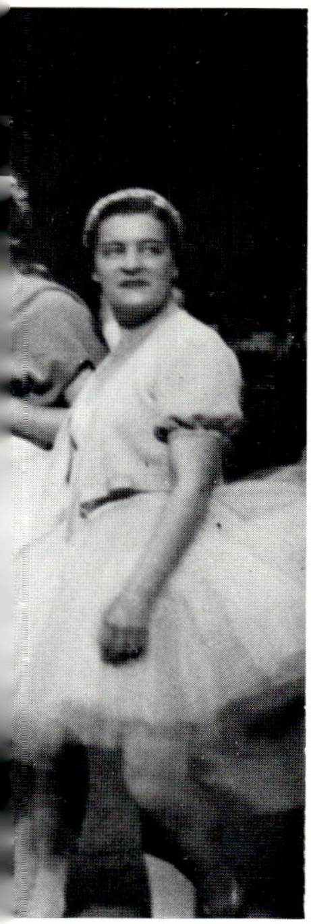

8. Date historique : 28 juin 1945, le premier prix de Conservatoire. De gauche à droite : ma tante Marthe, maman, notre ami Achille Warembourg.

9. *La débutante officielle : un trac fou ! Lisette,* Le Jeu de l'amour et du hasard.

pas simples que Lifar avait réglés pour six angelots que nous représentions, mes éternelles copines et moi.

Lui, Prométhée, bien sûr, dérobait le feu céleste, pour mieux enflammer mon cœur... Au cours de sa variation du deuxième acte il lui arrivait, pour reprendre son élan, d'appuyer sa main sur l'épaule de l'une d'entre nous, pendant que nous posions au fond du décor, la tête gracieusement inclinée sur nos mains potelées, retenant notre souffle, parce que nous étions émues et parce que nous avions peur de nous faire attraper par Mademoiselle.

Cette main souple et légère, j'en attendais le poids chaque soir, priant dès mon entrée en scène pour que mon épaule en fût l'heureux réceptacle.

A force de prier il arriva enfin que Lifar fit de ma fragilité son support, et que la fleur ployée de ses doigts vint effleurer mon omoplate. Ce soir-là, en rentrant à la mansarde, il me sembla que mes ailes avaient doublé de volume; je traversai des nuages d'euphorie, je planai dans des galaxies de bonheur, et je me glissai dans mes draps, enivrée d'amour, caressant mon épaule gauche que je n'avais pas démaquillée pour y conserver l'empreinte du dieu.

Tandis que mes camarades grandissaient en s'affinant, ma croissance personnelle se faisait tout en rondeurs, c'est-à-dire qu'il devenait évident que j'appartenais davantage au genre boulotte qu'à celui de roseau.

Aussi, quand Lifar composa pour Solange Schwartz une de ses plus belles œuvres, *Le Chevalier et la Damoiselle,* il ne me choisit pas pour faire partie des pages.

Les deux pages noirs étaient dansés par les deux « préférées » de Serge, Colette Marchand, jeune fille à l'impeccable plastique qu'on aurait pu déjà, comme le firent les Américains quelques années plus tard, surnommer « the legs », et Denise Bourgeois au corps tout aussi harmonieux qui possédait par-dessus le marché le plus beau regard de l'Opéra.

En fait de pages, la mienne fut vite tournée : les deux pages rouges, les deux pages bleus étaient distribués à Mireille, à Claude, à Lolita, à Jacqueline. Le Maître ne m'ayant pas voulue ou pas vue, je restai dans l'ombre, modeste remplaçante, ce qui n'empêcha pas le ballet décoré par Cassandre et mis en musique par Philippe Ganbert d'obtenir un triomphe!

J'avais suivi les répétitions avec passion, et je crois bien que j'aurais été capable de tout danser, les biches, les pages, les chevaliers, et même la damoiselle transformée en gazelle, pauvre créature victime d'un enchantement, à qui l'amour devait permettre de retrouver sa féminité.

Au bout d'une dizaine de jours, Lolita eut le bon goût de tomber malade, il fallait une remplaçante : selon l'ordre de classement Huguette devait logiquement prendre la place de l'absente. Mais, je l'ai déjà dit, Lifar se moquait du classement comme de la place Rouge et il annonça à la fin de la répétition que celle qui savait le rôle le danserait. Puis il quitta vivement la rotonde pour ne pas entendre d'éventuelles protestations.

J'étais figée d'espoir et de crainte, les chaussons collés au parquet, muette.

« Que tu es sotte, dit Colette Marchand, cours, voyons, va lui dire que tu connais le rôle. »

Colette n'avait pas seulement de belles jambes, elle possédait aussi une âme compréhensive, d'autant plus compréhensive qu'elle éprouvait pour le Maître une passion identique à la mienne...

Brusquement, je me décide; soudain lucide, je réfléchis à la meilleure manière de me présenter à lui... Depuis plusieurs jours déjà, je transporte dans mon sac un exemplaire du livre que Lifar vient de publier : *Du temps que j'avais faim.* La dédicace tant souhaitée va me servir d'introduction.

Me voilà donc déambulant seule, le livre serré sur la poitrine et les jambes tremblantes dans les couloirs mal éclairés qui mènent à sa loge... Je m'arrête un instant devant la porte sacrée, je reprends ma respiration, j'invoque la déesse de la danse, le dieu de l'éloquence, et le petit Jésus, et je frappe.

« Entrez. »

Oh! mon Dieu, cette voix, cet accent... comment ne pas défaillir?

Je tourne la poignée. Il est là devant moi, en collant de laine, des reflets de bronze sur son torse nu, souriant, debout au milieu de son antre, sombre caverne en désordre.

« Voilà, maître, je voudrais... enfin j'ai acheté votre livre... pouvez-vous, s'il vous plaît... me le signer... »

Impossible d'en dire plus... envolée la belle phrase que j'avais si bien préparée, les mots destinés à le toucher, à le surprendre; je ne peux que lui tendre mon livre en tremblant... il sourit toujours; je ne sais si je me trompe, il me semble voir dans son regard quelque chose comme de l'amusement.

« Mais, c'est très gentil, dit-il, donnez... »

Alors prenant je ne sais où un courage dont je ne me croyais pas capable, j'ose à nouveau ouvrir la bouche, pendant qu'il écrit :

« Je voulais vous dire aussi, maître... pour le page rouge... je le sais entièrement, je l'ai appris.

– C'est magnifique, dit-il, alors, si vous le savez, c'est vous qui danserez mercredi. »

Je fais ma petite génuflexion.

« Oh! merci, maître!... » et je me sauve avec le livre magique; à peine arrivée au coin du couloir, je l'ouvre, et savez-vous ce que j'y lis?

« A Micheline Boudet de tout cœur... » Ce n'est pas vrai... de tout cœur... de tout cœur... Alors, moi, de tout mon amour, je me mets à courir comme une folle dans les couloirs soudain devenus lumineux, je bouscule deux danseurs et une habilleuse qui hurle, je survole les escaliers, je pousse la porte de la grande loge au risque de la briser, et je m'abats enfin à bout de souffle entre les bras de Colette à qui je crie entre deux hoquets :

« C'est moi qui danse le page rouge, mercredi! »

Ah! quel mercredi! Sans doute l'un des plus beaux moments de toute ma vie d'artiste; je mis dans le combat toute la fougue, toute l'ardeur dont je me sentais pleine; par bonheur le rôle comportait beaucoup de sauts et peu d'arabesques, je pouvais donc y déployer le maximum de mes possibilités.

En sortant de scène heureuse et encore essoufflée, je traîne pour me trouver sur le passage de Lifar, je m'attarde en poussant la lourde porte du plateau, je la retiens même un peu; le voilà qui vient; son visage mouillé par l'effort, sur lequel seul le maquillage des yeux reste intact, marque l'épuisement et cette sorte d'extase apaisée qu'ont les artistes quand ils viennent de se donner à leur art. Je lui tiens la porte; en passant il pose sa main sur mon bras :

« C'était très bien, mademoiselle Boudet, très bien. »

Mon nom, il a prononcé mon nom!... Ce nom qui jamais,

ni à l'Opéra ni à l'école, n'est précédé de mon prénom, ce nom qui sert de plaisanterie à mes camarades et même à mes supérieurs, Boudin, Boudiche, Bouboude, Boudinette, Boudichon, ce nom que Peretti veut me faire changer parce qu'il est affreux, ce nom ce soir me paraît le plus doux, le plus harmonieux du monde et je remercie secrètement mon père de me l'avoir donné.

3

Aux approches de ma onzième année, un homme vint assister à la classe de danse de Camille Bos, et cet homme avait un peu le visage de mon destin...

Ses lunettes cerclées d'acier ne pouvaient dissimuler ni l'intelligence de son regard ni sa bonté...

Il vint ainsi, pendant plus d'une semaine, assister à tous les cours, aussi bien à ceux des enfants qu'à ceux du corps de ballet. Il nous observait minutieusement, prenait des notes, parlait bas avec la personne qui l'accompagnait, son assistante Marie Epstein. Lui s'appelait Jean Benoît-Lévy, il venait d'obtenir un grand succès au cinéma avec *La Maternelle,* et se disposait à tourner un nouveau film ayant l'Opéra pour toile de fond et qui devait avoir pour titre : *La Mort du cygne*.

Il s'agissait de l'histoire d'une petite danseuse, Janine Charrat, qui, passionnée pour son métier et sa petite mère Yvette Chauviré, ouvre une trappe sous les pieds d'une nouvelle étoile étrangère, Mia Slaweska. Bien que n'ayant eu l'intention que de la ridiculiser, elle l'estropie pour la vie. Celle-ci, ignorant les faits, prend la petite fille en affection. Étouffant de remords et poussée par ses deux petites amies, l'enfant finit par tout avouer à la belle boiteuse devenue professeur... Horreur, éloignement, cruelle douleur mais tout s'arrange le jour de l'examen : Rose Souris triomphante y décroche la première place, et le pardon généreux de Mia Slaweska, aussi joliment russe que rousse.

Nous devions tourner à Joinville pendant le mois de

juillet... Ce furent les plus belles vacances de notre vie de petits rats.

Mais d'abord, il s'agissait de distribuer les rôles de Coco Battut et de Clara Bijou, les deux complices de Janine.

Ô stupeur! Benoît-Lévy retient quatre fillettes pour l'essai de Clara Bijou : Zizi, Claude, Jacqueline, je suis la quatrième.

Il fait frisquet dans les studios de Saint-Maurice à dix heures du matin... je suis arrivée à neuf heures accompagnée de maman qui a obtenu de son patron l'autorisation de quitter la pharmacie; et dans ma tunique légère, les bas bien tirés, un nœud de satin blanc dans les cheveux, j'attends mon tour en relisant mon texte.

Boul'Kiche sort justement triomphante de l'épreuve, et me dit, au moment où je vais lui succéder pour l'essai :

« Ça s'est très bien passé, je vais sûrement être prise. »

Cela me paraît d'une absolue évidence : Jacqueline est avant moi au classement, elle danse mieux que moi, elle est mince, jolie, la meilleure partout, pourquoi ne serait-elle pas, là encore, victorieuse?

« Boudet Micheline! » appelle le régisseur...

Mon Dieu, c'est à moi... il doit faire encore plus froid que je ne pensais, je frissonne des pieds à la tête, j'ignore que je connais mon premier trac d'actrice.

J'arrive devant un petit morceau de barre, qui tient par miracle à un pan de mur, accroché au néant, entouré de deux ou trois projecteurs, et observé par le gros œil de la caméra, qui m'observera moi aussi tout à l'heure.

Jean Benoît-Lévy me prend gentiment par les épaules, me place la main sur la barre, et m'explique que je devrai dire mon texte en faisant les exercices habituels.

« N'aie pas peur, ajoute-t-il, rassurant, tu vas d'abord répéter, on tournera quand tu seras prête... Vas-y... »

Mon Dieu, si mes jambes pouvaient s'arrêter de trembler! Je cafouille mes exercices, mais bizarrement, côté parole, ça a l'air d'aller plutôt bien.

« Ça va, on tourne, dit le metteur en scène... Attention... PARTEZ. »

Et je me lance... que se passe-t-il en moi? Ma peur s'envole, je parle avec netteté, je pense à la situation, j'y entre, je m'en amuse, tout heureuse de n'être plus seulement une machine à muscles, mais une vraie petite fille qui agit et s'exprime avec clarté.

Quand Benoît-Lévy dit : « COUPEZ », je regrette presque de n'avoir plus rien à dire et d'être si vite rendue à l'ombre. Pendant que les projecteurs s'éteignent en craquant, je l'entends dire à Marie Epstein : « Elle est d'un naturel ! »

Ah ! le beau mot, celui après lequel je vais courir tout au long du métier que je viens d'aborder le jour de mes onze ans.

« Où est ta mère, Clara ? » dit le grand saint Benoît-Lévy.

Maman sort de son coin.

« Écoutez, madame, dit-il prophétique, j'ignore si votre fille sera danseuse un jour... mais je vous en supplie, faites-lui apprendre la comédie quand elle sera grande, c'est une comédienne. Je vais voir l'essai en projection demain, si elle est photogénique, c'est elle qui sera Clara Bijou. »

Dans le petit bout de loge du studio, Jacqueline se rhabille.

« Alors ? dit-elle.

– Ça s'est bien passé pour moi aussi, dit Boul'Miche sur la pointe des pieds.

– De toute façon, c'est moi qui le fais, j'en suis sûre », rétorque Boul'Kiche, implacable.

Je n'ose rien répondre, elle paraît si sûre... et si dure... J'en ai mal au cœur, et brusquement ce rôle tant souhaité, je voudrais qu'elle l'obtienne, qu'elle m'en débarrasse, tant j'ai peur qu'il ne nous sépare...

Il nous séparera. Le surlendemain, je reçois un petit billet m'annonçant que j'ai décroché le cocotier.

Ma joie se mélange de regret ; si seulement il pouvait y avoir un autre rôle pour mon amie. Mais, l'autre rôle sera pour Jacqueline Queffélec, petite fille comique avec ses deux nattes, et qui sera épatante dans Coco Battut.

On m'aurait bien étonnée en m'annonçant alors que je donnerais ses premiers cours de comédie, trente ans plus tard, à sa fille Frédérique.

Mes rapports avec Jacqueline vont être pour quelque temps empoisonnés par le vilain serpent de la jalousie. Je sens qu'elle souffre, j'essaie de me faire toute petite pour me faire pardonner cette promotion inattendue, et je découvre qu'il faut toujours payer le moindre de ses bonheurs.

Alors commence notre plus bel été.

Tous les matins, l'autocar vient nous ramasser dans la cour de l'Opéra pour nous conduire aux studios de Joinville-le-Pont.

Nous traversons en chantant la forêt de Vincennes dans la verdure épaisse éclaboussée de lumière, babillardes, chahuteuses, volière turbulente de moineaux parisiens.

La cour des studios nous reçoit; une à une nous sautons hors de notre cage roulante pour entrer dans celle de la grande loge où nous devons nous changer.

« Pas de maquillage pour les enfants », avait commandé le metteur en scène. Seule Janine avait droit à l'éponge imprégnée de fond de teint, et aux mains expertes du maquilleur; nous la regardions avec envie...

La rotonde et la scène, et même les escaliers aux murs roses étaient scrupuleusement reconstitués dans les studios de Saint-Maurice... Il y avait pour nous quelque chose de fascinant à évoluer dans cette fausse réalité.

Serge le bien-aimé réglait la chorégraphie du film, assisté de la merveilleuse Léone Mail, aujourd'hui inspectrice de la danse en France.

Jean Benoît-Lévy évoluait dans un univers de tutus, d'éclats de rire, de machinistes traversant le plateau avec leurs échelles, de pianos faisant répéter les jambes levées en cadence, de caprices, ceux des deux étoiles : la fougueuse Mia et la romantique Yvette.

Chauviré n'était encore que première danseuse, nous l'admirions beaucoup, c'était « la nôtre », la Française; classique et pure, elle allait devenir la plus grande de son époque. Nous le pressentions bien et lui donnions la préférence sur Mia Slaweska, si belle pourtant avec sa chevelure de satin roux sans cesse en mouvement autour d'un visage transparent.

C'est à cette époque que par admiration pour Yvette je trahis Zizi. J'abandonnai sans vergogne cette dernière qui n'avait guère le temps de s'occuper de moi, et pleine d'émotion je vins offrir mes services à la grande Chauviré qui me paraissait être une petite mère beaucoup plus plausible. Elle m'adopta aussitôt très gentiment, et ne me fit aucun carnet de notes; mais j'ai d'elle encore des boutons de manchettes d'écaille blonde envoyés d'une ville d'Italie où elle dansait.

Je possède aussi un vrai trésor : un petit morceau de toile bise sur lequel, quand elle était élève, elle avait brodé au point de croix toutes les lettres de l'alphabet (le Z est légèrement de travers) ainsi que son prénom et son nom. Ce document, je l'avais volé dans la boîte à couture de l'école un jour qu'on nous faisait admirer les modèles de nos aînées. Je le garde précieusement, inestimable document, dérisoire petit carré d'étoffe, tourné et retourné dans les doigts fins de la plus brillante des étoiles.

A quatre heures, on faisait une pause pour le goûter des enfants. On apportait alors sur le plateau d'immenses bassines de grenadine qu'on nous servait à la louche dans des bols, et des paniers remplis de pains au chocolat que nous mangions à toute vitesse afin d'en réclamer aussitôt un second. Bien entendu on ne nous le refusait pas, mais quand il fallait remonter sur les pointes, avec le ventre plus grand que les yeux, nous sentions peser lourdement le poids des petits pains sur nos consciences coupables.

Cependant, Jean Benoît-Lévy restait calme; il surmontait sereinement les orages, il m'appelait Clara, me guidait dans mon jeu, m'indiquait tout ce que je devais faire, sans jamais élever la voix. Paternel il me protégeait sans cesse.

Nous nous amusions follement, nous courions sur les plateaux encore encombrés de vieux décors sans vie pour y jouer à cache-cache; un vieux wagon qui traînait dans la cour nous accueillait. Nous le quittions avec précipitation pour voir passer les protagonistes de *La Sonate à Kreutzer :* Pierre Renoir, Pierre Richard-Wilm, et la merveilleuse Gaby Morlay qui m'avait dédicacé sa photographie.

Nous menions une existence remplie de découvertes au sein d'un univers où nous allions nous consacrer, l'espace d'un bref moment, au plus beau métier du monde. Je savais déjà que c'était là le plus beau des métiers.

Être artiste de cinéma pourtant n'allait pas sans quelques vicissitudes. J'en eus pleinement conscience le jour où on me suspendit dans les airs à l'aide d'une sorte de harnais de cuir attaché à la taille, qui formait bretelles, passait entre mes jambes, et remontait dans le dos pour s'accrocher à un treuil qui me faisait glisser, pauvre insecte ballotté, survolant mes copines du jardin à la cour et de la cour au jardin, pendant toute la durée du ballet des abeilles. Feignant pour les besoins du scénario d'avoir mal au cœur et de vomir, le nez plongé dans une grande fleur de tournesol, j'étais si étourdie, si mal à l'aise que je faillis bien restituer mon petit pain au chocolat en reprenant contact avec la terre.

La seconde difficulté de mon rôle fut d'avaler quatorze fois de suite un morceau de gâteau de Savoie, sur lequel je devais me jeter avec voracité (alors que je venais de déjeuner) et qu'il me fallait engloutir d'un air gourmand. Les cinq premières tranches passèrent à peu près. Entre chaque prise Benoît-Lévy, croyant bien faire, m'offrait un grand verre d'eau. A la huitième reprise, l'ingestion de l'éponge faillit m'être fatale. En effet le liquide envoyé sur le gâteau par nappes successives formait dans mon estomac une sorte de magma, genre Spontex, qui me donnait la sensation d'être comme la grenouille de la fable, sur le point d'éclater.

Mais l'abdomen d'une petite abeille de onze ans est plus solide qu'on ne croit, je parvins donc sans trop de dégâts à absorber la treizième part du gâteau; c'est alors que l'assistant eut un mot qui fit tordre de rire artistes et techniciens :

« Ma pauvre Clara, dit-il en m'embrassant, le proverbe a bien raison : où il y a pain de Gênes, il n'y a pas de plaisir. »

Cette boutade m'ayant réjouie, ce fut de bon cœur que pour la quatorzième fois je pus m'en payer une bonne tranche!

Toutes ces épreuves mêlées de joies devaient donner le plus réussi des films... Slawenska, Chauviré et la petite vedette Janine Charrat furent portées aux nues...

En conséquence, le prix de l'Expo 37 nous tomba dessus à peu près en même temps que la reine d'Angleterre.

La première du film eut lieu à l'Opéra : grand soir de gala; ma grand-mère Virginie, pour l'occasion, vint en aide à maman et me fit faire par sa couturière messine une robe de velours cramoisi à boutons dorés et une redingote bleu marine; l'ensemble porté avec des chaussettes blanches me donnait l'apparence du drapeau français si cher à la famille.

Ma petite participation dramatique dans le film fut très remarquée. Lifar en smoking et sans béret basque me prit même dans ses bras : la couleur de mes joues en fit pâlir celle de ma robe; et un journaliste écrivit le lendemain : « Toutes les petites filles sont bien, surtout Micheline Boudet. »

Ce « surtout », maman le brandissait partout comme un trophée, faisant sien le succès que je remportais... D'ailleurs, je m'aperçus par la suite que les succès étaient toujours pour elle, et les échecs pour moi.

Les éclats de notre triomphe d'enfant s'éteignirent vite, et nous retournâmes bientôt à notre vrai métier, celui de danseuse.

Peu de temps après, la reine Élisabeth fit une visite à la France et à Albert Lebrun.

Création pour la circonstance d'un *Ballet des poupées,* réglé par Albert Aveline, dansé un soir au ministère des Affaires étrangères, devant la reine, toujours vêtue de blanc, et du couple républicain.

Nous étions au programme sept petites danseuses en compagnie de Maurice Chevalier et d'Yvonne Printemps... J'étais costumée en dandy romantique, habit noir et chapeau haut de forme, j'en rêve encore aujourd'hui. C'est le regret de ma vie de n'avoir jamais pu danser, faire des claquettes dans ce costume d'homme qui devient, quand il est porté par Judy Garland ou Liza Minnelli, le comble de la féminité.

En passant par les cuisines du ministère, Denise et moi n'avons pu résister aux éclairs au chocolat, nos gants blancs non plus... ils sont si maculés de crème qu'il nous faut danser les mains dans le dos pour dissimuler les taches révélatrices.

« Ça vous apprendra à manger », dit Zizi qui se prive depuis huit jours pour entrer dans son tutu rose.

Le surlendemain, les jardins de Versailles nous voyaient évoluer dans les tuniques à la grecque du ballet d'*Alceste* de Gluck, toujours avec Christiane Vaussard pour étoile, et la reine mère pour spectatrice en robe de tulle blanc, capeline et gants blancs, l'image même de la grâce...

A l'issue du ballet, les frondaisons ne comportant pas de rideau, on nous avait priées de rester plongées dans la révérence finale jusqu'au départ de la reine qui devait avoir lieu aussitôt.

Nous voilà donc gracieusement ployées dans le plus harmonieux des saluts... la reine ne se lève pas... nous restons courbées... la reine fait un geste au chef du protocole, André de Fouquières... nos genoux s'engourdissent.

« Ces fleurs sont si jolies, dit la reine en français, puis-je en avoir quelques-unes? »

Voilà qui n'était pas prévu au programme! Le temps pour de Fouquières de se ressaisir devant ce souhait inopiné et de courir vers la pelouse, nos jambes ne nous soutiennent plus, nous avons le nez piqué dans l'herbe... les fleurs aussi; c'est-à-dire, en termes plus clairs, que de Fouquières revient dépité pour annoncer à Élisabeth :

« Votre Majesté, je suis désolé, mais les fleurs... eh bien, voilà... elles sont fausses! »

Catastrophe! Toute cette cérémonie a duré trop longtemps, nous n'avons pas pu tenir; les jambes pleines de fourmis, le dos courbatu et le sang à la tête, nous nous sommes écroulées, le derrière dans la verdure, ajoutant les taches blanches de nos tuniques à celles des marguerites artificielles, tandis que s'éloigne enfin, corolle vivante, la capeline immaculée de la mère d'Élisabeth II.

C'est un peu naître une seconde fois que d'aller ainsi au-devant de la petite fille que j'étais, cette petite fille qui palpite en mon centre, dont je ne cesse d'être enceinte bien qu'elle soit née avant moi, cette petite fille qui parle par ma bouche, qui pleure, qui rit, qui regarde le monde à travers mes yeux, cette petite fille soigneusement emmaillotée dans ses deux enveloppes, celle de la jeune fille, celle de la femme, tel le jaune de l'œuf entouré de son blanc, lui-même recouvert de sa coquille finale, qu'il me faudra percer au jour de ma mort, éclatante de jeunesse, ayant rejoint la vie.

A toutes les heures du parcours de cette vie, les heures lourdes, les heures légères, j'aurai l'impression que c'est la petite fille qui agira. Elle ne m'a jamais quittée; au point que les réactions de mes propres enfants me seront familières, attendues, comme si je les vivais moi-même dans la minute.

C'est pour cette raison sans doute que mon autorité maternelle sera toujours en défaut. Je me sens si près d'eux qu'il me manque le rien de recul, l'espèce de domination calme, indispensable à une éducation bien comprise. Je ne sais pas les élever, je ne sais que les aimer. Alors, évidemment, je reste légèrement sur ma faim en ce qui concerne le respect, mais je certifie qu'en ce qui concerne l'amour, je suis nourrie, gavée, comblée. Tant par mon fils Alain qui m'écrit du fin fond de son lagon tahitien et de ses vingt-six ans : « Maman, je t'aime tant que j'en pleurerais », que par ma fille Marie, huit ans, qui me déclare tendrement :

« Tu sais, je t'aime comme mon cœur.
– Pourquoi comme ton cœur, ma chérie?
– Parce que mon cœur, je n'y pense pas tellement, mais c'est lui qui me fait vivre... »
Alors, je m'en fiche un peu qu'ils se tiennent mal à table, ou qu'ils disent des gros mots, vous comprenez...

4

C'est au bord de la mer, vers la fin de l'été, que la guerre vint nous surprendre.

Nous vivions sans le savoir nos derniers jours d'insouciance. Dans une villa, *Les Glycines,* transformée en pension de famille par l'abbé Mesnardais (un drôle de paroissien passionné de danse qui fait des conditions spéciales aux élèves de l'Opéra), je passais avec maman, et pour la première fois, des vacances au bord de la mer. Nous étions dorées, salées à point, plongeant deux fois par jour dans les vagues fraîches. Nous marchions dans les dunes en faisant fi des galets dieppois; nous mangions tous les jours du poisson frais, qu'accommodait avec soin Mlle Mesnardais, la sœur du curé, et admirions chaque soir le coucher du soleil, en nous régalant de sucettes au caramel.

Tout me semblait clair et gai, lorsque je m'aperçus que dans la salle à manger les visages des estivants changeaient peu à peu d'expression. Ils pâlissaient sous leur hâle, devenaient graves, préoccupés; les conversations baissaient d'un ton, j'entendais parler d'un sale type nommé Hitler, d'*Anschluss,* de Daladier, et puis un matin la voix aiguë d'un jeune garçon, courant sur la route, nous réveilla : « Mobilisation générale, mobilisation générale... »

Les volets s'ouvrirent, les portes de l'hôtel claquèrent, tous les clients descendirent au salon pour écouter la T.S.F., en pyjama; les femmes ayant jeté un châle sur leur chemise de nuit commentaient fébrilement la nouvelle; l'une d'entre elles s'écroula.

« Mon fils, mon fils va partir! »

Des larmes s'étalaient sur son pauvre visage bouleversé.

« Allons, ne dramatisons pas, dit l'abbé, la mobilisation, ce n'est pas encore la guerre... remettez-vous, on va vous faire un bon café. »

Chacun s'attabla en parlant haut et en commentant la nouvelle avec véhémence.

« Il va falloir rentrer à Paris, dit maman, et vite... »

Je me demande bien ce que ça changera de rentrer plus tôt, mais les grandes personnes ont des desseins impénétrables, et je ne pose pas de questions.

Nous profitons de la voiture d'un client sympathique, qui, lui, profite de la situation pour demander à ma mère la moitié du prix de l'essence, et nous retrouvons un Paris encore chaud, baigné de lumière, en contradiction avec l'allure accablée de ses passants.

Jacqueline est rentrée aussi. Nous nous voyons chaque jour en attendant la réouverture de l'Opéra. Au cours de cet été finissant qui s'étire, nous entendons des mots hachés, sortis de la peur des grandes personnes, Molotov, Ribbentrop, Chamberlain, Dantzig, et un autre, toujours le même, prononcé avec plus de crainte encore, Hitler, « le chien enragé de l'Europe ».

« Tu sais, Boul'Miche, la guerre va sûrement éclater, les Allemands ont bombardé Varsovie!... »

De crainte de paraître idiote, je n'ose pas demander ce que ça fait comme boucan, une guerre qui éclate.

« Tu crois que l'Opéra va rouvrir?

– Je ne sais pas, mais j'en ai plein le dos des vacances! »

Le lendemain un peu partout, les gens s'agglutinent par petits paquets devant les affiches, le nez collé au mur. C'est la guerre... cette fois elle a éclaté... je n'ai entendu... qu'un grand silence; la ville semble saisie de stupeur. C'est assommant, alors on ne pourra plus rire comme avant, il va falloir, comme tout le monde, prendre un visage de circonstance?

« Tu as peur, Boul'Miche?

– Je ne sais pas... Est-ce qu'il faut avoir peur?

– On verra bien, j'ai reçu mon bulletin de l'Opéra ce matin, on reprend lundi.

– Chic!... »

Tout va recommencer; dans mon terrible égoïsme enfantin, je m'en réjouis secrètement... retrouver l'effort physique, les camarades, les lumières du théâtre, retrouver Lifar.

« Hi un! hi deux! hi trois! » Il saute d'un pied sur l'autre pour s'échauffer les muscles, avant d'entrer en scène. Je ne le vois plus jamais faire sa barre, il n'a pas le temps, il mijote dans sa tête de nouvelles créations.

Pendant ce temps-là, nous remettons sur pied, sous la direction d'Aveline, notre fameux ballet des poupées. Il s'agit cette fois d'aller nous produire à la Comédie-Française pour la soirée d'adieux de la tragédienne Jeanne Delvair. C'est ma première entrée dans la maison de Molière, le plateau me paraît minuscule. J'apprends aussitôt que le théâtre entier tiendrait sur la seule scène de l'Opéra.

Nous croisons Marie Bell, dans les couloirs pleins de tapis et de tableaux; la démarche impériale, cheveux auburn, regard de feu, elle s'arrête devant notre groupe :

« Oh! qu'elle est drôle celle-ci, toute ronde avec ses joues rouges, c'est ma préférée! »

Ça alors, je n'en reviens pas! Pourquoi moi? Évidemment j'ai les joues rouges! J'ai souvent entendu parler de Marie Bell, j'ai vu sa photo dans des revues, et dès qu'elle m'a tapoté la joue, je suis devenue comme un coquelicot. L'idée qu'elle puisse me préférer aux autres... à Zizi au profil parfait, à Jacqueline qui a des yeux de porcelaine, à Denise qui a trois kilomètres de cils, et à Claude qui est une vraie blonde, vraiment de quoi m'estomaquer. Qu'est-ce qui a bien pu plaire en moi à cette belle actrice? Peut-être que je n'ai pas tout à fait l'air d'une danseuse.

Un peu plus loin, nous découvrons Véra Korène; elle répète en costume; drapée dans des kilomètres de jersey blanc, elle appelle Maurice Donnaud de sa voix qui module :

« Ah! te voilà mon grand chien, je te cherche partout, tu me fonds dans les doigts. »

Cette expression nous fascine, elle va nous servir pendant des semaines... Décidément, les actrices ne ressemblent pas du tout aux danseuses.

D'abord, elles ne transpirent pas, leurs cheveux ne sont pas collés par des heures d'exercice, elles sont maquillées, luxueuses, parées, prêtes au combat avec le public.

Il me semble que notre petit troupeau est bien obscur, comparé à ces somptueuses personnes.

Il faudra que je demande à maman si elle veut m'emmener au Français.

Je vois passer le mari de Jeanne Delvair, droit et raide, l'air rêveur, c'est Georges Le Roy, celui qui dans quelques années, au Conservatoire, m'enseignera l'art du comédien.

La guerre cependant nous sert de toile de fond.

Maman a repris son poste à la Pharmacie commerciale de France... En tant que membre du service sanitaire, elle est une des premières à posséder un masque à gaz; elle part chaque matin avec ce vilain cylindre gris porté en bandoulière qui contient une sorte de tête molle, aux gros yeux, munie d'une trompe d'éléphant en accordéon. J'ai un peu peur, mais je suis fière de ma mère. Cette fois, sa profession lui donne une supériorité sur les mères de mes copines; ces dames soudain la regardent avec d'autres yeux.

On attend... rien ne vient... On tricote pour les soldats... « L'on leur envoie des douceurs », dit Claude Naud, dont la préciosité nous amuse.

« Nous allons avoir des restrictions, dit maman.

– Pourquoi ça?

– Il faut que les soldats mangent! »

Quelle drôle d'histoire! Pour que les soldats mangent, les enfants doivent avoir faim? Je n'y comprends décidément rien, on a bien raison d'appeler ça « la drôle de guerre »!

Une guerre sans combat, sans victoire, un pays embourbé dans des slogans redondants... « Nous vaincrons parce que nous sommes les plus forts. »

« Tu sais ce que dit mon père, Boul'Miche?

– Non.

– Nous perdrons parce que nous sommes les plus cons. »

Maman est choquée, son civisme, son patriotisme frontalier, ne supportent pas ce genre de plaisanterie. Elle fait preuve du plus parfait des manichéismes :

« Les Allemands sont mauvais, les Français sont bons, il n'y a pas à sortir de là. »

Les Français en tout cas ne sortent pas de leur enlisement, le pays est comme anesthésié, l'hiver arrive, on restreint le chauffage, on se couvre de lainages pour faire la barre, on se pousse, on rit pour se réchauffer. Les grands nous regardent avec réprobation.

« Ils nous embêtent les vieux, dit Boul'Kiche; à treize ans, on ne peut pas passer son temps à pleurer! »

Ginette Champain, élément du deuxième quadrille, fait notre éducation politique; en ménage avec Gégé le machiniste, elle nous endoctrine, nous parle du Front populaire, de la S.F.I.O., de Léon Blum. Tout cela me glisse dessus comme eau de pluie sur plumes de canard. La seule chose qui me surprenne, c'est sa nudité. Elle est la seule, dans la loge, à se balader comme au jour de sa naissance, exhibant une anatomie maigrichonne et pendante qui me semble, à elle seule, représenter toutes les horreurs de la guerre.

L'hiver s'écoule, interminable... « La victoire est certaine », annoncent les journaux.

« Mon père dit que les journaux racontent n'importe quoi! dit Boul'Kiche.

– Si ça continue, dit maman, tu ne verras plus Jacqueline, il faut fuir les défaitistes! »

Pourtant le printemps commence à poindre et toujours pas de victoire. Sur les Grands Boulevards dont les arbres bourgeonnent, on parle tout bas de l'avance allemande. Soudain, un matin de mai, alerte! Vite à l'abri, dit maman; nous dégringolons de la mansarde à la cave. Mme Jeandel, la concierge, qui écoute la T.S.F., nous affirme que les Allemands occupent la Hollande. Nous haussons les épaules, c'est impossible, nous sommes les plus forts. La sirène annonce la fin de l'alerte, nous remontons à la surface.

« De toute façon, dit M. Lambert, un voisin qui sait tout, ils n'ont que douze jours d'essence, ils n'avanceront plus beaucoup. »

On ne s'inquiète pas vraiment; avec le printemps sont nés de drôles de petits chapeaux que les femmes portent, penchés sur l'œil droit; maman gagne mieux notre vie, elle me fait faire une jupe plissée, mon grand-père m'envoie des chemisiers de flanelle blanche impeccablement coupés, copiés sur les chemises d'homme. Cher Paul, il a dû manier ses grands ciseaux avec amour pour sa Mimi; ils doivent avoir plus peur que nous en Lorraine.

Et d'un seul coup, c'est la terreur : ils arrivent! Ils ont franchi la Hollande, les frontières du Luxembourg, de la Belgique, les voilà à Sedan, à Rethel, à Laon, ils vont nous égorger, ils sont capables de tout!...

Le Quai d'Orsay brûle ses archives. C'est la panique générale.

« Si vous voulez, dit M. Lambert, j'ai un ami qui travaille chez Renault, il peut se procurer un camion, nous partons demain, c'est peut-être préférable pour la petite... »

Maman remercie et dit oui. Nous rassemblons le minimum d'affaires, c'est-à-dire le maximum de choses inutiles. Maman a cousu une poche dans sa gaine Scandale pour y glisser notre maigre magot. Elle entasse pêle-mêle vêtements et serviettes de toilette dans une grande valise en osier, moi j'emporte mes chaussons de danse, et ma Colette, mon unique poupée que je ne peux me résoudre à abandonner... Ça y est, je ne vais pas y couper, c'est l'image à laquelle aucun cinéaste n'a pu résister, celle de la poupée dans les décombres, le dérisoire dans l'horreur, c'est d'un conventionnel! Mais comme c'est la vérité pure, je monte tout de même dans le camion avec ma Colette serrée dans les bras.

L'exode prend le départ, pour on ne sait où, quelque part dans le Midi. On fuit les sauvages sans se soucier de la vie qui nous attend, ni comment nous la gagnerons; on la sauve, ce n'est déjà pas si mal.

La sortie de Paris est pénible, encombrée, il fait chaud, le camion est plus qu'inconfortable; nous sommes serrés sur deux bancs de bois qui se font face, chahutés à chaque aspérité de la route, ballottés au bord de la nausée. Une dame de la maison serre son petit chien sur ses gros genoux; moi, je suis triste. Maman, avant de partir a dû chloroformer le petit chat Boudic que j'aimais tant. Nous avons regardé une dernière fois notre mansarde; dans le couloir nous avons croisé notre voisin de palier Bogouslavsky, qui ne dit jamais bonjour; il est long comme une journée sans soleil, il dissimule dans un chiffon quelque chose de plat et de carré qui pourrait être un tableau... nous apprendrons plus tard qu'il s'agit simplement de *L'Indifférent* de Watteau qu'il a dérobé au musée du Louvre quelques jours plus tôt; nous avions dormi plusieurs nuits à proximité de ce chef-d'œuvre!

La campagne défile au ralenti, les voitures, les cars, les camionnettes, et les camions jouent à touche-pare-chocs; on est quelquefois stoppés vingt minutes, coincés dans cette interminable file d'autos tamponneuses. On fait descendre les enfants pour qu'ils se dégourdissent les jambes et fassent leurs petits besoins, car si tout à coup le cortège se remet en route, il ne sera pas question de s'arrêter dans un village; on a peur de perdre sa place dans la file.

A Meung-sur-Loire, on nous avertit que nous pouvons dormir dans une grange. Nous trouvons de l'eau, on nous distribue des quignons de pain, et on installe dans la paille pour dormir une trentaine de personnes qu'on appelle déjà des réfugiés.

Au milieu de la nuit, horrible réveil : que se passe-t-il? Un orage? Maman me serre contre elle : « C'est un bombardement. » Des lumières violentes montent dans le ciel, la terre tremble, on entend tomber des éclats un peu partout, et l'inquiétant sifflement des avions qui piquent sur le pont de la Loire... Nous sommes terrorisés, aplatis dans le foin, condamnés à la promiscuité des corps habités par l'angoisse. Soudain, à côté de nous, une petite voix éperdue, une main qui s'accroche à celle de ma mère... « Protégez-moi, madame, ce bonhomme cherche à se coucher sur moi, il a failli m'étouffer. » Il y a vraiment des individus qu'aucun drame n'arrête! Maman crie :

« Salaud, voulez-vous foutre le camp! »

A la lueur des fusées, nous le voyons détaler à quatre pattes, accompagné par les murmures révoltés de la foule.

Ça continue à pleuvoir de tous les côtés; soudain une énorme déflagration nous transperce les oreilles, on entend des bruits de carreaux brisés dans la cour, tout bouge, craque, flamboie... Quelqu'un crie. La petite fille se serre contre nous... Puis nous entendons les avions qui s'éloignent; enfin il n'y a plus que les crépitements sinistres du feu et une voix au loin : « Ils ont fait sauter le pont! »

Je tremble de tous mes membres, j'ai froid... au petit matin, épuisée, je finirai par m'endormir contre ma mère.

Nous repartons le lendemain; je n'en peux plus de ce camion, de cette longue chenille qui s'étire et traîne sa cargaison d'individus aux yeux tristes.

A Poitiers, après quatre jours d'épuisement, nous arrivons un quart d'heure après le bombardement de la gare. Impossible d'avancer : les ambulances, les brancards, les sinistrés ont la priorité, nous sommes là bloqués dans des nuages de poussière, de fumée; l'air est irrespirable : désolation, cadavres, ruines. Tout à coup, une main m'agrippe :

« Qu'est-ce que tu fais là, Mimi? »

Ça alors! l'oncle Janot! Maman est tout émue de revoir son frère. « Où allez-vous? » demande-t-il. « Je ne sais pas », dit ma mère. « Venez, nous sommes tous ici. » Il attrape la malle en osier et me soulève hors du camion, moi, ma poupée, et mes chaussons.

Nous avançons au milieu des décombres. Le pont sur la Vienne n'a pas été coupé; nous le passons pour monter à l'extérieur de la vieille ville, jusqu'à la maison qui va nous héberger. Paul et Virginie sont là, ils n'ont pas eu le courage de supporter l'envahisseur. Qu'ils ont changé, en deux ans, mes grands-parents!

Paul me semble amenuisé, amaigri; sec, il vieillit comme un morceau de bois. Virginie, au contraire, a repris de l'ampleur, elle se déplace difficilement sur ses jambes fatiguées; ses cheveux ont blanchi.

On est content de se retrouver vivant, même si on ne le manifeste que modestement... Les Lorrains ne sont pas gens démonstratifs.

« Que tu as grandi, Mimi, dit Bon-Papa, je ne t'aurais pas reconnue. » Et il ajoute en riant dans sa moustache poivre et sel : « Je ne vais plus oser sortir avec toi, j'entends d'ici les réflexions des passants : Regardez un peu ce vieux dégoûtant avec sa petite amie! »

Que c'est bon de rire! On se retrouve tous autour de la table familiale. Mon oncle s'est « débrouillé » pour trouver des poulets au marché noir, et Ria, sa femme, a fait une montagne de frites... On pique dans le plat... J'ai la permission de dévorer une cuisse de poulet avec les doigts. J'ai chaud partout, je me gave... La guerre, je m'en moque comme de l'an quarante.

« On s'en souviendra, de l'année quarante », dit mon grand-père.

Ça y est, tout est gâché, ils vont en reparler, on va ressasser les terreurs, les désespoirs, l'agonie du pays. Je demande la permission de sortir de table. Je vais m'asseoir sur le mur du jardin, les jambes pendantes du côté de la route... Je rêvasse.

Et soudain un grondement sourd, un bruit de moteur qui grandit, s'approche... Un side-car, avec des hommes verts, casqués, surgit du haut de la côte. Je bondis. J'ai compris. Je tombe dans la salle à manger comme un obus :

« Ils arrivent... Les voilà. »

On se précipite, on ferme les volets, les fenêtres, les rideaux, on se serre, terrorisés, les uns contre les autres.

« Ce que vous faites est inutile, dit Paul, il va bien falloir les supporter. » Et le voilà qui sort... Les Allemands passent et repassent pour montrer leurs belles machines et leur fière allure. On les a bien choisis pour leur arrivée en France, les archanges du mal, forts et blonds, portant aux lèvres le sourire de l'horreur. Ils adressent la parole à Bon-Papa. Ils demandent l'Hôtel de Ville, le petit homme leur répond en allemand, ils sont surpris, le saluent avec courtoisie, et repartent dans la direction indiquée en pétaradant.

Tout le quartier est ébahi du courage de mon grand-père, Virginie est furieuse.

« Tu ne pouvais pas les égarer? leur indiquer un mauvais chemin?

– Crois-tu qu'ils ne m'auraient pas retrouvé? » rétorque Paul avec logique.

L'armistice est signé. Le cessez-le-feu proclamé.

Le temps que le trafic ferroviaire soit rétabli et nous rentrerons à Paris, avec la poupée et les chaussons, mais plus un billet dans la gaine de maman.

Celle-ci trouvera en arrivant un télégramme de M. Couband resté en zone libre : « Rouvrez la pharmacie. »

Sans un sou en caisse, Marianne ouvrira la boutique et dirigera la maison pendant un an.

Les autres commerçants aussi rouvrent leurs portes, les clients reviennent. Parmi eux un homme brun et maigre, aux yeux fiévreux, viendra mendier un peu de drogue. Il s'appelle Antonin Artaud.

Maman, elle, va mendier chez Olida, au coin de la rue Drouot, une tranche de jambon pour sa fille qu'elle échange en cachette contre du lait en poudre pour le bébé de la vendeuse. Avec les tickets de rationnement viendra l'époque des astuces, des combines, des adresses secrètes où se procurer au marché noir des œufs, du beurre, des volailles...

L'Opéra qui vient de rouvrir n'est plus qu'une grande organisation de trocs et de trucs. L'abbé Mesnardais, devenu curé à Longueville, y héberge une colonie de femmes espagnoles qui tricotent sans fin des pulls aux points savants, des jours, des rosaces, de vraies dentelles de laine que le saint homme nous vend à bas prix, en échange de billets de faveur pour les soirées de ballet. Il nous apporte de sa campagne du pain, du fromage, de la viande qu'il dépose chez Ferrari le concierge. Celui-ci découpe les morceaux de bœuf en tranches équitables et les enveloppe dans de vieilles affiches; mais l'emballage n'est pas sulfurisé, le nom des ténors et des étoiles rougit au contact de la viande.

« C'est l'affiche sanglante », murmure Jacqueline, en simulant l'effroi.

Claude Naud reçoit d'un admirateur une superbe corbeille de fleurs, au milieu desquelles trône comme la perle dans son écrin un camembert majestueux.

Nous avons recommencé à danser... les fauteuils de velours rouge de la salle ont viré au vert-de-gris. Chaque soir nous nous produisons devant des centaines d'officiers allemands.

Nous avons eu un choc en les voyant arpenter les Champs-Élysées. Ils sont visiblement très excités d'être à Paris, ils suivent les jeunes filles en répétant sans cesse ces deux mots : « Promenade, mademoiselle. » Quelques-unes répondent, beaucoup tournent la tête, comme si elles n'entendaient pas. Maman montre l'exemple :

« Die Opéra, bitte, Fraulein? »

Maman répond très aimablement en allemand... et les envoie à la Concorde, c'est sa manière à elle de résister, faisant ainsi de Paris « la ville aux yeux tournés » comme disent avec dépit les occupants.

Souvent une alerte interrompt le spectacle. Par une étrange fatalité la sirène retentit chaque fois qu'André Cluytens monte au pupitre.

Un soir, on donne *Gisèle*. Le rideau se lève : alerte!... Alors Lifar, malheureux de s'être préparé en vain à être le prince Albert, traverse la scène à tout hasard, venant cueillir au passage sa moisson d'applaudissements.

Et puis un matin, maman reçoit une lettre de Mme Cavagnac :

« Chère madame Boudet,

« Fernand a été arrêté hier par la Gestapo, il ravitaillait le maquis. Il doit passer par Compiègne dimanche, peut-être pourrez-vous tenter quelque chose?... »

Maman y court, les wagons sont pleins de gens entassés, aux yeux désespérés; elle marche sur le quai, les soldats la repoussent avec leurs baïonnettes, elle apitoie une gardienne sanglée dans son uniforme : une « souris grise ». Maman supplie en allemand, parle de son mari... Peut-elle lui donner une adresse.

« Une adresse ? » dit l'autre, un sourire bizarre au coin des lèvres. « Donnez-moi la vôtre, si je sais quelque chose, je vous préviendrai. »

Maman remercie la femme et s'en va. Elle recevra quelque temps plus tard, de la gardienne, une lettre brève lui annonçant qu'elle ne sait rien en ce qui concerne Fernand et ne peut, par conséquent, lui fournir le renseignement demandé.

Nous non plus, nous ne savons rien, rien de ces camps de la mort qui sévissent dans toute l'Allemagne, où les gens sont brûlés, torturés, sans nourriture... battus, acheminés nus dans d'horribles chambres à gaz.

Tout ce que je sais, c'est que je ne reverrai pas Fernand Boudet. Aujourd'hui j'ai déjà dépassé de beaucoup le temps qu'il a vécu ici-bas. Je suis plus vieille que mon père. Aucun de ces événements ne restera sans trace sur moi.

Au moment de passer à l'adolescence, les douleurs éprouvées, le cri des sirènes, le chant des soldats allemands, accompagné du bruit des bottes, les placards sur les murs annonçant la mort des otages, la ville plongée dans l'obscurité, les privations de toutes sortes, marqueront fortement ma croissance morale et physique. Curieusement, rien de tout cela ne réussira à me forger une carapace, bien au contraire. Ma vulnérabilité ne cessera d'augmenter au cours de ma vie.

5

Malgré tout, je conservais au-dessus de ces tristesses ajoutées une bonne humeur et un optimisme qui correspondent à ma nature profonde. Un peu déçue par mon échec à l'examen de passage de l'Opéra, je me souvins des paroles de Benoît-Lévy, et je décidai d'apprendre à jouer la comédie. Le déclic eut lieu pour moi grâce à Madeleine Renaud que je vis un soir au Théâtre-Français dans *Les Fausses Confidences*.

C'était ma première rencontre avec l'auteur de mes rêves et l'actrice la mieux faite pour le jouer.

Sur le quai du métro, à l'issue de la représentation, j'en pleurais encore, je ne pouvais parler, la voix pure d'Araminte chantait à mes oreilles : « Il a des expressions d'une tendresse ! »

Je fus certaine ce soir-là que je deviendrais comédienne; ce que je ne savais pas, c'est que je ferais un jour mes adieux à la Comédie-Française précisément dans le rôle d'Araminte. Ainsi s'enroule sans cesse la boucle de la vie, de mes vies.

Je m'ouvris à Léone Mail et lui parlai de mon désir de faire du théâtre. Elle était alors fiancée à un jeune comédien du Français, Robert Manuel. Léone promit de me recommander à lui. Je fis sa connaissance, un dimanche matin, dans son appartement de l'avenue de Villiers, un duplex de forme circulaire dont l'étage supérieur était occupé par un atelier où il donnait ses cours, suivis, entre autres, par Martine Carol et Roland Petit.

Roland allait devenir tout doucement un personnage important dans ma petite existence. Nous suivions, en plus des cours de comédie, des cours d'histoire ancienne et de mythologie avec une charmante Mme Lamoussière, qui nous entretenait des malheurs de l'Olympe.

« Dieu, que ces divinités aiment les complications », soupirait Roland qui s'emmêlait dans le fil des Parques, s'enlisait dans les travaux d'Hercule, et ne trouvait jamais la neuvième muse. Mais les aventures de Léda, celles d'Io, et même celles de Ganymède l'enchantaient. Je ne fus donc pas surprise quand, quelques années plus tard, à la tête du ballet des Champs-Élysées, Roland créa un ouvrage intitulé : *Les Amours de Jupiter*.

Bizarrement, quand je lui rappelai la source de son inspiration, il ne parut pas s'en souvenir; il est vrai que c'est le péché mignon de Roland de ne vouloir rien devoir à personne, pas même aux dieux de l'Olympe.

Cela ne m'empêchait pas de le trouver séduisant avec ses pantalons zazous, étroits et courts, ses chaussures à semelle épaisse, et ses épais cheveux noirs brossés en hauteur.

Nous sortions du jardin des Hespérides et de la forge de Vulcain dans la lumière éblouissante de Saint-Germain-des-Prés; c'était l'été, la guerre ne nous permettait pas de partir en vacances, on s'amusait quand même, Roland qui m'a toujours trouvée trop ronde m'appelait : « Bille-en-balade-au-début-d'août. » Il se moquait de moi gentiment en m'emmenant chez son père, qui tenait un sympathique bistrot aux Halles. Nous nous installions dans une pièce sombre où on nous passait en secret, par une sorte de guichet, du vrai jambon et de la vraie crème, faite avec du vrai chocolat. Ça nous changeait des biscuits vitaminés que l'Opéra nous distribuait pour honorer la carte de travailleurs de force à laquelle nous avions droit.

Quelquefois, Mireille Lefebvre, qui aujourd'hui seconde Balanchine aux États-Unis, et Denise Bourgeois, future étoile de Cuevas, venaient nous rejoindre dans cet antre gastronomique. Nous y goûtions alors les joies mêlées des œufs à la neige et des vers de Victor Hugo ou de Verlaine. C'était moi qui lisais, bien sûr... Une lettre à maman, partie pour quelques jours dans le Poitou à cause du ravitaillement, relate une de ces agapes littéraires. Je viens de retrouver cette lettre, en fouillant dans un carton rempli de souvenirs et de photographies; on peut y lire :

« Après que j'ai lu mes poèmes, Roland a dit : " Cette Micheline, vous allez voir, elle va finir à la Comédie-Française. " »

Roland a toujours eu un don de divination. De même il prédisait à Dany Robin une carrière au cinéma.

Le soir, après le spectacle, je le retrouvais à la sortie, un peu par hasard, un peu par ma faute; nous entrions dans le black-out des Grands Boulevards, engloutis par la nuit noire.

« Quand reverrons-nous la Ville lumière? disait Roland, je suis sûr qu'on s'en sortira. On les reverra, les films américains... tu te rends compte? »

Alors il se mettait à rêver des comédies musicales de Fred Astaire et Ginger Rogers. Et je voyais ainsi défiler les robes étincelantes, couvertes de paillettes, d'Eleonor Powell, le haut-de-forme et la voix prenante de Judy Garland, la blondeur provocante de Jean Harlow, et le charme enveloppé de mousseline de Deanna Durbin.

En rentrant à la mansarde, j'étais prise dans un vertigineux tourbillon de technicolor, à la fois grisée par les évocations vibrantes de Roland et par le parfum « Pour un homme » dont il s'aspergeait.

« Je t'aime bien, tu sais, tu es différente des autres, disait-il, tu ne cherches pas à plaire. » Je ne savais trop si je devais m'en réjouir ou m'en désoler.

Un jour, il me confia la clef du studio tout neuf qu'il venait de louer et d'installer, au 12 de la rue de la Paix, afin que je monte l'y attendre. Six étages à pied au bout desquels je découvris une grande pièce claire : il y avait un divan, une belle glace avec une barre et une bibliothèque. J'attendais, tournant en rond, la venue de Roland; sur une petite table, un cahier traînait. La curiosité et quelque diable aussi me poussant, je l'ouvris : c'était son journal qu'il avait intitulé *Les Mémoires d'un âne*. Les épisodes de sa vie quotidienne y étaient relatés; au détour d'une page, sous une date précise, deux mots sans aucun commentaire : « J'adore Micheline. »

Quand il arriva, avec des gâteaux à la fécule de pomme de terre et une boîte d'ersatz de thé pour notre *five o'clock,* le monde avait changé d'aspect. Je découvrais les joies secrètes de l'amitié amoureuse, la tendresse qui se cache avec peine sous l'ironie, les fleurets piquants de l'amour et du rire, la joie mal dissimulée de se retrouver ensemble.

Ce studio, quelques années plus tard, au moment de la création des « Ballets de Paris », devait donner asile à l'administrateur de la troupe, un autre Petit, prénommé Robert, qui allait devenir mon mari.

Comment ne pas croire à la prédestination de certains lieux... Quelque chose d'impalpable, d'inconnu flottait peut-être dans cette pièce, accrochant au mur les palpitations de deux cœurs qui devaient se rejoindre en dépit de tout.

Lifar créait *L'Amour sorcier.* Roland, espagnolisant et tapant du pied, trouvait son premier rôle de soliste et son premier succès. Toutes ces dames du corps de ballet, munies de castagnettes et enroulées de volants, étaient transformées en danseuses de flamenco.

Encouragé par cette partie ensoleillée de l'Europe, Serge Lifar nous entraîna tous dans les rythmes lancinants du *Boléro* de Ravel, dans lequel il s'était réservé le rôle du matador; il bondissait, tournait sur lui-même, et se retournait sur nous pour nous insulter parce que nous comptions trop fort : le petit groupe dont je faisais partie entrait tout au fond de la scène, vers les dernières mesures du ballet, quand l'intensité musicale progressait en même temps que le nombre tournoyant des couples. Oserai-je l'avouer? Nous n'avons jamais su vraiment à quel moment nous devions entrer, ni quels pas précis nous devions exécuter. Alors, en nous tordant de rire, nous faisions ce que nous pouvions, tournant à contretemps, les bras en l'air comme Carmen devant Don José, et imprimant d'énergiques mouvements à nos robes volantes, pour donner l'illusion que nous bougions dans l'espace restreint auquel nous avions droit. L'essentiel était heureusement de nous arrêter net sur les derniers accords du *Boléro,* seul instant où je tombais enfin sur la mesure, écrasant les pieds de la voisine, ou tirée en arrière par la manche d'une autre copine, dont les crins s'étaient pris dans ma mantille.

6

Avec Robert Manuel, j'entrais dans un nouveau monde, que je n'avais étudié jusqu'ici que bien superficiellement à l'école. Molière restait pour moi un auteur presque inconnu dont j'ignorais les richesses. Les « Hi! hi! hi! » de Nicole et même les O et les A du maître de philosophie me semblaient peu convaincants et la bourgeoisie des Jourdain me tapait sur les nerfs.

Mais Robert Manuel mit entre mes mains *L'École des femmes*... En vingt-quatre heures, je relus trois fois ce chef-d'œuvre et j'appris la scène d'Agnès en une heure et demie sans pouvoir me distraire du régal qui m'était donné... L'étonnement, la naïveté du personnage m'étaient tellement proche (j'avais seize ans) que chaque vers était pour moi comme une vérité éclatante. Le dimanche suivant j'apportai à Robert mon petit travail. Il avait l'air content et me fit apprendre Angélique de *L'Épreuve* et Dorine de *Tartuffe*. Je passais ainsi des soubrettes fortes aux jeunes filles touchées par l'amour... Judicieux choix qui allait me permettre plus tard de m'exprimer au Français dans le double emploi des comiques et des tendres... Merci, Robert.

Les cours du dimanche commençaient par les exercices de diction. Nous attaquions dix fois de suite les je-veux-z-et-j'exige, puis les petit-pot-de-beurre-quand-te-dépetit-pot-de-beurreriseras-tu, et enfin le fisc-fixe-exprès-chaque-taxe-fixe-excessive-exclusivement-au-luxe-et-à-l'exquis-d'Alexis.

Non, ne cherchez pas un sens caché à ces phrases mystérieuses, il n'y en a aucun. Ce sont de simples exercices destinés à fortifier les muscles zygomatiques et à permettre aux acteurs de se faire entendre clairement du public, enseignement technique que les jeunes comédiens ne reçoivent plus guère aujourd'hui... Merci, Robert...

Nous parlions ensemble de la pièce et du rôle avant de commencer à travailler; après quelques leçons, je m'enhardissais un peu, ma timidité s'estompait.

« Tu sais que tu n'es pas bête? » me dit mon professeur au cours d'une de nos conversations. Était-ce sincère, ou voulait-il me donner confiance en moi? En tout cas, c'était réussi, les marronniers de l'avenue de Villiers virent passer un lutin sautillant et joyeux qui chantonnait : « Je ne suis pas bête, je ne suis pas bête. » Surprenante révélation pour une jeune fille de quinze ans et demi. Merci Robert.

Cependant l'Occupation se faisait de plus en plus oppressante. Un jour de l'été 42, nous apprîmes que Serge, le machiniste, avait été arrêté pour avoir collé sur son vélo une étoile en papier crépon sur laquelle il avait écrit : « Je suis français. »

Robert Manuel devait, lui aussi, porter l'étoile jaune à six pointes sur le côté gauche de la poitrine... Il ne sortait presque plus de chez lui.

Interdit de jouer la comédie, interdit de sortir, interdit de posséder des œuvres d'art... bientôt interdit d'exister... et puis la délation partout.

Je suis allée un matin prendre mon dernier cours de comédie avec Robert :

« Je pars demain pour la zone libre, nous allons être de plus en plus persécutés. Au revoir, ma petite Micheline, ma petite élève! »

L'émotion m'étreint la gorge, je n'arrive pas à articuler un son; nous nous embrassons en pleurant. C'est en sanglotant, cette fois, que le petit lutin remonte l'avenue de Villiers; entre deux hoquets, on l'entend murmurer : « Merde, merde, merde! » Pas très poli, le petit lutin! Mais le chagrin se fout pas mal de la politesse.

Jean Babilée, quand Roland ne me raccompagnait pas, se proposait souvent comme garde du corps... Cher Jean, il était alors amoureux de Dany Robin à qui tout le monde faisait la tête à l'Opéra parce qu'elle y était entrée après son prix du conservatoire de danse. Qu'elle était jolie! Des yeux à faire damner tous les saints du paradis, le teint frais, une bouche voluptueuse, des bras ronds et lisses et un air à la fois ingénu et coquin qui causait des ravages dans les cœurs masculins.

Jean essayait d'énumérer tout ce qu'elle avait de moins bien pour se dégoûter d'elle... je recevais affectueusement ses confidences rageuses et extasiées. Trois mois plus tard, je recevais celles de Dany tombée follement amoureuse de Georges Marchal. Décidément, on me parlait toujours d'amour, mais je n'étais jamais concernée. L'emploi des confidentes, c'était bien gentil, mais j'aurais préféré jouer les héroïnes. Rien à faire : manifestement j'étais plus destinée à donner qu'à recevoir, à aimer qu'à être aimée.

Jean Babilée non plus n'a pu supporter l'étoile juive; un soir qu'il me raccompagne, il me dit adieu... Il s'éloigne avec un sac de plage sur son dos. Il gagnera la zone libre comme Robert. Je n'ai plus assez de larmes pour pleurer.

Privée de l'ami Jean, privée du professeur, je me jette goulûment sur les auteurs, les poètes, les romanciers. Je me fais ma petite provision personnelle, j'apprends par cœur tout ce qui me tombe sous la main, ce n'est pas toujours le meilleur, et si je découvre Voltaire et Proust ainsi que les romans de Marivaux, Stendhal et Emily Brontë, il m'arrive de me gargariser de Géraldy et d'Edmond Rostand... Mon livre de chevet sera longtemps le *Journal* de Jules Renard, ce qui rétablit un peu l'équilibre. Cette soif de littérature est guidée par la terreur de mourir idiote; je me dis que la guerre peut amener le pire et qu'au moins, j'aurai connu quelque chose d'autre que « Hi un! hi deux! hi trois! », même si c'est mon Lifar qui les prononce.

Je travaille seule ma diction, je répète dans la rue, en me rendant à l'Opéra. Les restrictions alimentaires ne m'empêchent pas de clamer les mérites du petit-pot-de-beurre et je marmonne imperturbable le fisc-fixe-exprès-chaque-taxe-fixe en tendant au contrôleur mon billet de métro...

J'aperçois de temps en temps Boul'Kiche, lointaine et affairée, vêtue d'un manteau de lapin façon chinchilla; Zizi est fiancée à un jeune baron que nous avons surnommé le vicomte de Bragelonne, et Claude Naud à un brave garçon au regard cerné d'écaille que nous appelons le frère Lissac.

Et puis, comme il faut bien croître et embellir et qu'on ne

peut pas toute sa vie rester un petit rat, je serai à mon tour « engagée » dans le deuxième quadrille. Colette Marchand est première du classement, moi seconde, et hop, d'un saut de chat, nous passons du trottoir des Artistes à celui des Administrés, je viens d'atteindre mes seize ans, et, si je ne possède pas encore de manteau de fourrure façon chinchilla, maman vient de m'acheter ma première paire de bas de ville. Je sens que j'entre dans la catégorie des grandes.

Robert Manuel, avant de partir, m'avait confiée à Jean Meyer.

Celui-ci m'avait donné rendez-vous un après-midi au Français, dans une petite loge qui, après avoir abrité Jean-Louis Barrault, devait plus tard devenir la mienne. Je frappe à la porte :

« Bonjour, maître. »

Il rit, de son curieux rire à l'envers qui consiste à inspirer au lieu d'expirer, un rire en négatif, dit précisément Barrault.

« Han! han! ne m'appelle pas maître. Tu vas me travailler Lisette du *Jeu de l'amour et du hasard.*

– Quelle scène, s'il vous plait, maître?

– C'est une manie! Tout le rôle, tu reviendras quand tu le sauras.

– Bien, maître... bien, monsieur. »

Je reviendrai le jeudi suivant; je travaillerai un peu, pas beaucoup; Jean Meyer, Memeye pour ses amis, commence sa carrière de metteur en scène, il n'a guère de temps à consacrer aux danseuses.

« Tiens, va donc voir Jacques Charon de ma part, il te fera travailler. »

Je serai obligée d'attendre jusqu'au jeudi suivant, la prochaine matinée du Français. Les soirs où je ne danse pas, je reste à la maison bien sagement. « Il faut dormir », dit maman, qui éteint tout à huit heures et demie... Pas moyen de rejoindre Jules Renard. Je rêve... et je dors ensuite. J'ai toujours entamé le sommeil dans cet ordre-là, à l'envers, comme le rire de Memeye; ça peut sembler saugrenu, mais c'est inimaginable ce que le rêve peut aider à dormir.

Ce jeudi-là, on joue *Hamlet*. C'est maman qui a pris rendez-vous pour moi par téléphone. J'attends Jacques Charon à la statue de La Grange, l'ami de Molière transformé en pierre, homme-tronc qui regarde passer les acteurs, son registre sous le bras, d'un air attendri. C'est la fin du spectacle. Soudain, Jacques arrive au détour du couloir, long et léger, tout habillé de bleu, une grande cape flottant derrière lui. Il marche avec style, son accueil est souriant, il paraît aussi intimidé que moi... Nous ignorons que cette minute est la première d'une histoire d'amitié qui va durer plus de trente ans.

Les cours que Jacques Charon me donne ont lieu chez lui, rue des Bons-Enfants, dans la maison où il est né et dans laquelle il vit avec ses parents et sa sœur Geneviève.

Pour mieux travailler, je l'aide à repousser la table de la salle à manger dans un coin de la pièce, et c'est là, devant une commode Louis XV, que je donne mes répliques.

Cette commode m'impressionne terriblement, elle doit être d'un grand prix : on l'a posée sur un socle recouvert de velours rouge pour épargner ses jolis pieds. Elle est le juge, la spectatrice, tout le public à elle seule; elle me regarde sans aménité, de ses six poignées de tiroir bien astiquées, propulsant en avant son gros ventre d'acajou...

Jacques me donne à apprendre *La Sauvage,* d'Anouilh, et Hermione.

« Pour vous forcer à sortir de vous-même, dit-il, vous êtes trop réservée. »

De temps en temps, il me donne aussi deux entrées pour la Comédie-Française, j'y cours... Avec maman bien sûr. Mes dix-sept ans approchent, mais je ne sors pas sans elle. D'ailleurs, je suis si bien élevée dans ce sens – le sien –, que l'idée ne me viendrait même pas de proposer la deuxième place à une amie...

Je ne réagis pas davantage quand un de mes voisins lui ayant demandé : « Mais enfin, madame Boudet, comment ferez-vous quand elle se mariera? », je l'entends répondre sans un soupçon d'humour :

« Pourquoi voulez-vous qu'elle se marie? Elle restera avec sa maman... n'est-ce pas, ma chérie? – Bien sûr, maman », répond la jeune fille de toute sa sincérité, en embrassant sa mère tendre et étouffante comme un cache-théière.

Sa situation de préparatrice devenant confortable, maman loue un petit deux-pièces avec cuisine et salle de bains square de Vaucluse, du côté de la porte d'Asnières, dans un immeuble neuf... un palais comparé à la mansarde.

C'est clair et propre, nous avons même le téléphone, nous dormons chacune dans une pièce, maman dans sa chambre, moi dans le salon. Nous prenons nos repas dans la cuisine et, quand vient un ou une amie, ce qui est rarissime, nous déplions une table dans la chambre de Marianne.

J'espère enfin pouvoir lire au lit le soir, mais la lumière filtre sous la porte et maman me crie :

« Éteins, voyons, tu seras fatiguée demain matin. »

Les deux éternelles préoccupations de ma mère, ma fatigue et ma nourriture. Aujourd'hui encore, alors que je viens d'atteindre mon demi-siècle, elle me demande si je mange suffisamment. J'ai eu droit, il n'y a pas si longtemps, à cette réflexion sèche de sa part :

« Tu ferais bien de te reposer, tu as le visage d'une femme de quarante ans ! »

D'ailleurs ses réflexions sont souvent des poèmes. Au square de Vaucluse, un matin, après avoir refermé la fenêtre, elle me dit :

« Les voisins d'en face regardent toute la journée ici, ils doivent savoir que nous sommes artistes. »

Puis, prenant la nappe pour la faire laver, elle s'écrie, écœurée :

« Oh ! encore du linge propre qu'il va falloir mettre au sale ! »

Ma mère descend tout droit des héroïnes de Courteline.

Quelquefois, Jacques me fait venir dans sa loge, en matinée, quand il n'a pas le temps de me recevoir chez lui. On joue *L'Ami Fritz;* malgré les restrictions, la maison Ragueneau confectionne le kouglof que les comédiens doivent manger en scène. Jacques escamote un morceau qu'il fourre dans la poche de sa veste alsacienne pour me l'offrir : cadeau précieux sur lequel je me jette sans la moindre pudeur.

Entre deux bouchées qui me permettent de dissimuler mon émotion, j'annonce à Jacques que, si j'avais le bonheur d'entrer au conservatoire d'art dramatique, j'abandonnerais volontiers la danse.

Il écarquille les yeux :

« Pas possible ? Vous voudriez être comédienne ? »

Empêtrée dans ma gêne et dans les raisins du gâteau alsacien qui me restent au fond de la gorge, je bafouille un oui presque inaudible.

« Mais alors, dit Jacques, ça change tout, je vais vous faire entrer dans un cours, là vous serez face à d'autres apprentis comédiens, vous donnerez des répliques, vous serez sur une scène. »

C'est ainsi que j'entrai au cours Escande qui avait lieu au théâtre Édouard-VII. J'y retrouvai quelques personnes qui sont maintenant des personnages : la déjà joyeuse Marthe Mercadier, Jean Topart tenant par la main la petite Lise, sa sœur chérie, Claude d'Yd, Françoise Fechter, dont le grand-père avait créé le rôle d'Armand Duval, Claude Santelli, et je vous ai gardé pour le dessert Michel Bouquet et Claude Piéplu qui s'amusaient à « passer », un dimanche, l'un Alceste et l'autre Philinte, et le dimanche suivant faisaient l'échange de leurs rôles... A vrai dire je me souviens parfaitement qu'ils étaient déjà l'un et l'autre marqués de leur forte personnalité d'aujourd'hui.

Quand le cours avait été un peu morne, Escande les appelait :

« Claude et Michel, si vous nous donniez quelques répliques du *Misanthrope?* »

Toute la salle en frémissait d'aise, les deux compères ne se faisaient pas prier, ils montaient sur scène... et nous avions notre récompense dominicale. En sortant je n'avais pas beaucoup de chemin à faire pour aller danser la valse de Faust, après un sandwich au faux pâté avalé en vitesse :

« Laissez-moi là, vous dis-je, et courez vous cacher. »

J'attrapais Dany Robin par la main et nous courions... valser.

Plus préoccupées des vers de Molière que des flonflons de Gounod, nous faisions voler en tournoyant nos jupes fleuries et nos fausses nattes blondes et, tandis que Satan conduisait le bal, il conduisait aussi Dany à la poursuite de ses folles amours. Il lui faut Georges Marchal, elle l'adore, elle le veut, elle l'aura, le poursuivra en m'entraînant, mine de rien, vers tous les lieux où elle peut le rencontrer, et où je lui sers d'excuse.

« J'ai amené mon amie Micheline, elle est si contente de vous voir. »

Je souris bêtement, pour faire plaisir à Dany, et il doit croire que je suis amoureuse de lui... Elles le sont toutes, il est si beau ! Moi, je m'en moque, mais Dany insiste tellement pour « avoir l'air moins gourde », dit-elle, en clignant de l'œil, que je me laisse faire... Toujours confidente des autres, alibi, chaperon, couverture... mais jamais oreiller !

Les années passèrent, Dany était devenue Mme Marchal, elle vivait dans une gentilhommière avec son beau mari, chassait à courre, élevait des crocodiles dans sa piscine, s'habillait chez les grands couturiers, devenait star de cinéma et mère de deux enfants beaux et blonds à l'image de leurs parents.

Un jour de printemps, une grande voiture me frôla faubourg Saint-Honoré ; Dany en sortit avec sa fille âgée de six ans, elles portaient toutes deux la même robe écossaise et semblaient surgir d'un tableau.

Je me précipite, ravie de sauter au cou de l'amie du conservatoire et de l'Opéra.

« Frédérique, dit-elle à l'enfant, saluez Micheline... elle a bien connu maman autrefois. »

Je suis stoppée dans mon élan et si amusée par ce ton de duchesse que je m'écrie en tapotant familièrement la joue de la petite fille : « Comment vas-tu, ma cocotte ? » Mme Marchal, choquée, après m'avoir gratifiée d'un sourire rapide et distrait, entraîne son amour de fille vers des lieux où le ton et le langage sont plus raffinés...

Dommage, elle était attendrissante, la petite Dany, la petite danseuse de Clamart !

7

Printemps 1944... Printemps d'espoir... Printemps de crainte...

Espoir du débarquement chuchoté de porte en porte, de rue en rue... Crainte de la présence allemande qui se fait chaque jour plus menaçante. Le ravitaillement, lui, se fait plus rare; même les tickets de viande et de matière grasse ne sont plus honorés. Le curé de Longueville a disparu... plus d'approvisionnement clandestin.

On se tasse sur sa peur, on étouffe, on oublie qu'on a eu quatre ans d'une opprimante patience... On n'en peut plus d'attendre.

Dédé, le machiniste, se promène avec deux cannes à pêche sur son épaule :

« J'ai deux gaules, murmure-t-il, rigolard.

– Vous y croyez, vous, au débarquement? » dit Ferrari.

En tout cas, moi, j'y crois... Denise Bourgeois aussi; entre deux poèmes de Verlaine et une matinée à la Comédie-Française, nous parcourons les rues tapissées de sacs de sable en dévisageant chaque cycliste pour voir s'il n'a pas une tête d'Anglais.

Nous n'avons plus de courrier, plus de moyens de transport, presque plus d'électricité.

Dieu merci, le cours Escande fonctionne encore. Chacun se débrouille pour y venir comme il peut. Perrette Souplex passe me prendre avec sa bicyclette... Héroïsme inconscient de ma part de m'embarquer sur ce porte-bagages : Perrette est myope comme une chaufferette, et son vélo n'a qu'un frein. Mais rien n'arrête la jeunesse, surtout quand le démon du théâtre la pousse, et nous atterrissons à Édouard-VII en nage, échevelées et éclatant de rire en dépit des circonstances.

Paris est pratiquement vide. Les superbes spécimens de l'armée allemande du début de l'Occupation ont dû être tous occis, ou envoyés au front; ceux qui rasent maintenant les murs de la capitale sont vraiment maigrichons.

Pourtant nous assistons aux derniers sursauts de leur rage. Un dimanche matin, maman m'envoie faire la queue pour le pain. Au coin de la rue, un camion rempli d'hommes verts, debout, le fusil à la main, stationne au milieu de la chaussée, silencieux, menaçant.

« Remonte vite chez toi, me dit la concierge, ils tirent sur tous les groupes de plus de trois personnes. »

L'Opéra ferme ses portes. Le cours Escande aussi.

Le 6 juin, nous apprenons qu'il existe quelque part une « si jolie petite plage » que la liberté vient d'y débarquer...

Enfin! Les sourires renaissent, les poitrines se dénouent... Plus rien ne nous taraude que l'impatience qui maintenant est à son comble.

L'avance continue... On plante des petits drapeaux sur la carte de France débarrassée peu à peu de son manteau verdâtre.

Et puis soudain, une nouvelle fuse, se répand, inonde les places et les rues : « L'Hôtel de Ville est investi. »

Cette fois, ça y est... des coups de feu éclatent de partout, on confectionne des bouteilles incendiaires, Paris crache sa délivrance...

On fait savoir à la population qu'en cas de siège, les feuilles de certains arbres sont comestibles.

Je sens bien que je vis une page d'Histoire. Nous sommes coupées du monde, je ne vois plus Roland, je ne vois plus Dany, ni Michel Bouquet, ni Jacques Charon; celui-ci participe à l'insurrection avec Pierre Dux, Bertheau, Lise Delamare, Dacquemine. La Comédie-Française est transformée en infirmerie.

Moi, je me transforme en gavroche...

On murmure avec effroi que les Allemands regroupés marchent à nouveau sur Paris.

« Tous aux barricades! » Telle Mimi Pinson aux trois jours, je m'élance, toujours accompagnée de maman, vers ces mini-murailles nées de l'imagination des Parisiens; on y entasse, outre les pavés, de vieilles bicyclettes, des barres de fer, des valises cassées, des manches à balai et même des fourches, sorties de quelles granges?

On fait la chaîne pour se passer les morceaux de pierre et les morceaux de bois.

« On dirait du Victor Hugo », s'écrie la petite Boudet qui tient à faire valoir ses références.

Enfin dans les premiers jours d'août, toutes les cloches se mirent à sonner.

Paris est libéré!

Maman ouvre la bouteille qui attend depuis quatre ans, le bouchon saute, la mousse jaillit, nos yeux pétillent de champagne et d'émotion.

Impatientes et un peu grises, nous nous envolons toutes les deux vers les Champs-Élysées pour aller saluer nos libérateurs.

Sur la place Pereire, personne. L'avenue Niel, vide. L'avenue de Wagram, déserte. Et d'un seul coup la place de l'Étoile nous reçoit de toute son effervescence. Du monde, du monde, du monde, des chars, des jeeps, des camions; des Américains, en costumes kaki impeccables, nous accueillent en riant et nous offrent du chocolat, des cigarettes, du chewing-gum. Les femmes perdent la tête; elles ne sont pas avares de leurs lèvres, mais tout est permis sous ce soleil de joie. Les enfants redemandent du chocolat, les mamans font semblant de les gronder. On crie bravo, on crie merci; on ne se rend pas compte que quelque chose d'insolite est en train de troubler ces moments d'indescriptible liesse, quelque chose qui éclate brusquement. Le bel Américain me plaque au sol et me pousse sous son char... La fusillade part des toits, les rires sont stoppés; sur la place de l'Étoile la foule est couchée, silencieuse. Seuls les coups de mitraillette des hommes kaki ripostent en direction des tireurs embusqués dans leurs mansardes ou derrière leurs cheminées, derniers Allemands, derniers miliciens apeurés qui jouent leurs dernières cartouches. Une accalmie... je sors de mon abri; par bonheur, je retrouve maman, nous courons vers le trottoir et nous n'avons que le temps de nous aplatir à nouveau par terre. Maman se couche sur moi et protège ma tête de son sac à main. Mitrailleuses et fusils échangent leurs projectiles de mort.

Notre enthousiasme est un peu entamé. Nous regagnons le square de Vaucluse en nous réfugiant, entre deux rafales, sous les porches des maisons.

Malgré cette cascade d'émotions, nous avons bien dormi cette nuit-là, notre première nuit claire depuis quatre ans.

En me réveillant, je pense à ce qui va venir... Le retour de Robert Manuel, de Jean Babilée, la fin des masques à gaz, des *Ausweiss,* du café national et du couvre-feu, la fin du bruit cadencé des bottes noires sur le pavé parisien.

Je rêve aussi, bien sûr, de poulet rôti, et de crêpes Suzette, je rêve surtout du conservatoire où je vais me présenter au mois d'octobre.

« Il vous faut une jolie robe, dit Jacques Charon, nous allons choisir ensemble... »

J'apporte dans la loge de Jacques ce que je possède : une robe écossaise qui me grossit, un chemisier de flanelle et une jupe en corolle de couleur marron.

« Non, dit-il, ça ne va pas... je vais téléphoner à Lélette, elle a à peu près votre gabarit, je vais lui demander de vous prêter quelque chose... »

Lélette n'est autre qu'Héléna Bossis; je me rends chez elle un matin pour l'essayage. La caméristе me fait entrer dans un grand salon clair. J'attends... puis j'entends, dans la pièce voisine, une voix féminine et une voix masculine qui échangent de curieux propos, d'un ton badin :

« Tu n'as jamais essayé de te faire battre? dit l'homme.

– Mais non, répond la dame, en voilà une idée!...

– Tu as tort, je t'assure, le plaisir s'en trouve décuplé... tu devrais demander à ton mari.

– Par exemple..., dit la dame en éclatant d'un superbe rire, tu plaisantes, non? Tu as de ces trucs! »

A cet instant Héléna me rejoint et annonce tout haut : « Voilà deux ou trois robes qui vous iront, j'espère. Vous n'avez qu'à choisir. »

Au son de sa voix, les personnes de la pièce voisine sont saisies de panique :

« Ah, mon Dieu! Il y avait quelqu'un au salon qui entendait notre conversation!

– Ce n'est pas vrai! Quelle horreur! »

Et je vois passer les têtes effarouchées et rougissantes de Jacques Castelot et de Sophie Desmarets!

C'est moi la plus gênée, je prends sans même la passer une robe rouge, comme mes joues, que j'emporte en remerciant avec autant d'effusion que de confusion!...

La robe me va bien, le tissu est doux à caresser et le ton de rubis clair convient au brun de mes cheveux. Elle est signée Lucien Lelong. C'est l'époque où les couturiers ne mettent pas encore leur sigle ou leurs initiales partout; pourtant Lucien Lelong a appliqué sur chacune des pinces de poitrine les initiales cloutées d'or de sa propriétaire... Me voilà donc avec un H sur le sein droit et un B sur le sein gauche...

Mes camarades, surpris, me demandent si j'ai changé de prénom, ou si ma couturière ne sait pas dessiner un M...

Cette petite gêne compte peu, je me sens bien habillée dans ce vêtement parfaitement coupé, et je sens poindre en moi les premiers chatouillements de la coquetterie féminine...

J'ai donné Marinette du *Dépit amoureux* je ne sais trop comment, saisie par un trac abominable. J'ai voulu me relever les cheveux pour être plus nette, et j'ai senti pendant toute la scène une boucle qui dégringolait de son échafaudage, puis deux, puis trois, et j'ai dit les vers de Molière dans le bruit métallique et régulier des épingles neige tombant en pluie sur le parquet de l'estrade.

Colombine a mieux passé l'épreuve, il me semble; mes cheveux étaient sur mes épaules, mais cette fois, c'est le liquide que j'ai mis sur mes jambes qui forme de fâcheuses traînées jaunes le long de mes tibias. Mais que faire? Les bas nylon n'existent pas encore sur le marché et les bas de soie valent une fortune. Espérons que le jury a plutôt regardé ma tête...

Dans le grand hall sombre, nous attendons les résultats. A l'excitation du matin – des jeunes filles s'étaient évanouies, d'autres avaient piqué des crises de nerfs – a succédé un calme apparent qui ressemble à celui d'un champ de bataille avant le premier coup de feu. La nuit est venue, les concurrents passent comme des ombres, se croisent, s'avachissent dans les coins. On entend des bribes de conversation :

« Toi merveilleux. »

« Mal passé... »

« Trop nerveux. »

« Pas reçue, c'est sûr. »

Toutes les dix minutes, un mauvais plaisant crie :

« Les résultats ! »

Tout le monde se dresse, puis, devant l'imposture, retombe comme un vieux soufflé... c'est interminable.

Moi, je ne ressens rien qu'un grand vide et je n'ai qu'un seul souci ne pas décevoir Jacques Charon. Ivernel rit dans un coin. Il est déjà élève depuis l'année précédente, et Le Poulain que je vois pour la première fois me prédit au creux de la main un avenir fabuleux.

Quelqu'un s'approche de moi, un grand garçon à l'abondante chevelure brune et aux yeux de chat : François Chaumette.

« C'est vous, Micheline Boudet?

– Oui.

– Je viens d'entendre, en collant l'oreille à la porte, la délibération du jury, vous êtes reçue première. »

J'ai comme un trou d'air... J'ouvre la bouche pour dire quelque chose... et j'éclate en sanglots. Entre deux hoquets, j'insulte presque François.

« Non, ce n'est pas vrai, je ne vous crois pas, ce n'est pas possible. »

Pendant ce temps-là, la liste des reçus est affichée. Encore des cris d'indignation, des évanouissements, des exclamations de joie.

« Venez voir, dit François, si vous ne me croyez pas... »

Il m'entraîne jusqu'au tableau. Huit noms d'hommes; Jean Piat en tête, huit noms de filles, tout en haut de la liste, le mien.

« Mon Dieu ! »

Un reporter vient à moi, un micro à la main :

« Pourquoi ces larmes, mademoiselle? Vous êtes recalée?

– Non, monsieur, dit la tête de liste, je suis reçue ! » Et la voilà secouée d'un nouveau hoquet. Il n'en revient pas, l'homme au micro !

Combien de fois François Chaumette, au cours de nos années fraternelles à la Comédie-Française, m'a-t-il répété cette anecdote en se moquant gentiment de mon désespoir en plein bonheur. Pour cette raison, François a une place particulière dans mon film personnel. C'est mon bon augure, mon premier ouvreur de porte, l'ange Gabriel de mon second métier.

Au milieu de ces émotions fortes, j'allais oublier que je danse ce soir *Jeux d'enfants* à l'Opéra. Il s'agit de faire vite. Je dévale la rue de Rome, j'avale la gare Saint-Lazare, je cavale sur le boulevard Haussmann...

Et d'un grand pas de bourrée jeté, je me retrouve sur scène, la raquette à la main, plus légère que mon volant et plus bondissante que Bizet lui-même.

En quittant la rue de Madrid au pas de course, j'ai alerté Michel Bouquet, Dany, Jean Piat, Brigitte Auber, Claude Piéplu et Jean-Pierre Grandval.

« On vient te chercher à la sortie. »

J'ai eu le temps de prévenir maman. Elle improvise une collation pour nos ventres affamés. Nous nous jetons sur les sandwiches, nous buvons un peu, nous rions beaucoup, Jean Piat me dit des mots doux, ce n'est que beaucoup plus tard qu'il m'avouera qu'il éprouvait pour moi à cette époque un peu plus que de l'amitié... Michel me regarde avec de la gaieté dans le pli de ses yeux.

« Te voilà comédienne, maintenant. »

Jean-Pierre refait le monde, invente des spectacles sublimes avec des distributions idéales dans lesquelles, bien entendu, nous avons chacun un rôle de choix.

Piéplu fait la cour à maman. Brigitte fait la cour à tout le monde, Dany est un peu partie, et moi, j'éclate de bonheur.

Nous prenons conscience tout à coup de la levée du jour. Un bref débarbouillage général et nous voilà partis tous ensemble prendre le petit déjeuner à l'Étoile... Pourquoi à l'Étoile ?

« Parce que, dit Piéplu, l'Arc de Triomphe en de telles circonstances est tout à fait ce qu'il nous faut. »

Nous nous dirigeons ensuite vers la rue de Madrid. Moi, je vais suivre mon premier cours dans la classe de Georges Le Roy. Dany et Michel entrent chez Mme Dussane, Jean Piat aussi et Denise Gence également. Ivernel est chez Brunot.

Je rejoins le groupe des élèves, les anciens et les nouveaux, et j'attends dans le hall, maintenant sans fièvre et sans cri, la venue du maître. Elle a lieu chaque jour selon le même rite...

Le voilà, me dit-on, en me poussant du coude. Je reconnais l'homme long et sec, entr'aperçu dans les couloirs du Français un soir de gala. Jamais je n'ai vu quelqu'un se tenir aussi droit. Il entre dans le cagibi du concierge, prend la clef, traverse le vestibule, semble ne pas nous avoir aperçus (ce qui ne m'étonnerait pas, sa tête est si haute!), et commence à gravir, sans toucher à la rampe, les marches qui montent à la classe, le dos toujours roide. Bien entendu, nous l'avons suivi et marchons sur ses pas, dans le plus grand silence.

Une fois devant la porte, il l'ouvre, il ne nous a toujours pas regardés, il entre puis se poste à l'entrée de la pièce, et nous reçoit l'un après l'autre. Il scrute attentivement chacun de nos visage, dit un mot gentil à l'un, à l'autre un mot un peu plus sec; il s'informe du travail préparé, des états d'âme, de la santé de ses disciples... C'est mon tour, je meurs de trac.

« Ah, vous v'là, vous? » Son œil s'amuse. « Vous savez qu'en tant que professeur le plus ancien, j'ai le droit de choisir le premier? J'ai dit : Donnez-moi la petite Boudet, c'est tout ce que je demande. Allez vous asseoir », me dit-il en me désignant une place.

Une fois de plus, le rouge de toutes les cerises de l'été me monte aux joues.

La classe donne sur un arbre, c'est un premier étage bas. Le Roy est assis à une table; devant lui, se trouve l'estrade où montent les élèves pour travailler. Autour et derrière lui sont placés les bancs où nous sommes installés pour regarder ceux qui travaillent. Je me glisse près d'un grand jeune homme qui a des cils merveilleux et des oreilles un peu décollées, c'est le plus étincelant de notre génération, le jeune prince de notre temps : Gérard Philipe.

La vie pour moi était remplie plus que de raison. Heureusement, Terpsichore et Thalie m'ayant prise sous leur protection, mon emploi du temps s'arrangeait miraculeusement. Lundi, mercredi, vendredi, cours au conservatoire; mardi, jeudi, samedi, cours de danse du premier quadrille. Cela pour le matin.

L'après-midi, répétition, et le soir, représentation de ballet ou d'opéra et toujours le dimanche, cours Escande parce que c'est difficile d'abandonner les amis du jour au lendemain.

Il me restait un bien petit nombre d'heures pour apprendre les textes que me donnait Georges Le Roy. Dans une telle pléthore d'activité, je risquais fort de m'emmêler les pieds dans les alexandrins et de bafouiller mes petits battements, d'autant que mes camarades danseuses me demandaient de leur dire des vers et que Le Roy me priait de montrer à mes camarades comédiennes comment exécuter une révérence.

Pourtant, guidée par mes joies diverses, il m'était possible de sauter de l'une à l'autre de mes passions en passant par-dessus la fatigue.

L'Opéra s'amollissait, nous avions perdu Lifar dans ce gargouillis ignoble qu'on appelait l'épuration, et qui permettait surtout aux médiocres de prendre leur revanche sur les meilleurs. Lifar n'avait causé de souffrance à personne; il avait exercé son art pendant l'Occupation sous les applaudissements des Allemands; si les Chinois ou les Nigériens l'avaient admiré, il eût dansé pour eux...

Nous étions retombés mollement et sans grande envie dans les gentils et inoffensifs ballets d'Albert Aveline. J'avais beau courir chaque jour de l'Opéra au conservatoire, et du conservatoire à l'Opéra, ventre à terre, ce qui vous en conviendrez est fort peu gracieux pour une ballerine, je m'ennuyais ferme au palais Garnier.

En revanche, l'enseignement de Le Roy m'enrichissait chaque jour.

Notre classe ressemblait à une messe; on y faisait du théâtre une dévotion. Le Roy, grand prêtre, officiait avec une rigueur dont tous les fidèles ne s'accommodaient pas; certains changeaient de professeurs, et nous recevions, en échange, des élèves qui ne s'accommodaient pas de l'enseignement de Dussane ou de celui de Denis d'Inès.

L'enseignement de Georges Le Roy n'était pas destiné aux inconscients qui prenaient notre métier pour une amusette.

Quand un élève passe une scène, Le Roy peut ensuite nous parler pendant une bonne heure de la pièce et des personnages. Il reprend Rodrigue ou Henriette, vers par vers, et parfois se tourne de notre côté et demande :

« Comment dirais-tu ces deux alexandrins... Micheline? »

Rouge et tremblante, je me risque :

« Les suites de ce mot, quand je les envisage
Me font voir un mari, des enfants, un ménage.

– Ce n'est pas fameux, hein? »

Et il passe à quelqu'un d'autre... J'ai tellement honte, que je passerai, moi, ensuite, huit heures sur ces deux vers jusqu'à ce que je trouve l'intonation qui me paraît la plus juste. Georges Le Roy nous donne une pâture qui nous nourrit pour bien des années. Nous apprenons que la phrase est une ligne droite, le plus court chemin d'un point à un autre de la pensée, jusqu'à l'intonation finale sous laquelle est l'intention. Tout zigzag en cours de route est une offense à son oreille. J'ai toute ma vie fait l'impossible pour ne pas m'écarter de cette ligne droite qui doit mener à la justesse du ton.

Il nous fait prendre des respirations courtes mais fréquentes et nous apprend à ne parler qu'au sommet de l'inspiration. Sincérité, Mesure, Clarté, Musique. Voilà notre credo. Nous le respectons avec ferveur en tentant d'approcher le plus possible du personnage que nous cherchons. Il nous donne l'amour du beau langage, le goût du vocabulaire et de la syntaxe.

Un matin, Janine Fréson, en qui tout le conservatoire voit la future ingénue du Français, annonce gentiment qu'elle demande un congé pour un cachet à faire en province :

« Je pars à Bordeaux, maître.

– Non, mademoiselle, dit Le Roy, rigide.

– Mais, si... balbutie la pauvre Janine qui a besoin d'aller gagner ses quelques sous.

– Non, mademoiselle, vous ne partez pas à Bordeaux.

– Mais maître, comment? Pourquoi?

– Parce que vous partez *pour* Bordeaux... » et il rit, content de lui; nous aussi nous rions! Mais désormais aucun d'entre nous ne commettra plus l'erreur.

Nous sommes loin des excès d'aujourd'hui qui entraînent les jeunes gens à se rouler par terre et les jeunes filles à pousser des hurlements en s'arrachant les cheveux.

Georges Le Roy, lui, trouve qu'il est particulièrement mal élevé de transpirer devant le public.

Cependant, il ne faudrait pas s'imaginer qu'il rejette une certaine démesure si le personnage l'exige, et le jour où Gérard nous donnera *Le Menteur* dans une sorte de délire en inventant chaque mensonge comme la plus folle des vérités, l'enthousiasme du maître fera chorus avec celui de la classe entière...

Il faut dire que Le Roy avait pour son élève préféré le maximum de faiblesses... et lui pardonnait même ses plaisanteries.

Ainsi, un matin alors que le maître s'était absenté pour un moment, Gérard se mit à nous faire quelques imitations. Tino Rossi avec sa guitare, chantant *C'est un chagrin d'amour,* était une de mes préférées.

Soudain, il bondit de l'estrade où il venait précisément d'être pendant dix minutes le chanteur corse, pour aller s'asseoir, ô sacrilège, à la table du maître... là, imitant exactement celui-ci, il appuya sa tête dans ses mains, pour mieux entendre sans voir; son corps, son attitude, ses expressions étaient si justement observés que nos rires jaillirent de tous côtés. C'est alors que Le Roy, bien entendu, fit son entrée...

Gérard, comme un félin, s'était levé et se retrouvait nez à nez avec l'imité.

« Vous êtes bien gais! C'est toi, Gérard, qui fais le clown?

— Oui, maître, répond le jeune homme de sa voix nasillarde pleine de charme.

— Et qu'inventais-tu de si comique? »

Angoisse dans la classe. Que va-t-il répondre, et de toute façon, comment va réagir l'homme-épée?

« Maître, je vous imitais. »

Bien sûr, il l'a dit... les anges ne mentent pas. Un temps... on entendrait voler une intonation.

« Eh bien, je serais curieux de voir cela. Veux-tu avoir l'obligeance de recommencer? »

Ça par exemple! cette réaction nous sidère... Le Roy a un sourire ironique au coin de la bouche que nous ne lui connaissions pas.

« Bien maître », dit Gérard qui n'a pas l'habitude de désobéir. Et derechef, il prend la chaise en même temps que la pose et rajoute même un peu de texte pour faire plus vrai!

Nous voyons petit à petit Le Roy se détendre, puis sourire en mettant sa main devant sa bouche, dans un geste qui lui est familier, puis danser d'un pied sur l'autre, comme un ours bernois. Il finit par éclater de rire, et nous en faisons autant, à la fois éblouis par le talent de Gérard et par la mansuétude de notre professeur.

Ce jour-là, Le Roy termina son cours plus tôt que d'habitude. Nous étions si joyeux, si excités que nul n'aurait pu se concentrer sur les malheurs d'Andromaque ou s'astreindre à goûter les beautés de la prose de Musset.

René Simon était chargé de la classe de diction... Il me fit pour l'examen de mars un cadeau inattendu.

« On sait bien que tu peux être un personnage joyeux et même comique, dit-il, mais, je m'en fous, je veux te voir tendre et recueillie, tu vas apprendre *La Vierge à midi* de Claudel... »

C'est avec ce beau poème que je passerai l'examen dans une nouvelle robe de Lelong, couleur de soleil, de même provenance que la première – la garde-robe de Lélette. Denise Gence me dit encore quelquefois que cette robe l'avait frappée par son raffinement. René Simon, lui, est furieux : « Quelle idée, pour une brune, de s'habiller en jaune! » Comme quoi des goûts et des couleurs...

N'importe, j'ai tout de même décroché la première médaille de diction. Ce succès me console un peu de la note « passable » que j'avais obtenue à l'examen de février. Il est vrai que je la partageais avec Gérard Philipe. Mais, j'étais lasse, je ne retrouvais pas ma bonne humeur, je me sentais dériver sans pouvoir rétablir ma petite barque.

« Bien entendu, clamait Mme Dussane, qui habituellement recevait les apprenties soubrettes chez elle, cette petite va s'éteindre. Ah! si on me l'avait donnée! »

J'étais flattée, bien sûr, mais aussi fâchée; comment aurais-je pu être en des mains meilleures que celles de mon maître?

La classe de Dussane, à coup sûr, était plus joyeuse que la nôtre; j'y avais même vu, un jour que j'étais allée donner une réplique à Michel Bouquet, des filles fumant sur les genoux des garçons; il m'avait semblé assister à la profanation d'un temple sacré.

En réalité, ma lassitude venait surtout d'un excès de fatigue. Marivaux, métro, Gounod... cette vie, pour une adolescente sortant des restrictions de la guerre, ne pouvait guère apporter la sérénité.

De plus, je l'ai dit, l'Opéra ne m'apportait plus rien. Je n'avais pas encore dix-huit ans, je pris une grande décision : rompre avec mon premier passé. Je m'en ouvris à ma mère :

« Maman, je ne peux plus m'en sortir, je finis par négliger par manque d'énergie à la fois la danse et la comédie, il faut opter.

– Que feras-tu pour gagner ta vie? dit ma mère, raisonnable. Tu as un salaire fixe à l'Opéra, tu te retrouveras sans rien. Tu y penses?

– Je suis sûre qu'Escande me trouvera de la figuration à faire ou même quelques mots à dire dans une pièce de boulevard, je me débrouillerai.

– Prends tes risques, dit Marianne en bonne Lorraine, tu n'es plus un bébé! »

Comme elle était énergique et droite parfois, cette mère par ailleurs si exigeante.

Un après-midi de mars, gris, tiède et tout mouillé, je partis avec elle jusqu'à la grande poste de la rue de Prony et j'y jetai ma lettre de démission.

Voilà! un seul petit geste, et on transforme son existence. Ainsi est le taureau. Il met bout à bout ses trésors de patience, il accepte, il supporte, il encaisse, et, un beau matin, il décide de foncer, il saute la barrière et rompt ses liens au risque de tout perdre.

8

L'envoi de ma lettre coïncidait à peu près avec ma première médaille de diction. L'Opéra me demandait trois mois de préavis, je serais donc libre au début du mois de juin. En attendant, je devais continuer à me rendre aux répétitions et aux soirées des ballets que j'assumais encore; bien entendu, je n'étais plus distribuée dans les nouvelles créations, ce qui me donnait un peu de liberté et me permit, par exemple, d'aller faire mes tout premiers pas d'actrice sur les planches du théâtre Montansier où je reviens aujourd'hui au départ de la tournée d'*Acapulco, Madame,* plus de trente ans après... grâce à la jolie pièce d'Yves Jamiaque.

Il s'agissait de jouer le rôle de Lisette du *Jeu de l'amour* que Meyer avait eu raison de me faire apprendre, puisque je devais débuter officiellement au Français avec ce rôle et y répéter pendant plus de vingt ans : « Le non n'est pas naturel. »

Le spectacle mis en scène par le dynamique Jacques-Henri Duval était joué par Duval lui-même, Moulinot, Jean-Roger Caussimon, et Sophie Desmarets dans le rôle de Dorimène, longue, flexible, l'œil plissé d'ironie, sa superbe crinière au vent, élégante et fine; elle disait comme personne de sa voix chantante :

« Et je vous enverrai les marchands. »

De même, j'ai encore dans l'oreille la voix de Gérard et son cri quand il affirmait :

« C'est moi qui suis Dorante. »

Car il était Dorante, Jacques Charon Pasquin, Jean-Paul Moulinot Orgon, et mon ange Gabriel, François Chaumette, était Mario. Tout cela faisait une bonne moisson de futurs talents.

Seul de mes amis de l'Opéra, Jean Babilée, que la Libération m'avait rendu, est venu voir la pièce. Il m'en parle avec intelligence et affection en marchant cette fois dans la ville de Louis XIV embrumée. Ce sera notre dernière promenade, nos destins artistiques vont se séparer, nos rencontres ne seront plus qu'occasionnelles et fortuites.

Le théâtre Montansier ne me dispensait pas de préparer l'examen de mai, celui qui décide de l'admission des élèves au concours de sortie. Pour moi, je savais qu'en première année, on ne concourait pour ainsi dire jamais. Je ne me faisais donc aucune illusion, mais je travaillais de mon mieux pour ne pas glaner un second « passable ».

Ma nature ne ressemblait en rien à celle de Daniel Ivernel, merveilleux bohémien de métier, qui, montant sur l'estrade le jour de l'examen, dans Oreste... (« Oui, puisque je retrouve un ami si fidèle... ») regarda le jury, s'interrompit, et tout tranquillement repartit en disant :

« Oh ! non, ce n'est pas la peine, je n'y suis pas... Au revoir messieurs. »

Cher Daniel, qui aujourd'hui encore se soucie peu de gloire et d'argent et ne fait son métier que quand il en a une profonde envie. Bien peu d'acteurs peuvent s'offrir ce luxe. Mais Daniel peut vivre sans luxe, il puise dans son art sa provision de bonheur.

Gérard, lui, ne passa pas le concours : il venait d'être engagé par Hébertot pour y créer, aux côtés d'Edwige Feuillère, l'ange de *Sodome et Gomorrhe*. Sans doute, dans la tête de Georges Le Roy, qui parfois s'affaiblissait, Gérard s'était-il parfaitement identifié à ce personnage, puisque le maître, un matin, ouvrit grande la croisée et dit au jeune homme :

« C'est vrai, tu es un ange. Saute, tu dois voler. »

Soit par défi, soit par respect – est-ce qu'un ange refuse quoi que ce soit au Bon Dieu ? –, Gérard n'hésita pas... Il s'envola par la fenêtre et atterrit dans la cour avec une jambe cassée. Il nous revint un peu plus tard, immaculé comme son plâtre, resta quelques jours, puis, un matin, s'envola définitivement vers le théâtre Hébertot, première étape de sa fabuleuse carrière.

Notre professeur, comme toujours lorsqu'il se surmenait,

commençait à donner les signes d'une légère fatigue mentale. Il nous parlait des mots de la grande Sarah : « Une femme doit toujours sourire, même quand elle pleure. » Il nous envoyait porter des roses à Clemenceau et se promenait aux Champs-Élysées en costume Louis XIV, clamant à haute voix : « Je suis le roi », ce qui, somme toute, à une lettre près, était l'expression de la vérité.

On le libérait du poste de police sur l'intervention du Théâtre-Français et, après une semaine de repos, il reprenait ses cours et ses élèves en main.

A la sortie de l'examen de mai, je vis Jean Marchat me faire deux ou trois signes de tête, accompagnés d'un clignement des yeux qui me semblèrent de bon augure pour ma Lisette des *Sincères*. J'appris peu de temps après que ce que j'avais pris pour de l'approbation n'était que des tics nerveux qui lui étaient familiers.

Ma bonne humeur m'était revenue avec Marivaux, et je fus admise à concourir en première année.

Il n'existe pas de petite mère au conservatoire. Pourtant, j'avais trouvé une sorte de protectrice en la personne de Jacqueline Duc qui m'avait rencontrée chez Jacques Charon et m'avait prise en amitié. Elle veillait sur mon travail, sur mon moral et sur ma modestie.

« C'est la première fois que tu passes le concours, sois vigilante, ne te laisse pas tourner la tête. Tout le monde viendra te faire des compliments, on te dira que tu mérites le premier prix. Chaque élève rencontre, ce jour-là, quelqu'un qui lui affirme la même chose. Surtout, je t'en prie, n'en crois absolument rien. »

Je ne sais pourquoi, ces paroles de Jacqueline m'ont profondément marquée. J'ai, depuis cette leçon, tendance à ne pas mordre dans les tartines de compliments qui me sont quelquefois offertes. Je ne dis pas que cela ne me cause aucun plaisir, bien au contraire, je n'ai pas fait ce métier pour renoncer à plaire, mais je m'arrange pour que les éloges glissent sur moi et ne pénètrent pas. La seule joie dont je me laisse imbiber est celle de certains soirs de communication intime avec le public quand il m'offre ses rires généreux et ses silences attendris.

Janvier 1978. Et maintenant, comment s'y prendre pour parler de soi sans tomber dans le piège narcissique de ceux qui se racontent? Et d'ailleurs pourquoi se raconter? Fanny Deschamps en est la principale responsable.

Au sortir de l'opération qui m'a, j'ose l'espérer, épargné momentanément le grand saut, j'ai éprouvé comme toute-une-chacune le besoin de jeter au vent, pêle-mêle, quelques souvenirs, quelques notes, quelques pensées, frappées au coin du meilleur bon sens qu'inspire généralement ce genre de situation. Alors, bien sûr, on vit sa petite tragédie personnelle, on s'imagine que personne n'est passé par là avant soi, on veut traduire cette expérience-choc et on noircit du papier; mais de là à se prendre pour Marguerite Yourcenar!

« Et pourquoi pas un livre, Micheline? Il faut occuper votre convalescence. »

Ça y est! Chère Fanny, je la soupçonne sérieusement d'avoir voulu m'aider à ne pas sombrer dans le désespoir à cause de l'état de mon corps amoindri, et, trois mois plus tard, de la brutale mort de Jacques.

Moi, écrire un livre? Est-ce que mon histoire, mes histoires, étaient capables d'intéresser quelqu'un? Je n'ai ni la forte personnalité ni la célébrité de la merveilleuse Signoret... et ce ne sont pas mes pauvres petites considérations sur mon métier qui vont fasciner le monde. Alors pourquoi? Peut-être, tentation irrésistible d'établir son petit bilan, de se poser des questions à propos des implacables raisons qu'on a d'être encore là, et de se sentir si heureuse d'y être, au moment de se rapprocher de l'automne, au moment où on a plus de souvenirs que d'avenir, au moment où, au lieu d'avoir affaire à la nostalgie, on se trouve soudain remplie d'optimisme, prête à tous les recommencements, à toutes sortes de courage, d'envies, avec d'excellents motifs pour retarder ce fichu voyage, ce dégoûtant voyage qui nous attend à chaque tournant. Peut-être aussi pour donner à mes enfants l'occasion de retrouver ainsi leurs racines, pour les amuser et leur permettre de mieux connaître leur parenté, surtout la petite arrivée sur le tard et qui n'aura pas pu, comme Alain, son grand frère, profiter de la jeunesse de sa mère.

Fanny commence donc par me trouver une femme journaliste écrivain, Florence, qui est chargée de recueillir et de bâtir ce livre de souvenirs.

Aucun doute, sur le plan du style, c'est évidemment bien supérieur à ce que je pourrais jamais écrire, mais voilà qu'arrivée au terme de l'histoire, je ne m'y retrouve pas. C'est un excellent reportage, mais les événements qui y sont rapportés me semblent avoir été vécus par quelqu'un d'autre que moi... Je ne me reconnais plus. Alors que faire?

« Courage, me dit Fanny, repartez à zéro, écrivez vous-mêmes, refaites tout, avec vos maladresses, mais que cela vous ressemble. »

Il faut bien l'avouer, c'est rudement tentant! Voilà pourquoi, en tournée avec *Acapulco, Madame,* je brouillonne, gribouille, barbouille et griffonne à l'hôtel, dans le car, au restaurant et même dans ma loge.

STOP! En scène, je ne pense plus qu'au texte de Jamiaque. J'entre dans ce rôle de Nat que j'adore, je suis toute à l'action que l'auteur me fait vivre, mais je me rends bien compte que c'est aussi une façon de se libérer que d'écrire.

Peu à peu, je me pique au jeu du porte-plume, j'y prends un goût qui s'affirme de jour en jour, je m'amuse à dérouler le fil, sans trop savoir ce que je vais trouver au bout. Ce sont les exercices de barre de ma mémoire, les « je-veux-et-j'exige » de mon stylographe.

Ce qui va devenir délicat maintenant, c'est de parler du succès. Je ne peux pas l'escamoter, d'autant plus que je n'ai aucune raison d'être modeste. Seulement je me dis : à quoi bon? Car enfin, à ceux qui m'ont applaudie, cela n'apprendra pas grand-chose et aux autres, ceux qui ne m'ont jamais vue jouer, cela n'apportera rien.

Je ne vais pas m'écrier : Quel triomphe! la salle est secouée d'une tempête de rires! Ou bien : Le silence recueilli des spectateurs devient palpable! Ou encore : Le public applaudit debout, ne pouvant se résoudre à quitter le théâtre!

Avouez que ce serait ridicule, chère lectrice, cher lecteur... Et pourtant... il faut bien que vous le sachiez, c'est vrai!

Attention, il ne s'agit pas de gloire, je ne suis pas une star, il s'agit seulement de moments, des quelques moments de joie d'une comédienne.

Eh bien, voilà, je ne parlerai pas de mes succès au théâtre, mais de mes joies d'interprète, ça voudra dire exactement la même chose, mais ça fera moins prétentieux. Maintenant que vous voilà prévenus retournons ensemble au conservatoire, voulez-vous?

Nous sommes au début du mois de juin, le concours se prépare dans la fièvre, les élèves qui n'ont rien fait de toute l'année se réveillent et travaillent comme des fous, changent de scène, changent de réplique, changent de classe, tout le monde s'affaire, s'énerve, fait des pronostics. Chez nous c'est Fréson l'outsider et chez Dussane c'est Dany Robin. Le Théâtre-Français, comme toujours, se cherche l'ingénue du moment... A noter que dès qu'il la trouve, il s'empresse de la laisser partir. Il engagera deux ans après la charmante Jacqueline Cartier qui à son tour s'en ira et délaissera le masque pour la plume.

A l'Opéra, on nous demande si tout va bien au conservatoire. Dany dit qu'elle est contente de ses scènes de concours.

« Et Boudiche?

– Oh, dit la ravissante fille aux yeux d'émail, elle aura sûrement une petite récompense... »

Pour l'instant, il s'agit de trouver ma scène classique.

« Puisque Lisette t'a si bien réussi à l'examen, passe-la donc au concours, dit Le Roy.

– Et la scène moderne, maître?

– Pourquoi pas une " petite femme "? On m'a dit que tu en as donné une au cours Escande, très drôlement! »

Diable... comment est-il si bien renseigné? Je tremble un peu, je sais qu'il n'aime pas beaucoup qu'on fréquente un autre cours que le sien, mais il n'a pas l'air fâché.

« Vous voulez dire Estelle, des *Deux Écoles,* maître?

– Voilà, c'est ça, Alfred Capus, ça peut être drôle... essaye. »

Le moindre de ses avis m'est précieux, je vais donc essayer. Je ne recherche pas de scène à grands effets, je guette le premier accessit « parce que, me dit Jacqueline Duc, c'est le meilleur moyen d'avoir ton prix l'année prochaine ».

Je cours au Théâtre-Français pour trouver le costume de Lisette. Jacques m'a particulièrement recommandée à Mlle Madeleine, couturière en chef, et je dois me rendre à deux heures à l'atelier de couture.

Mais il me faut d'abord passer par la loge du concierge Durand, vieux cerbère, ex-capitaine de l'infanterie de réserve, qui ne badine pas avec le service et arrête sans pitié toute personne n'appartenant pas à la maison.

« Où allez-vous? aboie-t-il sur mon passage.

– A l'atelier, monsieur, je vais chercher mon costume pour le concours de sortie.

– Et vous croyez que je vais vous laisser monter comme ça? D'abord, qui me dit que vous êtes une élève du conservatoire?

– Mais, monsieur...

– Et d'ailleurs, je vous le dis tout de suite, vous n'avez aucune chance d'avoir un prix, aucune, et je m'y connais. Vous n'avez pas de physique, regardez-moi ce nez! Allez, montez, pour ce que vous y gagnerez! »

Il appuie sur le bouton qui ouvre la porte... Je n'en mène pas large. Ses paroles lancées comme une prophétie me sonnent aux oreilles, et j'arrive à l'atelier gorge serrée et larmes aux yeux, en examinant mon nez dans la glace.

« Ne vous inquiétez pas, dit la gentille Sisinne, la magasinière qui connaît-de-fond-en-comble-tous-les-costumes-que-contiennent-les-innombrables-placards-de-la-maison, M. Durand fait ça à tout le monde, à croire qu'il est jaloux parce qu'il n'est pas comédien. »

On sort plusieurs robes, on me les essaie. Mlle Madeleine choisit pour moi une robe d'ottoman jaune paille (tant pis pour René Simon). Le corsage a besoin d'être un peu repris, la jupe va parfaitement.

« Très bien, dit Madeleine, un petit pouf de dentelle sur les cheveux relevés, ce sera parfait. »

Sisinne approuve :

« Très joli, c'est une robe de Berthe Bovy. »

Je suis impressionnée, j'admire éperdument Bovy, si petite de taille... si grande de talent; il me semble que la robe, comme dans les contes de fées, est porteuse d'un enchantement qui va me conduire au succès.

Plus tard, quand je siégerai au jury des concours et que je verrai une élève portant un de mes costumes, j'en éprouverai une sorte d'attendrissement teinté de mélancolie (on passe si vite de l'état de petite fille à celui d'aînée). Du fond de mon cœur, je souhaite à la jeune inconnue les mêmes bonheurs que les miens.

3 juin : demain mon préavis arrivera à son terme, je dirai

adieu à l'Opéra. Je vais cet après-midi chercher mes affaires dans la grande loge déserte; sur ma coiffeuse j'abandonne des vieux chaussons qui ne me serviront plus, mais qui pourront être utiles à une camarade pour les répétitions, et j'en garde une paire brodée par maman, encore en bon état, symbole-souvenir que je conserverai des années dans un tiroir. Je plie la tunique, le cache-cœur, le maillot, et, seule dans les couloirs roses, mon sac à la main, je fais une dernière fois le parcours des dix années de travail, d'amour et de fou rire que je viens d'y vivre.

Même Ferrari n'est pas à son poste; je n'ai rencontré personne, je franchis le seuil de mon enfance et celui de l'Administration pour la première fois, sans une poignée de main amicale, sans un baiser de mes compagnes, sans un sourire réchauffant...

Une fois dehors, je secoue les avant-hier et les adagios, les jadis, les naguère et les arabesques, et je vogue vers de nouveaux virages, vers de nouveaux rivages... je ne suis plus danseuse.

28 juin... le grand jour... Concours des élèves femmes.

Je passe la troisième puisque, selon la coutume, au conservatoire les plus anciens passent les derniers. Dans la ravissante salle pompéienne et vétuste, la chaleur des approches de juillet est augmentée de la fièvre des spectateurs. Famille, parents, invités, amateurs et directeurs de théâtre sont installés à l'orchestre. Au-dessus, à la corbeille, se trouvent ces messieurs de la critique, Robert Kemp, Philippe Hériat, Jean-Jacques Gautier, Max Favalelli. Plus haut encore dans la grande loge, siège l'impressionnant jury : François Mauriac, le tragédien Jean Hervé, Mme Andrée de Chauveron, Jean Meyer, Marcel Achard, j'en passe. Le directeur Claude Delvincourt préside, bandeau noir sur l'œil et sonnette à la main.

Les professeurs vont de la salle à la scène pour encourager leurs poulains, rectifient une tenue, font leurs dernières recommandations, se dépensent sans compter.

Je finis de m'apprêter; je me suis fabriqué une coiffure qui n'a de Louis XV que l'intention et qui doit être particulièrement seyante puisque Jean-Pierre Grandval s'écrie en me voyant : « On dirait Pauline Carton! » Pour que je m'en souvienne après trente ans, j'imagine que j'ai dû prendre le choc assez durement. Jean-Pierre aurait dû passer *Les Sincères* à ma place!

N'importe, l'instant n'est pas à la susceptibilité, mais à l'urgence d'entrer en scène.

Mon ami Georges Poulot qui, en dehors des heures de cours, dévore Valéry avec un insatiable appétit et deviendra l'écrivain Georges Perros, a la gentillesse de me donner Frontin.

L'appariteur qui tout à l'heure annoncera Denise Noël dans *Meunier tu dors* et soulèvera une tempête de rire parmi les spectateurs, ne commet pas d'erreur pour Marivaux et j'attaque :

« Ah! Mon Frontin! Puisque je vous trouve! »

Je m'embarque dans le piquant portrait de ma maîtresse, tout va bien, les phrases trottent, joyeuses, précises. Le premier rire du public, soudain, me déroute; ce n'était pas prévu à mon programme, ce bruit de houle au milieu de ma tirade. Je suis troublée, pourtant je continue :

« Il fallait que je servisse sa coquetterie sans la connaître... »

Et là, le trou, le trou noir, la salle bascule, ma tête entre dans un brouillard de coton, je ne vois plus rien, je n'entends plus rien, j'essaye de rappeler les mots du fond de ma mémoire. Que je prisse... que je prisse... Mon Dieu qu'est-ce que je dois prendre?

Alors, Georges Poulot voyant passer dans mes yeux tout le désespoir du monde, m'envoie la suite rapidement; en détournant la tête, il souffle entre ses dents : « cette coquetterie sur mon compte ». Et hop là! comme un petit cheval qui connaît tous les détours de la route, j'enchaîne la réplique suivante, puis les autres, et je vais ainsi au petit galop jusqu'au bout de ma scène... Ouf!

C'est terminé... Je me sens secouée comme dans le soufflet d'un train passant sous un tunnel; je ne sais même pas si le public m'applaudit, je remercie Georges qui m'a sauvé la vie; je quitte la robe de Bovy et le pouf de dentelle de mes cheveux... je suis vide, au bord du désespoir. Voici Le Roy.

« Bien, Micheline, bien, dit-il.

– Mais, maître, le trou?

– Quel trou? »

Est-il possible que même lui ne se soit aperçu de rien?

« Le trou avant *friponnerie*.

– Mais non, voyons, tout s'est bien passé. »

Dans la rue remplie de soleil, de femmes en robes multicolores, et d'hommes en chemises claires, je retrouve maman.

« Je suis allée voir Jean Chevrier et Bernard Blier, dit-elle, affairée, tous les deux sont persuadés que si tu passes aussi bien en moderne, c'est toi qui auras le prix. »

Le culot de maman... Jamais je n'aurais osé aborder ces comédiens célèbres, mais pour l'avenir de sa fille, Marianne n'a ni scrupules ni fausse honte. Heureusement, j'entends résonner en moi les paroles d'Évangile de Jacqueline Duc.

« Ne les crois pas... ne les crois pas... »

Et je ne les crois pas. Le public s'égaille, maman part déjeuner avec sa sœur Marthe et notre ami Achille Warembourg, cependant que Jacques-Henri Duval, qui m'a réglé la scène des *Deux Écoles* et joue lui-même le rôle de l'avocat, m'attrape par le bras.

« Viens, on va retravailler. »

Et dans le conservatoire vidé de ses élèves et de ses spectateurs, je vais remettre au point sous la direction efficace de Jacques-Henri la scène d'Alfred Capus, tout en avalant en guise de déjeuner une livre et demie de cerises à peine mûres. Il faut avoir dix-huit ans pour résister à pareil régime.

C'est encore une fois dans une robe de Lelong, acquise par l'entremise d'Héléna Bossis, que j'entrerai dans le personnage d'Estelle, un nœud dans les cheveux, de petits gants de coton blanc aux mains et les pieds dans des escarpins noirs; sans bas, pour les raisons évoquées plus haut, mais cette fois, j'ai soigné le maquillage des jambes.

Tout le monde est en place côté salle, et, côté scène, la chaleur est intenable; les programmes servent d'éventail, les futurs comédiens avalent des litres d'eau, s'en versent sur la tête, se lavent les mains, s'aspergent d'eau de Cologne. Moi, dans ma petite robe ajustée, et fleurie de Marguerite, je digère mes cerises et serre la grande main affectueuse de Jacques-Henri.

« Ça va, Boudette?

– Oui, oui, ça va. »

« Numéro trois : Boudet Micheline. »

A l'annonce de mon nom, j'entends tout à coup, du gouffre de la salle, monter une sorte de vague sonore : le public s'ébroue dans un soudain désir d'attention. Je ne sais ce que ce souffle flatteur provoque en moi, mais je me sens saisie, soulevée, survoltée, et j'entre en scène comme un boulet.

Jacques-Henri a trouvé des quantités d'idées amusantes pour améliorer ce qu'il appelle « les délices de Capus ». Par exemple, quand il me dit : « Voulez-vous que nous en ayons une ensemble, d'aventure? », et que je dois répondre : « Oh! mon Dieu, pourquoi pas? », il me fait décomposer la phrase en deux : premier temps, choquée et détournant la tête avec confusion, je murmure : « Oh! mon Dieu! »; deuxième temps, je me retourne vers lui, le regarde, puis, lui tend mes deux mains à baiser en m'écriant ravie : « Pourquoi pas? »

La salle trépigne de joie. Moi, j'ai le cœur qui bondit d'allégresse. Je sens qu'ils mordent et je m'amuse comme une folle. Ce qui, je crois, a fourni le grand attrait comique de cette scène, c'est avant tout mon extrême ingénuité. Je ne vois aucun sous-entendu dans les allusions pourtant claires que se font les personnages, et quand, pour des motifs précis mais qui m'échappent complètement, je donne mon adresse à Jacques-Henri, je ne soupçonne pas un instant qu'il s'agit d'un rendez-vous galant... Hé oui, fille d'Opéra et comédienne, je suis ignorante et pure des pieds à la tête!

Ainsi Philippe Hériat, dans sa critique, pourra dire le lendemain : « Il y eut notamment un " j'habite au-dessus " accompagné d'un petit doigt blanc pointé vers le ciel qui fut un régal. »

C'est que je prononçais cette phrase comme un simple renseignement et sans aucune intention sous-jacente. Mon succès vint de mon innocence.

Quand la scène ingénieusement réglée par Jacques-Henri se termina dans les bravos, je sortis tout éblouie de ce que je venais pour la première fois d'éprouver : le sentiment d'avoir exécuté proprement mon travail et de l'avoir exécuté avec une sorte de pétillement qui s'est communiqué à la salle.

Voilà... Il n'y a plus maintenant qu'à attendre les résultats. En coulisses, je bavarde avec Denise Noël qui se ronge.

« Il faut que j'aie mon prix, Micheline.

– Tu l'auras, tu as été merveilleuse dans Marie Tudor.

– Cet appariteur, avec son " Meunier, tu dors " m'a tout à fait troublée.

– Je t'assure, cela ne s'est pas vu du tout, calme-toi. »

Moi, je ne m'inquiète pas... Je rêve à ce premier accessit

qui peut-être l'année prochaine me permettrait d'obtenir la récompense suprême. Nous attendons. Le concours est maintenant terminé. Le jury délibère. On sort par la célèbre « Entrée des artistes ». On respire un peu sur le pas de la porte, le soleil est descendu, la rue est une fournaise terne, les parents rejoignent les élèves... Chacun fait des paris, discute, tranche. Je ne sens plus rien, je ne crois en rien, je n'ai ni déception ni espérance. J'attends... j'ai chaud... Mes cerises ne sont plus qu'un souvenir, je mangerais bien un chausson aux pommes.

Sonnerie... tout le monde se précipite à nouveau. En une seconde la rue se vide et la salle se remplit. Claude Delvincourt agite sa sonnette : « Résultat des concours femmes. Voulez-vous appeler Mlles Boudet et Noël. »

Un grand cri d'enthousiasme fait éclater la salle. Je suis abasourdie, je crie :

« Mon Dieu, on m'appelle! Vous entendez, on m'appelle? Vite, un peigne. »

Le peigne arrive trop tard, on me pousse en scène avec Denise, j'entre ébouriffée comme un plumeau. Nous sommes là, la tragédienne et la comique, comme deux femmes saoules, pleurant, riant. Chaque fois que nous voulons quitter le plateau, on nous force à y retourner; la récompense n'a pas encore été décernée.

Dans la salle, maman, suffoquée, comprime son cœur et se fait tancer par sa voisine :

« Vous pourriez applaudir, madame, cette petite Boudet est épatante.

– Mais, madame, c'est ma fille, dit maman pantelante.

– Raison de plus! » réplique la dame avec logique.

Delvincourt agite sa sonnette :

« Mademoiselle Micheline Boudet, le jury vous décerne un premier prix de comédie à l'unanimité. »

Je sors enfin de scène en titubant, ivre de bonheur, de fatigue, de faim, de soif.

Ça y est, je l'ai ma petite récompense... Moi, la petite danseuse, la petite fille à sa maman, la petite Boudette de rien du tout, premier prix en première année, je crois que je vais mourir d'étonnement.

Tous les soirs de générale, tous les succès de ma carrière me paraîtront fades comparés à ce jour de soleil.

Denise arrive, essoufflée...

« Vite, Micheline, Pierre Dux nous demande.

– Il va t'engager », s'écrie maman.

Je la foudroie du regard, et d'une exclamation scandalisée :

« Tu es folle, m'engager? Et puis quoi encore? »

Décidément la leçon de Jacqueline Duc a porté ses fruits... Je continue à n'y pas croire, je nie et je nierai toujours cette sorte d'évidences. Je ne pense pas que ce soit modestie de ma part, j'ai plus de penchant pour l'humilité que pour la modestie, mais cela ressemblerait plutôt à une sorte de crainte, mettons de superstition, comme si l'illusion allait se détruire par trop de confiance en soi.

Surtout, je sais parfaitement que, dans ce superbe métier, tout est toujours à refaire, à prouver sans cesse, que rien ne s'évanouit aussi vite que nos gloires d'un jour... même si elles durent plusieurs semaines. J'ai parfaitement conscience aussi que ce premier prix n'est pas l'aboutissement mais le commencement de quelque chose.

Pierre Dux nous reçoit tout en haut du grand escalier et dit à Denise Noël :

« M. Abran vous réclame à l'Odéon. Quant à vous », me dit-il – il me regarde, il rit. Qu'est-ce qu'ils ont tous à rire comme ça! C'est vrai que je dois ressembler à Pauline Carton! – « eh bien, reprend l'administrateur intérimaire de la Comédie-Française, venez me voir jeudi au théâtre, nous bavarderons. »

« Tu vois bien, dis-je à maman avec obstination, il veut bavarder, c'est tout. »

Mme Dussane admet difficilement que sa Marie Tudor n'entre qu'à l'Odéon, alors c'est sur moi que rejaillit sa déception :

« Cet engagement est ridicule! Quelle allure va-t-elle avoir, la pauvre petite, en costume XVIIIe? »

Encore un hommage à Pauline Carton! Jean-Jacques Gautier, lui, termine son papier à propos de mon concours par ces mots réconfortants : « Mlle Boudet devra lutter toute sa vie contre son physique. » Et allez donc! Trente ans plus tard, dans un concert de louanges à propos d'*Acapulco,* le même Jean-Jacques Gautier s'écriera : « Elle est jeune, jolie, exquise! » Trente ans pour en arriver là, il faut croire que j'ai bien lutté! Au fond en faisant souffrir l'enfant que j'étais, il m'aura peut-être aidé à devenir celle qu'il voit aujourd'hui. On peut tirer des leçons de tout, fût-ce de ce qui fait le plus mal dans l'instant.

Je me maquillais alors en danseuse, c'est-à-dire l'œil trop charbonneux; le coiffeur Chaplain me tirait les cheveux sans douceur, augmentant ainsi l'arrondi d'un visage encore mal défini. « C'est d'époque », disait-il. J'avais tant l'habitude de toutes les soumissions que l'idée ne me serait pas venue de passer les doigts dans mes bouclettes pour leur donner un aspect moins rigide. Pour secouer tout ce qui m'était imposé, il fallait d'abord sortir de l'enfance... mais pour l'instant il s'agissait d'entrer à la Comédie-Française.

Maman devait m'accompagner pour signer mon contrat puisque j'étais mineure; une lettre apportée la veille à la maison par M. Aumont, père du merveilleux comédien Michel Aumont, m'en donnait l'avis.

Nous voilà donc, la mère et la fille, montant l'escalier sacré, garni de lustres et de tableaux d'acteurs. Je salue Molière au passage, les rondeurs de Mlle Georges, et la minceur tragique de Rachel. Ces marches, ces tableaux, ces tapis me feront palpiter d'émotion pendant de très nombreuses années. Toujours cet étonnement de faire partie de la Maison. J'y trouverai l'amour, la haine, le mépris et l'admiration; ces murs vont renfermer pendant vingt-cinq ans tous les crépitements de ma vie : ceux de la frousse, ceux de la chance, ceux des applaudissements du public, tout le méli-mélo de sentiments divers, d'états d'âme, de rage et de passion qui secouent depuis des siècles la grande famille des acteurs du Français.

Émile, le chef des huissiers, nous introduit ce jeudi-là dans le bureau de l'administrateur. C'est l'entracte. Pierre Dux nous reçoit dans le costume de *L'Ami Fritz*.

Nous pénétrons dans l'antre de l'administrateur-comédien, une pièce de belles dimensions; les murs recouverts de tapisseries au petit point représentent des nymphes et des chasseurs jouant à cache-ramure sous des branchages de tous les verts de l'espérance. Nous sommes là debout toutes les deux, Marianne, la pêche, Micheline, le petit brugnon, perdues dans la verdure des Gobelins, unies dans nos similitudes physiques : Madeleine Renaud disait quand elle nous rencontrait ensemble : « C'est la même avec d'autres couleurs. »

Après nous avoir fait asseoir, Pierre Dux prononça quelques paroles historiques :

« J'ai prié le ministre de prolonger mon intérim de vingt-quatre heures pour avoir la joie de vous engager. Je ne serai plus administrateur quand vous ferez vos débuts officiels, mais je vous promets que je serai dans la salle. »

J'ai l'impression que mon fauteuil Louis XV se transforme en coussin d'air... et que ma tête va cogner le plafond. Pierre Dux me montre le petit mot que chaque pensionnaire, chaque sociétaire a trouvé ce matin dans son casier : « Nous avons parmi nous une nouvelle pensionnaire, Mlle Micheline Boudet, je compte sur vous pour lui réserver le meilleur accueil. »

Nous signons... je suis engagée dans l'emploi dit « des jeunes soubrettes ». A noter que, quand je sortirai vingt-cinq ans plus tard du même bureau, après y avoir déposé ma démission, le contrat des débuts n'aura pas été modifié et qu'en conséquence, je suis présentement « jeune soubrette » honoraire. Au commencement de ma carrière, je toucherai la somme de soixante-dix francs par mois plus un « feu » pour chaque représentation assurée.

Cette gratification, j'apprendrai par la suite qu'elle était destinée avant l'époque du chauffage central à acheter le bois permettant aux comédiens d'allumer le « feu » dans la cheminée de leurs loges pendant qu'ils se préparaient avant leur entrée en scène. Le mot de feu est resté, la gratification aussi, mais depuis mon départ, on a refait les loges... Elles n'ont plus de cheminées. Restent les feux de la rampe qui réchauffent les robes précieuses, les gorges offertes et les beaux yeux de ces demoiselles.

Parfaitement, de ces demoiselles... Car on dit Mademoiselle aux actrices du Français; elles y entrent toutes jeunes, elles s'y marient deux ou trois fois, divorcent, y font des enfants, mais le personnel, les habilleuses, les huissiers, les hommes du plateau ne veulent pas le savoir... Ils continuent sur leur lancée à donner du célibat aux plus vénérables. Catherine Fonteney, à près de soixante-dix ans, rectifiait sèchement quand on s'oubliait à l'appeler Madame... Il est vrai qu'elle, au moins, était une authentique demoiselle puisqu'elle n'avait jamais accordé sa main à qui que ce fût.

Mais retournons dans le bureau de l'administrateur.

Pierre Dux me félicite, et nous prie de l'excuser : l'entracte est terminé, il doit jouer la deuxième partie de sa bluette alsacienne. Dans le couloir nous croisons Mony Dalmès, grand nœud noir sur nattes blondes, voix de cristal et blanches dents; elle s'élance pour me serrer la main : « Bonjour, ma chère camarade. »

Ce premier salut, cet accueil vivant de la jeune sociétaire marque pour moi le commencement d'une autre vie. Je cesse d'être un petit rat dans un troupeau de moutons, me voici moi-même, avec une expression, une pensée, une respiration qui me sont propres, en somme une sorte d'individu, et non plus deux jambes sans tête faisant partie du grand mille-pattes discipliné que forment les danseuses du corps de ballet qu'on fait marcher au pas. On m'appellera Micheline ou Mademoiselle Boudet selon le degré de familiarité de chacun, mais plus jamais Boudet tout court sur ce ton de gendarmerie dont on m'a honorée pendant dix ans dans mon premier subventionné.

Quand viendra le joyeux temps où la contrepèterie fleurira dans les couloirs du Théâtre-Français comme lapins dans la luzerne, quand on en sera à s'appeler Franmois Chaussette ou Paul-Emer Débile ou encore Ano Duki, la célèbre actrice japonaise, j'hériterai du peu gracieux Moucheline Bidet. N'importe, un nom qui associe l'image de l'autorail à celle d'un petit cheval de selle ne peut être destiné à faire du sur place. La preuve en est que, venant de signer mon contrat de pensionnaire à l'entresol, je m'élève par les soins de l'ascenseur jusqu'à l'étage Mars où se trouve la loge de Jacques Charon qui, ce jour-là, a commandé un kouglof entier que nous arrosons du meilleur champagne. Il est heureux, mon Jacques, sa petite fille, sa petite élève, la voilà auprès de lui, en grande partie grâce à lui.

« On va se tutoyer, Micheline, maintenant que nous allons travailler ensemble pendant vingt ans.

– Vous croyez? Je ne sais pas si je pourrai vous dire tu, Jacques.

– Ça viendra, vous verrez, pardon, tu verras. »

André Wamod, le journaliste du *Figaro,* m'attend pour ma

première interview... Elle paraîtra en première page avec ma photo. C'est maman qui est contente! Tous les locataires du square de Vaucluse se verront contraints d'acheter le journal, quelles que soient leurs opinions politiques...

« Il y a une photo de ma fille en première page, il faut que vous l'ayez, dépêchez-vous. »

Et tous de se ruer au kiosque sous peine d'être brouillés avec ma mère pour l'éternité.

Les portes du Théâtre-Français allaient fermer pour l'été. Une partie de la troupe était en Angleterre où elle donnait *Tartuffe,* et l'Old Vic Theatre nous offrait en échange quelques représentations de *Richard III.* Invitée en tant que lauréat du conservatoire (mon contrat ne démarrait qu'au 15 septembre), j'assistai à l'une de ces représentations. J'en garde un souvenir inoubliable grâce à l'extraordinaire interprétation de Laurence Olivier.

D'autres, mieux que moi, ont su louer son jeu, sa claudication, légère comme une danse, sa déclaration à Lady Anne d'où se dégageait le plus dangereux des érotismes, sa diction, si particulière aux acteurs shakespeariens; moi, je me souviens surtout d'un geste, celui de sa main tendue vers Buckingham quand celui-ci le saluait en tant que nouveau roi d'Angleterre. Cette main, Olivier l'abaissait lentement, lentement, afin que l'autre soit dans l'obligation de courber bas l'échine, et dans le même temps, Richard le troisième, battant des cils, tournait la tête pour empêcher Buckingham l'humilié de voir l'expression d'ineffable jouissance que lui procurait son nouveau pouvoir.

A la fin du spectacle, je me retrouve au foyer en compagnie de Jean Weber (dont je viens de faire la connaissance) face à face avec Laurence Olivier. On me présente, je balbutie : « Oh! sir, you are... it is very beautiful... I am very... vous êtes merveilleux... merveilleux... merveilleux... »

Et je pique le plus beau fard de ma carrière de coquelicot sous le regard charmeur du roi d'Angleterre qui a très bien compris mon charabia! Il y a des éloges qui n'ont pas besoin de mots. Tout acteur à qui on les adresse sait les percevoir en n'importe quelle langue et sous n'importe quelle latitude; les regards font office de traduction.

Jean Weber, en revanche, m'adressa un discours auquel je ne compris rien d'abord.

« Je crois que nous allons bien souvent nous marier, n'est-ce pas ? »

Je souris vaguement pour lui faire plaisir et ne compris définitivement ce qu'il voulut dire que lorsque, quelques jours plus tard, Denis d'Inès, doyen et administrateur assurant l'intérim, m'annonça que je serai, pour la première fois sur la scène du Français, Marianne dans *L'Avare* à la réouverture du 15 septembre et que je devrai être présente aux répétitions dès le début du mois... Effectivement j'y épousai de nombreuses fois, et avec quelle fierté, Jean Weber que j'avais applaudi précisément dans Cléante peu de temps avant.

« Préoccupez-vous tout de suite de votre costume », me conseilla le doyen.

Je grimpai dès le lendemain jusqu'à l'atelier (j'y rendis la robe d'ottoman de Berthe Bovy qui m'avait permis de concourir) pour l'essayage de ma première toilette de jeune fille du XVIIe siècle, une longue robe grise en fin lainage ornée d'un col de lingerie blanche et d'un nœud de satin gris. On se sert du matériel existant, et je n'aurai pas de robe neuve avant mes débuts officiels. En fait, le travail de l'atelier consiste surtout à défaire sans cesse, et à remettre sur le métier les costumes qui passent d'une actrice à l'autre pour les besoins du spectacle, les rôles étant bien souvent distribués en alternance à deux, voire à trois, actrices. A cette époque on faisait encore des économies : on trouve dans les armoires des trésors de toutes sortes qu'on accommode, retaille, agrémente de nœuds de velours, de roses de satin ou de franfreluches pour leur donner un air de fête.

« Il faut vous commander un corset, indispensable pour les robes de style... Prenez les mesures, Sisinne. »

On m'annonce que j'ai la taille la plus fine de toutes les dames du théâtre. Moi qui me croyais une petite boule comparée à mes camarades filiformes du palais Garnier !

Ensuite, je grimpe encore un étage pour arriver sous les toits dans la fournaise où travaillent les artistes perruquiers. M. Chaplain et sa femme. Celle-ci, à l'aide d'un minuscule crochet, implante, dans un filet tendu sur les têtes de bois de Jean Debucourt ou de Renée Faure, chaque cheveu un par un, travail minutieux qu'elle exécute à la loupe, en glissant quelques fils plus clairs au départ du front pour « adoucir » le visage. Là encore, on va trouver pour moi dans un fond de placard deux guirlandes de boucles brunes qui vont coller parfaitement à ma couleur naturelle et qu'on appelle fort justement une « rallonge ».

Ça y est, je suis parée pour être offerte en holocauste à Harpagon! Je vais pouvoir partir en vacances chez Paul et Virginie, plus heureuse d'apprendre le texte de Molière que de plonger dans les eaux froides de la Moselle.

Dès le 1er septembre, je me présente à la répétition. Un souffleur m'attend au foyer : M. Dupuis, qui cumule cette fonction avec celle de maire du Ier arrondissement. Il va m'être facile de lui dire oui, à celui-là.

M. Dupuis m'indique la mise en place; en fait, il m'apprend surtout ce qu'il faut faire pour ne pas gêner mes illustres camarades.

« En principe, vous devez vous trouver ici, un peu au-dessus de la table, mais souvent M. d'Inès remonte au fond, et évidemment vous serez de dos... Alors là faites bien attention parce que Jean Weber marche de long en large, aplatissez-vous contre le fauteuil, sinon vous avez sa manchette de dentelle dans la figure.

– Et à la fin, qu'est-ce que je fais?

– Ça dépend, si c'est M. Chambreuil qui joue Anselme, vous remontez vers lui, il vous enveloppe de son bras gauche, si c'est M. Seigner, il vous prend sur sa poitrine et vous avez le nez dans son jabot... mais le 15, ce sera M. Chambreuil, ne vous inquiétez pas... Pour les places de la fin, Jean Weber vous tient par la main, laissez-vous guider. »

Pendant dix jours, mon travail consistera donc à répéter mon rôle face au vide, les répliques étant données par monsieur le maire qui reste dans son fauteuil au foyer des artistes, assis entre deux bustes qui n'ont qu'une ressemblance lointaine avec Vincent Auriol, le président de l'époque. J'aurai droit à deux répétitions en scène avec tous les comédiens. J'y recevrai les indications de Denis d'Inès qui me demande surtout de parler très fort : « Le cadre est grand, il faut qu'on vous entende. »

Il joue lui, presque mezza voce, ce qui lui donne par rapport à nous un ton infiniment naturel... Astucieux, notre Harpagon-doyen!

Le 15 septembre est un jeudi, jour d'abonnement classique. On joue en matinée. Je suis dans ma petite loge, celle où j'ai rencontré pour la première fois Jean Meyer; je m'y maquille, entourée des soins et des allées et venues de Rose (elle m'habillera pendant plus de vingt ans) qui me comble de prévenances attendries comme si j'étais un bébé, d'abord, pour elle, comme pour tout le Théâtre-Français, je suis « la petite », et je vais le rester au-delà du raisonnable. Rose m'apporte ma « robette », me passe ma « jupette », téléphone au coiffeur pour qu'il vienne ajuster mes « bouboucles »; une épingle de nourrice devient une « pipique » et mes chaussures des « papattes ». Il faudra que j'atteigne la quarantaine pour que je lui suggère timidement qu'elle peut maintenant me parler comme à une grande personne, nos rapports s'en trouveront alors légèrement refroidis.

On ne peut se faire une idée du dévouement, de la dévotion, de la passion pour ses artistes, à cette époque-là, de l'habilleuse. Si par hasard je jouais, le soir où Rose devait prendre son repos hebdomadaire, elle venait quand même pour ne pas me laisser aux mains de Germaine ou de Suzanne, ses deux collègues rivales.

Germaine était une femme mince, âgée et discrète qui parlait doucement et ne frappait jamais à la porte d'Annie Ducaux ou de Denise Gence, mais « grattait » pour ne pas les troubler.

Un soir de première, tandis que Denise admirait les roses qu'elle venait de recevoir, elle eut de Germaine cette réflexion nostalgique :

« Très jolies, vos roses, mademoiselle, très... Évidemment, à Mme Sorel, on offrait des rosiers! »

C'est à ce genre de remarque que Denise put mesurer combien la situation de l'actrice avait changé depuis 1930.

En ce qui concerne les habilleuses, il ne faudrait pas commettre l'erreur de croire qu'elles étaient à nous... Bien au contraire, c'est nous qui leur appartenions. Elles nous choyaient, nous gâtaient, et affirmaient leur souveraineté par tous les moyens allant de la tendresse à la tyrannie; nous étions leur propriété, leur objet. J'ai entendu fréquemment Rose dire à Suzanne : « Je vais habiller " mon " artiste », ou encore : « Je me dépêche d'aller prendre un sandwich, je joue ce soir », ou bien, attrapant un de mes costumes pour le monter à l'atelier, elle murmurait comme pour elle-même : « Je vais faire repasser " ma " robe. »

Elles étaient artistes aussi dans une certaine mesure. Suzanne possédait en tout cas le privilège du lapsus poétique, du contresens grammatical, du langage confus. Elle disait de Lise Delamare qui rentrait de vacances, qu'elle était en « pleine pâmoison » et de Gisèle Casadesus, *sa* Casadesus : « Cette petite femme là est vraiment archaïque! » Elle me recommandait de ne pas oublier mes marcassins pour marcher plus commodément et disait de son frère qui maniait le pinceau en amateur : « Mon frère peint, c'est à s'y méprendre. » Le jour où il se cassa la jambe, Gisèle Casadesus lui demanda : « Alors, il est dans une gouttière? », elle répondit choquée : « Du tout, mademoiselle, il est dans une chambre à part. »

Les soirs où Rose était contrainte d'habiller Bretty alors que je jouais moi-même, Suzanne se chargeait de ma personne. Son entrée se déroulait selon un rituel bien établi; elle arrivait, superbe, autoritaire et pourtant déférente, prenant respectueusement de mes nouvelles :

« Bonsoir, mademoiselle.

– Bonsoir, Suzanne.

– Vous avez passé une bonne journée, mademoiselle?

– Merci, Suzanne, j'ai répété tout l'après-midi.

– J'espère que vous n'êtes pas trop fatiguée, mademoiselle.

– Un peu, mais ça ira... Suzanne, je voudrais mon peignoir.

– Mais bien sûr, ma fille! »

Et aussitôt, quittant son respect, elle retrouvait son efficacité, elle prenait les choses et ma personne en charge, laçait mon corset avec énergie, préparait la corbeille sans rien oublier de ce qu'il me fallait en coulisses pour les raccords de maquillage, puis me mettant en main les gants, le mouchoir et enfin le petit sac 1900, s'écriait :

« N'oubliez pas votre ridicule! »

Elle m'accompagnait jusqu'à la dernière seconde de sa protection qu'elle abandonnait avec regret à la porte du décor.

Rose, cependant, faisait son entrée en trottinant, effacée par la corpulence de Béatrice Bretty dont elle portait la boîte à poudre, louchant de mon côté pour voir si « la petite » avait été habillée correctement et si Suzanne n'avait rien oublié. Celle-ci considérait d'ailleurs qu'on ne lui faisait pas assez confiance, que le Français n'était plus ce qu'il était, et que tout, de nos jours, « allait à gogo ».

La vie d'actrice au Français se déroule dans un raffinement qui confine au luxe. A chaque représentation, les gants, les bas, toute la lingerie est changée; la maison comporte une blanchisserie où les chemises à jabot, les dentelles, les mitaines, les mouchoirs et les canons sont lavés, repassés, amidonnés, archi-blanchis.

La tablette de la coiffeuse qui supporte les fonds de teint, les roses à joues, les fards à paupières est soigneusement remise en place par Rose après le maquillage. Quand je remonte de scène, tout est rangé, les éponges lavées, les crayons taillés, il ne me reste plus qu'à remettre tout sens dessus dessous en me démaquillant, à l'aide de petits carrés que maman découpe dans des draps usagés pour que je n'irrite pas ma peau avec le coton hydrophile.

Première représentation de *L'Avare,* 15 septembre 1945. Viennent les bouboucles, les pipiques, les papattes et le tratrac. Puis les deux premières annonces de l'aboyeur : « On commence dans vingt-cinq minutes. » Il frappe à ma porte après avoir parcouru chaque couloir, chaque étage en lançant son cri répété inlassablement, et redit pour moi toute seule :

« Mademoiselle Boudet, on commence dans vingt-cinq minutes. »

Puis ce sont les dix minutes, proclamées de même. Enfin : « En scène, messieurs, dames, s'il vous plaît. » La sonnerie retentit et Maurice, mon préféré, un petit homme au regard malicieux avec qui j'aurai tout au long de ma présence dans la maison une tacite complicité, Maurice vient me demander en frappant à l'huis :

« Mademoiselle Boudet, on peut commencer, s'il vous plaît? »

Pas question de dire non. De toute façon, j'ai une telle frousse que je ne peux même pas dire oui. C'est Rose qui répond pour moi... et je commence à descendre vers le ciel. Vous pensez bien que je ne prends pas l'ascenseur, je soulève délicatement le drap fin de ma robe grise qui glisse sur le tapis en frissonnant et je me rapproche marche après marche de l'étage de la scène, saluée au passage par mes prédécesseurs dans leur tableau.

Première station : le radiateur sous la pendule face à M. de La Grange qui me regarde de ses yeux de pierre, son chapeau à plumes sur la tête, son célèbre registre sous le bras (un exemplaire photocopié m'en a été remis le jour de mon entrée).

Jean Weber descend le premier, il m'embrasse. Dieu, qu'il est beau, mon soupirant! Aux approches de la quarantaine, c'est à peine s'il a l'air plus âgé que moi. Sa perruque est blonde et impeccablement floue, ses rubans roses flottent avec netteté, le maquillage est savant, les yeux sont avantageusement soulignés.

« Elle n'a pas trop peur, la petite cocotte? »

Hé si! La petite cocotte... minute! Elle meurt de peur, elle fond de terreur, elle tremble d'une indicible trouille... Mais on m'enveloppe de tant d'affection : Catherine Fonteney, Frosine, me demande si tout va bien, me fait rajouter un peu de rose aux joues et au menton – je suis pâle sous le fond de teint –, et me prie d'avoir recours à elle en cas de besoin.

« Les aînées sont là pour aider les jeunes, n'ayez aucun scrupule, demandez! » dit-elle avec un bon sourire.

Jeanne Sully, petite-nièce du grand Mounet, interprète le rôle d'Élise. Elle possède des yeux extraordinairement grands, extraordinairement bleus, à plonger dedans...

Jean Martinelli, Valère, est également très bon pour moi; même d'Inès qui m'impressionne me gratifie d'un mot d'encouragement.

En scène... je n'aurai aucun effort de sincérité à fournir pour dire la première phrase de mon rôle :

« Ah! que je suis, Frosine, dans un étrange état... »

Peut-on s'imaginer cet état? Entrer sur la scène de la Comédie-Française, jouer avec ces comédiens que j'admirais dans cette même pièce, il y a à peine deux mois, me retrouver là, au milieu d'eux, du bon côté de la rampe, leur donnant la réplique, moi qui n'ai pratiquement jamais joué la comédie. Mon effroi cède le pas à l'euphorie et il me semble que j'existe vraiment; transportée au sens propre et au sens figuré, dans l'époque où se déroule l'action... J'y crois, j'y suis, je n'existe plus qu'à travers Marianne! J'ai fait du mieux que j'ai pu, j'ai su me mettre de dos pour avantager d'Inès, me coller au fauteuil pour ne pas gêner Weber et bondir dans le bras gauche de M. Chambreuil en m'écriant : « Vous êtes notre père! » au bon moment.

Le rideau tombe. Un peu étourdie, je sors de scène pour remonter dans ma loge. Weber me rattrape au pied des marches :

« Et les rappels, cocotte? »

Les rappels? Ah, c'est vrai, dans mon soulagement devant la tâche accomplie, j'avais complètement oublié qu'il fallait saluer le public. Le rideau se relève. Je donne la main gauche à Martinelli, la droite à Jean Weber, et je me demande vraiment si je suis dans la réalité. Tout s'est passé si vite; il me semble que d'une minute à l'autre, je suis, de spectatrice, devenue comédienne sans avoir rien fait d'autre qu'un travail qui n'a été que plaisir. Je goûte ces instants de toutes mes fibres, si intensément qu'aujourd'hui encore je peux, en les faisant revivre, retrouver la pression de la main de Jean, la lumière des girandoles de la salle, l'odeur du plateau : parfum de la poussière, de la poudre de riz et de la toile des décors qui va être pour moi, tout au long de ma vie, mon oxygène, et dont mon fils Alain dira vers l'âge de huit ans : « Ah! maman, ça sent bon le théâtre. »

Quelques jours plus tard, au cours de cette deuxième représentation, qui a si fâcheuse renommée auprès des comédiens, je ne sens plus l'espèce d'état de grâce dans lequel m'avait plongé l'excitation du premier soir. Je reproduis automatiquement les intonations et les gestes qui étaient nés spontanément l'avant-veille. Mon enthousiasme est aplati comme un soufflé hors du four! (Parler de four en cette occasion, suis-je devenue folle?) Je vais trouver Georges Le Roy pour lui expliquer mes malheurs.

« Hé oui! dit-il, on ne peut être chaque soir au meilleur de soi-même. Tu t'es dédoublée parce qu'il ne s'agissait plus de découvrir, mais de redire. Tu devras, par des moyens qui sont en toi, recréer ta propre sincérité. »

Je sais bien maintenant qu'il avait raison, il nous faut sans cesse réinventer l'immuable, c'est une de nos plus grandes difficultés.

9

Ma première année de Comédie-Française fut peut-être la plus dure de toute ma carrière, la plus riche aussi puisque à travers une quinzaine de rôles, j'y appris en travaillant d'arrache-tête les bases solides et les difficultés de mon artisanat. C'est que j'étais jetée en pâture au public après une demi-douzaine de « raccords » en compagnie de M. Dupuis et de Mme Beer, les deux stars-souffleurs de la maison, il fallait bien que je m'en sorte puisque je venais d'entrer ! Pas question de me faire grâce si je me cassais la figure ; peu importait dans quelles conditions avaient eu lieu les répétitions, seul le résultat comptait.

Je connus d'horribles tracs... qui commençaient en général avec l'entrée dans ma loge de M. Bourny, régisseur, toujours porteur d'une nouvelle à vous serrer le cœur autant qu'à vous le réjouir :

« Il faut, mon petit », disait-il d'une voix « trembloche-vrotante », « il faut que vous ayez la gentillesse d'apprendre Hyacinthe des *Fourberies de Scapin* pour jeudi prochain... nous n'avons personne. »

Je me suis toujours demandé où avaient pu passer les actrices qui jouaient tant de rôles avant moi, puisque ceux-ci me tombaient dessus comme un pavé, du cinquième étage, et dans des temps records. L'annonce de cette réjouissante catastrophe prévue pour jeudi était formulée le samedi de la semaine d'avant. Il restait à peine cinq jours !

« Monsieur Bourny, à peine cinq jours, je n'y arriverai jamais !

– Mais si, voyons, le rôle est court... vous aurez un bon souffleur, ça ira très bien. »

Atelier de costume, atelier de coiffure, voir Mlle Réguy la modiste (prestidigitatrice qui vous transformerait une casserole en chapeau crétois), puisque Hyacinthe porte un couvre-chef, pas de perruquette, pas de pipique, pas de bouclettes, c'est autant de simplifié!

En revanche le trac est au rendez-vous, fidèle et implacable. « On va l'étouffer ce vilain trac », dit Rose en serrant le corset qui aurait plutôt tendance à m'étouffer, moi...

Heureusement, Mme Beer est dans le trou, ses cheveux roux me rassurent, petite flamme qui me suit tout au long de mon parcours avec une attention jamais relâchée.

Je m'élance vers le cher Jean Weber qui m'aide, m'aime et m'assiste et je dois répondre à sa déclaration d'amour par cette phrase :

« J'ai ouï dire, Octave, que votre sexe aime moins longtemps que le nôtre »; et voici ce que ma gorge serrée par l'émotion va sortir de ses profondeurs : « J'ai ouï dire, Octave, que *les hommes* de votre sexe aiment moins longtemps que le nôtre! »

Vlan! Mme Beer s'est écroulée de rire dans son trou. J'ai entendu un grand bruit, puis plus rien, ni petite flamme rousse ni souffle rassurant, elle a disparu : elle est, on peut l'affirmer, dans les trente-sixièmes dessous où elle doit s'en donner à cœur joie!

Mon Jean ne perd ni son humeur ni son sang-froid, il me serre les deux mains en murmurant avec esprit : « Il paraît, cocotte; il paraît! »

C'est grâce à sa secourable présence que je me sortirai de ce mauvais pas et pourrai terminer la représentation sans accroc!

Suivront toutes sortes de personnages charmants, comiques ou sensibles, la sous-préfète du *Monde où l'on s'ennuie* où, cette fois, j'épouse mon cher Jacques que je vais avoir pour partenaire pendant toute la vie. Tour à tour sous les dehors de sveltes Arlequins et de rondouillards maris trompés. Puis, il y aura des Lucinde, encore des Marianne, des Martine et des Marinette, des Lucile et des Angélique.

Enfin viendra le grand soir des véritables débuts.

Sur l'affiche jaune au-dessus de la distribution et au-dessous du titre, on peut lire : « Débuts officiels de Mlle Micheline Boudet », *Le Jeu de l'amour et du hasard,* Mony Dalmès sera Silvia. Maurice Escande qui interprète son premier « père », joue Orgon. Jacques va remporter un triomphe dans Pasquin. Jean Weber est un éblouissant Mario et Jacques Dacquemine, Dorante. Escande « remonte » la pièce, c'est-à-dire que sa mise en scène déjà existante sera jouée dans des harmonies de bleus ; je connaîtrai en vingt ans, cinq ou six mises en scène « nouvelles » de Maurice Escande, c'est-à-dire que nous observerons strictement les mêmes places et que seules changeront les couleurs des costumes : en bleu, en jaune, en rose et même en bronze, je jouerai pendant vingt années ma Lisette arc-en-ciel...

Pour ce premier soir comme pour les autres, je dus me reporter aux intentions de l'auteur, les indications de mon cher maître et metteur en scène s'étant à peu près bornées à celles-ci :

« Tu entres par le fond, tu es en bleu, on te poudrera les cheveux, ce sera très joli, laisse-toi aller, tu es le personnage. »

Et voilà : dix-huit ans, un rôle très difficile, tout Paris qui guette la « débutante », et pas un travail sérieux auquel se raccrocher ! Comme un chiot qu'on jette à l'eau, je vais nager d'instinct avec l'énergie du désespoir... Ce ne sera pas mon meilleur souvenir aquatique : handicapée par la peur, les cheveux trop tirés, une poudre qui les rend gris, le maquillage que l'émotion fait fondre et une voix que je sens monter sans pouvoir la redescendre de son perchoir, je m'écoute, me juge, et suis le témoin sans indulgence de ce que je considère comme un ratage absolu...

A la fin, selon la coutume, les « comédiens-chefs d'emploi » se retirent et je salue seule le public... Le public est gentil : il applaudit la débutante avec force. Ce genre de soirée est toujours attendrissant pour les spectateurs... Pour celle qui n'a pas l'habitude de se raconter des histoires, c'est un soir un peu plus triste que les autres parce qu'elle n'a pas su se dominer, et qu'elle aurait souhaité faire mieux... Ce soir-là encore, j'écouterai les bravos, les « vousêtes-charmante », les « très-réussi », et je saurai bien qu'ils mentent...

« Tu sais, ne t'inquiète pas, dit Madeleine Renaud, il faut dix ans pour bien jouer Lisette. »

Dix ans! elle y va fort, la Bébé doyenne... Dix ans pour Lisette! Elle avait raison; vingt ans après, certains soirs, il m'arrivera d'y faire encore de délicieuses trouvailles.

La petite loge de l' « artiste » est pleine de fleurs envoyées par les amis, les parents, les partenaires. Le premier bouquet que j'y trouve et que j'y trouverai désormais à chaque générale, le plus précieux peut-être avec ses tons tendrement violacés, c'est le fidèle bouquet d'anémones de ma « Rosette ».

Par bonheur, je n'eus pas à jouer longtemps « les malheurs de Lisette » : Gisèle Casadesus, titulaire du rôle et sociétaire de surcroît, demanda à le reprendre après trois représentations... Courts débuts! Mais c'était son droit, c'était la loi, je n'y pouvais rien. Après quoi : le rôle de Lisette ne m'attendait plus que toutes les six semaines, dans les bleus Nattier d'Escande du même bleu de Chine que l'oiseau qu'il m'avait offert pour la générale, et qui se promène encore dans ma chambre, de la commode à mon bureau selon mon humeur du moment.

La déception de mes premiers pas officiels était compensée par les joies multiples que m'offrait le Théâtre-Français quasi quotidiennement.

D'abord, j'effaçais provisoirement ma Lisette grâce aux fraîches ingénues et aux piquantes soubrettes qui fleurissent dans le répertoire classique. Ensuite, je jouissais dans la maison d'une cote d'amour à laquelle je ne vis personne accéder par la suite. De Debucourt à Lise Delamare, de Madeleine Renaud à Aimé Clariond, tous m'entouraient d'affection.

Je faisais grand cas des conseils reçus de mes amis. Il me semblait que pour pouvoir faire mieux je ne devais rien négliger de ces précieux avis. Je n'avais qu'un désir : progresser. Pas question dans mon esprit, et cela à aucun moment, je le jure, même aujourd'hui, de rêver aux éclaboussantes lumières des frontons cinématographiques et d'y voir mon nom en lettres scintillantes. Je me moquais absolument d'être une star, j'étais beaucoup plus ambitieuse, je voulais devenir une vraie comédienne...

Je m'y appliquais chaque jour avec opiniâtreté, aiguillonnée par mon goût pour l'ouvrage bien fait, un goût que j'ai longuement cultivé en faisant de la tapisserie, de la broderie ou du crochet.

Cette manie ne m'est pas passée, et je continue à ne me rien pardonner. Je m'étonne parfois de mes propres exigences... ce qui me permet d'en avoir pour les autres et d'empoisonner la vie de mes partenaires.

« Il me semble que tu disais cette phrase avec plus d'âpreté... », ou bien : « Attention à la situation... nous jouons comme des mécaniques », ou encore : « Un peu plus d'humeur, mes enfants ! »

Les enfants de temps en temps se coincent légèrement, mais ne me tiennent pas rigueur de ces corrections : ils sentent parfaitement qu'il ne s'agit pas pour moi de les critiquer mais d'améliorer au maximum la représentation.

Ainsi, avant d'arriver dans les villes où nous jouons *Acapulco,* en cette fin d'année 1977, que ce soit à Genève, à Bruxelles, à Bordeaux ou à Clermont-Ferrand, j'accable, en y mettant le plus de formes possibles, mes chers camarades et partenaires des observations nées du spectacle de la veille...

Que ce soit Philippe Lemaire, exemple unique d'une courtoisie à toute épreuve, Henri Courseaux, le comique de service qui s'écrit des sketches, fait dix kilomètres de footing le matin et monte dans le car, proclamant : « En vérité, je vous le dis », parce qu'il vient de découvrir le Bible, ou le jeune Jaime Gomez, mon fils dans la pièce, qui, lui, découvre tout, depuis les curiosités du vocabulaire jusqu'à celles de la cuisine française, ou enfin, la romantique Marie Fagès qui regarde défiler le paysage de sa vie avec un rien d'angoisse et tous les souhaits confus de sa jeunesse.

Est-ce ma qualité de mère qui provoque en moi le désir d'apporter le peu que je sais à mes jeunes amis ? Je me rends bien compte parfois que je les agace, alors je rate ce que j'espérais : faire pour eux ce qu'on a fait pour moi dans ma jeunesse. C'est ainsi que je me trouve en face de cette inconcevable réalité : l'aînée maintenant, c'est moi... la p'tite Boudet, jadis protégée, devient protectrice et déroule ses maximes, son manuel de discipline physique et morale : ne pas fumer, équilibrer son régime, éviter l'alcool, faire sa gymnastique, soigner sa peau, respirer. Il faut, quand on fait ce métier impitoyable, mettre de son côté toutes les chances d'y faire face.

De là la nécessité d'acquérir cette fameuse technique bien utile pour tous les soirs où on ne se sent pas très en forme, où on a reçu un coup de fil déprimant, où on souffre d'être éloignée de ceux qu'on chérit, où on a mal aux pieds, à l'estomac... où l'on ne peut tout à fait se libérer l'esprit pour entrer en scène... Tout cela arrive, nous ne sommes pas des robots...

Alors, pour les soirs sans état de grâce : énergie et technique... Et pas de tabac... en dehors de celui que nous réserve le public, bien entendu!

Ne jamais caler ni décaler, ne jamais se ménager, se redécouvrir, refaire spontanément notre fausse vie demandée par l'auteur : tant de beaux préceptes, d'énergies multipliées, de disciplines additionnées et de réflexes contrôlés, ne m'empêcheront pas de m'écrouler à Bordeaux avant le lever du rideau. Crise de tétanie... Rien n'y a fait, ni l'eau de mélisse offerte par Madeleine qui m'habille, ni la Coramine, ni la respiration lente. Philippe Lemaire n'a eu que le temps de m'intercepter avant que mon nez aille s'écraser sur le tapis du plateau. C'est la première fois que je ne rejoue pas après un évanouissement! K.O., l'actrice sérieuse qui donne aux autres de si bons conseils... J'ai bonne mine! On me glisse une bonne dose de calcium dans une veine presque introuvable, la jeune infirmière est experte et compatissante et j'ai la chance d'être assistée du Pr Besse qui était dans la salle, un des plus éminents cardiologues de France; c'est lui qui décidera de faire reporter la représentation.

On me raccompagne en ambulance, on m'administre un somnifère... dix heures de sommeil me remettront d'aplomb. Le lendemain au début de l'après-midi, nous partirons pour jouer à Mont-de-Marsan.

Toute la troupe est aux petits soins, on me chouchoute, me dorlote, m'entoure d'attentions et de prévenance.

Elle a plus besoin de chaleur humaine que de médicaments, a dit le Pr Besse.

Cette chaleur je la trouve en premier lieu, toujours vigilante, auprès de Jeanine Duval, notre administratrice qui règne sur notre petit monde exigeant, nerveux, parfois désorganisé. Chacun n'a pas le même jour ses instants d'euphorie ou ses moments de déprime... Sans se soucier de ses propres problèmes, Janine rit avec les uns, console les autres, fait des bordereaux, son tableau de service, court à la poste, organise nos itinéraires, se branche sur Gault et Millau pour les jours de relâche, son humeur est inlassablement égale et tonique... Pourtant elle a perdu Jacques-Henri il y a quatre ans. Jacques-Henri qui m'a poussée vers mon premier prix, qui, un an à peine avant sa mort, m'avait dirigée dans ce même théâtre des Célestins où nous venons de passer avec *Acapulco.* Il mettait en scène *Occupe-toi d'Amélie* avec Patrick Préjean et Jacques François, nous avions bien ri. Jacques-Henri, morceau choisi de ma jeunesse qui aujourd'hui m'envoie son épouse pour compagne de voyage — sa façon à lui sans doute de me tendre encore une fois sa main secourable.

Tandis que nous traversons Languedoc et Roussillon, tandis que les vaches défilent et ne se ressemblent pas, tantôt blanches, tantôt rousses, ou tachées de noir, nous avertissant que nous changeons de province, moi, molle et réceptive, j'absorbe la nature encore vivante dans le soleil pâle de l'hiver, et je rêve... Je rêve à ma famille qui me manque, à ma maison, à mon jardin... aux feuilles vernissées du camélia qui nous offre à profusion ses pétales immaculés, parfois légèrement veinés de rose. Face à mon lit, la glycine s'enroule, s'emmêle, empêtrée dans les fleurs du chèvrefeuille qui joue à l'embrouiller... Chaque année, l'ampélopsis gagne sur la monotonie du mur... Pas de voisins en face de nous, mais un mur nu, cela manque parfois de gaieté, alors ils s'y sont tous mis, le lierre, la vigne vierge, les clématites... Le mur est devenu vivant.

Deux petits sapins, naguère arbres de Noël de Marie, entourent le camélia et nous expliquent au printemps, de leurs minuscules pousses tendres, leur joie d'être revenus à la terre. L'étendue verte du gazon est traversée de quelques dalles de pierre rustaudes qui forment deux chemins, l'un allant vers la porte de sortie du jardin, l'autre vers la caloujette, étroite remise où s'entassent les bûches pour nos flambées d'hiver, la tondeuse électrique, les cordes à sauter, le jeu de quilles et les ballons de Marie ainsi que quelques outils de jardinage.

Je rêve aussi à la lavande qui, sous les fenêtres du salon,

« s'étoffe » de plus en plus et qui embaume. Je rêve au massif de rhododendrons, à ses tons vifs, prêts à éclater au premier soleil, aux jeunes lilas, à tous les arbustes qui fleurissent tôt, le forsythia, les pommiers du Japon, les delphiniums; je rêve à Marguerite la tortue qui va son train si rondement que le temps de deux phrases échangées, on perd sa trace dans la corbeille d'argent ou dans le pointillé rouge et blanc des impatiens.

Ma chambre et la salle à manger donnent directement sur la terrasse, mon mari en a dessiné l'équilibre de pierre... Elle est large, bien carrée, deux marches descendent jusqu'à la verdure ponctuée de fleurs dans son pourtour irrégulier.

C'est là, sur la terrasse, que dès les premières journées tièdes du printemps, nous installons les fauteuils d'osier garnis de coussins blancs, la table ronde nappée de Liberty, et que nous prenons nos repas; à midi, le soleil nous oblige à baisser le grand store écru, ce qui nous permet par la même occasion d'échapper aux regards des voisins du dessus (quatre étages, cela ne fait pas tellement de paires d'yeux!).

Le soir, quand le maître, le père, l'époux, mon ami, revient de son atelier de Romainville, encore imprégné de l'odeur du bois dont il se sert pour construire les décors dans lesquels les acteurs vivront leurs vies dérisoires, nous dînons à la fraîche. Nadine nous invente de nouvelles salades, mitonne les petits plats qui ne peuvent faire plaisir sans faire grossir, nous organise des compotes de tous les fruits servis glacés, et de temps en temps, avec ma permission, une tarte aux pommes fine, fine, friable et tiède, ma faiblesse; ou, plus rarement, et pour les joies conjuguées du père et de la fille, une charlotte au chocolat, spécialité maison.

Quand je ne déborde pas d'activité, la terrasse m'accueille dans l'après-midi, avec un bon livre, ou un texte à apprendre, ou ma tapisserie du moment... Je m'y installe, entourée de plantes plus riches d'année en année; un aralia aux grandes feuilles découpées qui était déjà de belle taille quand Marcel Mithois m'en a fait cadeau, pousse, s'impose jusqu'à me frôler dans mon fauteuil, s'élargit, monte vers le ciel, suivi de près par les lis jaloux qui tentent d'être à sa hauteur, franges pures découpées... et parfumées... à vous chavirer la tête; le mahonia leur fait face avec ses déchirures pomponnées d'or, enviant l'élancement orgueilleux des digitales mauves. Dans des vasques en terre de Chine, ornées de dragons, des géraniums pendulas, taches orangées, rouge vif, audacieusement roses côtoient l'éclat blanc des pétunias.

C'est mon havre de grâce, à deux pas des Champs-Élysées, en plein Paris, j'y existe dans le calme, sirotant mon thé de Chine fumé brûlant, avant l'arrivée de ma fille chérie. Marie rentre de l'école, ayant toujours en réserve quelque trait comique ou tendre dont elle me réjouit. Nous faisons un gros câlin avant les devoirs; ses baisers à la confiture de fraise sont délicieusement collants; ses doigts sont bleuis, rougis, verdis par les crayons feutres dont elle use sans parcimonie. Elle apprend sa leçon en dix minutes, la récite en deux et court chercher sa petite amie préférée, Marine Souviron, en compagnie de laquelle elle s'amusera, se brouillera, se réconciliera jusqu'à l'heure du bain.

Si je dois jouer le soir, je m'allonge dans ma chambre fleurie de cotonnade rose et bleue, sur mon lit fleuri. Nadine tire les rideaux fleuris, je place des boules au creux de mes oreilles pour ne pas recevoir les éclats de voix de ces demoiselles qui se disputent leurs poupées, et j'essaye de dormir pour être dispose à l'heure du spectacle.

Anaïs Nin dit qu'on écrit l'histoire de sa vie pour la vivre une seconde fois... pour se retrouver... Étant comédienne, il est plus facile encore d'entrer dans la peau du personnage qu'on a été à vingt ans.

Les premiers mois de mon entrée au Français, maman assistait pratiquement à tous les spectacles dont je faisais partie... Ils commençaient à être nombreux, il m'arrivait à cette époque de jouer environ trente-deux fois par mois...

Deux ans auparavant, à la suite d'une série de violents maux de tête dont on ne put jamais déceler l'origine, maman avait décidé de ne plus travailler. Notre ami Achille W. lui en avait offert les moyens : c'était un bel homme sage et bon, il portait sous ses yeux bleus un nez droit et la plus belle barbe blanche que j'aie jamais vue. Séparée en son milieu par une raie parfaite, elle était impeccablement brossée de chaque côté en remontant vers les joues, double éventail lavé, coiffé, parfumé, qui me caressait doucement lorsqu'il m'embrassait.

Il avait donné à maman le goût et la possibilité de posséder de beaux meubles; peu à peu, les chaises de jardin de Virginie avaient été remplacées par des fauteuils d'acajou d'époque Premier Empire; deux lits bateau, un guéridon de même style et une commode avec dessus en marbre gris Saint-Anne étaient venus compléter l'ensemble.

Ce marbre gris Sainte-Anne! J'en entendais parler! Il n'y avait rien de mieux que le marbre gris Sainte-Anne! Nous poussions parfois la porte d'une boutique, maman demandait le prix d'une commode « retour d'Égypte », hochait la tête et soupirait avec regret :

« Ah! si elle avait eu un marbre gris Sainte-Anne! »

Bref, il m'apparaissait de toute évidence que le marbre gris Sainte-Anne était la plus grande rareté du monde : hors ce saint granit, rien jamais n'avait existé de plus précieux!

A mon entrée dans la maison de Molière, Achille cessa d'aider financièrement ma mère.

« Votre fille travaille, maintenant, c'est à elle de vous prendre en charge... »

Il m'avait néanmoins offert une très jolie perle entourée d'éclats de rose à l'occasion de mes débuts. Fier des succès de Micheline, il stoppait les subsides de Marianne. Me voilà donc à dix-neuf ans chef de famille, devenant la mère de ma mère; j'en conçois une immense fierté et ne distrais pas un sou de mes mensualités du Français... j'apporte le tout à Marianne qui range maintenant l'argent dans son joli secrétaire d'acajou et je me fais rabrouer sèchement quand je demande un billet pour un taxi ou une glace à la vanille :

« Je ne peux pas, c'est l'argent du ménage », s'écrie la gardienne du trésor.

Bizarrement, cet étau financier, au lieu de me donner le sens de l'économie, va me rendre sournoisement dépensière... A la fin de l'année, j'ouvre un compte au Crédit lyonnais avec l'accord de ma mère; mon premier chèque sera pour régler le gaz, le second pour régler le loyer... Maman m'a fait émanciper : dans ma naïveté prolongée, ce mot m'a donné à penser que j'allais devenir une femme légère, ce qui n'est pas si faux dans un sens, car ayant entre mes mains le loisir de régler mes dépenses, je vais me sentir comme Jacquemine du *Chandelier,* dévorée du matin au soir de la soif des chiffons.

J'en prends le règlement sur mes « affaires extérieures »; enregistrement de radio, cachet en province, les toutes premières télévisions, et je dissimule robes, foulards, chaussures dans le placard de ma loge où je me change quand j'ai une sortie, de manière à laisser maman dans l'ignorance de mes folies vestimentaires.

Ce système frégolien m'oblige comme Cendrillon, à quitter le bal avant minuit, à foncer au théâtre au moment où le public en sort et à me précipiter dans mon placard pour y troquer la robe de cocktail contre le pull et la vieille jupe avec lesquels j'ai quitté la maison.

« Ah ! m'écrierai-je en rentrant, avec des intonations d'une rare vérité, ces répétitions du soir sont claquantes ! »

Maman m'autorise pourtant quelques distractions. J'ai droit de sortir accompagnée de Jacques Charon à la condition qu'il le lui demande par téléphone :

« C'est important pour Micheline de se montrer un peu, maintenant cela fait partie de son métier... il faut aussi qu'elle s'habille... »

La première dépense officielle sera une redingote de chez Marcel Rochas, new look, gris souris, pincée à la taille et envahie de godets, ce qui pour mes hanches n'est peut-être pas idéal, mais maman l'a choisie, c'est donc ce qu'il me faut. Tout mon mois y passera... Un peu honteuse, le mois suivant, j'achèterai pour maman la robe et le manteau devenus indispensables à ses soirées au Théâtre-Français.

Tout le monde maintenant connaît la jolie maman de la « petite ». On la fête, côté coulisses, et, côté public, les ouvreuses lui font la conversation, et, dit-elle, éclatant de plaisir : « Tu sais, les spectateurs me reconnaissent ! » Incontestablement, elle connaît la plus heureuse période de sa vie... A travers sa fille, elle a réalisé son rêve : faire du théâtre. Elle savoure les retombées de mon succès, et, avec un sens très aigu de la critique, elle me donne le plus possible confiance en moi...

« Bien sûr, déclare-t-elle, j'ai entendu dire par deux spectatrices : " Il paraît que la jeune débutante est laide, mais elle a du talent ! " Tu préférerais peut-être qu'on dise : " C'est une beauté, mais quelle mauvaise actrice " ? »

« Elle a raison, ma mère, elle a raison, raison, toujours raison » (*Le Mariage de Figaro,* acte IV).

Un physique ingrat, ça peut s'arranger, mais jouer mal la comédie, ça ne se guérit pas.

Pourtant quand on a dix-neuf ans et qu'on s'expose chaque

soir aux regards du public, il est dur de se sentir laide. Je commence à m'observer sans indulgence. Évidemment le visage est trop rond; le coiffeur en accentue l'aspect lunaire en me tirant les cheveux en arrière ce qui fait pointer mon nez vers le ciel.

« Ne sors pas dans la rue, Mimi, disait mon grand-père Paul, il pleut, tu vas te noyer le cerveau. »

Je me consolerai plus tard en lisant La Fontaine pour qui rien ne vaut dans un visage féminin le charme du « nez troussé ».

En outre, mon menton manque de volonté et pour tout arranger, la moindre émotion, le trac, la timidité colorent à chaque instant mes joues de vermillon... Pas de doute, j'ai l'air épanoui de Bécassine. Mais enfin, quoi! mes yeux ne sont pas vilains... et je trouve que j'ai un assez joli sourire, je devrais pouvoir m'organiser avec ces quelques atouts. Alors, attrapant, si j'ose dire, la situation par les cheveux, je commence par l'attaque du coiffeur. En effet, il n'y a pas de raison pour que M. Chaplain se paie ma tête sous prétexte qu'il la tient entre ses mains!

Avec prudence, donc, mais avec fermeté, je parviens tout doucement à imposer ma volonté, et cran par-ci, bouclette par-là, à me donner une apparence un peu moins dure. Quelques bonnes amies venues m'applaudir vont même jusqu'à m'affirmer d'un ton réconfortant que je ne suis « pas si mal arrangée »!

Pied à pied, de mois en mois, je vais retravailler la question, faire de la gymnastique, étudier mon maquillage, me tapoter le menton, me pincer le nez, essayer toutes les crèmes, tous les onguents, toutes les huiles, toutes les coiffures et, bien sûr, toutes les robes!

« Tu es mieux que jolie », me dit Escande charitable, quand je gémis sur moi-même.

J'ai beau chercher, je ne comprends pas ce que cela veut dire. A cette époque pour moi, il ne peut rien y avoir de mieux que d'être jolie...

Malgré ce léger handicap, je vais tourner mon premier film; mais d'abord, je vais faire la plus précieuse des rencontres, celle du grand Raimu dont je dois être la fille dans *Le Voyage de Monsieur Perrichon*. Jean Meyer met en scène dans des décors et des costumes de Dignimont : fraîcheur et gaieté. Béatrice Bretty sera Mme Perrichon, ma mère; Jacques Charon : Armand Desroches, et Julien Bertheau : Daniel Savary, sont mes deux soupirants plus ou moins heureux; Denis d'Inès joue Majorin, l'ami de la famille aigri, et Louis Seigner le commandant Mathieu.

La première répétition d'une pièce est toujours un moment émouvant mais quand par-dessus le marché on doit vous y présenter Raimu, on se sent parfaitement décontenancée.

La présentation a lieu au foyer des artistes. Tous ces artistes qui dans leur tableau m'observent avec ironie, Delaunay, Rachel, les farceurs, Molière, Jeanne Samary peinte par Renoir, Coquelin, Mounet dans les costumes des rôles qui ont fait leur célébrité, ne sont pas là pour me rassurer.

Celui que je vois devant moi, bien vivant, est peut-être à lui seul plus rempli de génie que tous les autres réunis. Il est là, le Boulanger, César, M. Victor. Il me serre la main avec un gentil sourire et j'entends, s'adressant à ma pauvre personne, sa voix célèbre qu'il adoucit en mon honneur. « Bonjour, mademoiselle... »

Nous faisons une lecture. La voix que je lui offre en échange tremble de toutes ses cordes... Les mots s'enchaînent les uns aux autres dénués de sens, je lis comme je peux, si médusée par lui que j'en oublie, pour l'écouter, de baisser les yeux sur ma brochure.

« Tu rêves, Micheline! »

Memeye me secoue, heureusement! Je suis occupée à rire aux intonations de Raimu, je n'en ai jamais entendu de plus naturelles, de plus apparemment évidentes, par conséquent de plus comiques. Je n'arrive pas à m'intéresser à cette pauvre Mlle Perrichon qui ne tient qu'au fil du sieur Labiche et pas du tout à celui de ma pensée. Je me sens comme la souris au pied de l'éléphant, écrasée d'admiration. La lecture se termine.

« Demain, à quatorze heures, je vous donnerai les places du 1 », dit Jean Meyer.

On se dit au revoir, on se quitte, on se congratule... Dans le couloir, des amis attendent Raimu. Je l'entends qui leur déclare d'un air important :

« Je joue avé la petite qui vient d'avoir le premier prix du conservatoire... »

Et vlan! Parfaitement, messieurs, dames! Vous pensiez

peut-être en votre naïve candeur que la petite Boudet avait toutes les raisons d'être flattée de répéter aux côtés du plus grand acteur de son époque... Eh bien, vous vous trompiez, voilà tout!... C'est Raimu qui est honoré de travailler en compagnie d'une diplômée. Avouez que pour une surprise!...

Comme je vais l'aimer cet homme fort, colérique, et tendre. Comme c'est beau de le voir travailler, trouver là, dans la minute, des intentions, des naïvetés, des tons d'une justesse toujours surprenante.

Le premier acte se passe à la gare de Lyon. M. Perrichon va demander les billets. Le guichetier lui répond sèchement :

« C'est pas ouvert! Dans un quart d'heure!

– Excusez-moi », dit Raimu. Il s'en va... puis revient sur ses pas pour dire à l'employé, timidement, sur le ton d'un renseignement important : « C'est la première fois que je voyage. »

Béatrice Bretty s'étouffe de rire, j'en fais autant, impossible d'enchaîner. Jules est heureux comme un bébé.

« Mais qu'est-ce qu'elles ont? Elles sont drôles, dites donc, à la Comédie-Françaaaiise », dit-il en allongeant la dernière syllabe avec ostentation.

Memeye nous prie de continuer; plusieurs fois l'incident se reproduira; impossible de résister aux inventions continuelles de ce pachyderme de luxe. Oui, de luxe, car il est, ce gros homme pataud, d'une rare élégance, pardessus de cachemire beige, chaussures de Bunting, chemises et cravate du meilleur faiseur. Il arrive chaque jour en avance d'un bon quart d'heure et rôde autour de la Comédie, dans les jardins du Palais-Royal, rue de Richelieu, place du Théâtre-Français. Est-ce par crainte? ou pense-t-il à son rôle? Certains assurent l'avoir aperçu marmonnant entre ses dents. M. Perrichon s'installe sans doute en lui. Il s'assied sur la banquette à La Grange... je l'y rejoins... nous sommes toujours les deux premiers.

« Ça va, petite?

– Oui, monsieur Raimu, je suis un peu fatiguée, je joue tous les soirs en ce moment. »

Il me cligne de l'œil.

« C'est fatigant, mais ça fait des feux! »

Nous rions.

« Dites... faites bien attention, petite.

– A quoi donc, monsieur Raimu? »

Je m'inquiète tout de suite, je dois le gêner au deuxième acte. Non, ce n'est pas cela, il continue :

« " Ils " vont vous proposer le sociétariat un de ces jours. Réfléchissez, c'est pour vingt ans... Ne faites pas de bêtises, hé?

– Dans vingt ans, j'en aurai trente-neuf, monsieur Raimu. Je ferai du boulevard... »

Ça l'amuse. C'est vrai, j'ai dit ça... Jamais eu l'intention de finir en Mme Pernelle encroûtée dans mes vieux douzièmes! Mais nous n'en sommes pas là. Aujourd'hui, nous revoyons le 2, l'acte de la mer de Glace : M. Perrichon vient de tirer de la crevasse Daniel Savary qui s'y est jeté volontairement pour flatter la vanité du bonhomme. Celui-ci vient de mettre ses chaussons. Daniel lui demande comment il se sent. Le texte exact dit : « Ça va beaucoup mieux, je viens de boire trois gouttes de rhum dans un verre d'eau. »

Raimu transforme ainsi : « Je viens de boire trois gouttes d'eau dans un verre de rhum! »

Fou rire général... diable d'homme, voilà ce qu'il mijote en rôdant autour du théâtre!

Ensuite, il fait le fameux récit du sauvetage. Lorsqu'il a tendu à Daniel son pic à glace pour le tirer de son trou et que celui-ci s'y est accroché. Le texte dit : « Je tire... il tire... nous tirons, et je le ramène à la face du soleil notre père à tous. »

Et Raimu dit : « Je tire, il tire, nous tirons, JE LE RETIRE... et je le ramène », etc.

Imaginez cela avec le léger accent et l'étirement sonore de la voix qui résonne, amplement victorieuse et vous aurez une idée, avec le balancement du corps qui suit les mouvements des « tire » et des « retire », de l'effet irrésistible de ce morceau célèbre.

Nous pourrons en vérifier l'efficacité sur le public quand d'Inès qui jouera le rôle reprendra sans vergogne les inventions de leur créateur. Car Raimu ne joua pas M. Perrichon.

Qu'importent les raisons qui ont poussé le Théâtre-Français à le remplacer, elles ne sont certainement pas à l'honneur de l'administration de l'époque... Raimu avait signé un film, il avait prévenu, les répétitions s'étaient prolongées. Raimu ne pouvait plus. Il eût fallu repousser la première. On ne badinait pas avec le règlement de la Comédie-

Française... et d'Inès devint M. Perrichon. « Bien fait pour Jules, dit la doyenne. – Tant pis pour nous ! » rétorqua Béatrice Bretty avec logique.

Peu de temps après, Raimu tourne le film de Pierre Billon dont nous ignorons encore qu'il sera son dernier film : *L'Homme au chapeau rond*. Sur sa recommandation, je rencontre le metteur en scène. Il est bel homme, Pierre Billon, l'air doux et l'œil en accent circonflexe, particularité qui me paraît séduisante depuis Lifar. Il est on ne peut plus aimable mais me trouve trop ronde...

« Trop ronde? tonne Raimu, vous avez vu sa taille?... un peu ronde voilà tout, elle a la rondeur de la jeunesse... elle est le personnage ! Agathe, c'est elle. »

Pour la première et unique fois de ma vie, je suis « imposée » par quelqu'un. Imposée par Raimu, il n'y a pas de quoi rougir de honte.

Le premier jour de tournage, j'entrerai d'emblée dans le vif du sujet : un scène d'émotion en compagnie du grand Aimé Clariond.

L'histoire est tirée de Dostoïevski, *L'Éternel Mari*. Clariond y représente bien sûr l'éternel amant, rôle qui lui convient on ne peut mieux puisque ce rôle, il le tient à la ville avec un inépuisable succès. Jeanne Sully à qui il a fait, entre autres, quelques enfants, alors qu'il est déjà nanti d'une famille officielle, a prénommé sa fille Clarionde afin que nul n'en ignore ! Précédé de sa réputation de séducteur patenté, Clariond arrive aux studios le chapeau balancé sur l'oreille, un foulard de soie claire autour du cou, le col du pardessus relevé, avec une allure théâtrale qui n'est pas sans évoquer celle de Jules Berry. Il entre dans la salle de maquillage où l'homme aux fards d'origine russe est chargé de creuser mes joues sans qu'il y paraisse, et en attendant son tour de fond de teint, Aimé, le bien-nommé, me chante en souriant :

« Dis-moi des mots câlins et tendres
Des mots qui font rêver
Les mots que je désire entendre
Tu sais bien les trouver. »

Bien entendu, je n'en trouverai aucun. Je dois d'ailleurs reconnaître que le cher Aimé ne me fait pas le moindre charme. Comme les autres, il respecte la jeune fille que je suis et ne fredonne que pour m'amuser. J'apprends l'air et les paroles très vite, et entre deux prises de vues, nous mettons au point notre duo.

La première scène à jouer est intime et triste, j'ai une peur bleue, et n'aurai aucune peine à pleurer, d'autant qu'on me souffle du menthol dans les yeux pour faire plus vrai ! Quand vient l'heure du déjeuner, Clariond, superbe et généreux, invite à l'apéritif toute personne rencontrée sur son passage, habilleuse, machiniste, comédien, producteur. Il arrive au bar avec une véritable suite qui croît et embellit à chaque seconde et devient parfois un cortège de trente invités... Bien que ne buvant pas d'apéritif, je suis en tête du cortège puisque Clariond entoure mon épaule de son bras protecteur.

Raimu manifeste sa mauvaise humeur qui en réalité cache une valable inquiétude.

« Dites donc, Billon, vous n'allez pas laisser la petite avé Clariond ? »

Pierre Billon sourit mais ne voit pas très bien comment faire pour empêcher la chose. Raimu va trouver, lui; il m'invite à déjeuner... avec lui... dans une sorte de recoin de la salle à manger qui lui est réservé et le sépare des acteurs et des figurants. A la reprise, Pierre Billon en est subjugué :

« Raimu vous a invitée ? invitée ? »

Hé oui, je sais bien, tout le monde dit qu'il a tendance à la pingrerie, pourtant non seulement je déjeune en sa compagnie ce jour-là, mais aussi les jours suivants.

Quelquefois son imprésario, Olivier, est avec nous, quelquefois un ami à lui qui s'appelle M. Charbonnier et qui exerce la profession dont il porte le nom.

« Vous avez du chauffage chez vous, petite ? demande Jules.

– Du chauffage ? C'est-à-dire que nous avons transformé notre poêle à sciure de l'occupation en poêle à charbon, et que le charbon n'est pas facile à trouver ces temps-ci. » J'explique la chose timidement.

« Charbonnier, occupez-vous de ça, dit l'homme au chapeau rond, c'est pour moi. »

Voilà comment au cours de l'hiver 1946 et pendant plus d'une année, maman et moi pourrons, grâce à M. Raimu, goûter la douceur du coin du feu. Il paraît qu'il était avare. Ce n'est pas moi qui pourrait vous le dire.

Je sais seulement qu'en plus du charbon je trouvais aussi auprès de lui une chaleur paternelle.

« Petite, vous savez, Perrichon, nous le tournerons après, ce film-là, ensemble, et... on rira », dit-il, farceur.

Oui, monsieur Raimu, je pense que nous aurions bien ri... J'ai tant pleuré quand vous êtes parti, je ne peux pas vous oublier.

En suivant votre dernier voyage de la rue Washington à l'église Saint-Philippe-du-Roule, en compagnie de mes illustres camarades, je serai si offensée dans mon recueillement par la foule qui, sur le trottoir, se pousse du coude et annonce bruyamment chaque célébrité qui passe, que je ferai le serment de ne plus jamais me rendre à l'enterrement de qui que ce soit. Il y a des prières secrètes qui valent mieux que toutes les manifestations officielles.

10

Ayant fait au bout de ma première saison de pensionnariat le compte des rôles joués, je m'aperçus qu'il y en avait une bonne quinzaine, quinze rôles plus ou moins importants, certains longs, d'autres plus courts, tel celui de la bohémienne dans *Le Cantique des cantiques* de Giraudoux : une reprise, mais quelle distribution pour cet acte unique! Jean Debucourt, Madeleine Renaud, Lise Delamare, Béatrice Bretty, Jacques Clancy; Denise Pezzani et moi dans les deux diseuses de bonne aventure. Cette silhouette me permet de savourer le travail de finesse de Debucourt, le jeu tendre de Madeleine Renaud. Je me régale d'autant plus que Louis Jouvet qui avait assuré autrefois la mise en scène de la pièce, revient les trois jours précédant la première, redonner le *la* aux interprètes...

Dans ce concerto idéal, j'arrive à placer mes quelques notes en prenant mon courage à quatre mains. Le chef a l'air satisfait...

« Ça va, ça va », dit-il, et se tournant vers Debucourt, il conclut de son ton saccadé : « Elle est nette!... elle est nette! »

Nette... ça me plaît bien, ce mot-là, c'est propre, c'est clair, matinal, frais, ça me va!

Deux ans plus tard je rencontrerai Jouvet au coin d'une rue, je le salue, il me reconnaît.

« Tu as perdu ta bonne mine, dit-il en me regardant attentivement. C'est le Français qui te mine? Tu n'étouffes pas là-dedans? »

Ma foi non, pour l'instant, je m'y sens comme un poisson

en pleine mer. Je nage dans la sympathie de mes camarades, dans celle du public aussi. Je travaille sans arrêt, rôle après rôle.

Je fais, grâce à Marivaux, ma première rencontre avec un personnage blessé et vulnérable dans un de ses chefs-d'œuvre; il s'agit d'Angélique de *L'Épreuve*. J'y fais aussi de plus près la connaissance de Julien Bertheau, partenaire vigilant, présent, l'œil de braise, noyé dans le mien, prêt à me soutenir de son talent, de son savoir. Jouer avec lui est une surprise de chaque instant. Je lui abandonne ma voix, mes regards, mes sourires. J'ignore encore que je vais lui abandonner mon cœur... et qu'il en fera des petits morceaux.

Au mois de juillet, emprisonnée dans un corset, le buste serré dans les baleines, enjuponnée de linon, la tête sous une perruque bouclée, gantée, entortillée dans les dentelles, le taffetas, la mousseline : jouer la comédie devient particulièrement éprouvant... si éprouvant que je m'écroulerai un soir dans ma crinoline au deuxième acte de *Perrichon*... Ce sera le premier évanouissement d'une série qui va durer... jusqu'à aujourd'hui. Que le partenaire qui ne m'a jamais reçue dans ses bras, sans connaissance, ose se nommer! Robert Hirsch, en tout cas, affirme que je suis la femme qu'il a le plus ramassée!

On va donner à ces vapeurs, si à la mode en des temps plus anciens, toutes sortes de noms savants, spasmophilie, tétanie, troubles neuro-végétatifs, hypoglycémie, hypocalcémie, et tutti quanti... Mais quoi qu'il arrive, quel que soit le traitement ordonné, quelles que soient les médications absorbées, rien ne pourra stopper ces spectaculaires pertes de connaissance qui ont lieu aussi bien au restaurant qu'à la maison, chez des amis que chez le coiffeur, mais surtout au théâtre, soit avant le lever du rideau, soit à l'entracte, hélas, le plus souvent en scène. Dieu! que c'est désagréable de se sentir partir, de parler encore, parce qu'on se force, qu'on s'enfonce les ongles dans les phalanges pour tenir bon, et qu'au beau milieu de la phrase, bonsoir! plus de décor, plus de rampe, plus de public, plus de Boudet! Comme dans Feydeau, on s'affaire, on va chercher le flacon de sels, de l'eau, du vinaigre, on me fait de l'air... En se serrant autour de moi! on me tape dans les mains, sur la figure, on m'embrasse, on m'asperge, et j'émerge... Je ne vais pas jusqu'à murmurer :

« Où suis-je? » d'un air égaré, je sais parfaitement où je suis, et préférerais de beaucoup un trou de souris...

Un verre d'eau, une Coramine, quelques morceaux de sucre et hop! je repars... après l'annonce faite aux spectateurs!

Bien entendu, on m'ovationne avec attendrissement, tout le monde admire mon courage et ma vitalité, mais j'arrive au bout du spectacle portée plus par l'habitude mécanique que par la conviction, épuisée, comme rouée de coups et bien contente de regagner mon lit. Jacques Toja, au cours de quelques Marivaux que nous avons joués ensemble, n'a pas manqué de me voir chavirer dans ses bras au moment où il me déclarait « une amour éternelle ». Un soir, entre autres, où il me reçut, effondrée dans mes atours du XVIIIe, il soupira, désolé : « Micheline, c'est vraiment le petit Watteau à vapeur. »

Surnom qui ne fait pas un pli, si j'ose risquer ce mauvais jeu de mots. Les surnoms vont d'ailleurs prendre dans ces années-là une florissante extension.

Il s'agissait de désigner les comédiens du Français par des titres de pièces de théâtre ou de films qui les dépeignaient avec humour et parfois cruauté. Ainsi, peu de temps avant mon entrée dans la maison, Madeleine Renaud qui menait dans la vie ses affaires de cœur aussi bien qu'à la scène et restait en excellents termes avec Charles Grandval, Pierre Bertin et Jean-Louis Barrault lesquels avaient successivement partagé sa vie, se voyait appeler : « La guerre des Trois n'aura pas lieu », Jean Meyer, filiforme et autoritaire, « La Tour Eiffel qui tue », Denis d'Inès que certains trouvaient un peu outré dans son jeu, « Encore un grime impuni », Yvonne Gaudeau mariée à un Japonais, « Trente secondes sous Tokyo », l'immense Marie Marquet, « King Kong », son antithèse Julien Bertheau, « Le Petit Chose », Béatrice Bretty aux formes rebondies pour cause de bonne chère, « La Bretty vient en mangeant » ou « L'arrière-train pour Venise ». La jeune fille attardée que j'étais fut appelée « Huis clos ».

Ces surnoms, bien sûr, arrivaient aux oreilles des principaux intéressés sans faire trop de dégâts; en effet, chacun pour se donner le bon rôle, prenait le parti d'en rire. Même Escande, « Le carrefour des enfants perdus », même Clariond le prolifique, « J'essaime à tous vents », ne semblaient fâchés ni choqués. Un seul incident : Mlle M., surnommée

« La Bourrée fantasque », ne supporta pas l'injure. Je pus assister *de visu* à sa juste colère, enfin juste, c'est une façon de parler, car ce qui l'horrifiait le plus ne me paraissait pas à moi le plus choquant : assis dans le guignol et commentant la nouvelle, nous pûmes entendre avec étonnement ce qui faisait le principal motif de sa rage :

« La Bourrée fantasque! Ça alors! C'est insensé, fantasque, moi? Je suis fantasque! Mais pourquoi fantasque? »

Le premier apparemment ne l'avait pas gênée... A moins qu'elle ne l'ait pas compris! Nos jeunes premières sont tellement ingénues! Ingénues mais pas toujours tendres. Témoin ce dialogue amer et cinglant entre Mary Marquet et Berthe Bovy qui jouaient alternativement, la première une pièce intitulée *Tricolore,* la deuxième, *La Voix humaine* de Cocteau.

Bovy : « Ma pauvre amie, tu n'es pas une actrice normale, tu es si grande qu'on est obligé de te fabriquer des meubles spéciaux. »

Marquet : « Et toi tu es tellement petite que pour partenaire, on ne peut te donner qu'un téléphone! »

Puisque nous en sommes à Bovy, cette autre histoire aussi m'avait amusée. Dans un couloir, Jacques Sereys discute avec Lecourtois d'un spectacle dont on parle en ce moment à Paris et qu'ils ont vu. Berthe Bovy, toujours furetant, l'œil et l'oreille aux aguets, s'approche pour écouter la conversation et renouvelle le jeu des portraits.

« Vous parlez d'un homme?

– Non, madame, dit Lecourtois.

– D'une femme, alors?

– En effet, dit Sereys.

– Elle a du talent? dit Bovy.

– Oui, madame, répond Jacques.

– Est-ce que je trouve qu'elle a du talent? »

Jacques, hésitant, répond :

« Ma foi non... je crois...

– Madeleine Renaud! » lance Bovy sans hésiter.

Elles ont de l'humour nos actrices; ce mot délicieusement égoïste d'Yvonne Gaudeau en est une preuve supplémentaire.

Yvonne redemande au comité le rôle de la comtesse du *Mariage* qu'elle a d'ailleurs admirablement joué quelques années auparavant. Avec d'infinies précautions, et trente-six paires de gants, ces messieurs lui expliquent qu'elle a pris

10. L'Homme au chapeau rond, *le premier film pour Micheline, le dernier hélas pour Raimu, avec Aimé Clariond.*

11. En sortant du cours Escande avec le « maître ». Le petit jeune homme timide, c'est Michel Bouquet.

12/13. Deux Silvia, un seul cœur pour mes deux Arlequins : Jacques Charon « poli par l'amour » ; Robert Hirsch « double inconstant ».

14. Café de La Régence, après le spectacle. De quoi parlons-nous ? De théâtre sans doute. Jacques est sérieux. Le regard des deux complices, plutôt malicieux : Hirsch-Boudet.

15. Quand le séduisant loup s'apprête à croquer la petite chèvre, dans une pièce appelée La Brebis, *d'Edmond Sée. Julien Bertheau.*

16. Rideau de fer et rideau de velours ou « Le Français à Moscou ». Dans les rues avec André Falcon.

quelques formes, qu'elle est en plein épanouissement et que ma foi... Micheline Boudet est devenue si mince que l'échange de costumes du dernier acte et la méprise de Figaro auraient du mal à se justifier :

« Micheline n'a qu'à grossir », rétorque Yvonne, logique.

Je dis tout de suite que j'ai trouvé ça drôle, d'autant plus qu'Yvonne est une femme que j'estime et que j'aime et une remarquable comédienne, ce qui ne gâte rien, pas même son esprit!

Décembre 1977. Arrivée de la troupe d'*Acapulco* à Nice... Bonheur! Malgré la fatigue, il y a du soleil, la mer, mais oui! Il y a surtout mes maris : la petite Marie et le grand mari. Mais même la joie peut être en trop, quand les états d'épuisement sont ajoutés à toutes sortes d'émotions; je m'évanouirai à la matinée de Noël.

Quelques jours avant, le journaliste de *Nice-Matin* me pose la question suivante :

« Micheline Boudet, pouvez-vous me donner une définition de l'amour? »

Je réponds ce qui me vient dans la minute :

« C'est un égoïsme à deux.

– Mon Dieu, c'est terrible ce que vous dites là! » s'écrie l'interviewer.

Je ne relève pas, mais apparemment il n'a pas compris ce que je voulais exprimer. Dans mon esprit, il s'agissait de l'illustration du vers de La Fontaine : « Tenez-vous lieu de tout, comptez pour rien le reste. » Se donner tout l'un à l'autre, n'est-ce pas un bel égoïsme réciproque? C'est ainsi que je l'entendais, lui ne m'a pas entendue.

Quelques jours de repos me séparent heureusement des représentations du 31 décembre. Robert loue une voiture, nous aurons une profusion de bonheur, déjeuner avec César à Villefranche, qui nous sculpte, dans des artichauts, des céleris et des poivrons, une salade de sa façon en égrenant avec Robert les souvenirs de leur jeunesse. A Saint-Tropez, Antoni Clavé nous invite dans sa maison-atelier au-dessus de la mer, Madeleine fait des cadeaux à tout le monde. Toni est joyeux et beau. C'est le plus ancien, le plus fidèle ami de Robert. Je monte embrasser Mette Ivers sous son pin parasol, son mari, notre ami Sempé, aussi fou de sa fille Catherine que Robert peut l'être de Marie, nous fait le plaisir d'être présent entre deux dessins.

Une fois Robert envolé pour Paris, j'irai chez les Jamiaque, Jane, Laurence et Yves, déjeuner avec Marie; ils ne savent qu'inventer pour nous faire plaisir, citrons et mandarines du jardin, marrons glacés, colombes de Saint-Paul, cadeaux pour Mimi.

Samedi, après avoir confié ma petite chérie à l'hôtesse de l'air... j'irai faire une longue promenade en compagnie de mon vieux copain Piat qui jouera ce soir à Nice pendant que j'exercerai à Cannes ma coupable industrie. Nous nous apercevons, à chaque rencontre que le destin nous ménage, que nous restons exactement au point où nous nous sommes rencontrés trente ans plus tôt! On s'aime bien, on regarde la mer, quelques regrets passent, le fantôme de Jacques, notre jeunesse, le souvenir d'un léger penchant autrefois, et puis il parle de lui. Le voilà super-vedette maintenant... Les promeneurs le reconnaissent beaucoup, moi, un peu... Il est heureux de sa réussite. Nous parlons de nos projets, je lui raconte que je me suis mise à écrire mes souvenirs. Je vais en arriver à Bertheau, lui dis-je, comment le prendre?

« Avec des pincettes », me répond-il.

Cela nous amuse, nous rions comme à vingt ans! Les passants nous regardent avec sympathie. Quelques-uns peut-être nous ont vus jouer ensemble Suzanne et Figaro.

Après la représentation, Georges et Christiane Bloch m'inviteront à dormir chez eux, à Cannes, le 31, afin d'être plus près du théâtre pour la matinée du 1er janvier. Dans la chambre blanche, au milieu de la nature, je sombrerai dans le sommeil un peu artificiel que Georges m'ordonne, tandis que je trouverai à mon chevet la carafe d'eau fraîche, quelques bonbons et l'odeur des premiers mimosas que Christiane y a déposés. Ces oasis d'amitié me permettront de reprendre un peu d'optimisme et de chaleur, dans la pureté d'un ciel lumineux avant de remonter vers mon Paris où je vais enfin pour quelques jours retrouver les miens.

L'année 1946 fut pour les comédiens-français une année cruelle. En effet par suite de décrets aussi neufs que sévères, privant les comédiens d'activités extérieures pendant six mois de l'année, la porte fut officiellement ouverte l'espace de vingt-quatre heures pour permettre à ceux qui n'acceptaient pas ces nouvelles contraintes de rendre leurs rôles, leurs douzièmes et leur loge, et de partir.

Sept comédiens et non des moindres allaient quitter l'illustre société : Aimé Clariond, Marie Bell, Jean Debucourt, Jean Chevrier, Renée Faure, Madeleine Renaud, Jean-Louis Barrault.

Celui-ci partit avec sa femme fonder au théâtre Marigny la compagnie qu'il anime toujours avec la même passion en divers lieux scéniques... Les autres s'égaillèrent dans la nature, pour revenir à peu près tous quelques années plus tard.

La perte de ces grands talents faisait un gros trou dans le premier théâtre du monde. Je venais de jouer Madelon, la soubrette du *Chancelier,* j'avais eu le bonheur d'y donner la réplique à Madeleine Renaud qui jouait Jacqueline comme un ange et m'ensorcelait : « cette voix... ce sourire... ». Quand j'entrais derrière elle, portant son métier et ses laines dans un petit papier, je me sentais remplie de dévotion... Julien Bertheau était admirable dans Fortunio... J'écoutais leur duo d'amour, chaque soir, tapie dans un coin des coulisses. A la dernière représentation, tout le monde pleurait. J'avais mis mon cœur et mon admiration dans un petit mot à Madeleine; en m'embrassant, elle me dit :

« Je ne garde pas les lettres, mais la tienne, tu vois, je la conserverai, jamais on ne m'a autant touchée. »

Quand les Renaud-Barrault s'installèrent à Marigny, je courus leur demander asile, j'étais prête à quitter la grande Maison pour travailler avec eux.

Madeleine ne voulut pas :

« Tu as ta carrière à faire là-bas... Fais-la. Essaie au moins quelques années, ensuite nous verrons... »

C'était, bien sûr, la voix de la sagesse; mais que j'étais vite prête à me secouer!

Alors Jean Meyer vint... Son règne commença, brillant, productif, dominateur et quelque peu terrifiant; il rallia rapidement les bons acteurs anciens et les jeunes comédiens prometteurs, et commença, à raison de trois ou quatre mises en scène par an, à monter et à remonter classiques et modernes. Julien Bertheau, au passage, héritait de quelques réalisations très réussies, tels *Le Conte d'hiver* de Shakespeare et *Six Personnages en quête d'auteur*.

Cette première année, sans les grands, Memeye monta *Le Mariage de Figaro*. J'étais distribuée dans Fanchette, mais à la veille de passer, on s'aperçut que la jeune Pamela Stirling engagée spécialement pour jouer Chérubin, n'arrivait pas à chanter convenablement la romance du deuxième acte.

Générale le surlendemain! Catastrophe! Le soir, au cours de la représentation de *Perrichon*, Bernard Roussillon, brillant directeur de scène qui engendra Jean-Paul, vint me donner avis que je devrai à la fin du spectacle me changer rapidement, passer un costume masculin qu'on allait trouver dans les placards et me rendre à la salle Mounet-Sully en compagnie de deux camarades, Marie-Thérèse Moissel et Denise Pezzani, pour y lire la première scène de Chérubin et y susurrer quelques notes de la romance...

Après cette audition improvisée, nos juges, l'administrateur André Obey, Jean Meyer et Bernard Roussillon se concerteront et diront laquelle des trois aura gagné!

Ainsi soit-il! Je troque à toute vitesse la crinoline d'Henriette Perrichon contre la culotte de page, on me colle sur la tête une perruque courte genre poil de carotte noir, et la brochure à la main, on m'envoie rejoindre mes camarades d'infortune, aussi déguisées, asexuées et pitoyables que moi, à la salle Mounet-Sully.

L'endroit est d'une tristesse poignante! Un éclairage sinistre allonge les ombres sur une pauvre estrade recouverte d'une toile de jute effilochée, tandis que disparaissent sous la couche de poussière des ans les boiseries et le marbre sur lesquels règne, terrifiante, la statue échevelée de Victor Hugo.

C'est dans ce joyeux endroit pour film d'angoisse que les trois jeunes filles dont on veut faire un garçon vont chevroter à tour de rôle la célèbre romance sur l'air de Malbrough :

> « Auprès d'une fontaine
> Que mon cœur, mon cœur a de peine. »

A minuit trente, heure du crime, le sort en est jeté : « C'est toi qui joues », dit Memeye d'un ton sec... Pamela était son poulain, il n'est pas très content de s'être trompé de pronostic.

Bien entendu, pas question de repousser la date de générale pour une chansonnette... Il faut donc l'apprendre, répéter avec la musique. C'est Lily Laskine, hé oui ! la célèbre Lily, excusez du peu, qui en coulisses fera vibrer sa harpe, pendant que sur scène je ferai mine de pincer ma guitare... Ah non ! pardon, je pincerai la guitare quelques années plus tard quand je serai Suzanne... Pour lors, il s'agit de chanter, accompagnée par la grande musicienne. Suzanne est joué par Janine Crispin qui, engagée du « boulevard », fait ses débuts officiels dans la Maison.

« Que mon cœur, mon cœur a de peine »... Ah oui ! il en aura de la peine, mon malheureux cœur. Je passe la première nuit sur mon texte... Le lendemain, on répète déjà en scène, en costumes, avec l'orchestre dirigé par Louis Beydts qui a écrit la partition.

En arrivant au théâtre, décomposée par la peur et le manque de sommeil, j'aperçois au détour d'un couloir Pamela, assise calmement sur la banquette sous l'œil apitoyé de La Grange... elle ne sait rien encore ; horreur ! elle a sacrifié sa longue chevelure pour jouer Chérubin. Elle a rasé sa tête ! Moi je rase les murs pour éviter la rencontre, je me sens gênée, coupable, au bord de la nausée.

Je le retiens, Beaumarchais, avec sa folle journée !

Entre les scènes dont je ne fais pas partie, je passe mon après-midi à monter et descendre les étages : je vais sous les combles pour les mesures de la tête, à l'atelier pour les mesures de l'habit, à l'étage Samson pour l'essayage du tricorne, dans ma loge où m'attendent six paires de bottes noires pour la tenue d'officier, dont pas une ne sera vraiment à mon pied ; tant pis, je prends les plus larges, on mettra du coton au bout ! On m'a fait un costume à la hâte, seyant ! qu'on en juge : pour ce costume primitivement conçu pour Pamela qui est filiforme, la grande Suzanne Lalique s'est davantage conformée aux indications de Beaumarchais qu'elle ne s'est souciée de ma silhouette et elle n'a pas eu le temps d'imaginer un autre modèle.

Je suis donc vêtue de blanc des pieds à la tête : maillot collant, très affinant pour mes jambes musclées de danseuse. Par là-dessus, une trousse de page genre Henri III bouffante et garnie de rubans de ciel pâle, une chemise généreuse dont la dentelle déborde des manches et du jabot et un boléro blanc, gansé du même ruban de satin bleu que celui de la trousse. Une courte cape doublée de ce satin ondule au gré de mes pas et complète cet accoutrement de page espagnol pour enfant de Marie qui me raccourcit, me tasse, m'élargit, et me donne plutôt l'aspect d'un pot de Gervita.

« Que mon cœur, mon cœur a de peine! » Qu'à cela ne tienne, nous allons le comprimer, ce pauvre cœur... Ben voyons! Vous avez déjà vu un garçon avec de la poitrine, vous?

A l'aide de Rose et d'une bande Velpeau, on va donc m'entortiller le buste comme celui d'une momie, en passant un coup sur l'épaule gauche, un coup sur l'épaule droite pour éviter les glissements, et je vais me retrouver, pouvant à peine respirer, les seins aplatis, opprimés, effacés, ce qui aura pour effet de fausser définitivement mes proportions. Je suis comprimée de partout, jusqu'à ma tête dont on serre les cheveux trop longs sous un bas avant d'y placer la perruque courte, bouclée, fixée par les épingles bien enfoncées.

« Elle vous fait mal, celle-là, dit le coiffeur vicieux, c'est qu'elle tient! »

Comme il battra, le soir de la générale, ce cœur qui a tant de peine, c'est à peine si je le sens palpiter, tout étouffé qu'il est sous ses bandelettes.

Je suis là, attendant mon entrée, derrière le portant du décor, il me semble que j'ai oublié la totalité de mon rôle, j'ai la sensation d'être dans un trou, je connais la plus belle panique de ma carrière; un court, mais fulgurant instant, je songe à courir à toutes jambes loin de ces lieux inhumains où on va me jeter en pâture, moi, mon costume blanc et ma voix pâle, au monstre sans pitié des publics de première.

C'est à moi! J'entre pourtant : « Ah! Suzon! » Je parle pourtant... je chante pourtant... que mon cœur, mon cœur... Et j'irai jusqu'au bout, avec encore, une peine au cœur : Memeye a envoyé des fleurs à Suzanne, à la comtesse et même à Marceline, et moi qui viens de tant souffrir pour lui, je n'ai même pas une marguerite!

Peut-être après tout me suis-je identifiée à mon personnage au point qu'il m'a prise pour un vrai garçon... On n'offre pas de fleurs aux garçons, n'est-ce pas? Oppressée moralement et physiquement, j'aurai malgré tout un grand plaisir à jouer ce garnement d'amour...

Après le spectacle... beaucoup de monde dans ma loge, gentillesse, congratulations, félicitations. Puis les amis sont sortis, je commence à décoller ma perruque, Rose est encore chez Janine Crispin. Je suis incroyablement lasse, étonnée d'avoir fini, un peu hébétée; je dégrafe l'habit rouge d'officier qui me va beaucoup mieux que mon costume à la crème... Ouf! je respire; en chemise, ma petite épée à la main, je vais refermer la porte de ma loge pour commencer à me dévelpeauter. A cet instant dans le couloir passe une belle dame, grande, réservée, presque timide, une voix douce, un sourire de bonté... Elle s'arrête :

« Pierre Dux dit que vous êtes le meilleur des Chérubin. Je suis bien de son avis... »

C'est ma première rencontre avec une personne que je vais aimer infiniment qui est aussi la première fleur du bouquet d'amitié que va m'offrir le Théâtre-Français, s'ajoutant aux liens qui m'unissent déjà à Jacques. Cette fleur qui sera la marraine de mon fils s'appelle Annie Ducaux.

Soyons justes et rendons à Memeye... C'est en devenant notre chef d'orchestre, notre chef tout court, notre leader qu'il va réunir et souder à lui la célèbre troupe des « jeunes turcs », la fine troupe! Bravement, fidèlement, aveuglément, nous allons le suivre... et la Comédie-Française va se fendre en deux groupes : celui qui croit en Memeye, et celui qui n'y croit pas.

Moi, j'y crois bien sûr, parce que c'est un besoin pour moi d'avoir un idéal, d'être guidée, de flamber pour une cause... de marcher aux côtés d'un homme fort et surtout de travailler avec ardeur.

L'ardeur, Memeye nous l'insuffle, nous entraîne dans son feu; poussés par sa passion et par la nôtre, nous entrons en scène comme on monte à l'assaut. Je serai à ce point croyante et galvanisée qu'il m'arrivera plus d'une fois d'accepter de très petits rôles pour travailler sous sa direction, et avec mes copains. Jacques Charon, Jean Piat, Robert Hirsch, Marie Sabouret, Robert Manuel, Denise Gence, Renée Faure.

Il reconnaîtra d'ailleurs mon attachement et ma discipline et je serai promue « soldat de première classe » dans le transsibérien qui emmènera quelques années plus tard la troupe du *Bourgeois gentilhomme* vers les pays glacés.

Jean Meyer s'amusait beaucoup d'être appelé le « chef »

ou l' « empereur »; il passait sa main dans son gilet, nous pinçait l'oreille et, tandis que nous exagérions nos saluts — Robert Hirsch plongeait le nez dans la poussière en signe d'excessive déférence —, tout le monde éclatait de rire; rien de tout cela ne semblait sérieux, mais toute plaisanterie entendue, Memeye jouissait pleinement de son état d'*imperator*.

Pourtant, c'est à Jacques Charon, non à lui, que je devrai mon premier grand bonheur d'actrice.

Mon Dieu, j'allais oublier l'événement à prendre avec des pincettes... Le voici : un sociétaire éminent, un vrai charme d'acteur, la plus belle voix de France, de nombreux succès féminins, un professionnel de la séduction avait jeté les yeux sur moi (j'étais de seize ans sa cadette) et avait entrepris ma conquête; sa cour se fit d'autant plus pressante que, comme Marie Dorval dans *Anthony,* « je lui résistais ».

Le siège dura trois ans au bout desquels le loup ne fit, au matin, qu'une bouchée de la chèvre de M. Seguin, qui, entortillée de mots enjôleurs, de regards de velours, de serrements de mains et de serments de cœurs, finit par abandonner la lutte pour s'abandonner à son Loup-don Juan.

Don Juan pourtant ne rencontra pas la jeune proie à Séville selon la tradition, mais plus simplement à Montauban. Pourquoi Montauban? Question d'itinéraire! Peu importe le détail de l'affaire.

Non, mais! Fallait-il être gourde! courge! cruche et baluche! pour imaginer que le train dont je débarquais était une citrouille, le chef de gare, un rat-cocher, et que mon beau prince charmant allait surgir d'un nuage de fumée et m'entraîner amoureusement jusqu'à son palais le plus proche! La fréquentation des contes de fées à coup sûr m'avait encombré la raison : il n'y a pas de palais à Montauban. Pas même un palace. A la rigueur mon imagination galopante aurait accepté d'abandonner les laquais porteurs de flambeau, et les valets à la française, au profit d'un groom en habit rouge et boutons dorés qui m'eût regardée traverser sur un nuage le vaste hall de l'hôtel, envahi de plantes vertes, de fauteuils profonds, de tapis épais, et monter dans un ascenseur en fer forgé façon Metro Goldwyn des années 30, jusqu'à une chambre capitonnée avec lit à baldaquin anachronique, peaux de bêtes jetées au sol et table dressée par un maître d'hôtel stylé autant que discret, qui nous eût laissés en tête à tête, devant deux couverts délicats sur lingerie immaculée, seau à champagne embué, foie gras truffé, dessert glacé... Mais mon prince charmant, en m'enlevant du quai de la gare jusqu'à son carrosse quatre-chevaux, me fit comprendre qu'il avait retenu pour nous, en dehors de la ville... dans une sorte d'auberge...

« Ah! une auberge?! Qu'à cela ne tienne! »

Une auberge, pourquoi pas? Et voilà derechef mes rêves repartis au galop vers une hostellerie digne de Dumas père. Le prince, du coup, se transformait en brillant mousquetaire et moi en naïve Constance Bonnacieux... La table cette fois était installée devant la cheminée... Il y avait une bonne flambée, le foie gras du palace faisait place à un excellent pâté de grive, façon du chef, arrosé d'un bordeaux du meilleur cru suivi d'une grillade au feu de bois et de petits fromages à la crème venus directement de la ferme.

La chambre... Elle sentait bon les meubles fraîchement cirés, les fleurs fraîchement cueillies, et ses rideaux de cotonnade ouvraient sur la campagne à l'infini...

D'Artagnan cependant avait singulièrement rapetissé quand la quatre-chevaux Renault s'arrêta sur le bord de la route...

Ô surprise, mon mousquetaire avait déjà dîné... Les voyages donnent faim aux beaux chevaliers-loups. Sous ses yeux avides et dans une salle à manger vide (il y avait là deux ou trois chaises qu'on avait empilées avant le dernier coup de balai), j'avalai donc hâtivement un brouet sans la moindre crème et une eau très pure, très fraîche et très légère qui avait en tout cas le mérite de ne pas me faire tourner la tête!

La chambre, elle était... tout ce que je peux dire, c'est qu'elle n'était pas fleurie de cotonnade et qu'elle ne donnait pas sur la campagne à l'infini...

Quelques mois plus tard, je connus, grâce à la Comédie-Française, la revanche bien méritée d'une tournée officielle, en compagnie de mon chevalier servant devenu chef de troupe. Toutes sortes de charmantes surprises m'attendaient : quatre jours de traversée sur le paquebot *Provence,* les plaisirs de la vie à bord, les promenades à voix basse, à pas lents sur le pont, l'escale à Naples et Pompéi. (Je revois l'image de

Mony Dalmès sur le Vésuve en chaussures de daim noir cloutées d'or, échevelée par un vent si fort que les comédiens devaient retenir les femmes pour qu'elles ne s'envolent pas...) Puis l'arrivée au Caire, les mains sur le cœur de mon chevalier d'Orient aux pieds d'un sphinx attendri, baigné de clair de lune... La haute Égypte, le temple de la reine Hatshepsout, la vallée des Rois. En parcourant à dos d'âne la célèbre vallée, mes chimères refirent surface, et par l'effet d'un mirage sans doute, je crus voir peu à peu d'Artagnan, changé en saint Joseph, cheminer à mes côtés. Il ne me manquait qu'un voile bleu pour que notre couple fût métamorphosé en un cliché naïf de la fuite en Égypte...

Toutefois, notre crèche ressemblait enfin à un palace et je n'y connus que de profanes griseries. Nous y flottions au bord du Nil et sous la moustiquaire, dans des rêves pleins d'étoiles...

Dans la journée nous goûtions les sortilèges de ce pays fabuleux. Obélisques de Louxor, temple de Philæ, charmeurs de serpents, dieu Horus, femmes voilées, hiéroglyphes et statues de Memnon, rien ne manquait à la panoplie du voyage de noces pas même les palmeraies dans les blés verts, ni le ciel bleu marine, ni les oiseaux, ni les fleurs de papyrus, ni les yeux de Néfertiti, ni le soleil intense sur nos visages extasiés, Amours, Délices et Pyramides!

C'est à la rentrée de septembre cette année-là que Jacques devait monter *La Double Inconstance*. Un très très grand succès nous attendait, Jacques en a parlé si bien lui-même... On venait de Londres pour nous voir.

Robert Hirsch jouait son inoubliable Arlequin, Lise Delamare était dangereuse et belle dans Flaminia, votre servante, folle de joie d'exister à travers Silvia... Et savez-vous qui jouait le prince? Julien Bertheau, mon prince charmant, don Juan, D'Artagnan, saint Joseph, retour d'Égypte. Eh bien, quoi? Ma version saint-sulpicienne entrevue dans la vallée des Rois ne présentait avec la réalité du moment qu'une analogie très approximative certes, mais elle était de taille : celle de la naissance, toute proche d'un enfant Jésus!

Car je m'étais mariée... Entre la campagne d'Égypte et la venue de l'enfant-roi, nous avions régularisé à la mairie du VIe arrondissement, face aux tours de Saint-Sulpice...

Maman était superbe : manteau de fourrure et grande capeline printanière... Moi, toujours entraînée dans son sillage, j'avais revêtu la même tenue; pour cette simple formalité civile, nous étions beaucoup trop habillées... et pas très élégantes. Notre ressemblance, cette fois, s'apparentait nettement à celle des sœurs Fenouillard!

Après la mairie, nous nous rendîmes avec nos témoins, Béatrice Bretty pour Bertheau, et l'administrateur Pierre-Aimé Touchard pour Boudet, jusqu'au restaurant *Chez Allard,* où nous fîmes un excellent déjeuner.

Pourquoi, au milieu de l'après-midi, après avoir quitté nos hôtes, Perdican eut-il l'idée de nous emmener, maman et moi, faire un tour en forêt? Lui seul et Dieu devaient le savoir.

Toujours est-il que nous voilà tous les cinq, Julien, maman, nos deux capelines et moi, emportés au galop de la quatre-chevaux jusqu'au cœur de quelle forêt, Dieu seul et Julien le savaient!

Il faisait un temps noirâtre, la pluie avait abondamment détrempé la terre; néanmoins, don Juan, prêt à toutes les audaces, voulut prendre un chemin de traverse. A peine y fut-il engagé que la roue avant dérapa, la voiture patina, le moteur se bloqua, la carrosserie s'embourba...

Voilà le grand acteur, la petite comédienne et la belle maman en perdition sous les frondaisons humides du plus inclément des mois de mai!

Julien-Roméo resta au volant pour tenter de faire démarrer l'automobile... Maman et moi la quittâmes, la poussâmes, ramassâmes des branchages, les glissâmes sous les roues, égarâmes nos capelines dans la gadoue, et souillâmes nos jolies fourrures.

Enfin, après beaucoup d'efforts, de bonne volonté et d'exaspération, tout le monde repartit par petites secousses jusqu'à la place Pereire...

« Ces péripéties ne sont pas d'un très bon présage! » soupira le nouveau marié...

Sur le point de déposer maman à la maison, il y eut un moment de gêne.

« Tu ne viens pas dormir avec moi? » dit-elle d'une petite voix navrée.

Je me sentis soudain horriblement coupable. Il me semblait que je trahissais ma mère.

Mais c'était le soir de mon mariage, je ne pouvais guère abandonner saint Joseph... d'autant que l'arrivée de notre bien-aimé fils n'était pas tellement éloignée.

L'adorable chérubin que mon Alain! Tout rond, l'œil et le cheveu noirs! Dès son premier cri, sa grand-mère Marianne s'exclama émerveillée :

« Dieu, qu'il a une belle voix! »

Noblesse oblige! Son père ne possédait-il pas la plus belle voix de France? Il possédait aussi de nombreuses admiratrices! Un peu trop peut-être à mon gré de jeune mariée...

Le jour de la naissance de mon bébé-ténor, ces « dames », également appelées « pisseuses » dans le jargon du théâtre, devant mon refus de recevoir leur délégation avide de connaître le dauphin, m'écrivirent la lettre la plus vengeresse et la plus menaçante que j'aie jamais reçue...

L'une d'entre elles, pourtant, charmante et chaste jeune fille à la quarantaine avancée, venait voir son idole en matinée parce que sa maman ne lui permettait pas de sortir le soir!

Julien se trouvait, par ses soins constants, pourvu en savonnettes, serviettes de toilette, eau de Cologne et linge de corps, autant qu'il lui en fallait à longueur d'année...

Il me fut très difficile de mettre fin à cette onéreuse vigilance; la charmante demoiselle reporta sur le fils les cadeaux qu'elle ne pouvait plus faire au père. Comment refuser une timbale, une barboteuse, des bonbons? Quand, à la suite d'événements que je ne conterai pas ici, nous fûmes amenés au divorce et que Julien reprit femme, notre virginale admiratrice, dépitée, cette fois définitivement, finit par déshériter son idole et fit d'Alain son légataire universel...

Le triste jour où elle quitta la vie, nous apprîmes la nouvelle par le notaire. Je me rendis peu après en compagnie de l'homme de loi jusqu'à l'appartement qui venait d'échoir à mon fils encore mineur. Quel choc en entrant dans ce sanctuaire! Le comédien vénéré était partout : sur les murs, sur le piano, devant les glaces, encadré, en costume de Fortunio, de Perdican, de don Juan : hé oui, l' « homme de cendres » d'André Obey, c'était lui! Dans toutes les postures, gai, douloureux, langoureux, en tenue de ville, en petit format, grand portrait, sous verre, fixé par une punaise, suspendu à des crochets « X »...

Par ailleurs la vieille demoiselle conservait tous les billets des représentations auxquelles elle avait assisté quand « il » jouait, et possédait dans une armoire des cartons et des chemises remplis jusqu'à ras bord d'une documentation sur la carrière de son acteur préféré. Précieuses archives pour l'idole!

N'est-ce pas infiniment touchant de susciter pareille dévotion, pour un comédien? Le fanatisme aujourd'hui des admiratrices de Johnny ou de Travolta n'est comme on le voit d'aucune originalité.

Julien, il n'y a pas de doute, était un héros plus fait pour les planches que pour les arias de la vie quotidienne : même la nuit, il rêvait de son métier d'acteur; ayant été brutalement tiré du sommeil par la sonnerie d'un réveil mal réglé, ne l'avais-je pas entendu hurler dans le petit matin blême :

« Habilleuse, nom de Dieu! »

Son personnage comportait de magnifiques écueils et de superbes lacunes que j'étais incapable de combler... Disons que nous ne nous sommes pas entendus et restons sourds à propos du reste.

La seule vraie joie que je lui aurai procurée est d'avoir fait naître son fils dans la nuit du 4 août. Pour cet homme épris de liberté, un enfant marqué par la date de l'abolition des privilèges était un souriant cadeau du destin.

A vingt-six ans, je me retrouvais, comme Marianne, vingt ans plus tôt, divorcée et mère de famille.

Maman avait « fait » les petites annonces et avait déniché un appartement à louer dans une rue calme, près du parc Monceau... Tout en pleurant et déplorant mon échec matrimonial, tout en m'aimant et en me plaignant, elle cachait mal la joie secrète qu'elle éprouvait de me récupérer... de nous récupérer... puisque Alain devenait du même coup son deuxième enfant. Elle allait enfin pouvoir dispenser les trésors de tendresse que son cœur renfermait.

Après les déboires de Chérubin et les torrents de larmes versés pour Don Julien, je sentis que je devais faire mienne la maxime de Chamfort : « Il faut que mon cœur se brise ou se bronze »... Difficile! Surtout qu'il avait plutôt tendance à se briser; alors, pour le bronzer : répliques rapides, reparties coups de fouet, défense, défense aiguë et parfois sèche... Mordre la première pour ne pas se laisser dévorer. Les larmes ont beau nettoyer, elles épuisent aussi. Rien de mieux à faire que d'attaquer pour les empêcher de sortir. Mon étouffe-larmes sera ma dent dure... Je n'en garde pourtant aucune contre qui que ce soit.

Pas même contre Jeanne Moreau qui m'avait remplacée dans Silvia pendant qu'Alain m'arrondissait le ventre. Jeanne Moreau, déjà grande comédienne, marchant avec sensualité et causant ses premiers ravages parmi ces messieurs... Mon mari, je crois m'en souvenir, ne fut pas indifférent à ses charmes, et elle prit également dans ses rets le cœur et le corps en losange de mon Arlequin : Robert Hirsch... Lorsqu'elle me le rendit avec mon rôle, elle avait dû l'ensorceler, lui verser dans son café quelque philtre qui rendait son charme irrésistible, car, Marivaux aidant, je subis moi aussi l'enchantement du petit homme aux yeux noisette. Est-ce pour cette raison que Jeanne déclara plus tard à la presse que, seule du Théâtre-Français, j'étais la personne qu'elle ne pouvait supporter? « C'était physique », disait-elle... Pourquoi? Je ne l'ai jamais compris. Probablement ma tête ne lui revenait-elle pas.

En revanche, mon inclination pour Arlequin, cette « amitié qui fait tout comme l'amour », ne participait pas du physique... il y avait, dans mon élan vers lui, procuré par les instants que l'auteur nous ménageait, une grande admiration pour l'art du comédien qui m'attirait à travers son rôle; si bien que, de regards en sentiments, le verbe de l'auteur devenait nôtre, et nôtre aussi ce subtil drame d'un amour qu'on s'ingénie à briser.

Rivés l'un à l'autre, deux enfants torturés, l'âme dans l'âme, nous accrochions à nos regards des lambeaux de silence... tout était dense entre nous, y compris ce qu'entre les lignes, Marivaux ne disait pas. Ces temps éperdus, éclatant du désespoir pudique de l'amour, le public s'y suspendait, les recevait, nous les rendait avec usure. C'est un privilège unique que ces instants de miracle où l'un semble sans cesse le reflet de l'autre. Cette musique parfaite entre comédiens ne s'élève pas toujours au sein de l'action. J'en ai connu les soupirs et les points d'orgue, les lamentos et les *allegro vivace* deux ou trois fois au cours de ma carrière classique, et une fois à la télévision quand j'ai interprété avec André Dussolier *Le Plaisir de rompre*. Mais nous n'en sommes pas encore aux femmes blessées de Jules Renard. La petite bergère Silvia souffrait aussi et j'épousais sa souffrance. Mon accord avec Robert, il faut bien le dire, se poursuivait en coulisses sans la moindre mélancolie : la gaieté, un même amour de notre métier et tout un folklore qui nous faisait jouer ensemble une véritable partie de tennis verbale nous entraînaient dans des fous rires allant jusqu'au délire. Nous étions deux gosses insupportables, deux complices joyeux, un bloc de force et de farce. A force de faire les mêmes gestes et de nous exprimer de la même façon, nous en étions arrivés à nous ressembler physiquement.

Lorsque mon amitié pour lui et son goût de la plaisanterie glissèrent insensiblement vers un sentiment indéfinissable, nous connûmes un soir, un tendre mais très innocent rapprochement. Je partais en tournée le lendemain pour la Russie... Je quittais mon Arlequin au cœur rouge : « Je penserai à toi », dit-il avec émotion. J'étais sur le point de répondre des mots définitifs, il m'arrêta :

« Surtout, Micheline, il ne faut pas m'aimer... il ne faut pas. »

Je partis, avec en moi le trouble de l'amour et celui du désenchantement. Je mis dix ans à comprendre qu'il disait vrai... Robert refusait les dons affectifs en tout genre. Il faillit un jour acheter un petit chien qu'on lui avait apporté : il le rendit vite de peur de s'attacher à lui...

Mon cœur, décidément, ne trouvait guère l'occasion de se bronzer... Mais aussi, avouons que je cherchais la complication, j'avais le génie des impossibles choix, des passions sans espoir. Pourquoi? Ma trop grande propension au rêve sûrement, une disposition à vouloir rendre réels mes désirs les moins sages... Bref, une tendance déraisonnable au romanesque qui m'aurait peut-être rendu la vie possible un siècle plus tôt, mais me l'empoisonnait dans le moment. Pour faire le métier de comédienne, il ne faut pas avoir l'âme romantique, il faut, comme l'a dit l'acteur Georges Berr, « livrer son cœur et garder sa tête ». Moi, j'avais du mal à ne pas tout livrer à la fois. Je n'étais pas mûre pour la distanciation!...

Le théâtre une fois de plus me permettait de tout reporter sur lui, je m'y livrais donc corps et âme. Je n'étais pas depuis trois ans dans l'illustre Maison que, déjà, je fus proposée pour le sociétariat. Je faillis bien être nommée cette année-là, mais Jean Meyer, qui n'avait pas encore à cette époque fait de moi son soldat préféré, en avait décidé autrement. Ses raisons, sans doute, devaient être excellentes. Cependant, il était au comité le seul de son avis, les cinq autres comédiens qui en faisaient partie étant d'accord pour ma nomination. Si je raconte cette petite histoire que Memeye m'a lui-même contée par la suite lorsque je figurai au rang de ses amis, c'est qu'il est amusant de constater combien la volonté d'un seul homme peut prévaloir sur cinq autres qui n'en ont pas.

Le comité était commencé. Tout le monde avait donné son oui pour le sociétariat, sauf Jean. Et dire que cette même voix m'avait valu l'unanimité au concours de sortie! Donc, cinq voix contre une... Jean Debucourt, Maurice Escande, Aimé Clariond, Julien Bertheau, Béatrice Bretty, d'une part, l'empereur, d'autre part. Jean Meyer parle. Il parle avec calme d'abord, on lui oppose en face des arguments en ma faveur, il les réfute, puis il se monte, s'enflamme, enfle sa voix et ses gestes, affirmatif, sûr de lui; elle ne sera jamais une Bretty, dit-il. Sa diatribe, sans doute bien préparée, commence à ébranler les opposants dont la conviction peu à peu se ramollit, au point que le charmant Debucourt, oubliant totalement l'objet du débat, fasciné par l'éloquence du tribun, se range à son côté sans s'en rendre compte, et lui murmure tout excité : « Vas-y, tu vas les avoir! » On me nomma sociétaire l'année suivante. Je n'avais que vingt-trois ans, c'était une belle réussite. J'étais la cadette de la troupe entière, pensionnaires incluses. Il n'y avait pas de quoi pleurer! D'ailleurs, cette année supplémentaire me permit de m'affirmer. Je n'eus ni le temps ni l'envie d'avoir de la rancœur. Au moment fatidique, j'eus une petite pensée pour mon cher Raimu; je l'entends me murmurer :

« Attention, petite, c'est pour vingt ans! »

Le temps d'hésiter un petit quart d'heure dans le silence de ma chambre et je plongeai dans les difficultés du confort.

Avec trois douzièmes pour commencer, beaucoup d'années de travail, presque une dizaine, beaucoup de succès, quelques ratages, mais toujours joie et passion, j'arriverai tranquillement jusqu'aux douze douzièmes, c'est-à-dire : la part entière.

Oui, cette expression que, depuis Charles de Gaulle, on attribue à toutes sortes d'individus, Français à part entière, médecin à part entière, auteur à part entière, était il y a quelques années encore, jusqu'aux événements d'Algérie, l'apanage, le titre et la possession des seuls sociétaires du Français.

Un beau cadeau qu'ils ont fait à la langue française par l'entremise du Général !

A l'époque où nous en sommes, c'est-à-dire celle de Vincent Auriol, mon nouveau sociétariat et une manière acceptable de dire les textes me valurent une distinction de choix : J'allais connaître ma deuxième reine...

Juliana et le prince de Lippe étaient en visite officielle à Paris, et le palais de l'Élysée, entre autres divertissements, avait commandé pour eux au Théâtre-Français une soirée récréative et néanmoins littéraire composée de deux proverbes de Carmontelle joués par Jean Martinelli, Julien Bertheau, Daniel Lecourtois, et d'une partie poétique, prose et vers dits par Micheline Boudet.

Jacques Kosciusko-Morizet, aujourd'hui ambassadeur de France aux États-Unis, était chef du protocole. Il m'introduisit auprès du chef de l'État et de Mme Auriol dans leurs salons privés...

Autour d'une tasse de thé, nous discutâmes en détail des textes dont je devais être l'interprète d'un soir.

Vincent Auriol avait un accent du sud de la France qui rendait joyeux le moindre de ses propos :

« Et pourquoi ne diriez-vous pas quelque chose de ce grand coquing de Villon ?

– Avec plaisir, monsieur le Président, mais d'ici huit jours, je crains, le trac aidant, de ne pas me sortir aisément de la *Ballade des pendus*... Que diriez-vous de *France, mère des arts, des armes et des lois* de Joachim du Bellay ?

– Va pour Du Bellay. »

Continuant notre voyage littéraire à travers les siècles, en arrivant du côté de Louis XV, je proposai un extrait de *Candide*.

« Pourriez-vous me le citer ? »

J'attaquai : « Un jour, Cunégonde et Candide se trouvèrent derrière un paravant... » En enchaînant, j'en arrivai au passage où « Monsieur le baron de Thunder Ten Tronck passa auprès du paravent ».

Kosciusko-Morizet faillit lâcher sa tasse de thé, il était tout pâle :

« Quel nom avez-vous dit? demanda-t-il, la voix mal assurée.

– Thunder Ten Tronck, répliquai-je.

– Impossible, dit-il, impossible... Je ne me souvenais plus exactement du nom du baron, mais il ressemble à une syllabe près au nom du chef de protocole de Hollande!

– Allons bon! s'écria le président. On ne peut pourtant pas se passer de Voltaire... Que faire? »

Je proposai un arrangement qui satisfit tout le monde. « Je dirai Monsieur le baron sans préciser, voilà tout. » Ainsi fut fait.

Le grand soir, une voiture envoyée par l'Élysée vint nous prendre, mes trois hommes et moi, au Théâtre-Français, et nous déposa derrière le palais, côté coulisses, quelques instants avant le spectacle. Les proverbes de Carmontelle firent beaucoup rire l'assemblée. Quand vint mon tour de faire goûter aux illustres invités les charmes de notre littérature, de Du Bellay à Prévert, je fis mon entrée sur l'estrade dans une mousse de tulle rose irisé dont je n'avais pas révélé le prix à ma mère; je portais pour tout bijou un très mince collier de perles fines prêté par Annie Ducaux. Devant toutes ces dames qui avaient tiré leurs diamants du coffre, j'aurais eu bonne mine avec mes trésors de bimbeloterie!

Les textes eurent du succès et, ma fois, je m'en tirai sans accroc malgré l'absence de Thunder Ten Tronck que j'avais laissé sur le carreau dans le plus agréable des châteaux possibles!

A l'issue du spectacle, M. Kosciusko-Morizet vint nous convier à le suivre afin de nous présenter au couple royal.

En traversant les salons avec la grâce et la dignité que m'avaient enseignées mes maîtres de la danse, je soignai à ce point ma démarche et mon port de tête que, laissant mes camarades masculins en retrait pour épargner ma traîne, je commençais à me prendre d'abord pour Edwige Feuillère, puis très rapidement pour la reine de France, si bien qu'en arrivant devant Juliana j'attendais presque sa révérence... Il n'y eut de plongeon d'aucune part, Juliana souhaitant une simple poignée de main et demandant qu'on l'appelât Madame.

Sitôt les présentations accomplies, j'avançai une main discrète vers les canapés au foie gras et me trouvai nez à nez avec le prince de Lippe qui en faisait autant. Nous échangeâmes je ne sais quels propos sur les intempéries de la saison, puis d'autres, encore, bref, le prince consort ne me lâchait plus. Les regards étonnés étaient tournés vers nous, tout le monde se posait des questions quant à notre sujet de conversation. Moi, souriante, détendue, je goûtais, sans en avoir l'air, la saveur un peu insolite de la situation. Le prince Bernhard et moi, nous nous quittâmes en excellents termes.

A peine la portière de la voiture se fut-elle refermée sur les quatre comédiens rentrant au bercail que mes camarades surexcités donnèrent libre cours à leur curiosité.

« Alors! Eh bien, dis donc, cela a duré! De quoi te parlait-il? Il t'a posé des questions? A propos de quoi? »

Il fallut rapporter les questions et les réponses.

En réalité, les grands de ce monde ont de bien prosaïques préoccupations.

Ce qui passionnait à ce point le prince des Pays-Bas n'était que le montant de mes émoluments à la Comédie-Française : à combien s'élevaient-ils (s'il n'était pas trop indiscret), de quelle manière étions-nous payés, en combien de fois *(sic),* était-ce suffisant pour vivre? Je dus faire un exposé financier et administratif détaillé concernant les mensualités, les feux, les partages, les douzièmes, afin de satisfaire le prince...

Il ne me dit rien à propos de ma robe, rien à propos de mes yeux, et pas un mot de Voltaire!

Martinelli éclata de rire.

« Il voulait peut-être t'offrir un petit hôtel particulier pour améliorer ton ordinaire, tu n'as rien compris!

– Ou alors, dit Bertheau, il voulait peut-être avoir les bases et les statuts du théâtre pour créer une Comédie-Hollandaise, imitée de la nôtre! »

En tout cas, j'avais traversé les salons de l'Élysée, j'avais parlé à la reine des Pays-Bas, j'avais pris le thé avec le président de la République, j'avais dit du Voltaire devant les nobles et les républicains : pas de doute je n'étais plus un petit rat dans une mansarde! J'avais aussi gagné l'amitié d'un homme d'une grande culture, Jacques Kosciusko-Morizet, que j'ai rencontré plusieurs fois par la suite, avec qui je parlai théâtre et littérature dans un climat de sympathie réciproque...

11

L'année suivante fut celle de la conquête de la Russie. Le rideau de fer allait s'y lever pour la première fois devant la troupe de la Comédie-Française. Grand événement commenté par la presse : voyage accompagné des journalistes, Pierre Lazareff et son épouse Hélène, Jean-Jacques Gautier, Martin Chauffier, Robert Kemp, Claude Bénédick, Jean Mangeot, etc.

La mise en scène de Jean Meyer pour *Le Bourgeois* dans les décors du célèbre escalier blanc et or de Suzanne Lalique commençait son voyage à travers le monde. Et pour moi commençait avec Marie Sabouret une amitié unique qui ne devait finir qu'avec sa mort dont je ne me console pas.

Nous avons atterri sur l'aéroport de Moscou après quelques ennuis : Maurice Escande avait oublié son passeport et Jean-Louis Jemma avait failli nous faire rater le décollage de Berlin parce qu'il ne s'était pas réveillé le matin.

Enfin l'avion se posa sur le sol de la capitale de toutes les Russies... Ces dames du Français en sortirent, emmitouflées dans leurs fourrures : Annie Ducaux, Berthe Bovy, Germaine Rouer, Béatrice Bretty...

Derrière ces célébrités nanties de douzièmes et de poils longs, nous tentions, Marie et moi, d'attraper le créneau [1], ce qui n'était pas une petite affaire. Marie, étant donné sa taille, pouvait en se glissant derrière Berthe Bovy la dépasser

1. Espace extrêmement restreint laissé par distraction à deux acteurs qui empêchent un troisième de s'y glisser !

d'une tête et risquer un œil vers le photographe; moi, en revanche, compte tenu de ma petite stature, je restais coincée entre la grande Annie et la grosse Bretty, et ne parvenais pas à attraper le moindre éclair de magnésium.

L'aéroport était éclairé *a giorno* par de nombreux projecteurs. Les plus grands artistes d'U.R.S.S. étaient venus nous apporter à chacune des monceaux de fleurs. En dépit d'une température de moins dix-sept degrés, l'accueil se révélait brûlant.

Après les discours de bienvenue et d'admiration de part et d'autre, nous prîmes place dans de miroitantes limousines noires qui nous firent traverser des kilomètres de forêt de bouleaux, au son des chants ukrainiens, des chœurs de cosaques et des « yeux noirs » diffusés par la radio. Je vibrais comme un violon...

Nos chambres d'hôtel étaient immenses : mon petit deux-pièces du square de Vaucluse aurait pu y tenir aisément trois fois. Mes fenêtres donnaient sur celles du Kremlin... Au sommet d'un de ses dômes brillait dans la nuit une grande étoile rouge.

Je suis à Moscou... Mon Dieu, quelle émotion! Je sentais monter en moi des relents tchékhoviens, dostoïevskiens; je me prenais pour la Natacha de Tolstoï... et m'imaginais parcourant la steppe en troïka. Las! je n'avais ni prince André ni ami Pierre. Mais j'avais l'ami Jacques Charon, mon copain Piat, l'amie Ducaux et la grande Marie... sans compter le chef Memeye qui m'avait complètement annexée.

Je passerai sur le triomphe des représentations, tout le monde en a entendu parler : les fleurs tombant en pluie sur scène, les spectateurs criant : *« Spassiba*[1] *»;* les acteurs éperdus ne sachant plus qu'inventer après le trente-deuxième rappel; les actrices plongeant dans leurs robes, envoyant des baisers, des sourires. Toutes mes techniques de révérences apprises à l'Opéra y passent, le bras en l'air, la main sur la poitrine, la tête baissée, les yeux au ciel. Escande, comme Sorel jadis, s'arrache un cœur imaginaire, le coupe en petits morceaux et le lance à la foule. Marie n'en peut plus de rire et me demande entre deux hoquets : « Qu'est-ce qu'on leur fait maintenant? », tandis que Seigner, triomphant

1. « Merci. »

Jourdain, salue la foule en délire, les mains jointes au-dessus de la tête, tel un boxeur victorieux à l'issue du combat.

Ouf, le rideau s'est baissé ! On vient nous chercher avec des airs de mystère... « Suivez-nous, s'il vous plaît. » De l'autre côté du rideau, le public piétine encore, piaffe, nous redemande... Le rideau ne se relève pas. Nous suivons notre guide, nous passons un couloir sombre. Nous voilà tous parvenus jusqu'à une petite pièce et là, surprise ! Face à notre ambassadeur François-Louis Joxe, tout l'état-major soviétique est présent : le chef d'État de l'époque, Malenkov, en costume mao, Boulganine, chef d'armée, Molotov, ministre des Affaires étrangères, Mikoyan, Khrouchtchev, Gromyko, bref le gouvernement au grand complet...

C'est la première fois que Joxe lui-même les voit tous réunis... Une table est dressée, tout le monde est debout et si bloqué de part et d'autre que personne n'ose avancer une main timide vers les sandwiches au caviar.

L'interprète ne sait plus où donner de la traduction, il parle pour Joxe aux Russes et à nous tous, pour les Russes. L'atmosphère se détend légèrement.

« Vous voyez, dit Khrouchtchev, nous ne mangeons pas les petits enfants, ici ! »

Rires figés.

« Vous n'avez pas peur dans les rues ?

— Pas du tout, dit Bretty souriante, la ville est si belle.

— Et le pays si hospitalier, renchérit Escande. J'y suis entré sans passeport ! »

Molotov s'étrangle, son ministère des Affaires étrangères lui paraît tout à coup horriblement précaire. Malenkov fait de l'humour.

« C'est un problème pour vous maintenant de rentrer à Paris, on va vous traiter de communistes. »

Re-rires figés...

Quant à Boulganine, il déclare en brandissant un sabre imaginaire qu'il jouerait très bien le maître d'armes dans *Le Bourgeois*. Nous voyons alors ces messieurs soudain égayés se distribuer très judicieusement les personnages de la pièce à tour de rôle.

Mikoyan, pendant ce temps-là, me remplit les mains de bonbons, Gromyko me dit que j'ai l'air d'une fée et que jamais les femmes russes n'auront notre grâce. Moi, je pense à Natacha, aux danseuses du Bolchoï, à Anna Karénine et je lui dis que je ne suis pas de son avis. Il me demande si j'ai des enfants. Je lui parle de mon fils Alain.

« Aliocha », dit-il en souriant.

Enfin, les congratulations, les félicitations, les promesses de revenir étant épuisées, nous nous retirons dans nos loges pour nous transformer en civils.

Quelle excitation ! En rentrant à l'hôtel, nous sommes tellement en ébullition par ce qui vient de nous arriver que nous demandons à boire. Le vin de Crimée est assez traître, il a un goût âcre qui vous oblige à boire un deuxième verre pour faire passer le premier et un troisième pour oublier le second. De verre en verre, que Memeye me verse en racontant ses souvenirs de conservatoire, tandis que Marie, désireuse de manger une glace (elles sont exquises en Russie), montre le miroir de son poudrier, croyant s'expliquer clairement, je m'enivre sans discernement à coups de vin de Crimée, d'éclats de rire, de joie de vivre, et je prends la seule et unique cuite de ma vie. Le lendemain, je ne me souviens de rien, ni de m'être démaquillée ni de m'être déshabillée. Pourtant ma peau est débarbouillée et je suis en chemise dans mon lit, j'ai donc fait tout automatiquement. Seul bienfait de l'histoire : j'avais une pharyngite depuis deux jours, elle a disparu dans les vapeurs de l'alcool. C'est toujours ça de gagné.

Marie arrive dans ma chambre en déshabillé troublant, elle a révolutionné tous les clients qui passaient dans le couloir.

« Un homme est venu ce matin pour arranger mon courant électrique, je lui ai demandé si c'était pour la réparation du micro ! Tu crois qu'on va m'envoyer en Sibérie ? »

Il faut dire que nous devenons de plus en plus audacieux, les uns et les autres.

Nos « guides » ne nous quittent pas. Nous sommes escortés... « pour notre protection », – car la foule qui se presse autour de nous quand nous sortons du théâtre pourrait nous importuner.

« Micheline Boudet, parrlez-nous de Parris. »

Ils ne m'importunent pas, ils sont charmants, ils roucoulent.

Les matinées en Russie ont lieu à midi précis, on a un peu l'impression de passer le concours du conservatoire...

Pour nous permettre de ne pas mourir de faim, une table est préparée qui fait office de buffet, dans un petit foyer; entre nos scènes, nous mangeons du pain noir, des gros cornichons, du fromage, et même des œufs d'esturgeon.

Deux de nos « anges gardiens » sont là en permanence, ils ne parlent pas un mot de français. Ils bavardent entre eux; il y en a un grand gros, et un petit maigre dont je rencontre le regard de temps en temps... Peut-être un peu plus qu'il ne faudrait... qu'est-ce qu'il a?

Au début, nous sommes prudents dans nos propos. Après, nous disons n'importe quoi, d'énormes bêtises, des plaisanteries raillant le monde des Soviets. Robert Manuel soupire :

« Tu parles d'un régime!

— Tu ne vas pas te plaindre, c'est du caviar! »

Je lui ai répondu ça d'un trait, à mon ex-futur copain professeur. On s'aime toujours, nous ne craignons ni le calembour ni l'à-peu-près et la Russie n'est que le début de notre campagne du rire!

Le peuple russe, disons-le, nous séduit, nous touche infiniment. Cette fameuse âme slave, on la respire à tous les coins de rues; les premières toilettes du monde capitaliste les plongent dans un grand ébahissement. Je m'arrête avec Annie, devant le *Goum* pour faire du lèche-carreau; deux minutes après nous avons un attroupement qui nous détaille de la tête aux pieds... aux pieds surtout; des chaussures pareilles, ils n'en ont jamais vu! Il est vrai que, par cette température avec nos petits escarpins, nous sommes assez déplacées. Leurs grosses bottes sont nettement plus adéquates à la saison... Seulement à Paris, dans les années 50, on ne portait pas de bottes, on grelottait en souliers fins et bas nylon, c'était la mode!

Le soir, nous avions le plaisir de nous chausser de lanières légères et dorées.

Notre ambassadeur et Mme Joxe nous conviaient souvent. Ils n'avaient guère l'occasion de recevoir des Français habituellement, et encore moins des histrions. Tout le monde était heureux du dégel de la Russie, du triomphe remporté par la troupe; on mangeait beaucoup, on buvait un peu, on dansait à perdre haleine. J'avais revêtu mes vaporeux tulles roses, inaugurés pour Juliana; une robe de ce prix devait s'amortir coûte que coûte. Dépensière, mais pas dispendieuse !

Annie Ducaux parle encore avec attendrissement de la polka endiablée que j'ai piquée dans les bras de Martin Chauffier à travers le grand salon, tandis que les ambassadeurs de tous les pays, y compris les Anglais, et tous les gugusses de la troupe nous avaient abandonné le terrain avec bonne humeur en tapant dans leurs mains.

Les lanières dorées me coupaient les doigts de pieds, mon maquillage défiait la chaleur, mais je n'avais pas raté une danse. J'avais valsé avec Robert Manuel, dansé le slow avec Piapiat, le rock avec Jacques Charon, le tango avec des tas d'autres, j'avais dansé, dansé jusqu'à épuisement...

Aux premières lueurs de l'aube, j'avais récupéré ma chambre, les chaussures à la main, enfin, ce qui restait des lanières de mes chaussures ! J'étais ivre de gaieté, de fatigue, ivre d'exister !

Danser était ma seule folie. Quoi ? Je n'ai jamais bu (sauf du vin de Crimée), je ne fume pas, je mange à peine, il faut bien faire quelque chose, non ?

De plus je n'avais pas dans cette tournée de lourdes responsabilités ; dans *Le Bourgeois,* je jouais Lucile... dans *Tartuffe,* Marianne, et pour les besoins de la cause, j'avais appris le rôle d'Annette dans *Poil de Carotte.*

En ce qui concerne la représentation de cette pièce je ne retiens qu'un seul détail, à savoir, la façon dont Berthe Bovy se préparait en coulisses à jouer la dernière scène de Mme Lepic.

Nous étions assises côte à côte, Bovy était extrêmement bavarde, elle me racontait mille choses, enchaînant une histoire sur l'autre. Je m'amusais beaucoup à l'écouter, quand soudain elle s'arrêta net.

« Attendez, c'est bientôt à moi, dit-elle, il faut que je me prépare. Tenez, regardez... »

Alors, avec un œil amusé, elle se mit à pleurer abondamment de l'autre, à froid, juste par une sorte de mouvement de la glotte que je suis incapable de définir... puis, posément, sans se presser, elle se leva, me regarda à nouveau et me dit : « Voilà, c'est fait, je peux y aller... » Et elle entra en scène, le visage baigné des larmes les plus fausses qu'absence d'émotion ait jamais provoquées.

Le dernier soir, Jean Yonnel, après la représentation de *Tartuffe,* lut un hommage à Molière et un remerciement à la Russie... Et nous rentrâmes à pied, pour la dernière fois, jusqu'à l'hôtel, suivis par la foule d'admirateurs qui nous applaudissait, chantait, portait Béatrice Bretty en triomphe! Ils sont d'un solide, ces Russes!

Notre grand gros et notre petit maigre nous laissèrent à la porte. Le petit me regardait toujours. Qu'est-ce qu'il pouvait bien avoir? Impossible de lui poser la moindre question, il ne savait dire ni oui ni non en français. Il avait peut-être un petit faible? En tout cas, il ne ressemblait pas au prince André de la Natacha de Tolstoï.

Le lendemain matin, pour nous emmener à l'aéroport, il était toujours là, il me souriait gentiment. Je lui rendis son sourire à tout hasard...

Devant l'hôtel, un jeune homme vint à moi avec trois livres et une plaque de chocolat soviétique. Il n'avait pas l'air bien riche.

« Chacun des livres est un hommage à chacun de vos rôles, dit-il, la plaque de chocolat est pour votre fils Aliocha. »

Il a su l'existence d'Alain par les journaux sans doute. S'être levé à sept heures du matin pour m'apporter ces présents! Je suis bouleversée. Dans l'avion, je regarde les livres. C'est le théâtre de Tchekhov.

Paris nous reçoit comme des héros; tous les journaux ont relaté nos triomphes et nos péripéties. Nous sommes auréolés de gloire.

L'année suivante, le Bolchoï viendra à Paris. A l'hôtel *Meurice,* réception, cocktail. La grande étoile Oulanova nous honore de sa présence, le corps de ballet est au complet. Les comédiens qui ont joué en U.R.S.S. trinquent avec eux. Soudain une voix très douce derrière moi me murmure avec un très léger accent :

« Bonjour, mademoiselle Boudet. »

Je me retourne. Le ciel me tombe sur la tête : mon ange gardien! le petit maigre, sans le grand gros, qui parle le français comme vous et moi. Je suis si suffoquée que je reste là, plantée, mon verre à la main, sans pouvoir sortir la moindre syllabe; mon ange maigre profite pleinement de l'instant, me sourit encore.

« J'espère que vous allez bien depuis Moscou... » et tranquillement, il tourne les talons, se confond avec les invités, je ne le retrouve pas, il a disparu de ma vie...

Disparu avec les glaçons que charriait la Néva à Leningrad, avec la mer gelée du golfe de Finlande, avec la neige qui recouvrait les statues dorées de Peterhof. Car j'ai vu tout cela et aussi l' « autre » statue de Voltaire celle du musée de l'Ermitage, les Picasso bleus, le trésor des Scythes, les canaux de Saint-Pétersbourg et la statue équestre de Pierre le Grand.

Dans le train qui nous emmenait de Moscou à Leningrad, Meyer m'avait parlé de ses projets immédiats, pour moi, Isabelle de *L'École des maris* qu'il voulait monter au même spectacle que *Les Amants magnifiques* à la salle Richelieu. Et *Port-Royal* de Montherlant qu'il allait mettre en scène dans notre nouveau théâtre de l'Odéon appelé désormais salle Luxembourg.

Isabelle fut un de mes rôles préférés. Il me donna de grandes joies. La pièce était montée avec une précision d'horlogerie, les manèges de la fraîche Isabelle, devenue rouée par amour pour Léandre, étaient exprimés avec la plus grande sincérité dans un mouvement vif et léger comme celui d'un ballet.

J'obtins là un succès qui... avec une presse que... enfin je veux dire, c'est fou ce que j'eus de plaisir à jouer cette Isabelle !

Notez ma discrétion. Dommage de ne pas pouvoir parler de la presse que j'ai eue... Enfin passons.

Dans *Port-Royal,* je n'avais qu'une courte scène au début de la pièce, mais très comique.

« Merci, mademoiselle Boudet, me dit Montherlant à l'issue du spectacle, vous êtes le sourire de la soirée. »

La pièce était admirable et jouée ! Annie Ducaux atteignait les sommets de son art dans la sœur Angélique de Saint-Jean. Ses duos avec Renée Faure, sœur Françoise, le doute face à la foi étaient impressionnants de vérité, de dépouillement. Cependant les paroles sensées, la bonne voix d'Andrée de Chauveron, la mère Agnès, dans sa simple croyance, me donnaient le frisson.

« Vous êtes heureuse, vous en rendez grâce.
Vous êtes malheureuse, vous en rendez grâce. »

Jean Debucourt créait le redoutable archevêque Péréfixe, aussi patelin que cauteleux. Il impressionnait tout le monde, sauf le soir où il parla des « grenouilles qui conassent dans les marais de Port-Royal ».

Ce soir-là, les malheureuses religieuses, torturées par le rire, dérobèrent aux yeux du public la croix rouge qui barrait leur poitrine pour ne lui présenter que la face unie du dos de leur chasuble : impossible dans leur situation tragique d'exposer des visages hilares.

Il en fut à peu près de même lorsque, pathétique, Annie Ducaux, se mettant à plat ventre, et devant dire « Baisons le sol, comme au temps des petites filles... » articula avec netteté : « Ce sol du temps où nous baisions les petites filles »...

Cette fois, Annie dut sortir, étranglée de honte et de rire. La scène demeura muette jusqu'à son retour pendant que les malheureuses bonnes sœurs mordaient leurs poings pour ne pas éclater, tentant de réprimer les soubresauts qui secouaient leurs chastes épaules !

A cette époque, nous avions énormément de travail. Décidément, j'étais destinée à courir d'un lieu à l'autre ! Quelques années plus tôt, c'était de l'Opéra au conservatoire. Voici que je devais me partager, dans la même soirée, entre la salle Luxembourg pour le rôle de sœur Julie, au début de la pièce, et la salle Richelieu, où je jouais en fin de spectacle Silvia dans *Arlequin poli par l'amour* présenté comme une gravure dans des décors en camaïeu de gris et de sépias, première mise en scène de Jacques Charon parrainée par Gaston Baty... un bijou.

Pour aller plus vite, je gardais mon costume de la sœur Julie... et me précipitais dans la rue où m'attendait ma voiture (hé oui, je commence à gagner ma vie, tout ne passe pas dans ma garde-robe !).

Andrée, mon habilleuse de la salle Luxembourg, y déposait, pendant que j'étais en scène, mes vêtements de ville, et je sautais au volant pour me rendre sur l'autre scène, où l'on me dépouillait de mes vêtements de nonne à toute vitesse afin de me transformer en bergère Louis XV.

Un soir, à l'Odéon, ma voiture étant garée un peu plus loin que de coutume, je dus courir, m'empêtrant dans ma robe de laine, me troussant tant bien que mal, le voile noir au vent, et la croix rouge en bataille...

Sur le trottoir je bousculai deux ou trois personnes qui bavardaient et je m'engouffrai dans mon automobile. Au moment où j'allais démarrer, on frappa au carreau, un monsieur très aimable et un peu ahuri s'écria :

« Ma sœur, votre chapelet est coincé dans la portière.

– Ah! merde! » s'écria sœur Julie.

Tant pis! C'était parti! Dans l'énervement et la précipitation, j'eus à peine le temps de dire merci et d'entrevoir en filant la figure stupéfaite et horrifiée des trois quidams, soufflés par la grossièreté de cette religieuse d'un ordre inconnu, qui jurait comme un portefaix, et dont la voiture pétaradait dans la nuit noire de décembre!...

Février 1978. Il a neigé cette nuit, le jardin est endormi de blancheur. Mon ami Georges Perros est mort.

Georges Perros, l'écrivain qui fut d'abord le comédien Georges Poulot, l'ami qui me donnait la réplique au conservatoire, me soufflait le mot de Marivaux qui m'échappait... Encore un qui abandonne en route.

Roland Alexandre, Marie Sabouret, Jacques-Henri Duval, Jacques Charon, Georges... Suis-je déjà si vieille? Qu'est-ce que c'est que toutes ces amitiés qui s'effondrent, ce vide qui s'installe, ces parcours trop tôt rompus?

Le jardin est blanc comme un linceul. Il ne me reste qu'à écrire... C'est maintenant mon souci le plus réconfortant. Georges Perros dit d'ailleurs dans ses *Papiers collés :* « Il n'est pas d'acte moins pessimiste que d'écrire. »

L'année qui suivit nos triomphes soviétiques, nous voguions vers les Amériques... Un record! Juste après le lever du rideau de fer, s'élancer ainsi vers les pays capitalistes, ce ne pouvait être qu'un tour de force dû au prestige international de la Comédie-Française.

Homérique ce voyage! C'était d'ailleurs le nom du bateau : *Homeric* le bien-nommé...

A peine l'ancre levée, Memeye était déjà rivé à sa couche, décidé à avoir le mal de mer, quoi qu'il arrive; fragile, le chef! Nous allions le voir avec un attendrissement mêlé d'ironie...

En pleine mer, l'ironie nous quitta peu à peu... notre repas de midi aussi!

Avec héroïsme, nous décidâmes pourtant de nous rendre à la salle à manger pour le dîner.

Les aînés qui avaient l'estomac solide étaient à leur table : Germaine Rouer, compagne du ministre Yvon Debos, et qui faillit bien cette année-là devenir notre présidente de la République; la Bretty, pleine d'appétit, l'œil bleu fixé sur la sole Dugléré, une serviette blanche coincée sous chaque aisselle au-dessus de son avant-scène généreuse; le cher Loulou Seigner, toujours patraque, sauf quand il s'agit de se tenir à table, flanqué de son inséparable compagnon de fortune et d'infortune, Georges Chamarat, et Escande le magnifique, notre doyen qui ne tarda pas au cours du voyage à se rallier aux cadets de la troupe.

Les cadets, décidés à s'amuser de tout, étaient à une autre table : Jacques Charon, Marie Sabouret, Jacques Toja, Robert Manuel, Jean Piat et moi. C'est pendant ce dîner inoubliable que Robert Manuel s'écria :

« Il ne faut manger que des choses jolies, les enfants... on est susceptibles de les revoir! »

Il piquait alors un morceau de poulet au bout de sa fourchette et, le regardant avec émotion, avant de l'enfourner lui murmurait :

« A tout à l'heure! »

Dieu, qu'on s'amusait! Jean Piat et Jacques Charon jouaient à ne plus être acteurs, Piapiat rêvait d'une place de barman.

« C'est divin, disait-il, tu comprends, on est là, souriant dans la pénombre, le shaker entre les mains : les milliardaires vous font leurs confidences, on glisse des billets doux aux jolies femmes, l'œil complice, on est un peu à l'avant-scène du monde, c'est assez grisant!

– Surtout si tu bois tes propres cocktails, ajoute Jacques; note bien que je te comprends, moi, cela m'aurait follement amusé d'être garçon de café, alors! »

Marie Sabouret pouffe de rire, moi aussi! Je réclame ma place :

« Dites donc, qu'est-ce que je fais moi, là-dedans?

– Toi, dit Jean, je te vois très bien passer avec un grand plateau, vendant des cigarettes.

– Mais, je ne fume pas! dis-je.

– Raison de plus, tu es sûre de ne pas manger ton fonds!

– Dans ces conditions, s'écrie Marie, moi qui suis incapable de distinguer un *do* d'un contre-*ut,* je serai la chanteuse de la boîte de nuit. Je m'imagine tout à fait comme Rita Hayworth en gants noirs, d'accord? »

Et nous voilà, distribuant à tous les acteurs du Français une situation dans notre hôtel-bar-casino, en rapport avec leurs capacités morales et physiques : Louis Seigner à la réception, Béatrice Bretty à la caisse, Clariond présidant le baccara à la salle de jeux, Yvonne Gaudeau était standardiste, Renée Faure vendait des fleurs à la terrasse pendant que Bertheau y plaçait ses tapis arabes! Jacques se voyait seconder en tant que garçon de café par Hirsch et Galabru qui, munis de plateaux surchargés, faisaient des loopings entre les tables.

En réalité, c'est nous qui commencions à faire des loopings dans la salle à manger.

Afin de ne pas revoir de sitôt nos jolies nourritures, nous nous quittâmes un peu vite, ravis de regagner nos cabines.

Marie et moi partagions la même. Étant les deux « jeunes » de la troupe, nous n'avions pas droit à la cabine *single;* cela nous permettait des moments bien drôles et des mots pétillants que j'aurais aimé pouvoir retenir.

Marie surtout, j'aurais aimé pouvoir te retenir au bord du rire, au bord de la mer, au bord de la vie, ma belle Marie, dont je refuse l'absence, longue, mince, à la taille fine et aux larges épaules, aux hanches rondes, au visage lumineux, aux yeux hésitant entre le vert et l'or; Marie aux cheveux d'or ondoyants, ondulants, volontairement décoiffés, élégante, parfumée, tu étais la femme; ton entrée dans un salon, dans un lieu public ne pouvait passer inaperçue; tu te moquais des contraintes, des idées reçues, des conventions; hors ton fils, ta mère et le théâtre, tout te paraissait dérisoire, y compris les soupirants dont tu piétinais les cœurs sans t'en apercevoir.

Tu m'éblouissais, moi la petite brunette bourgeoise encore couvée par sa mère. La beauté m'attire toujours, curieusement du reste, mes meilleures amies seront toutes grandes et belles : Annie Ducaux, Geneviève Casile, et toi Marie, intelligente, spirituelle, ma compagne à travers le monde, morte si tôt, morte d'angoisse, morte d'avoir eu tout et d'être démunie, morte d'avoir été incomprise... adorée, certes, mais pas suffisamment aimée... pas bien...

Tu entrais parfois dans ma loge, les doigts écartés en fleur, au milieu de la poitrine pour calmer cette boule qui te taraudait, t'empêchait d'être heureuse...

Dans Mme de Léry du *Caprice,* tu éclatais fièrement, légère comme la neige; elle était tout à fait à ton image, cette femme qui se veut futile et dont on sent qu'elle a raté son mariage et sa vie... La nostalgie apparaissait sans cesse sous la vivacité de l'esprit et le comique des répliques.

Ton insouciance volontaire ne me trompait pas davantage à la ville. Je savais, moi, tout ce que tu fuyais de toi-même, quand tu enfilais une petite robe noire et te couvrais de fausses perles. Je t'accompagnais de bon cœur dans ton désir éperdu de t'amuser « quand même » selon la devise de la grande Sarah Bernhardt. Nous t'avions d'ailleurs appelée Sarabouret, t'en souviens-tu? Comme tu savais rire! Comme tu aimais rire!

Où, comment, pourquoi es-tu partie si vite ce matin de juillet dans ta maison de Saint-Jean-de-Luz? Il y a des secrets bien gardés, tu as emporté le tien, pourquoi essayer de comprendre? Je ne te demande rien, tu m'accompagnes sans cesse depuis dix-huit ans que tu es partie; pas une journée où ta présence ne se fasse sentir au moins quelques minutes, grâce à une intonation, un geste, une phrase surgie... une image remontant du fond de ma mémoire.

Quand on m'a demandé après ta mort de jouer *Le Pain de ménage* pour te remplacer, j'ai cru d'abord te trahir. Je me suis vite aperçue qu'en disant les mots de Jules Renard, je me rapprochais de toi, c'était une manière de communiquer avec toi. Ensuite tu n'as pas cessé de me faire cadeau de tes rôles... *Le Prince travesti, La Navette,* Armandine dans *Le Dindon.*

Bizarre cette succession qui, d'abord, ne pouvait paraître évidente, nous n'avions pas le même emploi. Et voilà qu'en devenant femme, je mûrissais pour passer des jeunes femmes enjouées aux femmes blessées. Avec Jules Renard revenait Marivaux, mais ceci n'arrivera que plus tard.

Pour l'instant, nous sommes en 1955, deux jeunes femmes gaies flottant vers Manhattan à bord de l'*Homeric,* qui tangue avec entrain.

Ce soir-là, je ne sais pas si tu t'en souviens, nous nous

étions étendues sur nos couchettes après un démaquillage rapide, titubantes et sans grand courage; une pomme était tombée d'une assiette sur le sol et roulait vers toi, vers moi, vers toi, au rythme du roulis; fascinées mais incapables de bouger pour la ramasser, nous regardions ses allées et venues, le visage verdâtre et le cœur au bord des lèvres.

A ce moment précis, nos beaux jeunes gens, Piat dit Jeanjean, Toja dit le beau Toto, et Robert Manuel frappèrent à la porte.

« Vous venez danser, les filles?

– Quoi? Vous êtes fous? Ils sont fous! dit Marie.

– Vous voyez bien qu'on est en chemise! répliquai-je.

– Et démaquillées, dit-elle.

– Et malades, ajoutai-je.

– Ah, vous n'êtes pas drôles! dit Piat. Salut! Bonne nuit, les vieilles! »

A peine furent-ils sortis, tu bondis hors de tes couvertures.

« Si on y allait?

– Chiche!

– On se met une robe noire, on ne se maquille pas, et on croule sous le stras. »

Aussitôt dit, aussitôt fait. Je ne sais pas trop comment fut le bal! Robert me proposa d'en glisser une... Et pour glisser, on glissa! Même les dames glissaient de leurs fauteuils, les verres glissaient des plateaux, les sièges se dévissaient, les liquides se répandaient sur les taffetas, Robert et moi poussions le vice jusqu'à valser à l'envers et Jacques accroché à Marie commençait à avoir des doutes sur l'agrément du métier de garçon de café.

Je me souviens d'avoir dansé *cheek to cheek* un slow troublant avec Jean qui me faisait des « bou-bou-bou-bi-ba » dans le creux de l'oreille, un peu par galanterie, mais surtout pour que je n'entende pas les fureurs de la mer et le bruit des petites cuillers libérées bondissant sur la piste.

Nous nous réveillâmes le lendemain matin, la grande blonde et la petite brune dans notre cabine.

« Ôte-moi d'un doute, Micheline, dit Marie... Hier soir, nous ne nous sommes pas données bêtement, j'espère! »

Éclats de rire et petit déjeuner. La bonne promenade sur le pont que nous avons faite, la figure et les cheveux au vent, t'en souviens-tu?

« Quel luxe, hein, Marie?
– Ah! ça, répondit-elle, si on avait les moyens de vivre comme nous vivons! »

Hé oui! comme des milliardaires! mais sans les désavantages! pas de fortune à gérer! rien que des cachets à dépenser! les paquebots, les palaces, les grandes capitales, les musées admirables, le grand spectacle de tous les mondes, et puis le monde à nos spectacles : succès énormes, joies et moments de découragement...

« La petite robe noire! » répétait Marie.

C'était le remède à tous nos maux, même les plus secrets, ceux de Marie surtout étaient cachés mais paraissaient la torturer. En petite robe noire et faux bijoux, nous allions donc dîner au *Russian tea room* près de la Cinquième Avenue; une côtelette pojarski et un petit coup de vodka nous donnaient le courage d'affronter l'idée du lendemain. Je finis par n'être heureuse qu'en scène, disais-tu, Marie. Je ne peux tout de même pas faire ce métier comme on fuit!

L'Amérique nous rapprocha encore, nous ne nous quittions guère.

Je portais sur mes épaules la charge d'un lourd spectacle, étant Rosine du *Barbier* en première partie et Silvia d'*Arlequin poli par l'amour* en baisser de rideau.

Nous étions à Montréal, Canada. En matinée, *Le Bourgeois,* je jouais toujours Lucile. Nous ne savions pas encore que Bretty lançait les derniers éclats de rire de Nicole et qu'en rentrant à Paris quelques mois plus tard, sa mise à la retraite me ferait l'héritière de ce joyeux personnage.

Après la matinée du *Bourgeois,* plouf! Boudet écroulée par un évanouissement, crise de nerfs, le grand jeu de l'épuisement. Le médecin vient au théâtre m'examiner, me fait une piqûre... De quoi? je vous le demande! Marie, inquiète et prémonitoire, lui dit :

« Ne l'assommez pas trop, docteur, elle joue ce soir. »

Trop tard, le liquide faisait son entrée dans mes veines et dans ma déveine. Le temps de quitter la robe de satin de la fille de M. Jourdain et voilà que je me sens saisie d'un engourdissement qui me permet tout juste de reconnaître au passage les vêtements que Marie et la chère Suzanne me passent tant bien que mal au-dessus de la tête...

Memeye a demandé un taxi, on me pousse dedans et nous

arrivons au *Ritz Carlton,* Memeye et Marie dans l'inquiétude et moi dans le noir complet.

« Elle s'endort », dit Marie affolée.

Ils ne doivent pas y croire tout à fait, ils me font sortir du taxi et le temps pour eux de tourner la tête vers le chauffeur, je m'écroule sur le trottoir, dans les bras de Morphée et du portier de l'hôtel, un Hercule sympathique qui me dépose sur mon lit, toujours en état de léthargie.

Dans mon bienheureux sommeil je sens mes deux amis qui s'agitent.

« Je vais lui faire un café serré », dit Marie.

Marie avait toujours dans ses bagages de quoi fabriquer un café serré. Meyer nous laisse un moment. Marie lutte de toutes ses forces pour tenter de me rendre les miennes, elle m'administre un café à réveiller un roc, me secoue, me parle; je lui souris, et retombe la tête sur l'oreiller, incapable d'articuler une voyelle!

Memeye revient, je l'entends dire dans un lointain cotonneux :

« Il faut faire jouer Dalmès.

– Ah non! s'écrie Marie. Si Mony joue Rosine à Montréal, elle gardera le rôle et Micheline ne pourra pas le jouer à New York. Il faut que Micheline joue, elle jouera. »

Cependant le temps passait... L'heure de la représentation approchait... Que faire? Aidée de Memeye, Marie m'enveloppe de mon manteau, il fait un froid si intense qu'on se gèle le liquide de l'œil; re-taxi, re-théâtre, re-déshabillage. Les événements se font plus présents à mon cerveau, mais mes gestes sont ralentis, je me maquille comme je peux. Suzanne me corsète, me lace, me juponne; je suis coiffée, peigne espagnol sur la tête, et me voilà, en scène, mue par la volonté des autres et l'autorité du petit dieu des comédiens, parlant, disant mes répliques comme une machine, entourée d'un voile épais. Dès que j'arrive en coulisses, on me ramasse, m'agrippe, me soutient, on me colle de la glace dans le dos, aux poignets, on m'administre de l'alcool de menthe, du café, de l'eau fraîche, on me fait marcher de force, je suis comme un zombi, on me pousse en scène, je chante l'air de Rosine en pleine décontraction, et je vais ainsi jusqu'au bout du *Barbier,* pas plus réveillée par l'air de Figaro-Jean Piat que secouée par l'autorité de Bartholo-Louis Seigner. Le rideau tombe, j'en fais autant! On me relève, on me hisse dans ma loge. Je me change la tête : dans *Arlequin,* tout est gris, même le maquillage...

Marie, qui se prépare à mes côtés pour jouer la Fée, me surveille du coin de l'œil et me rattrape au vol quand elle me voit piquer du nez dans ma poudre! Jacques-Arlequin passe la tête pour voir dans quel état se trouve sa partenaire, je lui fais : « Hello! » de la main comme une droguée; sa tête disparaît, épouvantée!

Je jouerai la deuxième pièce comme la première, entre l'ivresse et le coma. Quand enfin je me retrouverai dans le taxi qui me ramène définitivement à l'hôtel, j'entendrai ma chère Marie me dire tout bas :

« En tout cas, tu joueras Rosine à New York. »

Ce sont les derniers mots que j'ai entendus avant de continuer ma nuit tranquillement pendant douze heures d'horloge.

Mais qu'est-ce qu'il avait bien pu m'administrer dans le sang, ce médecin? De la strychnine, pas possible!

A New York, la découverte! Les buildings, l'hôtel *Plazza* d'où je vois les patineurs rouges, bleus, verts parcourir la plaque de glace de Central Park. La femme de Raymond Cartier dit que je suis une *terrific girl,* une dame qui accouche à la sortie du *Barbier* appelle sa fille Rosine pendant que Mony Dalmès, frustrée, passe à la télévision la première scène dudit *Barbier,* son mari lui donnant la réplique dans Figaro; elle termine l'émission en cuisant un hamburger arrosé d'une sauce publicitaire n'ayant qu'un lointain rapport avec le personnage de Beaumarchais!

Il faut bien que Rosine se passe! Cela ne me fera ni chaud ni froid, puisque moi j'ai les trois actes!

Mony joue Mathilde du *Caprice* tandis que Marie interprète Mme de Léry. Mony s'ébroue dans Mathilde, fait feu des quatre fers, bref, se remue tant qu'elle gêne Marie qui, le trac aidant, n'arrive plus à jouer son rôle! Elles sont en froid...

Vingt-quatre heures plus tard, Mony s'inquiète de l'attitude de Marie.

« Vous croyez, Mony, que c'est aimable à vous d'avoir joué Mathilde de cette façon le soir de la première? lui dit celle-ci.

— Évidemment, dit Mony, je suis beaucoup plus faite pour

Mme de Léry. D'ailleurs on m'a demandé plusieurs fois de le jouer.

– Oui, répond Marie du tac au tac, mais personne ne vous a demandé de le jouer le même soir que moi! »

Le lendemain, Sol Hurok, le célèbre imprésario qui nous a fait venir aux U.S.A., donne un déjeuner en l'honneur des comédiens-français.

Il y a déjà un mois que nous sommes en route; les spectacles, les réceptions, le changement de climat commencent à nous fatiguer.

Je suis avec Marie, accoudée avant de passer à table à un bar ne comportant pas de tabouret. Épuisée, du haut de sa grande taille, Marie toise mon mètre cinquante-huit et me dit brusquement :

« Comment as-tu fait pour t'asseoir? »

Et moi, levant les yeux vers elle :

« Mais je suis debout! »

Convulsées de rire! tout le monde nous regarde comme si nous avions absorbé un cocktail de trop!

16 février 1978. Marie, l'autre, la petite Marie, ma fille, vient d'entrer dans ma chambre.

« Tu écris encore, maman? »

Elle se sent un peu privée de moi à cause de ce grand cahier qui reçoit plus de confidences que je ne lui en accorde. Alors je lui explique comment, au Canada, j'ai pratiquement joué en dormant. Cela l'amuse. Elle m'entraîne vers la cuisine, c'est l'heure de déjeuner. A midi nous ne passons pas à la salle à manger; l'école reprend à une heure et demie, cela simplifie le service pour Nadine. Marie fait participer Nadine à mes histoires.

« Vas-y, maman, dit-elle, raconte encore ta vie d'artiste! »

La « vie d'artiste » à la Comédie-Française comportait souvent des journées surchargées. Il n'était pas rare d'être à neuf heures du matin à la radio, de répéter une pièce l'après-midi et d'en jouer une troisième le soir.

Dès l'aube donc, nous voilà plantés devant un micro, surveillés par la fidélité débonnaire de Jacques Régnier qui préside depuis bientôt trente ans aux destinées radiophoniques de la Comédie-Française : passant de Regnard à Courteline, de Molière à Marcel Achard et aux auteurs plus modernes avec la même bonhomie, il ne tient guère en main son petit monde insupportable. Les comédiens, fatigués par la représentation de la veille, ont du mal à se concentrer, on « lâche », on craque, on rit au moment où la bobine tourne, une mouche qui vole distrait toute la troupe.

La jeune première qui la veille éblouissait les foules est devant le micro, la brochure en main, pas maquillée, le cheveu aplati par la perruque qui, hier soir, la faisait mystérieuse et belle; la diction parfois embarrassée par un sommeil écourté, elle s'accroche à son texte comme à une bouée qui ne la sauve pas toujours du naufrage.

Enfin, vers une heure de l'après-midi, on est sorti des difficultés de Tchekhov ou de Billetdoux, et chacun se précipite vers sa voiture ou son autobus pour rallier la salle Richelieu où nous attend la répétition de la pièce actuellement en chantier. Denise Gence m'entraîne à *L'Univers* où nous faisons notre folie du mois, une douzaine d'huîtres et une tarte aux pommes.

Un fil à la patte nous attend. Jacques nous met en scène avec délices, tous les représentants de l'école des amis sont là... Ah! le bon groupe, la bonne ambiance, les années folles du succès qu'on sent venir parce qu'il est impossible d'être aussi heureux de se trouver ensemble sans que le public s'en aperçoive.

La répétition commence : Marceline! de l'antipyrine, vite un cachet! Je viens de faire mon entrée intempestive dans le rôle de Lucette Gautier la divette.

Marceline, c'est Denise ma sœur, vieille jeune fille pincée « qui ne connaît pas la chose », puis, arrive Jacques Sereys; entre ironie et charme, il joue le « père de l'enfant de Madame ».

Fernand qui a « le fil à la patte » et ne peut se dépêtrer de l'amoureuse Lucette, c'est Jean Piat, coincé mais pourtant beau et portant beau; et le défilé continue, chaque personnalité qui entre est à elle seule une petite montagne de talent, Marthe Alycia, la comtesse, Robert Hirsch, inénarrable Bouzin qui fait rouler les fauteuils de la salle sous le rire des spectateurs. Catherine Samie, effervescente et gouailleuse dans la « petite femme » entretenue, Georges Descrières, en fougueux général Irrigua, Jacques Charon, Fontanet accablé d'une odeur qui fait fuir le monde. En voulez-vous d'autres? La grâce de Geneviève Fontanel, la cocasserie à froid de Jean-Paul Roussillon dans Monsieur Jean. Jean-Laurent Cochet, plus mexicain que nature, n'a que trois phrases, mais je me retourne, le nez dans mon mouchoir, pour éviter de le regarder tant il me fait rire.

Avouez, quelle distribution! Même Jean-Michel Rouzière ne pourrait se payer pareille affiche.

Quand la pièce sera jouée pendant plusieurs années triomphalement, nous aurons droit, un soir, à la réflexion d'une dame qui s'est tenu les côtes toute la soirée :

« On a bien de la peine à garder son sérieux! » dit-elle en se tamponnant les yeux de son mouchoir.

Après la répétition (c'est essoufflant de répéter Feydeau) il est tard; pas question de rentrer chez soi, on fait un petit saut chez Verlet.

Robert Hirsch adore le thé parfumé : nous commandons un Earl Grey dans l'étroite boutique aux tables de bois sur lesquelles on nous sert dans des odeurs d'épices, de café, de parfum des îles, notre breuvage brûlant accompagné de toasts à la confiture d'orange ou d'un gâteau à la noix de coco enrobé de chocolat.

Denise Gence savoure notre moment de pause comme elle savoure chaque instant de sa vie; personne ne goûte mieux qu'elle ce qu'il est convenu d'appeler les petites joies dont elle a su à la longue se faire de grands bonheurs. La dernière gorgée de thé avalée, nous voilà repartis vers le théâtre, nous laisserons Robert à la porte de sa loge où il passera la soirée, bien que ne faisant pas partie du spectacle... Il s'y repose, y écoute ses disques, sa radio, sa télévision, c'est sa vraie maison. Quelquefois il y fait avec ses amis de longues parties de cartes jusqu'au jour où, renversant la table au comble de la rage, il balayera les cartes, les cendriers et les amis avec... et se retrouvera dans la solitude de sa jolie loge : moquette chocolat et canapé bleu, plantes vertes, tableaux, statuettes de commedia dell'arte, doubles rideaux épais qui le séparent du monde extérieur; dans son luxueux cabinet clos, il écoute pendant des heures les grands opéras qui éclatent littéralement dans cet espace restreint dont la musique réglée à plein volume semble repousser les murs : les Walkyries galopent à travers les loges de l'étage Samson, le veau d'or s'élance jusqu'aux combles, et, si vous poussez la porte de la loge de notre « petit génie », vous avez une chance de voir Carmen, l'éventail à la main, tournoyante et cambrée, chanter en play-back les remparts de Séville.

Pendant ce temps-là, à l'étage en dessous, Micheline, par la grâce de Lalaurette, le coiffeur qui a succédé à M. Chaplain, essaie de devenir Suzanne.

Jean Lalaurette exprime en chapelets de regrets les cheveux à retordre que lui donnent les comédiennes.

« Mlle Sabouret, dès qu'elle est coiffée, passe la main dans ses boucles pour les déranger.

– Oui, Jean, mais c'est plus mousseux, plus irréel, ça lui va... »

Il bougonne un peu.

« Tout mon travail défait en une seconde ! Mlle Noël, elle, se fait des mises en plis à la laque. Ses cheveux vont tomber, c'est sûr.

– Si cela calme son inquiétude pour entrer en scène, Jean !

– Oh ! moi, ça m'est égal, c'est pour elle ! C'est comme Mme Ducaux. Ce qu'elle peut s'enfoncer comme pieux dans ses perruques, de quoi avoir la migraine pendant huit jours.

– C'est une reine, Jean, elle a l'habitude du poids des couronnes.

– Ah ! ça, c'est vrai, quelle allure elle a ! Voilà ! A tout à l'heure pour le changement, mademoiselle.

– Merci, Jean. »

Allons-y pour cinq actes ! Je descends, le pied léger, la poitrine rendue étroite par le trac plus que par le corset, et je rejoins Jean Piat qui joue Figaro.

« Dix-neuf pieds sur vingt-six.

– Tiens Figaro, voilà mon petit chapeau, le trouves-tu mieux ainsi ?

– Sans comparaison, ma charmante ! »

Voilà, *La Folle Journée* d'amour, de rage, d'intrigue, de passion est commencée. Beaumarchais nous accompagne... J'ai mis au point une imitation très précise d'Hélène Perdrière et, quand je prends sa place au dernier acte en disant de son air un peu affecté de comtesse dans l'ombre : « Eh, mais c'est Figaroooo! », toute la salle éclate de rire au pastiche que je lui offre, que je m'offre, car ce petit travail d'imitation n'est pas une moquerie dans mon esprit, mais le résultat d'un minutieux travail d'observation que j'ai fait au cours des répétitions, et surtout au cours du deuxième acte pendant la « grande scène » entre la comtesse et Almaviva, tandis que je reste accroupie sous le lit, n'ayant rien de mieux à faire que d'écouter et de repérer la façon scandée très personnelle qu'Hélène a de s'exprimer.

Le rideau tombe sur les couplets de la fin. Ouf! la rude journée... On se démaquille en rêvant au personnage qu'on vient de quitter. C'est toujours un peu long, on ne redevient pas soi-même parce qu'on passe un pull et un pantalon. Dans la voiture qui me ramène à la maison où maman dort dans sa chambre et Alain dans la sienne, puis dans mon lit avant de m'endormir moi-même, je repense à ce que j'ai été ce soir, certains moments étaient bons, je ne suis pas contente de ce que j'ai fait au 3, je revois les passages où ma mémoire a hésité, je me fais des reproches, quelques compliments, je m'endors... Demain Zerbinette, fini de rire comme disait Dussane!

En réalité, je n'avais pas fini de rire; Béatrice Bretty à la retraite, personne ne pouvait jouer Nicole, et le brillant *Bourgeois gentilhomme,* fêté partout, risquait d'être stoppé si quelqu'un ne prenait la relève rapidement.

Bretty était partie dans un éclat de désespoir. Elle refusa d'être honoraire, fit un livre virulent où je reçus ma part d'acide, cria haut dans Paris qu'elle était la seule rieuse de l'époque, remua des gens, fomenta des cabales.

C'est ainsi que nous jouâmes sous les huées de ses supporters au lendemain de sa mise à la retraite : ceux-ci considéraient Meyer comme responsable du départ de « leur » Béatrice : toutes les scènes du Barbier dont ce pauvre Memeye-Basile faisait partie étaient couvertes par des cris, quolibets, cocottes en papier, hou! et tapements de pieds. Ce hourvari ne fit pas changer un pas à la mise en scène, un mot du texte, une attitude à l'acteur qui jouait dans un tel fracas de cris et de sarcasmes que nous n'entendions plus nos répliques respectives. Lorsqu'à la fin de la fameuse scène, nous nous tournâmes vers lui, les doigts pointés vers la porte de sortie en criant : « Allez vous coucher, Basile », ce ne fut qu'un cri :

« Oui, oui, allez vous coucher !...

— Et rendez-nous Bretty ! » cria une acharnée à la troisième galerie.

C'est dans ces conditions encourageantes que Jean Meyer me demanda de jouer Nicole du *Bourgeois.*

Joyeuse succession...

Afin de ne pas me faire subir le sort pénible de Memeye dans Basile, on laissa passer un peu de temps puis il fut décidé que je débuterais dans Nicole en Normandie et en plein air pour un grand gala au château de Champ-de-Bataille dans l'Eure. Louis Seigner, parfait M. Jourdain, avec qui j'eus par la suite d'excellents rapports d'amitié, me voyait alors d'un œil glacé. Il adorait Bretty et passait difficilement du gabarit éclatant et plein de rondeurs de « sa » Nicole, à celui de ce petit bout d'actrice qui allait devoir remplir la cour, la campagne, et la scène du rire le plus attendu, le plus risqué, le moins confortable de tous les rires du théâtre français.

Nous répétons à Paris, je suis en costume, et « entraquée » du haut de mon bonnet blanc à la pointe de mes chaussures à boucle.

Les interprètes qui ne sont pas en scène sont dans la salle. On essaye de me rassurer. J'y vais... Ça ne va pas mal, Seigner ne me parle pas, j'en ai gros sur le cœur.

Hélène Perdrière vient vers moi, gentille :

« Tu es épatante, tu sais, épatante, à côté de ce que tu faisais dans Zerbinette ! »

Si je ne me trompe, elle m'avait fait beaucoup de compliments pour Zerbinette. Comment voulez-vous que je croie encore à la sincérité des éloges ? et pourquoi dans ces conditions croire plus à Nicole qu'à Zerbinette ?

Je n'en veux pas à Hélène, dans les deux cas, sans doute voulait-elle me réconforter...

En plein désarroi, je partirai pour Champ-de-Bataille, Piat me remonte.

« Allez, Bouboude, ça ira, t'as de la bonne humeur à revendre, tu la livreras ta bataille de Normandie ! »

La nuit venait doucement, les premiers spectateurs arrivèrent accompagnés des premières gouttes de pluie, j'étais prête trop tôt, Nicole n'entre qu'en seconde partie. On nous avait offert un morceau de l'aile du château pour nous maquiller, nous habiller; je marchais de long en large dans les couloirs glacés, j'entendais Seigner et Chamarat jouer la scène de la prose.

Au moment où Georges, maître de philosophie, claironnait les voyelles : I-O-I-O, la vache du pré voisin, prenant ces sons inhabituels pour un appel, poussa un « Meeuuh! » qui égaya fort le public.

Entracte... Oh! la trouille! La peur au ventre... comme bien souvent les soirs de première je me dis : pourquoi fais-tu ça, ma pauvre fille? Je grelotte, il fait un froid humide, le crachin tombe toujours. Il va me faire tout à l'heure un beau décolleté luisant. En attendant, je ne pense qu'à rassembler mon courage pour ma scène de rire. A tout hasard pour me calmer j'avale deux Sympathil. L'entracte n'en finit pas. Escande, qui prévoit toujours tout, s'est acheté une bouteille de calvados.

« Bois-en un petit coup, me dit-il, ça t'aidera. »

Ça me paraît dangereux : je ne bois jamais, surtout avant de jouer, mais je me sens tellement à la dérive, je ne vois pas ce que je pourrais perdre; j'en bois un verre, puis deux. Je vais en avaler un troisième, quand Piapiat m'arrête, l'œil mi-amusé, mi-inquiet.

« Je crois que ça va comme ça... »

Et c'est à moitié ronde que j'arriverai dans l'arène; mon taureau Jourdain m'attend de pied ferme, mon pied à moi est moins assuré, mais pour ce qui est de rire, je ris, je ris de la situation insolite, des gens sous leurs parapluies, de la vache dans le pré normand, je ris de Seigner qui ne rit pas, du calva qui me chauffe l'estomac et du Sympathil qui m'embrume la caboche; je ris, je ris, les parapluies se soulèvent en signe de satisfaction, je tombe de rire, on m'applaudit. Ça y est, tu les as eus, me murmure Piat derrière la fenêtre du château.

Memeye est content, la pièce va pouvoir continuer sa carrière, Jacqueline Cartier parlera dans la presse de mes perles de cristal. Ah! flûte! j'ai parlé du succès!... mais pour une raison très simple; je ne peux pas parler du plaisir que j'ai eu ce soir-là de jouer Nicole, j'ai eu trop peur, j'ai eu trop froid, Seigner ne m'a pas dit un mot d'encouragement. J'ai fait mon boulot, qu'on ne m'en demande pas plus, je n'ai nulle envie de revoir ma Normandie!

Par la suite j'aurai du plaisir, et même une sorte d'ivresse, à entendre les vocalises de mon rire éclater sous les voûtes de la Scala de Milan. On le comparera à un concerto de Paganini! Je vais rire sous toutes les latitudes, dans les pays froids, les pays chauds, en Italie, au Japon, aux U.S.A., au Mexique, au Liban, à Monte-Carlo et surtout à Paris. Et je vais peut-être vous étonner, mais je trouve que c'est très amusant de rire.

La question d'un jeune garçon, qui vient demander une signature après une matinée au Français, me laissera interdite pourtant :

« Riez-vous vraiment, demande-t-il, ou bien faites-vous semblant? »

Je vois passer Diderot souriant, son « Paradoxe » sous le bras, et ne sais que répondre. Car enfin, mon rire a toujours été sincère et cependant, puisqu'il est provoqué, pas de doute, il est faux...

Alors? Mais au fond qu'est-ce qui est vrai? Ne sommes-nous pas constamment vrais dans le mensonge? des menteurs heureux, voilà ce que nous sommes, il ne faut pas nous en vouloir, nous y croyons si fort!

12

J'ai parcouru le monde ou à peu près... Avec *Le Bourgeois,* avec *Le Barbier,* avec *Tartuffe, Scapin, Le Dindon, Un fil à la patte, Les Femmes savantes, Le Jeu de l'Amour, Le Prince travesti, Feu la mère de Madame.* Passant d'un emploi à l'autre, j'ai passé des frontières, j'ai passé des ponts et des rivières, j'ai même passé les bornes de la bienséance quand l'occasion s'en présentait. Parce que la jeunesse, l'insouciance et quelque diable aussi nous poussant, notre joyeuse bande se permettait à la fois folie et insolence! Le succès nous portait, et sur ses ailes, nous nous sentions les audaces les plus légitimes, par exemple de fuir à Gênes la réception du consulat pour aller, Jacques Sereys, Michel Le Royer, Robert Hirsch et moi, piquer un petit plongeon dans les eaux bleues de Santa Margharita, ou encore d'envoyer promener à Caracas un monsieur charmant qui, au cours d'un souper, nous expliqua qu'il n'était pas venu assister aux *Fourberies de Scapin...*

« Ce genre de farce, c'est bon pour les enfants, dit-il, je leur ai donné mes places. »

J'ai aimé aussi l'aimable réflexion d'une dame à Anvers disant à Louis Seigner-Jourdain :

« Vous êtes vous, une fois, très bien, monsieur Seigner, mais ce *Bourgeois,* dites voir, quelle bêtise! »

Dans les ruines d'Athènes, j'ai vu l'élégante cape gris perle d'Annie Ducaux gonflée par le vent tandis que Robert Hirsch me demandait :

« Tu crois qu'elle va décoller? »

A Delphes, j'ai clamé dans la nature : « Ô racle, ô désespoir! » A Turin avec Jacques Charon, Robert et Denise Gence, nous nous adonnions de si bon cœur aux joies du contrepet qu'à force de dire « cermi cauboup » ou « c'est la choindre des moses », un soir, en jouant *Le Dindon,* Robert m'étreignant dans un élan passionné, me déclara :

« C'est la fremière pois qu'il m'est merpis d'erreufler votre leau de mes pèvres. »

Aïe, aïe, aïe... face au public, je ne trouve d'autre recours que de cacher mon visage dans mes mains, Robert est pris d'une sorte de hoquet, genre chant du coq... Les spectateurs comprennent, s'amusent et finissent par applaudir.

Je ne sais pas comment nous avons pu repartir!

Nous sommes repartis.

Au Japon, Denise Gence, en pleine exaltation artistique, envoyait des baisers aux temples. Louis Seigner ne voulait pas se déchausser pour entrer dans les maisons japonaises, selon la coutume des habitants. Au moment où nous abandonnions nos chaussures, Robert me dit tout bas :

« Il a peut-être un trou à sa chaussette! »

Triste vérité! Notre pauvre Louis, loin de sa femme attentive, n'avait pu faire lui-même la reprise indispensable, mais il avait trouvé un bon moyen pour cacher sa honte : toute la matinée, il posa d'un air dégagé, le pied de sa caméra sur le bout de son propre pied dénudé.

Nous étions invités à déjeuner par les organisateurs du festival de Tokyo. Il faisait ce temps doré voilé de gris qu'on a souvent là-bas. On se sent bien, on adhère au climat, à la douceur de la température, à la nature, avec une sorte de joie béate.

La maison de M. et Mme Yakimamoto (je ne garantis pas l'exactitude du nom), comme toute maison japonaise, était peu garnie de meubles; de merveilleuses estampes décoraient les murs. Tout était courtoisie, révérence, sourires... nous nous déplacions silencieusement sans souliers; on nous fit sortir dans le jardin. Comme par enchantement chacun y retrouva ses chaussures. La pelouse mettait en valeur ses pommiers plus chargés de fleurs que toutes les gravures des calendriers. Deux immenses buffets nous invitaient à venir déguster soit la nourriture japonaise, soit des plats européens. Je me dirigeai vers les poissons crus macérés dans le citron et vers la tempura. La possibilité de pouvoir goûter à tout ce qui est local constituait pour moi l'un des grands intérêts de nos voyages. En revanche, notre illustre doyen, originaire de Lyon, devait, sans aucun doute possible, avoir de fortes nostalgies de quenelles et de saucisson chaud. En effet, au moment où la jeune fille de la maison en kimono irisé nous apporta, sur un plat de laiteuse transparence, des fraises parfaitement choisies, piquées çà et là de minuscules bouquets de persil (essayez, vous verrez combien le persil exalte le goût des fruits rouges), j'entendis M. Jourdain soupirer dans ce décor où tout était harmonie, enchantement et finesse :

« Non merci, madame, pas de fraises, ça me donne de l'urticaire! »

Pauvre doyen! il n'avait pas de chance. Pour se consoler, il fumait avec volupté sa pipe. Nos rapports étaient devenus plus agréables et même amicaux; d'avion en bateau, de train en taxi, il avait fini par m'accepter, il nous arrivait même de rire ensemble.

Pour cette première tournée japonaise, la Comédie-Française avait commandé à Jean Cocteau un *Impromptu du Palais-Royal,* divertissement au cours duquel Louis XIV, Molière, la Montespan et quelques autres éminents personnages de la Cour s'expliquaient avec esprit. Une dame des temps modernes était dans la salle, sorte de commère bas bleu et snobinarde, interrompant ces messieurs avec de fort pertinentes observations à propos de dialectique et de grammaire... La commère, c'était moi. Pour la circonstance, je fis la connaissance du poète que, petite fille, j'avais vu flotter sous les fenêtres de Jacqueline Moreau. Il me fit des compliments à propos de Rosine du *Barbier*... « Vous aviez l'air d'un fruit », me dit-il.

Un après-midi, il vint me chercher à mon domicile dans la Rolls de Francine Wesweiller et me conduisit rue Cambon.

Mlle Chanel nous reçut dans les célèbres paravents de Coromandel. Je n'ai aucun souvenir de ce qui s'y est dit. Je me rappelle seulement que des choses assez peu aimables y ont été dites par elle. Son regard sur moi me glaça, elle me jaugeait d'un œil noir impitoyable. Sa bouche surtout, étroite cicatrice rouge révélant l'amertume, me frappa. Elle parlait avec Cocteau, je me sentais un peu en trop, dans une grande gêne. Enfin, elle donna son accord pour me faire le tailleur habillé que Cocteau souhaitait pour le personnage : un chef-d'œuvre; je n'avais jamais rien porté de plus parfait. Tissé spécialement pour elle, c'était un lainage à fond écru où glissaient des trames de rouge, de bleu et de fils d'or. La doublure était de soie naturelle, du même rouge que le corsage. La jupe était doublée de soie aussi. Jupe et veste étaient ourlées de chaînes afin d'assurer l'aplomb, le « tombé » indispensable...

Ce tailleur me fut offert, je l'ai gardé longtemps. Nous n'avons joué la pièce qu'au Japon. Dans l'immense salle du théâtre de Tokyo, où j'étais littéralement noyée, personne n'a vu mon costume... « C'est bien plus beau lorsque c'est inutile », dit Cyrano. Ce soir-là, le soir de la première, je me glisse tout doucement à la place qui m'est réservée. Au moment de m'asseoir, je m'aperçois que j'ai oublié de prendre par précaution mon texte sur mes genoux... C'est la première fois que je me livre à ce genre d'exercice, je crains un peu de me prendre les pieds dans le tapis. Tant pis, je me débrouillerai seule, je sais mon texte, mais je me sens perdue au milieu de tous ces Japonais, je n'entends pas un mot de français. Ils ont leurs petits appareils pour la traduction simultanée, ce qui me troublera encore davantage tout à l'heure. En effet, le temps qu'une expression comique leur parvienne, le texte aura déjà fait du chemin; ainsi le rire de la salle tombera sur le début de la phrase suivante qui n'a rien de drôle!

Ça va être à moi; j'interromps la Montespan-Ducaux de toute la force de ma voix :

« On ne dit pas cela, madame, mais ceci. Respectez la langue française... »

Un monsieur que je n'avais pas remarqué parce qu'il est derrière moi se penche à mon oreille et m'approuve fortement.

« Vous avez raison, madame, c'est très juste. »

Qu'est-ce qui m'arrive?

Les répliques continuent en scène, je vais avoir une seconde intervention, je la crie vite pour être débarrassée, et le brave homme derrière moi continue :

« C'est tout à fait ce que je pense, je le disais encore à mes élèves la semaine dernière.

– Monsieur, s'il vous plaît, une seconde », dis-je tout bas, de plus en plus affolée.

Je n'entends plus les répliques, mon cœur bat à grands coups... si je laisse tomber mes partenaires et mon texte, ils ne pourront pas continuer...

« Permettez-moi de me présenter, je suis le père Untel, j'enseigne au collège de...

– Mais, mon père, je vous en prie, vous voyez bien que je joue!

– Oh! pardon, madame.. »

Et au moment où je vais dire mon texte enfin dans le silence, il ajoute amusé :

« Ah! alors, c'était pour rire? »

Pour rire? Je suis épuisée par le trac, par l'effort nerveux que j'ai dû faire, tendue entre mes partenaires de la scène et mon partenaire imprévu de la salle... Quand je me lève à la fin, j'ai tant crispé mes mains sur ma jupe, j'ai eu tellement chaud, que mon beau Chanel ressemble à une serpillière. Sacré père Untel!

Au Greek Theatre de Los Angeles, nous avons joué *Le Bourgeois gentilhomme* devant six mille personnes en plein air. Toute la journée, nous plongions dans la piscine de l'hôtel jusqu'à l'heure de la représentation. On nous y servait du *cheese cottage* mélangé à toutes sortes de fruits et de salades. Ah! la belle vie que la vie d'artiste. Pas si belle que cela!

A San Francisco, en dépit des séquoias et de l'extraordinaire légèreté du Golden Gate qui nous émerveille, nous apprenons la mort de Marilyn avec une grande tristesse. A Hollywood, nous avons visité les studios et j'ai bavardé avec Kirk Douglas.

A Londres, nous avons joué Feydeau, et j'ai rencontré ma troisième reine, la fille de celle pour qui j'avais attrapé un lumbago dans ma jeunesse en plongeant dans les fausses marguerites.

Il y avait grande réception ce soir-là à l'ambassade de France, le prince Charles devait avoir quinze ou seize ans, il me demanda depuis combien d'années j'étais au Français. Je répondis en riant à Son Altesse que sa question n'était pas galante... Il s'excusa et devint rouge écossais. Le duc d'Édimbourg vint à son secours en m'apportant ses félicitations.

Laurence Olivier me dit que j'étais *« so cute »,* et dans le petit entretien privé que j'eus avec Élisabeth II, elle me fit part des problèmes que lui posait l'âge difficile de sa fille Anne, et m'apprit que leur autoroute simplifiait beaucoup le voyage de la famille royale quand elle se rendait à Balmoral.

Malgré ces échanges passionnants avec les grands de ce monde, vous constaterez que j'ai conservé une grande simplicité !

D'autant que mes tournées ne m'ont pas toujours menée dans des pays de rêve. J'ai quand même bien ri à Verdun quand Maurice Escande, qui venait de demander un deuxième verre de framboise d'Alsace, répondit au maître d'hôtel qui lui disait en souriant :

« Que penserait votre femme si elle vous voyait ?

– Ne vous en faites pas... ma femme, elle fait son service militaire ! »

Cette façon, ô combien comique, de rendre léger ce qui aurait pu sembler pesant était également l'apanage de Hirsch.

A Bruxelles, nous venions de jouer *Le Bourgeois* et le prince Baudoin, encore célibataire, vint nous féliciter. En plongeant pour la révérence obligatoire, Robert baissa la tête en même temps que la mienne et murmura :

« Si jamais il m'embrasse, je suis reine des Belges ! »

Inutile de dire que Son Altesse n'a pu apercevoir ma figure... heureusement mon chignon était ravissant !

Un an avant sa mort, Marie Sabouret avait passé plusieurs mois dans une clinique pour un traitement mystérieux. J'allais la revoir au Français, non sans appréhension ; au cours de cette longue année, Denise Gence, que Marie aimait particulièrement, se rapprocha de moi ; nous allions devenir très unies peu à peu, comblant les vides que l'absence de notre belle amie nous mettait au cœur.

Marie avait changé. Son maquillage trop accentué cachait des traits altérés.

Nous partîmes pour la Pologne. Les camarades de la troupe faisaient l'impossible pour l'amuser, la faire rire, la distraire d'un désespoir dont j'ignorais tout. Marie s'accrochait à moi... et ne parlait pas.

En arrivant à notre première étape, première déception : nous avions des chambres sinistres, du genre prison, qui ouvraient sur des murs gris. Marie vint me supplier de partager la sienne.

« Je ne peux pas supporter tant de tristesse, me dit-elle, faisons quelque chose ! »

Je transportai ma valise et mon carton à chapeaux et nous voilà couvrant les fauteuils de nos plus jolis foulards, allumant toutes les lumières, jetant nos fourrures sur le lit afin de donner une apparence de vie à notre cellule polonaise.

A deux, les choses devenaient supportables. A la salle à manger, les repas reprenaient presque la physionomie de nos homériques souvenirs puisque nous y retrouvions le chef Memeye en dernière année de sociétariat, Robert Manuel, Jean Piat, le beau Toto, Jacques Charon, bref, *Le Bourgeois gentilhomme* au grand complet...

Le soir, le public applaudissait à tout rompre et Lulli, une fois de plus, après l'Amérique, la Russie, l'Allemagne, l'Écosse et le reste, nous berçait de ses harmonies dont nous ne pouvions nous lasser.

Après la mort de Marie, cette musique me devint odieuse, et je me mis à haïr, Casile exceptée, toutes les actrices qui jouaient Dorimène.

Le chapeau à plumes et la robe de satin gris perle portés par une autre me paraissaient sacrilèges; bien des fois, en voyant passer la traîne nacrée des remplaçantes, je devais réprimer mes larmes avant d'entrer pour éclater de rire au nez de M. Jourdain.

A Cracovie, nous mettions une sorte de rage à nous amuser, Marie pour surmonter ses angoisses, moi pour lui donner à penser qu'elle les surmontait. Nous nous faisions en nous regardant des grimaces identiques.

« Tu vois bien qu'on se ressemble », disait Marie en s'étranglant de rire.

Chaque matin, un vilain valet boutonneux faisait son entrée dans notre cellule, apportant notre petit déjeuner. Il n'entendait pas un mot de français, et, bien sûr, nous en profitions :

« Vous habitez chez vos parents? » était notre phrase de bienvenue quotidienne.

« Ja, Ja », disait la malheureuse victime, provoquant chez

les jumelles dépareillées que nous étions une sainte hilarité.

Ce manège chaque jour répété se prolongea durant toute la tournée si bien que le jour où passant les frontières, nous arrivâmes à Lausanne, le premier matin de notre réveil suisse, nous n'hésitâmes pas une seconde à lancer la question au serveur du petit déjeuner :

« Bonjour jeune homme, vous habitez chez vos parents?

– Certainement pas, mesdemoiselles, mais tout à votre service », dit-il amusé.

Les jumelles faisaient une drôle de tête...

« Oh! dis-je à Marie, quelle honte! D'aussi distinguées sociétaires que nous! Il ne nous reste qu'à rendre nos douzièmes.

– Oui, mais à qui? » dit Marie, et de nous esclaffer comme des collégiennes.

C'étaient les derniers rires de Marie... et les dernières tristesses... Soudain, au milieu de l'après-midi, elle disparaissait. Je courais dans tout Varsovie pour la trouver. Varsovie, rien que des façades derrière lesquelles béait le néant; ruines et gravats; le ciel à travers des croisées sans vitres comme des yeux ouverts sur le vide, des yeux sans paupières; des chambres sans plafonds, sans parquets et sans murs... des vies effondrées avec ces plâtres, ces poutres, ces toits soufflés par des flammes lancées d'en haut... des flammes de mort... C'était cela Varsovie, des tas de cendres masqués par des fantômes de maisons, recouvertes d'un silence épais...

Nous étions rationnés comme sous l'Occupation, nous nous rendions au restaurant avec nos tickets. Marie s'absentait physiquement, mais aussi mentalement dès que nous étions plus de deux.

Elle ne prononçait pas un mot, la tête appuyée sur ses belles mains, les yeux fixant le vide. Elle ne daignait pas partager les conversations : elle était, semblait-il, en partance déjà vers d'autres pays... d'autres absences...

Alors que nous visitions le palais du duc de Reichstadt, à Vienne – dernière ville de notre périple –, Marie se mit à pleurer silencieusement en regardant, au-dehors, le parc noyé dans la brume. Pourquoi pleurais-tu ainsi Marie? Si seulement elle avait pu parler... se délivrer de ce qui la rongeait!

Dans le train de nuit qui nous ramène à Paris, elle me dit

une chose si déchirante qu'il ne m'est pas possible de tenir, je sors dans le couloir où Jacques me recueille, tremblante; il me serre fort dans ses bras, sans un mot, pour me dire qu'il comprend. Marie, inquiète, a passé un manteau sur sa chemise de nuit et vient voir si je ne la trahis pas. Non, je n'ai rien dit à Jacques puisque je viens de promettre le secret, je n'ai rien dit à personne, Marie, je ne dirai rien... jamais. Je saurai, moi aussi, n'être qu'une façade engourdie de silence.

Les tournées s'achevaient toujours dans un murmure nostalgique. Les feux s'éteignaient à la rampe et dans nos yeux. Nos esprits surexcités cessaient de briller, et aussi les enseignes lumineuses des rues, ballerine levant la jambe, langouste faisant marcher ses pinces, ou radjah s'inclinant sur son tapis volant.

Nous nous amusions à les imiter; nous en aurons traversé des places et des rues, Robert Hirsch, Jacques Charon et moi, dansant comme des girls ou faisant le petit cheval.

Comme un rite, dans l'avion ou le train qui nous rapatriait, Robert, toujours à mes côtés, me murmurait, parodiant les grands séducteurs du cinéma :

« Dans quelques heures, mon bel amour, notre beau rêve aura pris fin. »

Il riait bien sûr. Et moi aussi, il n'y avait là que dérision, divertissement, mais tout le monde sait que, quelle que soit la plaisanterie, elle comporte toujours un petit, tout petit atome de vérité.

En tout cas, il ne me déplaisait pas de le penser, cher Arlequin!

C'était un Arlequin de Marivaux précisément que jouait Robert quand Véra Korène qui interprétait la Marquise dans *Les Sincères,* se fit serrer si fort son corset après un trop bon déjeuner, qu'elle en restitua une bonne partie sur sa robe de satin vert d'eau...

La chose heureusement eut lieu en coulisses. Le doyen, qui passait par là, demanda la cause de l'agitation qui régnait sur le plateau.

« Ce n'est rien, monsieur le doyen, dit Robert, nous jouons du Marivaux Marengo! »

Et puisque nous sommes dans Marivaux, laissez-moi vous conter cette historiette :

Jean Piat montait *Les Serments indiscrets,* avec pour interprètes principaux Claude Winter, Georges Descrières, Magali de Vandeuil. Je jouais Lisette. Au deuxième acte, une tirade d'une grande virtuosité m'occupait l'esprit.

Henri Rollan, admirable acteur, avait accepté, selon la tradition de la maison, un rôle assez peu important. J'avais la chance d'avoir une scène à jouer à ses côtés.

En coulisses, je cherchais comment dire ce texte. Henri me parlait, pour m'y aider, de Mozart, d'*allegretto,* de *pizzicati.* Je faisais mon profit de ses conseils.

Jean Piat était prodigieusement intimidé de diriger Henri Rollan, le seul professeur au conservatoire, depuis Le Roy, à préserver la diction française, la grammaire, le vocabulaire et la syntaxe.

Donc, Jean nous donne, avec sa jeunesse et la maladresse qu'un tel handicap peut comporter, les indications qu'il souhaite pour la scène que nous devons reprendre. Devant l'œil du maître Rollan, Jean se trouble, bafouille, ne trouve plus ses mots, et voici à peu près ce que cela donne :

« Voilà, dit Jean, toi, Micheline, il faut que tu sois (ici, un bruit de pneu qui éclate) ptt! ptt!, un peu plus ptt! ptt! Vous, monsieur Rollan, parfait, mais ptt! ptt! ça manque légèrement de ptt! ptt! Vous comprenez tous les deux, hein? Plus ptt! ptt! On reprend l'acte! »

Henri Rollan reprend sa place en coulisses, sur sa chaise. Je m'assieds à ses côtés, sur la mienne. Nous nous regardons en silence; et alors, avec l'impeccable articulation qui lui était propre, Henri me dit le plus sérieusement du monde :

« Ptt! ptt! Ça ne se joue pas en pétant tout de même, cette pièce-là! »

Cher Henri! Lorsqu'il dut mettre en scène la grande Arletty aux Ambassadeurs dans *Les Monstres sacrés,* il tenta de lui inculquer les règles qui lui tenaient à cœur. Au cours d'une répétition où il avait parlé trop longtemps au gré de la célèbre comédienne, elle lui dit avec son inimitable accent :

« Ne vous fatiguez pas Henri, je suis imperfectible! »

Comment serait-elle perfectible? Elle est la perfection. J'espère être capable de la dépeindre telle qu'elle est, c'est-à-dire unique. Mais c'est un peu plus tard que j'ai fait sa connaissance. Elle viendra en son temps, un peu de patience...

Les années passent, d'ailleurs. Je joue des rôles, encore des rôles. J'en compterai plus de soixante-dix en quittant le Français.

Comme je les ai aimées, ces jeunes filles tendres ou joyeuses, ces Henriette alternées de Martine, ces Nicole succédant aux Lucile, ces Silvia faisant face aux Lisette, ces Suzanne et ces Rosine.

Elles font dans mon cœur, et à « remonte-temps », une aimable farandole. En se rapprochant, voilà qu'elles perdent leurs joues rondes. La fillette brune devient femme et devient blonde, le regard qu'elle pose sur la vie est moins naïf, son rire de soubrette la conduit aux femmes de Feydeau, tandis que ses émotions d'ingénue viennent se métamorphoser en celles d'Hortense, la palpitante héroïne du *Prince travesti,* le plus beau fleuron de la couronne chargée de rôles que je porte en moi sur un coussinet.

Vous ne pensiez tout de même pas que j'allais me la coller sur la tête? Je suis grisée par mon métier, mais pas au point de perdre tout sens du ridicule!

Au bout de vingt ans, pour la première fois, j'ai choisi un rôle. Jusqu'ici, on me les avait tous donnés, je n'avais jamais eu à les réclamer. Jacques, lui, me demanda quel rôle me ferait plaisir. Je relus Marivaux et cette Hortense aussitôt me bouleversa : touchante et pleine d'esprit, prête à l'amour et bientôt écartelée entre cet amour qu'elle a pour Lélio et son amitié pour la princesse, elle me parut la plus humaine de toutes... Même Araminte, dans le chef-d'œuvre des *Fausses Confidences,* ne m'a pas donné le quart du plaisir que j'ai eu en jouant Hortense.

Jacques Charon mettait un soin particulier dans le réglage des scènes d'affrontements entre Hortense et la princesse. La princesse contre laquelle je luttais de toutes mes forces tendres, on ne pouvait la rêver plus belle, plus douce et plus cruelle que ma partenaire; le déchirement entre les deux actrices était d'autant mieux exprimé que l'amitié entre les deux femmes était rayonnante et mon entente avec Geneviève Casile des plus parfaites. Transposer ainsi sur la scène les sentiments réellement éprouvés donne toujours au théâtre un résultat émouvant... Ce fut notre cas.

Jean-Paul Roussillon était éblouissant dans Arlequin et les scènes entre Lélio-Toja, et la malheureuse Hortense, luttant contre son propre penchant, un régal... pour moi!

Ah! quelle ivresse de se sentir ainsi « aspirée » par l'attention d'un public auquel on se livre corps et âme, en retenant un peu son cœur, pour mieux jouir de sa délectation, d'en arriver à tenir ce public si fort en haleine, au milieu de l'émotion, qu'on parvient à le faire rire quand l'angoisse relâche les gorges serrées... C'était le cas pour cette phrase d'Hortense repoussant Lélio par respect pour la princesse, et dont je me souviens encore :

« Je ne vous aime point... vous ne me plaisez point. Si je savais une manière de m'expliquer plus dure, je m'en servirais pour vous punir de la douleur que je souffre à vous en faire... »

Quand on a dit ces mots-là, on se sent riche pour la vie. Bien sûr, Marivaux, c'est la petite musique de nuit, mais il ouvre si bien le cœur des femmes qu'on se demande s'il n'est pas femme lui-même, et cette musique-là, on ne peut s'en lasser.

Je ne dirai rien de mon succès personnel, je ne parlerai, si vous le voulez, que du triomphe de la soirée.

D'abord, quand le rideau se leva, au soir de la première, la salle applaudit le décor de Jacques Dupont pendant près de cinq minutes.

Ce rideau venait de découvrir, dans une lumière d'or tamisée, la salle d'un palais du XVIIIe siècle d'une somptueuse simplicité.

Un écrin présenté sur trois marches en forme d'horizontale accolade, sorte de théâtre sur le théâtre, était encadré de draperies dont la transparence saupoudrée d'or et de points d'azur laissait apparaître de fines colonnes de marbre; de légères volutes de pierre soutenaient une vasque dont s'échappait un désordre fleuri de roses. La tapisserie du fond semblait vraie à force d'être bien peinte; le sol décoré, ciré, luisant, reflétait les silhouettes des personnages.

Nous vivions notre histoire dans un éclairage d'automne nimbé de rose tendre, si diffus qu'il n'était pas difficile de s'y sentir prête à exprimer tous les troubles de la passion. Entre autres robes, plus raffinées les unes que les autres, Jacques Dupont avait créé pour Hortense une robe ornée de dentelles vieil or sur satin d'or pâle, réplique exacte de celle portée sur un tableau célèbre par Mme de Pompadour...

Je ne suis jamais entrée en scène dans cette robe d'ambre

clair sans entendre les murmures émerveillés des spectateurs.

Satisfaction futile, allez-vous dire? Vanité de cabotine? Non pas. Mais il existe un plaisir exquis, quand on est femme, de marcher à petits pas silencieux dans les plis infinis d'une robe de soie, la taille bien prise, la gorge palpitante émergeant d'un corsage de satin, le cou enserré d'une fraise de dentelle qui met en valeur une petite tête auréolée de frisons. Je me sentais heureuse, soulevée d'émotion, presque jolie. Pourtant la présence de Geneviève aurait eu de quoi m'inquiéter, mais elle sut si gentiment ne pas m'imposer sa beauté, acceptant même d'être brune afin de créer entre nous un plus violent contraste, que je ne m'en sentis jamais opprimée.

Il faut dire que sa perruque la rendait plus belle encore. Elle était princesse de la nuit : noire et bleue, me laissant le privilège de représenter la blondeur du jour...

Jacques, mon ami, ne me faisait jamais de compliments, moins qu'aux autres. J'étais toujours sa petite élève. Le soir de la première, il m'embrassa et dit :

« Tu l'auras, va, ton premier accessit! »

J'avais compris qu'il était content. En refusant de flatter mon orgueil, il me rendait à la pureté de mon métier de comédienne, et m'évitait de céder aux encensements superficiels, aux séductions dangereuses qui entament la plupart des actrices.

Le lendemain, je recevais trois douzaines de roses roses d'Elvire Popesco, avec ces mots : « A la plus grande. »

Ah! tant pis, je l'ai dit, tant pis pour nos conventions, tant pis pour l'orgueil, tant pis pour le cabotinage! Ce sont tout de même des choses qui vous font de l'effet! Je ne suis pas de bois, après tout! Et il faut croire que je ne suis pas si obscure qu'il y paraît puisque vous êtes en train de lire cette histoire!...

Cette chère Hortense me donna bien des joies. Le général de Gaulle lui-même fit choix du *Prince travesti* pour nous amener un soir un beau roi noir dont le nom m'échappe... En revanche, grande fut ma surprise de constater que mon nom n'échappait pas au Général.

En effet, à l'entracte, le président de Gaulle fit son entrée au foyer des artistes en compagnie de Louis Joxe et de Jacques Chaban-Delmas. Maurice Escande était en retard, personne pour faire les présentations. Le Général les fit lui-même avec le plus grand naturel.

« Mme Micheline Boudet. »

Ici, félicitations du général blanc et du roi noir. Je reçus des mains du souverain une croix d'honneur bleue. Je l'acceptai avec joie, du moment que ce n'était pas le ruban rouge! Demander la Légion d'honneur m'a toujours paru risible et cette distinction, pour notre métier d'amuseur, parfaitement déplacée. Aussi, je m'honore de n'en être pas honorée. Je me moque des décorations comme de mon premier chausson de danse!

Le général de Gaulle rentrait de son voyage en Union soviétique. Après qu'il m'eut fait d'aimables compliments, Louis Joxe lui dit :

« Mon général, savez-vous que Micheline Boudet a été parmi les premiers comédiens français qui ont passé le rideau de fer?

– C'est un pays intéressant, ajouta le Général. – Il prit un temps... – Surtout les ballets! Tout n'est pas parfait chez eux, mais les ballets!... »

Nous nous amusions franchement. Chaban-charmeur se voyait bien en costume du XVIIIe siècle, faisant la cour à Hortense; Louis Joxe aussi. Plaisantant tous les deux, ils se jetèrent aux pieds de mon pli Watteau, la coupe de champagne à la main, s'écriant avec galanterie qu'ils s'embarqueraient volontiers pour Cythère.

Voilà une photo que j'aimerais bien récupérer, mais j'ignore dans quelles archives elle se trouve aujourd'hui.

Jacques Charon, notre metteur en scène, était présent. « J'aime bien de Gaulle, tu sais, me dit-il à l'oreille, c'est la seule personne qui m'appelle maître! »

13

Peu de temps après la mort de son Paul, ma grand-mère Virginie partit le rejoindre. Virginie sans Paul, cela n'eût pas été possible.

« Heureusement qu'il est mort le premier, disait-elle, qu'est-ce qu'il serait devenu sans moi? »

Pourtant, c'était elle qui se sentait perdue sans lui. Maman put se rendre à Metz afin d'y recueillir le dernier douloureux soupir de cette mère maladroite qui avait dû l'aimer, mais n'avait pas su le lui montrer.

Je restai à Paris. Alain avait un peu plus de huit ans. Je pleurai beaucoup.

« Maman, me dit-il, en m'embrassant, je veux que jamais tu meures. »

Mon médecin et ami Michel Fouquet m'appela; il savait combien j'étais triste.

« Viens boire un verre à la maison, tu es à deux pas, dit-il, ça te changera les idées. »

Accompagnée d'Alain, j'arrive boulevard Malesherbes, j'entre au salon, la famille est au grand complet : le docteur, Édith sa femme, retour du tennis, en pantalon blanc, ravissante, les deux filles Laurence et Pascale, Emmanuel le garçon.

Un intime est là qui bavarde avec eux, un homme grand, des yeux bleus un peu tristes, une bouche bien dessinée dont la volupté un rien trop apparente est corrigée par le menton volontaire et l'aspect romain du nez. Il est large d'épaules et je suis frappée par sa tenue, la beauté de son dos, un dos droit comme on n'en voit plus guère à notre époque où les conducteurs de machine ont, pour la plupart, l'épine dorsale avachie.

Il a la pâleur des gens émotifs, il parle peu, sans articuler, en se débarrassant des mots le plus vite qu'il lui est possible.

Alain, avec la prompte familiarité des enfants, s'en fait immédiatement un camarade de jeu ; il se fait envoyer au plafond par ce débonnaire colosse, le tutoie, l'appelle par son prénom.

« Dis donc Robert... »

Je le connais, Robert Petit. Je l'ai vu autrefois quand il administrait les Ballets de Paris dirigés par son homonyme Roland Petit, le jeune danseur de mes étés d'enfant. Robert recevait au contrôle les soirs de générale. Je lui trouvais l'air sévère, le smoking impeccable, une belle gueule.

« Il paraît que vous êtes triste, me dit-il avec un gentil sourire. Voulez-vous que je vous sorte un soir ? Justement, je ne suis pas gai non plus. Qu'est-ce qu'on pourrait aller voir ? »

Notre choix tomba sur *Pacifico,* je mourais d'envie de voir Bourvil en scène, lui aussi. Nous prîmes date.

Je sortis de chez les Fouquet un peu moins morose que je n'y étais entrée. En me retrouvant sur le trottoir avec mon fils, sa petite main dans la mienne, sans parler, je fus surprise d'entendre une voix fraîche me dire :

« Maman, il me plairait bien comme copain, ce type. »

Moi aussi, il me plaisait bien, comme copain.

Notre première soirée fut très réussie. Je n'oublierai jamais Bourvil prenant la place du chef dans la fosse et dirigeant l'orchestre ; sa simplicité le rendait émouvant, on le prenait pour un vieil ami très proche.

Robert s'amusait beaucoup. Nous sommes allés souper. Il commença à me raconter sa vie ; j'eus droit à la totalité de son histoire en divers lieux et plusieurs épisodes, dans le bois de Meudon ou celui de Boulogne, au Panthéon, dans les musées, les restaurants. Nous parcourions Paris, ses jardins, ses monuments ; nos propos, nos échanges restaient amicaux et Robert, que j'avais cru muet, Robert le timide, le réservé, le pudique, Robert le taciturne, parlait, parlait, parlait.

Il me racontait comment, sorti d'une école de menuiserie, il avait fait des stages dans plusieurs théâtres et s'était retrouvé à dix-huit ans chef de plateau, puis constructeur de décors, et un peu plus tard, administrateur des Ballets de Paris.

« On s'est adressé à moi parce que j'avais un physique, disait-il modestement, et parce que je ne m'habillais pas mal. A quinze ans, j'avais vu mon frère vêtu de neuf des pieds à la tête par les soins de sa marraine, veste pied de poule et pantalon de golf. J'en étais resté si frappé que je me mis à travailler trois fois plus, dans le but de m'acheter, moi aussi, mon beau costume; à chacun son idéal! Moi, c'était le linge fin, le drap bien coupé. Malheureusement, mon goût était encore indécis. Nous partions pour Vienne avec les Ballets. En tant qu'administrateur de la troupe (c'est moi qui ai signé à Geneviève Casile son premier contrat de danseuse) j'étais invité à l'ambassade de France. Je portais des chaussures de lézard crème. En arrivant dans les salons, je sentis que mes pieds attiraient l'attention, mais pas exactement celle que j'aurais souhaitée : en un clin d'œil, j'avais vu que tous les hommes présents étaient chaussés de noir. J'avais compris.

« Dès le lendemain, je me débarrassai du lézard et m'achetai du box anthracite.

« J'avais donc dix-huit ans et je devais imposer mon autorité, au Burg Theater de Vienne, à des techniciens chevronnés qui me regardèrent d'abord d'un air ironique. Mais j'avais une telle puissance de travail (il m'arrivait de passer trois nuits consécutives sans dormir pour monter les décors) que les hommes finirent tous par me faire confiance.

– Vous ne me parlez pas de vos conquêtes, lui dis-je, un peu moqueuse.

– Ah non! parce que ça, ça ne regarde personne.

– Pourtant, vous en avez eu, et des femmes belles, et célèbres par-dessus le marché.

– Oui, oui... Tout ça ne veut pas dire grand-chose. Je ne parlais pas, cela leur semblait mystérieux. Aussi, pour élucider le mystère, s'approchaient-elles de moi. Elles étaient séduisantes. Comment ne me serais-je pas laissé tenter? Elles repartaient quand elles avaient compris qu'elles ne me comprendraient jamais.

– Oh là là, beau, mystérieux et secret... en voilà de la vanité, Robert!

– Pas du tout... Je suis un compliqué très simple, qui veut avoir la paix. Je n'étais pas fait sans doute pour la vie hollywoodienne et artificielle dans laquelle je me suis trouvé entraîné. »

Bien sûr, quand, à vingt ans, on a une maison louée à Hollywood, une servante noire qui arrive cigare au bec dans sa voiture blanche pour s'occuper de votre ménage... quand on a son bureau à la M.G.M., qu'on discute les contrats de Zizi Jeanmaire, qu'on a vu tourner Marilyn, discuté avec Orson Welles, produit à Paris la première pièce de Renoir, *Orvet,* où l'on a englouti le peu d'argent qui vous restait... Quand on a vécu trois semaines de vacances dans une maisonnette aux U.S.A., seul sur la plage, n'ayant que trois pas à faire pour plonger dans la mer... et pêcher du poisson toute la journée, quand on a pu apprécier Fred Astaire tournant avec Leslie Caron *Daddy Long Legs;* quand on a connu les *parties* où étaient réunies toutes les stars d'Amérique... et le succès que peut avoir un jeune garçon blond bronzé comme du pain d'épice...

« Oui, je comprends, plus rien ne peut vous épater! » lui dis-je.

Il sourit, me regarda de côté :

« Ben! Une sociétaire de la Comédie-Française, peut-être! »

Je ricanai sottement sans rien trouver à répondre. Que voulait-il dire? Voilà que stupidement, mon cœur se mettait à danser... Ah non! je n'allais pas, moi aussi, tomber dans les bras du beau blond. Je n'allais pas, moi aussi, tenter de déchiffrer l'incompréhensible.

Je rentrai chez moi, chez maman, légèrement troublée. Le lendemain nous eûmes, Robert et moi, un long coup de téléphone à propos de tout, du théâtre, du métier, de notre prochain rendez-vous. Rien de tendre ou d'équivoque dans nos propos. J'étais rassurée, je n'avais pas envie d'une aventure, mais je me sentais bien avec Robert, j'avais besoin de son amitié. Maman commençait à rager. J'avais beau être divorcée et déjà mère, elle me demandait des comptes comme à une gamine et ne « tolérait pas » ces interminables conversations téléphoniques.

« Tu me manques de respect », disait-elle.

J'avais trente-quatre ans! Elle me torturait. Ne pouvais-je, au milieu de mon travail, des préoccupations de l'éducation d'Alain, de celles de ma maison, avoir un petit moment de détente avec cet homme qui ne me demandait rien, dont l'humour m'amusait, qui me faisait découvrir le vin de Bordeaux, les restaurants fins et la peinture abstraite, cet homme dont la conversation et les vues sur le monde n'étaient jamais empreintes de banalité ?

Robert, force et calme, représentait la présence masculine, qui m'avait manqué depuis ma petite enfance.

Et maman ne supportait pas la présence d'un mâle auprès de moi, fût-il un simple camarade. Elle n'avait jamais pu... Amour ou amitié, elle voulait avoir l'exclusivité de ma personne.

Ma vie devint douloureuse. Maman accabla Robert des plus monstrueux défauts, m'intima l'ordre de cesser de le voir, m'insulta, fit semblant de s'empoisonner, bref m'empoisonna si bien moi-même que, par besoin de consolation, je tombai, éperdue d'angoisse, dans les bras forts de mon ami. Il ne les rouvrit pas... J'y suis encore...

Pauvre maman qui me précipita dans les bras de l'amour pour avoir voulu m'en écarter. Je me rends compte maintenant qu'elle a dû souffrir, que cette lutte contre l'inéluctable a dû la briser... Je me sentais coupable à chaque sortie, revenant à la maison, le cœur serré, sachant qu'elle comptait les heures en attendant mon retour, et restait éveillée, droite dans son lit, comme une statue de reproche. Combien de fois ai-je refusé un dernier verre à Robert, une scéance de cinéma, une flânerie à pied dans un soir d'été pour être plus tôt à la maison, pour ne pas voir le visage désespéré de maman, ses pleurs de petite fille à qui on dérobe sa poupée préférée !

Février 1978. Quand on doit chaque soir quitter la zone d'ombre des coulisses pour entrer dans la lumière de son autre vie et mettre à nu ses propres sentiments à l'aide des paroles d'un auteur, la courte portion de temps où l'on s'arrache à soi-même pour devenir sans transition « celle » qu'on doit représenter est le point culminant d'une panique qui vous a gagné lentement, insidieusement, depuis quatre heures de l'après-midi...

A partir de cette heure-là, tout s'arrête pour moi, et la peur de Tout s'installe : peur d'avoir la migraine, peur de marcher, peur de manger, peur d'avoir mal au foie, peur de m'énerver, peur d'être molle, peur du froid, peur du chaud.

Je m'allonge sur mon lit pour me calmer dans l'attente d'un repos qui me permettra de récupérer mes forces... et je reste là, les yeux fermés, à l'écoute de moi-même, persuadée que je ne sais plus mon texte, que je vais peut-être m'évanouir, qu'il n'y aura pas beaucoup de monde dans la salle, que le public ne veut plus de moi, que je suis une actrice nulle, qu'il y a sûrement autre chose à faire dans la vie que des grimaces devant ses semblables, que c'est anormal d'être ainsi happée par des tas de mains qui vous tordent l'estomac ! Qu'est-ce que tout cela ?

Tout cela n'est rien, rien que le trac quotidien, l'inquiétude de chaque jour sur laquelle nous devons remporter la victoire.

A chacune des minutes qui précèdent l' « office », je continue à me demander pour quelles raisons confuses j'en suis venue à m'exhiber ainsi, sans pudeur, devant des étrangers qui devront m'être devenus familiers lorsque, leur ayant tout dit, je les saluerai au baisser du rideau.

Où puise-t-on le courage de s'extraire de chez soi, de son manteau de tendresse, de sa vie de famille, pour se retrouver dans une rue noire, croisant des ombres hostiles, des regards fixés sur la ligne bleue de l'autobus, des pas pressés, des frôlements inutiles et des bavardages vides de sens ?

Au milieu de ce bougi-bougea anonyme, je refais mentalement le « parcours » de mon rôle... du rôle dans lequel j'entrerai tout à l'heure en même temps que dans la robe blanche qui « débute » la pièce.

Moi aussi, je vais débuter comme d'habitude, en me maquillant; je sirote mon infusion de thym, une manie qui en vaut bien une autre, celle des tranquillisants ou du scotch dopant par exemple. Je commence à me rassurer. Arrivée dans ma loge plus d'une heure avant le spectacle, je me laisse imprégner de l'odeur des murs, du fond de teint, du Jicky de Guerlain dont je m'asperge avant de descendre sur le plateau... et je commence à descendre en moi-même. Les camarades viennent me dire bonsoir, je leur parle un peu mais je ne suis déjà plus qu'à moitié avec eux, ma vraie moitié du soir, celle qui va respirer, rire, pleurer à ma place est avec « elle ». Mon cœur gonflé d'une sourde joie sent monter l'espoir. Tout va être beau, j'en suis sûre, je n'ai pas mal à la tête ni à l'estomac, il y aura beaucoup de monde dans la salle, ils vont m'aimer, m'applaudir, m'écouter. Le rideau se lève... C'est à moi! Tout de suite après le sale petit moment d'ombre, j'entre dans le soleil... et je donne chacune de mes respirations, chacun de mes regards, toutes les petites minutes de vie que j'ai accumulées dans la journée et que je projette « pour eux », pour moi aussi. Je m'accomplis en m'oubliant, je n'oublie pas qu'ils sont là, je joue à les amuser... à les émouvoir. Ah! comme je les aime.

Comme je les aime en jouant *Acapulco* à Casablanca en ce début de l'an 78, dans les ultimes moments de notre tournée. C'est ici que Nat, l'héroïne de la pièce, vit ses dernières minutes et que je recueille pour elle les enthousiasmes de ceux que la pièce a charmés. Un sentiment de soulagement se mêle à celui du regret. Quitter les camarades avec lesquels on vit depuis quatre mois fait partie des regrets. Savoir qu'on est au bout de sa peine et qu'on va retrouver Paris est un immense soulagement.

Parmi les regrets, il y a aussi celui d'avoir vu la Tunisie et le Maroc sous un ciel morose. Entre deux villes et trois ondées, j'ai pu apercevoir une forêt d'eucalyptus, des mimosas géants, quelques ânons dans la campagne, et j'ai pu en vitesse courir jusqu'à la Médina de Casa pour rapporter à ma fille une djellabah rose brodée d'or comme un conte de fées.

Je suis rentrée à l'hôtel, fatiguée, les pieds gonflés. Il est quatre heures de l'après-midi, je dois m'allonger avant la représentation. Demain matin, réveil à sept heures, la nuit sera courte et l'avion n'attend pas.

Nous atterrissons à Orly un dimanche qui vous met du froid partout, au revoir Philippe, au revoir Henri, Marie, Jaime, les amis... oui, oui, on se retrouvera, on s'appelle... à bientôt... c'est fini... Mon ami Christian vient me chercher : Christian Plantu, c'est ce qui m'est resté d'une pièce que j'ai jouée il y a trois ans : un fils fictif qui est devenu mon frère, il a toujours du temps pour l'aéroport, pour taper mes textes, pour venir fureter à la cuisine à l'heure du dîner, pour rire avec nous.

Quand j'arrive à la maison, je trouve, selon une tradition à laquelle on ne faillit jamais chez moi, un bon feu de bois craquant qui embaume, des fleurs dans chaque pièce, des roses roses dans la chambre, mes préférées, et une bouteille de champ' pour fêter ma rentrée au bercail. On s'embrasse, on s'assied dans le salon blanc, on se vautre sur les canapés bleus devant la cheminée de pierre léchée par la flambée brûlante, en sirotant le champagne frais dans le cristal fin. Mon cœur se dilate. Je savoure à plein ces instants suspendus au-dessus de l'éternité.

Mes enfants sont là, Alain et Marie. Robert rapporte des bûches de la caloujette, ça va pouvoir crépiter toute la soirée. Alors je me dis que beaucoup de comédiennes ont peut-être plus de gloire que moi mais qu'il y en a peu qui ont autant de bonheur.

Le camélia est couvert de boutons, le chèvrefeuille se réveille, les pointes rouges des pivoines apparaissent, la pelouse reverdit. Qu'il va faire bon dans mon jardin après toutes ces fatigues ! – Vite mon râteau, mon plantoir, ma tondeuse, enfin du repos !

14

Au Théâtre-Français, au fil des rôles et des années, j'ai vu six administrateurs se succéder.

André Obey, auteur dramatique, homme charmant, toujours inquiet, qui ne fit chez nous qu'un court séjour. Pierre-Aimé Touchard qui fit briller Meyer, soutint les jeunes turcs, m'offrit *La Double Inconstance* et mes premiers douzièmes. Pierre Descaves qui nous accompagna en Russie et aux Amériques. Maurice Escande qui m'accorda la part entière. Enfin Pierre Dux, à qui je donnai ma démission après vingt-cinq ans de bons et loyaux services.

Pardon, j'en ai « passé » un; il est vrai que nous eûmes à peine le temps de l'apercevoir. Il s'agit de M. Bréard de Boisanger, ex-ambassadeur de France en Pologne, propulsé dans nos augustes murs par les soins d'André Malraux; il y fit un passage particulièrement fugace : trois mois pour n'y rien comprendre, juste le temps d'être incompris lui-même, et de faire au même André Malraux un procès en Conseil d'État qu'il n'eut aucune peine à gagner.

Il eut malgré tout l'occasion d'accompagner la troupe du Français à Munich pour y assister à la représentation des *Femmes savantes*. Je jouais ma chère Henriette, Lise était Philaminte, Denise Gence Bélise, Hélène Perdrière Armande.

Lise Delamare et Hélène Perdrière partageaient la même loge en raison de l'exiguïté des coulisses. A la fin du spectacle, l'administrateur Boisanger retint une minute Lise-Philaminte dans le couloir :

« Mademoiselle Delamare, je voudrais dire à Hélène

Perdrière qu'on ne l'entend pas. Elle devrait parler plus fort. Comment dois-je m'y prendre?

– C'est très simple, dit Lise après un instant d'embarras. Je vais attendre devant la porte de la loge, vous n'aurez qu'à entrer pour lui faire part de vos remarques et, quand je vous verrai sortir, je regagnerai ma coiffeuse. Ainsi personne ne sera gêné. »

M. de Boisanger fit ce qu'on lui recommandait, il entra, resta dix minutes et ressortit, saluant Philaminte qui rentra à son tour. Hélène-Armande se démaquillait méticuleusement; en étalant la crème sur son joli visage, elle entama la conversation avec Lise :

« Il est charmant, cet administrateur, dit-elle, charmant... »

Puis après un temps bien mesuré, elle lança :

« Il n'est pas un peu sourd? »

Je ne sais pas si M. de Boisanger était sourd, mais il devait avoir la vue légèrement défaillante pour n'avoir pu discerner combien le métier d'ambassadeur est aisé en regard de celui qui consiste à conduire les étranges animaux que sont les comédiens!...

Tandis que M. de Boisanger tentait de prendre les rênes du Français, Jean Meyer lâchait les siennes, et pour manifester sa colère contre les nouveaux statuts proposés par Malraux, donna une démission que nous fûmes tous surpris de voir acceptée. Il tenta de nous emmener avec lui. Hélas, nous n'avions pas « nos vingt ans » de présence et nos contrats nous obligeaient à les respecter. Aucun ministre ne nous ouvrit la porte comme à nos illustres prédécesseurs en 1946... Memeye partit seul.

Tout le monde était désemparé sans le chef, surtout ceux qui, comme moi, s'étaient voués à lui. Marie Sabouret était perdue de tristesse. Elle avait joué sous sa direction de beaux rôles, elle craignait naïvement de n'être plus distribuée. Au mois de juin, dans ma loge, elle m'exposa ses angoisses. Je la rassurai de mon mieux :

« Passe de bonnes vacances, ma chérie, nous verrons en septembre, le talent peut faire front à toutes les vicissitudes. On dit qu'Escande, peut-être, arrangerait les choses. Il est habile, tu le sais. La Comédie-Française a résisté à des événements plus terribles. »

Tu étais pâle ce jour-là, Marie, dans ta petite robe noire,

dramatiquement belle; je ne savais plus que te dire, je n'étais pas très allègre moi-même ni très optimiste, et tu étais trop fine pour ne pas le sentir au tréfonds de toi.

Debout dans ma loge, ta main d'algue soutenant ton cœur, tu avais cessé de parler, je retenais sans le savoir ta dernière image...

A la fin de juillet, Jacques Charon m'a appelée pour m'annoncer ta mort.

O Marie, pourquoi? Toutes ces années que nous aurions pu vivre encore, nos folies, nos papotages, nos propos sur le théâtre... Dans le silence de ma chambre, aujourd'hui encore, je peux entendre exactement les inflexions de ta voix douce qui pointait brusquement sur la fin des phrases que le rire faisait tinter... Je ne suis ni croyante ni fétichiste, mais je crois en toi, Marie, je dialogue avec toi depuis dix-huit années. Tu me conseilles, tu m'aides.

« Il me faudrait quelqu'un comme moi », disais-tu quand je ne trouvais pas les moyens de remonter ton moral défaillant. Toi, c'est vrai, tu trouvais toujours... et tu accourais... quand c'était moi qui « craquais » au téléphone.

Je reconstruis de façon concrète le moindre de tes gestes, à force d'une mémoire forgée par la tendresse, par le désir intact de ne pas oublier, de ne pas t'oublier. Tu vis auprès de moi et je t'en remercie, toi qui m'as appris le courage, les efforts permanents et même l'indulgence.

Quand nous parlions un jour maternité, tu m'avais dit :

« Si tu as une fille, je serai marraine...

– D'accord, avais-je répondu, elle s'appellera Marie. »

Le destin écoutait à la porte ce jour-là. La petite fille est née quelques années plus tard... elle s'appelle Marie.

Cette année-là, après m'avoir présentée officiellement à ses parents et à ses sœurs Monique et Nicole, mon John Wayne personnel entreprit de me faire entrer avec discrétion dans le quatuor en cercle fermé qu'il formait avec ses amis : Jean-Pierre Grédy préparait *Fleur de cactus,* Christine de Rivoyre n'avait pas encore fait naître *Boy,* mais déjà *La Mandarine* et *Le Petit Matin,* enfin Tonia Leguellec, kinésithérapeute de luxe, remettait du bout de ses pieds malins les corps les plus tordus.

La première rencontre eut lieu dans un restaurant de La Villette... Les copains faisaient par-dessus moi, selon leur habitude, une brillante partie de quatre coins à coups de souvenirs et de confidences.

De temps à autre, on se tournait vers moi, j'arrivais à insérer une vague anecdote entre les girolles et le filet béarnaise, on riait gentiment par politesse, et deux minutes après, je replongeais dans l'ombre.

Entre la poire et le fromage, Christine prit la grosse pattoche de son « Robi », la droite, dans la sienne; Tonia se saisit de la patte gauche et les voilà toutes deux accablant « leur » grand Nounours de tendresse. Je percevais nettement que je ne pouvais rivaliser avec ces dames et qu'il valait mieux que je ne fasse pas de vagues.

Pourtant celle qui faillit m'engloutir à tout jamais dans son écume atlantique n'était ni discrète ni légère, et me fit mal commencer mes vacances avec les quatre mousquetaires.

Christine avait loué à Contis, près de Bordeaux, non loin de la maison où vivait sa mère au creux de la forêt landaise, une villa proche de l'océan, et nous avait conviés, Robert et moi, à l'y rejoindre pour deux semaines en compagnie de ses complices.

Robert, au cours du printemps, avait repris son premier métier, ses rabots, ses équerres et ses varlopes et commençait à construire ses décors.

Tout marchait bien et, un matin de juillet, nous partîmes dans sa petite décapotable sur la route des Landes.

J'avais un trac fou. Un dîner, passe encore, on peut faire illusion, mais quinze jours! Il fallait à tout prix que je réussisse mon examen de passage, car plaire aux amis de Robert, c'était plaire à Robert.

J'étais allée la veille chez Carita me livrer aux mains expertes de mon ami Xavier qui m'avait fait la coiffure adéquate de l'actrice-encore-jeune-et-très-distinguée-qui-part-en-villégiature-chez-des-amis-charmants... une coiffure exquise, cheveux lisses, frange balayée, œil de biche.

Nous arrivâmes assez tôt dans l'après-midi, et, à peine installés, nous fûmes entraînés par Christine jusqu'à la plage.

L'examen général de mon anatomie ayant paru satisfaisant

au petit consortium, je passai, avec une dignité pleine de grâce, en maillot noir moulant, la frange mousseuse des vagues, prenant soin de celle de ma chevelure « finement ouvragée »... Les vagues dans ce pays sont violentes et traîtresses : en moins de temps qu'il n'en fallut pour la première brasse, tout fut balayé : la frange, le maquillage, et ma dignité pleine de grâce. Je fus roulée trois fois sur moi-même dans la mer en furie qui m'entrait par les oreilles et par le nez. J'en avalais des litres en toussant, crachant, suffoquant, persuadée que ma dernière heure était arrivée.

Inutile de dire qu'en sortant de l'onde, je n'avais rien d'une Vénus et tout d'une femme saoule dans la tempête : les cheveux plaqués au visage faisaient ruisseler sur mes joues des torrents de larmes noires; j'ouvrais la bouche comme une carpe, j'écartais les bras et les jambes pour retrouver mon équilibre... gardant les yeux fermés, collés, brûlés par l'eau de mer et le cosmétique qui me faisait les paupières auréolées de suie comme celles de la Folle de Chaillot.

Sur le rivage de sable, les mousquetaires se tenaient les côtes. Aucun doute, je venais de louper la première partie de mon examen. Je pris la chose en riant. Le moyen de faire autrement? Je n'allais pas dramatiser...

Robert, en me tendant une serviette, me tendit ma bouée de secours.

« De quoi ai-je l'air? dit-il, tu me ridiculises. Nous rentrons demain! »

Il savait ce qu'il faisait : c'était bien dans sa manière, à mon tendre bourru, de sembler m'attaquer pour créer l'indignation chez l'adversaire, faisant du même coup naître sa sympathie. Aussitôt le vent tourna en ma faveur.

« Salaud, dit Jean-Pierre, tu n'as pas besoin de ça pour être ridicule! Viens, Micheline, on va faire une grande marche, tu sécheras au soleil... »

Ce tutoiement soudain sécha mes larmes de mer et je commençai avec Jean-Pierre les premiers kilomètres-à-refaire-le-monde que nous avalâmes quotidiennement jusqu'à la fin des vacances.

Il faut dire qu'avec les nourritures plus que terrestres que nous avalions à l'heure des repas, les kilomètres n'étaient pas superflus pour éliminer les kilos qui eux l'étaient.

Des dîners à enchanter les palais les plus exigeants. C'est bien simple : en dehors des délices de la conversation, nous ne pensions qu'à la bouffe. Les heures se divisaient en deux parties bien précises, celles d'avant bouffer et celles d'après bouffer.

Nous commencions la journée par des confits d'oie persillés et nous la terminions à la tombée de la nuit, soit aux foies frais des landes mijotés dans le raisin, soit au rôti de marcassin rougi d'airelles, soit aux écrevisses qui me battaient à la nage. Pour le goûter de quatre heures nous prenions du chocolat.

J'étais en train, à grands coups de fourchette, de gagner ma deuxième mi-temps, ce qui ne m'empêchait pas de trembler secrètement à l'idée de toutes les privations qui m'attendaient si je voulais entrer dans mon corset!

Tant pis, il fallait opter pour les amis ou pour le répertoire; mon objectif étant de retenir mon Verseau de choc pour qui l'amitié était le bien le plus précieux, j'oubliai mon tour de taille pour ne plus penser qu'à mes papilles.

Toutes joies gastronomiques mises à part, les parties de quatre coins verbales de nos héros étaient plutôt divertissantes et je m'amusais beaucoup. J'admirais l'intelligence incisive de Christine, petite reine du groupe, *pasionaria* aux yeux ardents; à coups de dents et de pattes de velours elle envoyait et renvoyait la balle à son ami Jean-Pierre qui la rattrapait avec un humour souvent sarcastique, parfois rabelaisien mais toujours percutant.

Tania aussi était passionnée. A l'époque ses élans la portaient vers le général de Gaulle; elle faisait du grand homme des descriptions enthousiastes rendues plus savoureuses encore par le charme de son léger zozotement.

« Ze le trouve fenfafionnel le zénéral! s'écriait-elle. D'ailleurs, ze lui écris... et quand ze passe devant l'Élysée, ze lui envoie des baifers. Il est fi féduisant.

– Tout de même, répliquait Jean-Pierre, tu ne vas pas me dire que physiquement... Sur le plan de l'amour, par exemple, tu crois que...

– Un homme comme fa, répliquait Tania péremptoire, ne peut être que complet!

– Trêve de plaisanterie, dit Robert en avalant son dernier verre de tronquoy-lalande, qu'est-ce qu'on fait avant bouffer?

– Un grand tour sur la plage, dit Christine, et demain, Bayonne. Il y a un *mano a mano* qui risque d'être passionnant : Paco Camino-Puerta. Maman vient avec nous si vous n'y voyez pas d'inconvénient. »

Nous n'en voyions aucun. Madame mère était distinguée, fine, charmante, et d'agréable compagnie. Quand la voiture s'arrêta devant chez elle ce samedi-là, nous la vîmes sortir, toute de mauve vêtue, chapeau et cheveux compris ; le tout pomponné, repassé, impeccable.

Le cortège s'élança vers la frontière espagnole. Sur la route jalonnée de nombreux calvaires, je voyais Maman de Rivoyre esquisser des gestes répétés et furtifs.

« Arrêtez, maman, je vous en prie, vous vous signez partout. Je vous ai même surprise un jour faisant le signe de croix devant une pompe à essence », s'écria Christine.

Fou rire général, y compris Madame Mère qui avait le sens de l'humour.

Puerta avait été blessé la veille. Paco Camino « fit » les six toros à lui tout seul. Sublime... Pas une bête ne fut abordée par le jeune torero de la même façon ; selon la personnalité de son adversaire, il calculait ou s'élançait différemment avec un art totalement dominé.

Ce samedi rempli de lumière et de sang, Mme de Rivoyre avait perdu sa réserve et sa discrétion, elle criait « olé » en cadence, manifestait furieusement et brandissait son ombrelle mauve en véritable *aficionado*. Christine se déchaînait comme sa mère et je ne fus pas longue à suivre, conquise par le tour de force de Camino... suprématie de l'homme sur la bête furieuse.

Robert avait eu du mal à démarrer... Pâle et crispé, il était au début de la course résolument pour le taureau et ne commença à se passionner qu'à la troisième bête.

Christine était contente de m'avoir entraînée dans le sillage de son enthousiasme, Tania zozotait avec vigueur, Jean-Pierre me prenait par le bras... Ouf, ça y était, je crois que j'étais reçue à l'unanimité !

« Bravo, me dit Robert en rentrant à Paris, tu as bien passé ton bac ! »

Avril 1978. Voilà les premiers bourgeons... la vie qui remonte de la terre avec le feu d'artifice rosé des cerisiers du Japon, le parfum des premières jacinthes; les camélias naissent à chaque branche de l'arbuste verni, tous, plus que blanc sauf une seule fleur rose indien qui vient rompre avec effronterie la sagesse de ses frères. La température est douce, cet après-midi, j'écris dans mon lit, fenêtre ouverte sur cytise et acacia, l'âme couleur de lilas...

Hier nous sommes allés jusqu'au Salon des indépendants. Marie, ma fille, nous prévient avant d'entrer :

« Si c'est pour voir des Picasso, je veux bien; mais si c'est pour voir de la crotte, je n'entre pas! »

Neuf ans, à peine! Mais où sont les enfants d'antan? A cet âge-là, Alain me disait tendrement au pied de mon lit :

« Maman, repose-toi... Dis, tu les fermes tes beaux yeux en chocolat? »

Il est vrai que la petite murmure en nous regardant, Robert et moi :

« Maman, on est bien toutes les deux quand on est tous les trois. »

Ah! les enfants et les fleurs! Avec ces espoirs qui poussent, comme on se passerait des vanités du théâtre... et de ses cruautés.

« Vous comprenez, m'a dit ce matin un charmant directeur parisien, vous n'êtes pas une vedette. »

Fichtre, j'espère bien! Si j'étais une vedette, je transporterais des passagers sur la Seine. J'aime autant transporter des spectateurs sur la scène. Et si je ne transporte plus personne, je me transporterai, moi, vers des toiles de fond moins empoussiérées, vers des planches moins pourries, vers des lumières plus naturelles!

Pour que mon entrée dans la vie de Robert Petit prît toute son importance, il me restait à faire la connaissance d'Arletty.

Elle jouait à ce moment-là une pièce de Félicien Marceau : *L'Étouffe-chrétien,* sorte de pastiche de la vie de Néron qu'interprétait Francis Blanche. Arletty était Agrippine, mélange de grandeur et d'humour populaire, elle parcourait la scène de son pas chaloupé, ondulant jusqu'à ses superbes épaules.

C'était la mère la plus parisienne des empereurs romains.

Nous arrivâmes dans sa loge à contre-jour.

« Ah! Robert! Comment va Robert?... »

Puis se tournant vers moi dans la pénombre du couloir :

« C'est votre petite sœur? dit-elle.

– Non, répondit Robert, ce serait plutôt ma petite amie!

– Ah! qu'il est drôle! »

Le rire d'Arletty... quelque chose entre le cristal qui se brise et le chant du moineau de Paris, roucoulement suspendu dans les airs, irrésistible, qui vous attrape, ne vous lâche pas et vous force à faire chorus.

« Vous êtes Micheline Boudet? Mais, j'ai beaucoup d'admiration pour vous, mademoiselle! »

Allons bon, ça recommence, comme avec Raimu les rôles sont inversés.

« Mais, madame, c'est moi qui... »

Arletty coupe court, elle se fout des compliments.

« Comment trouvez-vous la pièce? C'est marrant, non, cet auteur qui n'écrit que des pièces gastronomiques? *L'Œuf, La Bonne Soupe, L'Étouffe-chrétien.* »

Ah! ce ton, cette voix, cet accent! Elle étouffe les chrétiens que nous sommes, follement égayée par l'image de l'auteur et de ses trois pièces cuisine.

Nous allons souper au *Plaza.* C'est le pèlerinage de Robert et d'Arletty; c'est là qu'ils se sont rencontrés pour la première fois; c'est là qu'a commencé une longue amitié qui, pour Robert, à ce que j'ai cru comprendre, n'était pas teintée uniquement d'admiration. J'ai cru comprendre aussi que n'ayant pas osé « se déclarer » ainsi qu'on le disait au début du siècle, il dut se contenter de la vénérer. Et quand Robert vénère, c'est sans restriction, la maison ne fait pas le détail : on vénère des pieds à la tête, l'esprit, « le cœur et ses dépendances »; il faut dire que le sujet en vaut la peine. Pour qui pourrait-on avoir de la dévotion si ce n'est pour Arletty de neige, Arletty armurée, casquée de blanc, Arletty lame d'acier, Dona Sept-Épées de l'art dramatique, Arletty qui deviendra pour moi saint Jean Bouche-d'Or.

Quand nous échangeons par téléphone les propos les plus divers, nous en arrivons très vite aux propos les plus gais. Arletty a le génie de la peinture par les mots. Elle vous brasse un portrait à l'aide de raccourcis et d'images qui vous arrachent des gloussements, des roucoulements à ravir Chantecler.

D'ailleurs, Arletty est une rieuse ardente. Le rire pour elle est le premier des critères; lorsqu'elle dit d'un homme qu'il « sait rire », c'est qu'elle le considère comme un complice possible, comme « quelqu'un » sur qui on peut compter pour vivre une soirée heureuse, même si Arlette se paie exceptionnellement certaines audaces.

« J'ai un culot terrible, Micheline, mais je ne m'en sers jamais... » et elle ajoute : « Qu'à bon escient. »

Et c'est vrai : sa gouaille de grande dame, sa position dans le monde du théâtre, sa place « en marge » dans notre métier pourrait lui permettre bien des excentricités.

Au lieu de cela, quand les élèves de Jean-Laurent Cochet lui demandent un jour : « Quel conseil pourriez-vous nous donner, madame, un conseil qui les engloberait tous et nous aiderait à parcourir notre chemin de demain, notre chemin d'acteur? », elle répond tout simplement : « La tenue... »

Ah! comme Georges Le Roy l'eût aimée, lui qui recommandait à l'un de ses élèves piaffant, répétant son rôle avant d'entrer en scène : « Attention... Ne lâche pas ton cheval en coulisses! »

Arletty tient et retient son cheval avec dignité. Elle n'ouvre pas les vannes du sentiment, ne fait pas exploser ses drames ou ses douleurs. Elle domine ses passions et se domine elle-même... une seule exception : le rire... Là tout est permis. Celui-là peut déferler, il peut aussi dissimuler les misères secrètes, les points sombres, les jours sans lumière; on peut se laisser aller à sa thérapeutique sans contre-indication, on peut s'en délecter jusqu'à devenir saoule à force de refuser la délectation morose, la dépression, le pessimisme!

Le rire qui chasse les mauvaises idées est un bon cheval qu'on peut lâcher... il vous ramène à la raison.

André Beaurepaire, ami de notre amie, donnait un soir un dîner chez lui. André et son grand talent vivent modestement dans un appartement où s'entreposent des toiles à l'envers, des fleurs fanées, un vieux divan et une magnifique commode Louis XV; un appartement sans tapis, sans rideaux, mais où brûlent les bougies de l'amitié, un grand feu de bois qui fait danser les ombres des invités sur les murs et la blondeur du vin de Champagne dans les verres à moutarde...

Ce soir-là, il avait convié, à part Arletty, Robert et moi-même, le conservateur du château de Versailles, Gérald

Van der Kemp, sa femme, Américaine très *high society,* et leur jeune fille bon genre et néanmoins ravissante. Nous passâmes à table.

La conversation était de bon ton, les sujets aussi, et chacun se jaugeait un peu, tâtant le terrain, essayant l'humour avec timidité, et s'en tenant plutôt aux généralités... bref, une atmosphère polie, mais assez tiède.

J'aidais André à servir le bœuf aux carottes lorsque le conservateur sortit de je ne sais quel chapeau magique un magnum de château-pavie 1947... Le rubis liquide coula dans les verres, puis dans les gosiers, et la vie coula dans nos veines. On se retenait, goûtant en connaisseur ce cru exceptionnel. Au même moment, dans le silence, la voix d'Arletty s'éleva, pure et canaille :

« Ah! dit-elle en reposant son verre... Ça remet l'homme sur la femme! »

L'atmosphère d'un seul coup se trouva plus dégelée que le bœuf mode! Si Van der Kemp n'aspergea pas sa voisine du vin qu'il avait encore en bouche, c'est d'une part parce que le vin était bon et d'autre part parce que son éducation l'était aussi...

Robert avait caché son nez dans sa serviette, la belle Américaine et sa fille avaient abandonné leur raideur, André et moi, notre pudeur, et tout le monde avait aux joues la couleur du château-pavie.

Les langues déliées grâce à celle d'Arletty allèrent bon train toute la soirée, nous apprîmes au sujet de Marie-Antoinette et de son lit de soie fleurie mille choses passionnantes, le conservateur était en verve, chacun était en joie. Comme dit Robert : « C'est encore Arlette qui a " fait " le dîner ce soir! »

« On a bien ri, dit Garance en nous quittant, on a fait une bonne jactance... »

L'emploi de l'argot le plus coloré est le luxe de notre titi... l'encanaillement du verbe est pour elle un raffinement et pour ses amis une joie à n'en plus finir. Pourtant personne ne parle aussi bien qu'elle de Beaumarchais ou de Stendhal, de Molière ou de Céline. Elle a tout lu, tout vu, tout connu, et pourtant n'est pas désabusée...

Entre toutes les joies, elle est bénie, et je bénis mon mari de m'avoir fait, entre autres cadeaux, celui de rencontrer la femme la plus étonnante de notre temps. Je ne parlerai pas ici de son courage, je sais qu'elle m'en voudrait, mais dans ce domaine aussi ce personnage hors du commun est un grand exemple.

« Oh! Micheline, dit-elle quand je m'informe de son état de santé, maintenant je dirai que ça va jusqu'au bout, il y a tant de misère dans le monde, je ne vais pas me plaindre. »

Et elle ajoute, comme si elle se faisait à elle-même une bonne farce :

« Du reste, quand je souffre, je chante. Vous avez essayé? C'est inouï ce que ça soulage! »

Arletty va atteindre le chiffre huit dans quelques semaines...

« Je m'en moque complètement d'avoir mon octo, dit-elle... D'ailleurs je triche. En réalité je vais avoir la centaine, mais je n'en parle pas, il y a déjà Mme Simone qui vient d'atteindre les cent deux, je ne voudrais pas être à la traîne. »

En 1960, il fallut quitter Marianne. C'était dur, je le savais de la rendre à la solitude aux alentours de la soixantaine, mais, j'avais passé les trente, moi, et il était vital de couper ce sacré cordon qui me retenait à une absurde soumission.

Des jours bien lugubres précédèrent l'irrémédiable séparation, des éclats d'incompréhension, des torrents de larmes, les longs cris de mes crises nerveuses... et ma mère désespérée qui me disait en sortant de chez le cardiologue :

« Je regrette de n'avoir pas de maladie de cœur! »

Ah! maman, quel froid tu jetais dans le mien! Quel regret de n'avoir pas su m'envoler du nid à vingt ans comme la plupart des filles. Ma fidélité, ma sagesse, ma discipline, me retombaient sur le dos sans douceur. Je rééquilibrais comme je pouvais les désordres de mon système nerveux en jouant la comédie et en réadaptant mon fils à une vie plus normale.

J'avais trouvé un studio-perchoir sur la butte Montmartre. Nous y vivions Alain et moi de joyeux week-ends. Pendant la semaine, mon garçon poursuivait des études qu'il ne rattrapa jamais vraiment, au collège du Montcel à Jouy-en-Josas; il s'y amusa beaucoup, y travailla peu, s'y cassa le bras, s'y ouvrit la tête, y fit sa première communion, disant au confesseur qui s'était rendu au Français la semaine précédente :

« Vous avez vu *Les Femmes savantes?* Eh bien, celle qui fait la petite jeune fille, c'est ma mère! »

Il est vrai que je me sentais plus petite jeune fille que mère, je n'avais de disposition que pour les chagrins qu'il me causait; je tentais de mon mieux de lui apporter quelques joies et mon adoration, toutes choses insuffisantes à l'éducation d'un garçon. Je n'ai pas su lui inculquer le sens de l'effort, de l'opiniâtreté, de la persévérance. Bohème il était, bohème il est resté. J'avais un petit garçon qui passait avec moi des vacances en Suisse, bien policé, habillé de blanc, rivalisant de fraîcheur avec le père cygne qui gonflait ses plumes en marchant sur lui, au bord du lac, d'un air furieux, et à qui il disait d'un air conciliant :

« Eh bien, cygne... fais des pâtés! »

J'ai maintenant un grand jeune homme aux cheveux hirsutes, sorte de gitan noir qui vit hors du « système » et tente de « faire l'acteur ».

Robert vivait boulevard Malesherbes dans son studio, moi dans le mien à Montmartre, les choses auraient pu durer ainsi éternellement, si après sept années de vie « peu commune », Robert ne s'était vu congédié de son appartement pour cause de démolition d'immeuble. L'urgence de la situation nous obligea à envisager d'unir nos destinées sous un même toit.

Pour mon célibataire forcené, cette éventualité était un vrai casse-tête; je le voyais, tel l'âne de Buridan, se demander avec perplexité comment il allait sauter le ruisseau.

Avant de se décider, il éprouva le besoin de dépeindre mon avenir à ses côtés sous les couleurs les plus noires, afin sans doute que je choisisse en connaissance de cause, et sans la moindre illusion, les jours et les nuits qui m'attendaient...

J'eus droit à la description très outrée des aspects de son caractère comme si, après sept ans, je n'avais pas eu le loisir de me faire une opinion là-dessus...

Il m'apprit qu'il était impatient, exclusif, autoritaire, indépendant, oh ça! indépendant, d'une indépendance qui n'avait d'égale que sa tyrannie.

Ses exigences en matière de cuisine, de ménage, de blanchissage, de couture et de spectacles me parurent si insurmontables que je faillis bien abandonner le nouvel apparte-

17. Toinette avec le cher Loulou dans Argan.

18. Aux studios de Hollywood, avec Kirk Douglas. De gauche à droite : Chamarat, Denise Gence, Micheline Boudet, Robert Manuel, Jacques Eyser, Dhéran; derrière : Alain Feydeau, Louis Seigner, J.-L. Cochet.

19. Première à New York. Souper au Waldorf Astoria. Mon amie Marie et Pierre Descaves, administrateur.

20. Avec mon fils Alain à l'époque où il disait : « Près de toi, ça sent bon le théâtre. »

21. Madame la sociétaire à part entière dans sa loge à la Comédie-Française.

22. Où la brune soubrette se métamorphose en diva de blondeur et d'aigrette : Le Fil à la patte.

23. Le grand emploi. J'ai rejoint mon modèle Madeleine Renaud, Araminte. Les Fausses Confidences : *Jean Piat, Jacques Toja.*

24. La « baladeuse » arrive à Orly, accueillie par Robert Petit, l'homme qui lui construit une si douce vie.

25/26. Le Mariage de Figaro. *Chérubin et Martinelli. Dix ans plus tard, Chérubin devient Suzanne, Descrières remplace Martinelli, mais le costume d'Almaviva ne change pas : « Économie, économie, Horatio ».*

27. *Mon rôle préféré : la tendre Hortense dans la robe de la Pompadour.*
Le Prince travesti, *avec Geneviève Casile.*

28. *L'ultime triomphe avant le départ :*
Mais n'te promène donc pas toute nue,
avec Alain Feydeau et Jacques Charon, « mon Jacques Etal ».

29. Nous fêtons la 300ᵉ d'Acapulco. *Arletty et Jean-Claude Brialy nous font l'amitié d'être présents.*

30. Fleur de cactus *en tournée à Nice. Robert me rejoint pour le déjeuner de l'amitié avec les Sempé, Jean-Jacques et Mette.*

31. Dans le film de Cayatte Il n'y a pas de fumée sans feu, *le rôle est court mais la Rolls est longue !*

32. *Naissance de Marie. La mère et l'enfant se portent bien, merci.*

33. Acapulco Madame. *A moi l'avenir ! Merci, Yves Jamiaque.*

ment en cours de travaux... quel homme! Il acheva le tableau optimiste de notre avenir à deux par ces paroles prononcées avec une grande sincérité :

« Si, par le plus grand des hasards, tu apprenais que j'ai une aventure avec une autre femme, ferme les yeux, cela n'aurait pas plus d'importance pour moi que de jouer à la marelle; en revanche, si la même chose devait t'arriver, il faut que tu saches que je ne pourrais pas le supporter. »

Disons la vérité, je n'étais pas prise en traître! Mais j'étais prise d'un formidable fou rire... « Un homme, un vrai, ça n'a pas de prix », chante Irma la douce. J'avais trouvé le mien et au fond, savoir qu'il lui serait insupportable d'être trompé me le rendait infiniment cher; au lieu de me sentir brimée, je me sentais aimée.

J'acceptai donc tout en bloc, la tyrannie, les exigences, l'autorité, l'exclusivité... et l'amour!

Du temps que mon mari était jeune homme, quand il lui arrivait d'imaginer comme tout un chacun un avenir brillant, c'est en passant sur le quai Voltaire que, le nez au vent et l'esprit bondé de chimères, il se voyait, parvenu au faîte de sa carrière, dans un de ces appartements accessibles, pensait-il, aux seuls individus touchés par la réussite.

L'appartement de la rue de Lille n'était pas exactement sur les quais, mais en se penchant sur le balcon, on apercevait un court ruban de Seine entre deux arbres. C'est pour ce reflet de désir que Robert dit « tope ».

A l'intérieur, le paysage était moins tentant. Vidé de ses meubles et de ses locataires, le quatre-pièces sans salle de bains donnait l'impression d'avoir été dévasté par un typhon.

Depuis plus de vingt ans, aucun coup de chiffon, aucun coup de peinture n'avait ranimé le vert sale des murs, les tableaux y avaient laissé des traces claires, des monceaux d'enveloppes, de factures et de cartes postales bouchaient une cheminée sans style; dans la cuisine, une vieille cuisinière en fonte surmontée d'une hotte non moins antique contenait encore quelques morceaux de charbon; il y avait des bûches dans les w.-c..., un linoléum arraché dans un cabinet où faire sa toilette devait être un exploit, et deux ou trois placards entrouverts.

Un seul meuble, désuet, avait été oublié dans ma future

chambre à coucher : un berceau d'osier troué sur lequel tombait une poussière de soleil.

Robert empoigna à deux mains ses économies, son goût et son courage, et entreprit la restauration des lieux.

Je n'avais que rarement l'autorisation de me rendre sur le chantier mais j'avais droit à quelques comptes rendus verbaux.

Je savais que l'intérieur du logis avait été vidé comme une noix de ses cloisons, de ses pâtisseries de plâtre, de ses placards, que chaque mur avait été remonté, que les pièces étaient redivisées, la salle de bains créée, la cuisine modernisée, que Robert avait utilisé six chênes entiers pour faire des placards à l'ancienne sur lesquels bien des antiquaires se penchèrent par la suite; qu'il avait fait poser une cheminée de pierre d'époque Louis XV... reconstruit les portes et les fenêtres, choisi les tissus des rideaux, la couleur des murs, les motifs de la moquette, les carrelages de la cuisine, le travertin de la salle de bains, jusqu'à la forme des tringles à rideaux...

Il m'avait signalé une commode au port d'une coûteuse sobriété. Je l'avais fait livrer parce qu'elle m'avait conquise. Et le jour où, les gros travaux terminés, j'eus le droit d'entrer pour donner mon avis, la belle commode, avec ses poignées de cuivre et ses pieds de biche, était là, trônant au milieu du salon et nous souhaitant la bienvenue.

Notre vie commune pouvait commencer : il n'y eut que compréhension au lieu de tyrannie, que rire en place d'autorité, que partage en guise d'exclusivité.

Notre égoïsme à deux se confirmait sans mauvaise surprise. Notre vie commune fut une suite de continuels échanges dépourvus de cette uniformité et de cet ennui qui tuent la majorité des couples.

Alain habite avec nous; il vient d'entrer sans grande conviction dans une école de dessin de la rive gauche. Un soir, à table, il me pose tout à trac la question :

« Si je te passais une scène, maman, voudrais-tu m'écouter? »

Je crois recevoir le plafond sur la tête. Moi qui ai toujours manifesté le désir de voir mon fils entreprendre un métier sérieux, le voilà pris au piège de lumière. J'entends la voix du petit garçon de huit ans dans les coulisses du Français :

« Ça sent bon le théâtre ! » Alors bien sûr, je vais l'écouter. Il me surprend, il a de l'ardeur, de la précision, du comique, un œil brillant qui accompagne bien son humeur.

Que faire ? Je n'ai pas le droit de le décourager, de l'empêcher d'entrer dans ce que je considère toujours comme le plus beau métier du monde.

Il travaille et, un beau jour, il me fait la surprise superbe de m'imiter : vingt ans après sa mère, il entre premier au conservatoire dans *Le Barbier de Séville,* pas dans le même rôle, bien entendu ! Aucun doute, Beaumarchais porte bonheur à la famille !

15

J'étais heureuse sur la rive gauche, en dehors du fait appréciable d'être à dix minutes à pied du Théâtre-Français, je passais chaque jour au bord d'un des plus beaux lieux du monde...

Je prenais une avance de cinq minutes que j'allais perdre au-dessus du pont du Carrousel, penchée sur le parapet, je me laissais couler avec la Seine opaque. Je contemplais l'île Saint-Louis dans des lumières d'argent au début de l'après-midi, et le soir, au retour de la répétition, dans des lumières de pourpre et de miel, le pont des Arts, courant de son aristocratique dentelle noire jusqu'au dôme de l'Institut que léchaient les derniers rayons du soleil couchant.

Même la nuit, je rentrais à pied; négligeant les avis de mes camarades du théâtre qui craignaient autant pour ma vie que pour ma vertu, je ne prenais ni sifflet à roulette, ni poivre, ni faux pistolet, aucune crainte ne m'habitait.

Après les tensions de la représentation, l'encombrement des jupons et des perruques, les pieds gonflés, la tête bourdonnante, j'entrais dans la fraîcheur de la nuit, passant les guichets du Louvre, traversant les jardins du Carrousel, remontant des yeux jusqu'à l'Arc de Triomphe, respirant la noblesse de la demeure royale et me retrouvant pour le dernier parcours de la journée au-dessus du fleuve, bercée dans ma rêverie par les reflets tremblotants des réverbères sur le noir de l'eau.

Une sorte d'action de grâces montait en moi. Ma vieille cité... mon Paris... vivre à Paris... je m'y sens toujours heureuse comme si j'y venais pour la première fois. Certains soirs, je me laissais envahir d'une euphorie proche des larmes.

Nous sommes en juillet, je traverse le pont pour la dernière fois de la saison. Demain, c'est la fermeture annuelle du Français. Je me sens un peu plus lourde encore que d'habitude, comme désenchantée, que se passe-t-il?

Je revois le sourire de Marie Sabouret, j'entends les mots fous de Robert Hirsch, les calembours de Robert Manuel, la bonne figure retroussée de Jean Piat, je revois mon amie des bons et mauvais jours, Annie Ducaux, tenant son filleul, mon fils Alain, sur les fonts baptismaux, je revois Jacques Charon dansant sur l'*Homeric,* je revois *Port-Royal,* j'entends Marivaux, je revis Beaumarchais... et la marche en arrière qui me tire vers ma jeunesse...

Je ne suis donc plus jeune? Les mouvements de la Seine me sont flots d'amertume tout à coup. C'est la quarantaine qui passe mal. La quarantaine, déjà, il me semble que je viens à peine d'entrer au Français. J'ai la quarantaine, j'ai la part entière, que me reste-t-il d'un avenir qui rétrécit? Quels événements capables de m'intéresser, quel espoir? Je bute contre un mur sec, un mur brutal et le coup que j'en reçois me réveille. Je suis une autre en arrivant sur la rive gauche de la Seine. J'attribue à la fatigue ces pensées moroses. Demain, les vacances!

Les vacances, c'était la Bretagne; Alain était en Angleterre, Robert finissait un décor à Paris, ils devaient me rejoindre tous deux à Beg Meil quinze jours plus tard.

La bonne solitude. Je m'étais mise au yoga, à *La Nouvelle Héloïse,* aux bains de mer matinaux. A huit heures sur la plage, dans une crique, strictement seule, je regardais un petit nuage blanc et je me laissais flotter dans le ciel, mon livre posé à côté de moi sur ma serviette.

Après le déjeuner, toujours en compagnie de Jean-Jacques Rousseau, je prenais mon café dans le jardin et je faisais la sieste.

Un après-midi, sur le sable envahi d'un monde bigarré et bruyant, tandis que je sortais de l'eau, je vis devant moi un couple qui s'apprêtait à quitter la plage. La femme rassemblait les vêtements épars, le parasol, les serviettes. L'homme venait de se baisser pour cueillir au sol son enfant, un bébé d'un an environ. Il le prit dans ses bras avec un air de tendresse et de fierté si intense que j'en ressentis une sensation inexplicable, une sorte de délice douloureux, quelque chose comme une dernière joie qui mourait et que je ne connaîtrais plus...

De retour à Paris, le Dr Vellay m'apprit que rien ne mourait, mais qu'au contraire une naissance se préparait.

« La maternité, vous n'y pensez pas, docteur, à mon âge? »

J'étais au bord des larmes.

« Chère madame, à votre âge, on a encore des enfants. J'ai même accouché cette année une mère et une fille à une semaine de distance. »

N'empêche que je prends le choc, les larmes affluent, fidèles, irrépressibles, le docteur me console. La tête appuyée sur son bras secourable, j'aperçois sur son bureau la photographie de Gérard Philipe qui me sourit. C'est trop d'émotions. Entre deux sanglots, j'entends une voix, la mienne sans doute, qui dit en chevrotant :

« Docteur, je crois que je vais le garder.

– J'espère bien, dit-il... D'ailleurs, il serait dangereux de prendre une autre décision. »

Je me retrouve Faubourg-Saint-Germain, un peu éblouie et tout à coup remplie jusqu'à ras bord d'une énorme joie. Un enfant!

Le film de ces dernières semaines défile dans ma tête à remonte-bobine. Je revisionne mon angoisse sur le pont, la peur de vieillir et l'homme sur la plage, symbole de vie, son enfant sur les bras. Comment aurais-je pu deviner alors, qu'en moi déjà commençait à se former celui que je porte, moi la vieille, moi qui me sentais finie, moi qui vais donner la vie?

Et l'indépendance de Robert dans tout ça? Robert, je le savais, ne voulait pas d'enfant. Les hommes veulent rarement un enfant. Ils raisonnent, pensent à la folie que constitue la venue d'un nouvel individu sur notre planète en perdition. Ils n'ont pas notre besoin viscéral, ancestral, d'accomplir ce que la nature nous ordonne.

Le soir, nous avions un dîner rue de Lille. Nous recevions Savignac, Sempé, Arletty, Jacques Charon, Jean-Laurent Cochet, Denise Gence, André Beaurepaire, les intimes. Le dîner était exquis, les vins choisis, le faisan bien rôti, les amis ravis. La conversation fusait de tous les côtés, le rire d'Arletty menait la danse, la critique était aisée, l'art facile, l'esprit partout.

Seul Robert était muet, pâle et pour une fois sans appétit. J'avais eu l'imprudence de lui annoncer avant de passer à table qu'il allait être papa.

« Robert n'est pas gai ce soir, disait Arletty, il n'est pas souffrant? »

Après la mousse au chocolat truffée d'écorce d'orange façon maison, tout le monde passa au salon et Jacques se mit à fredonner tous les airs et même les paroles des chansons d'Arletty. Elle reprenait avec lui, étonnée qu'il se souvînt si bien de ses succès. Le duo devint bientôt chœur général, sauf la voix de Robert qui avait la tête ailleurs, et nous nous quittâmes champagnisés, joyeux, chantant encore dans le vestibule *Comme de bien entendu,* sauf Robert, effondré dans un fauteuil, gémissant devant des perspectives atroces de couches-culottes, de biberons et de landaus.

« Ce berceau d'osier dans la chambre du fond, gémit-il, j'aurais dû me douter que c'était un signe! »

C'est vrai! cette évidence me traversa comme un éclair. J'aime quand le destin cligne de l'œil.

J'avais accepté une tournée à titre personnel pour jouer *Fleur de cactus* de Barillet et Grédy « off Français ». Ma signature était donnée, je prévins Jacques Janvier, directeur des tournées Baret, de ma situation.

« Aucune importance, dit-il, vous pouvez parfaitement jouer jusqu'au cinquième mois. »

Et me voilà, enceinte et quadragénaire, parcourant en autocar les routes de France et de Navarre en tous sens jouant le soir un rôle remuant, et même dansant, changeant d'hôtel, faisant mes valises, me couchant tard, tout ce que dans les manuels spécialisés on vous recommande de ne pas faire...

Philippe Lemaire jouait le rôle du dentiste amoureux, et moi, en tenue d'infirmière, au fur et à mesure que les représentations défilaient, je desserrais la ceinture de ma blouse blanche et changeais la forme de mes robes qui d'ajustées devenaient de plus en plus vagues.

Pour tout arranger, Robert me donnait en province des coups de téléphone réconfortants du genre :

« Dis donc, tu ne vas pas grossir, au moins? »

Au fond, à part moi, cet enfant ne faisait plaisir à personne.

Mon homme était accablé, ma mère indignée, mon fils ahuri. Au milieu de ce mécontentement général, je m'arrondissais béatement, active, triomphant chaque soir de moi-même, devant des salles pleines, surveillant mon régime minutieusement, marchant, respirant, faisant ma gymnastique quotidienne.

Un soir, au cours de la représentation, je reçus les premiers coups de la vie sous ma blouse. Je poussai un petit cri, Philippe en face de moi, me fit un bon sourire, il avait compris.

Je me sentis moins seule à la fin de la tournée avec ce petit personnage actif à l'intérieur, et je regagnai, fatiguée et pleine d'espérance, le foyer conjugal.

Je puis affirmer que durant les neuf mois de ma grossesse, Robert ne descendit pas sur moi ses regards au-dessous du niveau des épaules. Taille fine, il m'avait connue, il n'était pas question pour lui de supporter la vue d'une femme épaissie. De même qu'il n'était pas question pour moi d'être lasse, d'humeur maussade, ou d'avoir la démarche alourdie. Je fis donc jusqu'au bout bon visage et cœur léger. Après tout cet enfant, je le voulais; à moi donc de le supporter, de l'assumer, de le préparer à naître...

Le soir dans mon secret amour, au creux de mon lit, je communiquais avec lui, j'accompagnais de ma main les mouvements joyeux de sa vie déjà intense. Les craintes de Robert ne m'atteignaient pas, je me sentais incroyablement forte et utile, je le savais incroyablement faible et inquiet.

Nous ne parlions guère de l'avenir. Pourtant il fallait faire quelque chose, sinon cet enfant naîtrait, soit de père inconnu – ce que le « futur » ne voulait pas envisager car, bien que sans enthousiasme, il savait faire face à ses responsabilités –, soit de mère inconnue, ce dont il ne pouvait être question!

Un soir, à brûle-pourpoint, Robert le célibataire me lança :

« Je t'épouserai si tu veux! »

Et il sortit très vite de ma chambre pour couper court aux commentaires et aux émotions.

Dès le lendemain, je commençai les démarches, la visite à M. le maire, les paperasseries en tout genre et, enfin, dans la plus stricte intimité, la date du mariage fut retenue.

En robe de soie de Saint Laurent et cape de lainage gris

dissimulant ma honte, je montai par un matin de printemps des plus ensoleillés les marches de la mairie du VIIe arrondissement. Malgré mon insistance auprès du secrétariat, le secret avait été violé, et les journalistes étaient là avec leurs flashes. Je crus bien que mon futur époux allait repartir sans dire oui.

D'ailleurs, son trouble était si grand qu'il n'y parvint pas, et, à la question fatidique du maire : « Voulez-vous prendre pour épouse, etc. », il répondit : « C'est exact ! »

Le haut fonctionnaire leva les sourcils :

« Je vous demande seulement de répondre par oui ou non, monsieur.

– Ah ! pardon, bafouilla Robert, oui, oui, bien sûr... »

Pas content M. le maire. Il demanda les anneaux, nous n'en avions pas. Pas d'anneaux, pas de réponse à sa question, pas d'invités, quel drôle de mariage !

Nous n'avions que nos témoins : Clavé pour le futur, Hirsch pour la future, les Sempé et Pierre Bergé. Alain, pantalon gris et blazer bleu marine, était le plus charmant des garçons d'honneur.

Après avoir déjeuné tous ensemble au restaurant de *La Méditerranée,* Robert, qui tremblait à l'idée de rentrer à son domicile nouvellement conjugal, nanti d'une femme légitime, entraîna son beau-fils au salon des Arts ménagers où il fit main basse sur les appareils de lavage et de séchage les plus perfectionnés.

« Un mari, c'est un mari, dit-il. Puisque j'y suis, autant que ce soit dans les meilleures conditions. »

Une fois de plus, là comme ailleurs, Robert se montrait perfectionniste.

Enfin, le dimanche de Pâques, les cloches sonnèrent à toute volée l'arrivée de la jeune fille attendue. Robert souhaitait une fille, Alain souhaitait une fille, moi, je m'en moquais éperdument. Je sais seulement que le marronnier qui éclatait de tous ses bourgeons devant la salle de travail travaillait lui aussi pour mettre au monde ses enfants-feuilles, tandis qu'arrivait l'enfant-fille, la petite Marie... seul prénom envisagé, heureusement ! Le garçon présumé devant s'appeler Jules ou Édouard, je l'avais échappé belle !

J'avais bien fait mon travail, j'avais respecté les respirations qu'on m'avait apprises, je contrôlais minute après minute la naissance de mon enfant, avec lucidité, calme, mais aussi avec émerveillement.

« Continuez, disait le Dr Vellay, continuez, continuez, j'ai la tête, continuez, continuez, voici l'épaule droite. Arrêtez! » Et brusquement toute douleur cessa et je reçus sur mon ventre un petit paquet de chair remuante... Ma fille... je ne pouvais plus dire autre chose dans mon délire de vie.

« Ma fille, ma fille... ma fille... »

On me l'enleva pour la pesée. On courut chercher le père... L'enfant était sur la balance encore nue... Il entra, il la vit. La découverte qu'il faisait de sa paternité toute neuve mettait sur son visage une telle stupéfaction que je ne pus m'empêcher d'en rire. L'homme en colère, l'homme paniqué avait fait place à l'homme au sourire... ce sourire extatique et sidéré ne quittait pas ses lèvres. On le tira de sa contemplation pour habiller l'enfant.

« C'est gagné, me dit la monitrice à l'oreille, il en est déjà fou. »

Robert vint déposer un baiser sur mon front, et me félicita comme pour une générale :

« Bravo », dit-il.

Toujours laconique, mon ours, heureusement son visage parlait pour lui et le langage qu'il tenait était d'une éloquence à me satisfaire jusqu'à l'âme.

Le Dr Vellay était satisfait aussi. Alain vint nous rejoindre. Il trouva sa sœur superbe et, quand le champagne arriva, on en mit une goutte sur les lèvres de la jeune Marie, qu'elle absorba avec contentement.

Une heure après sa naissance, on me demanda si je me sentais la force d'aller sur mes jambes jusqu'à ma chambre. Je me sentais toutes les forces. Appuyée sur l'infirmière, je gagnai mon lit. Le somnifère qu'on m'administra pour la nuit ne me fit aucun effet. Je ne cessais de me dire : « J'ai une fille, j'ai une fille.... » Je n'arrivais pas à croire que j'avais mis au monde un deuxième enfant.

Robert, le père, perdait son flegme. Il appela d'abord Arletty, puis ses amis, lesquels m'appelèrent à leur tour en riant :

« Alors, il paraît que Marie est le plus beau bébé de la clinique!

– Il paraît que Marie est toute finie, toute fignolée, toute rose !

– Il paraît que Marie a des ongles ! Et des mains comme des fleurs !

– Il paraît que Marie a un petit filet sous la langue ! »

Bref, le concert des louanges faites à Marie par son père me revenait par ricochets téléphoniques, confirmé, dès son arrivée le soir au chevet de ses deux femmes, par son visage, toujours marqué d'étonnement et d'une douceur dans le regard qu'on aurait bien pu appeler Amour.

Jean Piat n'attendit pas même que je sois sur mes deux jambes pour me proposer de jouer Araminte. Il vint jusqu'à Boulogne me parler du rôle.

Araminte, la clé de l'emploi... L'accomplissement secret de mes vœux de comédienne, l'exaucement de mon désir de dépasser les femmes dynamiques de Feydeau ou les rieuses de Molière. Marivaux m'attendait au rendez-vous des oscillements du cœur et de l'amour inavoué ; partie de la petite Silvia de *La Double Inconstance,* j'abordais la féminité maximale de l'héroïne des *Fausses Confidences,* et je rejoignais ma première émotion de jeune spectatrice, la pièce pour laquelle j'avais décidé de jouer la comédie... et à laquelle je n'osais qu'à peine rêver pour moi.

Je prenais une petite revanche bien humaine sur Memeye qui affirmait autrefois : « Elle ne sera jamais une Bretty... »

Il avait raison, je me rapprochais plutôt de l'idole de ma jeunesse, Madeleine Renaud. « J'ai compris, j'ai rejoint », dit le don Juan d'Obey. J'avais rejoint, moi aussi, j'accrochais le dernier anneau de mes rôles classiques à mon collier de comédienne.

Les vacances dans la maison des Sempé au cap Saint-Pierre me permirent d'apprendre Araminte. Jean-Jacques s'amusait à détailler le texte de Marivaux et constatait que c'était « rudement difficile ». Je lui rétorquais que dessiner me paraissait impossible.

Nous allions souvent chez les Clavé, la maison de Mette et de Jean-Jacques ne pouvant nous contenir tous ; Robert logeait donc chez l'ami Toni son grand corps encombrant et ses souvenirs de jeunesse.

Irène, la jeune Polonaise, aux joues d'abricot, s'occupait de la petite Marie et assurait son transfert entre les deux maisons voisines, la laissant souvent chez Clavé à l'inlassable contemplation de son père. Robert rassasié remontait alors sa fille jusqu'à moi; sur sa personne massive le bébé semblait plus fragile encore dans le grand reposoir de ses bras attentifs.

Un de ces matins-là, j'allais au-devant de lui. Je le vis, marchant précautionneusement sur le chemin sans ombre; la tache blanche de l'enfant sur son peignoir vert pomme se superposait à celle de l'homme à l'enfant sur la plage bretonne...

Il me semblait que tout s'accomplissait dans la lumière déjà chaude du petit matin tropézien. Ma vie et mon métier me paraissaient atteindre leur plein épanouissement. J'étais bien, légèrement engourdie par le climat, je travaillais Araminte lentement, par touches délicates, je ne me bousculais pas.

Dans l'après-midi, après le bain pris dans la baie des Canoubiers où nous ne rencontrions quasiment aucun baigneur, nous remontions à la maison.

Catherine Sempé, de huit mois plus âgée que la petite Marie, surveillait celle-ci avec attention tandis qu'Irène, la gouvernante, surveillait ces demoiselles.

Mette Sempé préparait le thé. Elle se déplace sans bruit, harmonieusement, la belle Danoise, un visage de médaille sur un corps parfait; bronzée, un peu dramatique, elle a l'amour de la nature, des animaux, des enfants, une pureté animale et de soudaines envies de rire propres aux femmes du Taureau.

Nous nous installions dans l'ombre fraîche de la maison, à l'abri des bourdonnements de l'été. En jupes de coton et pieds nus sur les tomettes rouges, nous avions de ces conversations féminines que certains nomment futiles et qui sont de première nécessité : la mode, nos filles, le dîner du soir, les dessins adorables de Mette illustrant des livres d'enfants, mon métier, nos hommes. Les mots ronronnaient dans la lumière tamisée par les volets entrouverts, entre deux gorgées de thé fumé. Le cri de Catherine tombant dans l'escalier nous sortait de notre torpeur, ou bien l'arrivée de Jean-Jacques et de Robert revenant d'une promenade en mer, qui s'était terminée en naufrage et les avait obligés à rentrer à la nage en poussant leur bateau jusqu'à la rive. Ils étaient enivrés de leur aventure, trempés, pliés en deux de rire, commentant pour les femmes tous les détails de l'odyssée, faisant valoir à la fois leur courage et leur sens de l'humour.

En fin d'après-midi, nous retournions dire bonsoir aux Clavé. Madeleine ouvre toujours en grand sa maison, sa table et sa piscine. Après un bain joyeux, on buvait un petit pastis en regardant la mer et ses bateaux blancs, assez lointains pour ne pas nous gêner; le parfum des lauriers-roses se mêlait à celui des eucalyptus, le soleil descendait à l'horizon. Toni, Jean-Jacques et Robert discutaient peinture avec Mette et Madeleine... La conversation se fondait dans le soir naissant, je n'écoutais plus... Je m'évadais vers les tendresses d'Araminte, j'ouvrais mon livre. Dieu, que j'avais du mal à apprendre... J'aurais dû être folle de bonheur, et voilà que j'avais le sentiment qu'en parvenant à la réalisation de mon rêve de jeunesse, quelque chose s'arrêtait qui m'empêcherait d'aller plus loin. La petite Marie seule me semblait vraie, j'abandonnais Marivaux pour la serrer contre moi, sa petite bouche humide collée à mon cou, sa petite main agrippée à mes cheveux, les sons inarticulés du gazouillement de sa voix disaient sa satisfaction d'être au monde. Je fixais une fois de plus dans ma mémoire et dans ma chair cette minute parfaite de volupté maternelle, de maternité tardive.

« Vous restez dîner, dit Toni, il y a une grande ratatouille et le poisson frais pêché de ce matin par Madeleine et Robert. »

Nous dînions dehors sur la grande table de ferme. Le commencement de la nuit s'étendait sur la mer, allumant des lumières sur la baie, fanaux tremblotant au gré de la brise; l'air sentait bon le curry, le fenouil grillé, la lavande, la ratatouille à l'ail, l'amitié.

Il fallut pourtant rentrer à Paris. Vint Marivaux, vint Araminte, vint le succès, vint l'ennui.

D'où venait-il celui-là? D'où sortait le manque d'excitation à travailler qui m'accablait pour la première fois? Je luttais de toutes mes forces contre un petit démon qui grognait en moi et me conseillait de tout bousculer!

Mais bousculer quoi?

Je n'en savais rien. Je savais seulement que je ne travaillais plus avec entrain, j'avais l'impression de m'enliser dans un théâtre où je ne riais plus beaucoup. J'avais la nostalgie de notre joie éclatante d'*Un fil à la patte*. La fine troupe était disloquée; était-ce aussi le fait d'être parvenue à refermer la boucle avec Araminte, l'objet de mon ambition de fillette, qui me donnait la sensation que j'avais accompli mon destin au Français? La peur de ne plus avancer, par conséquent de reculer? la conviction qu'ayant atteint le but que je m'étais fixé, le point culminant, je ne pouvais guère que redescendre?...

La naissance de Marie avait secoué ma vie de femme, je percevais nettement que l'actrice aussi devait se secouer. J'avais été pour mon fils une comédienne jeune et dynamique, je ne voulais pas être pour ma fille une vieille sociétaire de la Comédie-Française.

Personne ne se doutait du remue-ménage qui encombrait ma tête Louis XV et pourtant ça bouillonnait là-dedans, une vraie marmite!...

On nous fit savoir qu'en octobre, *Le Prince travesti* partirait pour une tournée en province dans les maisons de la culture. « Je repris ma trousse et mon cuir anglais », dit Figaro...

Moi, je repris mes valises, mes intonations, mon imperméable, et me voilà repartie, en car, à travers les intempéries, l'amour d'Hortense et le décor de Dupont, porter la bonne parole aux quatre coins de France.

Les semaines s'éternisaient. Geneviève Casile s'était mise à la guitare, Jean-Paul Roussillon à la bière, Jacques Toja au yaourt; pendant ce temps-là, ma marmite Louis XV continuait à bouillir... Qu'est-ce que tu fais là? Qu'est-ce que tu fais là?

Deux ou trois colloques minables après le spectacle où, devant des étudiants sarcastiques, nous devions nous justifier de faire notre métier, achevèrent de me persuader que je ne faisais plus le mien – en tout cas, que je le faisais d'une façon qui ne ressemblait plus aux raisons que j'avais eues de le faire au départ. 1968 était passé par là, et la contestation avait tout embrouillé. On nous expliquait que nous étions démodés avec nos costumes de satin et notre théâtre bourgeois, que nous pratiquions un art figé, dépassé. Bref, je me sentais personnellement de plus en plus enlisée, mon enthousiasme naturel était à son point le plus bas.

Pour tout arranger, dans le train qui nous menait en Alsace, Jean-Paul me dit un jour :

« Vous vous êtes renseignée, Micheline, à propos de votre retraite? C'est intéressant pécuniairement?

– Je ne sais pas, lui dis-je, mais je vais me renseigner en rentrant, tu as raison, il faut y penser... »

J'avais heureusement Geneviève, la marche à pied, la lecture, les tours de Carcassonne, le musée d'Albi, la cathédrale de Reims et la gastronomie. Et un beau matin à Limoges, je me suis réveillée en disant :

« Je quitte le Théâtre-Français, j'en ai marre! »

Le téléphone a sonné. Pierre Dux m'appelait pour me demander de jouer en mars *Mais n'te promène donc pas toute nue!* avec mon Jacques. Il a été surpris, l'administrateur!

« Je veux partir, Pierre.

– Partir où?

– Partir du Français.

– Micheline, vous êtes déprimée par la tournée, nous parlerons de tout cela quand vous rentrerez. »

J'ai écrit une grande lettre à Jacques pour lui donner mes raisons qui étaient, je le sais bien, des raisons plus viscérales que cérébrales. Une sorte d'instinct me poussait comme un reptile à me dépouiller de ma vieille peau. J'étais certaine que je ne reculerais plus, ma décision était réfléchie, comme celle qui m'avait autrefois fait quitter l'Opéra. J'avais besoin de cela pour me régénérer, me remettre en question, renaître à une autre vie.

Mes camarades de tournée semblaient désespérés. Certains l'étaient, Geneviève me trouvait courageuse, Jean-Paul exultait de joie admirative, d'autres cachaient mal leur satisfaction, je sentais que mon départ allait faire bien des heureux.

Jacques, lui, éprouvait une vraie tristesse; il réunissait en mon absence quelques camarades pour les prier de me convaincre de rester. Ils lui conseillèrent de me laisser prendre en main mon destin.

« Micheline, je me sens vieux, me dit Pierre Dux au retour de la tournée. Quand je vous ai engagée, il y a vingt-cinq ans, je quittais la Maison, aujourd'hui que j'y reviens, et c'est vous qui partez. Réfléchissez bien, savez-vous exactement ce qui motive votre décision?

– Pierre, c'est comme la fin d'un roman d'amour, lui dis-je... Un homme qu'on quitte parce qu'on a cessé de croire en lui comme en soi-même. Je ne sais pas ce qui m'attend au-dehors; tant pis, je suis sûre qu'il faut prendre des risques. Ce sera dur sans doute... Je verrai bien. Avant de partir, j'ai encore Feydeau et je vous en remercie. »

Les répétitions de *Mais n'te promène donc pas toute nue!* étaient exquises! Jean-Laurent Cochet nous mettait en scène avec une joie qu'il nous faisait partager; je retrouvais mon dynamisme, ma bonne humeur, mon Charon.

Cette générale! Des hurlements de rire secouaient la salle, j'étais dans une forme que ma future liberté décuplait encore et le public était avec moi. Je le sentais du bout de mes bottines à la pointe de mon chapeau. Ma dernière générale sur cette scène que j'avais tant aimée prenait des allures de triomphe!

« Reprenez, madame, reprenez votre démission », disait Jean-Jacques Gautier le lendemain dans *Le Figaro*.

« Je repris ma trousse et mon cuir anglais. »

Ma démission donnée, je devais six mois au Français. De Clarisse dans *Promène* à Araminte dans *Les Fausses Confidences,* je fis mon ultime parcours.

Je ne voulus ni publicité ni éclat pour le dernier soir...

« Ce n'est pas une soirée d'adieux, dis-je aux journalistes curieux, je continue de faire mon métier, je le ferai sur une autre scène, voilà tout, je n'ai aucun projet. »

Je jouais Araminte pour la dernière fois sans aucune angoisse un soir de janvier. Au dernier rappel, Piapiat qui jouait Dubois me prévint que Georges Descrières offrait un verre dans sa loge.

Pierre Dux vint trinquer avec les comédiens qui jouaient avec moi ce soir-là : ma plus chère amie, Denise Gence, Jean Piat, Paule Noëlle, adorable Marthon, et Bernard Dhéran vinrent partager le verre de l'adieu. Tout fut fait gentiment, sans mélodrame ni mots grandiloquents. « Puisque nous nous quittons, quittons-nous bons amis », semblait dire chacun de nous.

De retour dans ma loge, je me dépouillai de mes atours XVIIIe : adieu corsets, adieu jupons. Je rangeai mon maquillage dans ma cassette, et fis pour la dernière fois le trajet nocturne des guichets du Louvre, des jardins du Carrousel, la traversée de la Seine. Robert m'attendait pour le compte rendu de la soirée. Il n'était pas venu, par pudeur, je lui en savais gré. D'ailleurs, je ne ressentais aucune tristesse. Je ne regrette jamais rien. J'avais presque honte d'être aussi détachée vis-à-vis d'une Maison qui m'avait tout donné et où j'avais été parfaitement heureuse. Je préférais la quitter avant qu'elle me quitte, voilà tout. Il n'y avait là aucune raison de pleurer, mais bien plutôt d'espérer. Chaque fois que quelque chose s'achève, quelque chose d'autre commence. Un troisième métier m'attendait : pour la première fois, j'allais être responsable de moi-même devant le public, mais aussi devant les directeurs de théâtre, la presse, les autres comédiens. Je n'étais plus prise en charge, j'allais devoir me dépatouiller avec un passé presque uniquement classique, face à un théâtre appelé bien péjorativement théâtre de boulevard...

Je savais qu'on me jetterait à la tête mon « déclassement », qu'on m'accuserait de mauvais choix, qu'on m'accablerait de mon passé, mais que faire? Ou bien j'arrêtais tout et je partais avec ma famille m'enterrer dans le Larzac, ou dans le Périgord – Robert adore les truffes! Ou bien, je répondais aux demandes et continuais à gagner ma vie, car il faut vivre du métier qu'on sait faire, tout le reste est littérature.

J'avais beaucoup d'admiration pour Lars Schmidt, le Suédois distingué, mari d'Ingrid Bergman et producteur international qui depuis vingt ans préside au destin du théâtre Montparnasse où il fait jouer les auteurs qui lui plaisent avec des comédiens qu'il aime, et cela toujours en choisissant la qualité. Il m'apparaissait alors comme un personnage digne des légendes de son pays. Son physique et sa réputation en faisaient à mes yeux un personnage mythique.

Aussi, quand il me demanda de venir à Montparnasse, je crus partir pour la Suède *via* les États-Unis et me jetai sur le texte qu'il me proposait : *Le Saut du lit,* un vaudeville anglais signé Cooney et Chapmann et adapté avec virtuosité par Marcel Mithois. Jean Le Poulain devait en faire la mise en scène.

Après l'avoir lu en riant très fort et tout en sachant que ce rôle ne serait pas pour moi le plus beau de ma carrière, je trouvai l'entreprise séduisante à beaucoup d'égards et décidai d'opter pour le lit au lieu de somnoler bêtement dans ma chambre à coucher.

Évidemment, ce n'était ni Tchekhov ni Beckett, mais c'était désopilant, inextricable jusqu'à la loufoquerie, et joué par des acteurs de secteurs totalement différents : Guy Tréjan, comédien moderne ultra-vrai, Tsilla Chelton, interprète habituelle de Ionesco, Jean Jacques, spécialiste du Palais-Royal, Lavalette venant de chez les chansonniers, Arlette Didier des comédies musicales, Patricia Karim à la plastique impeccable dans un déshabillage très réussi, et Boudet fraîchement sortie de la Comédie-Française tirant le tout.

Le public se rua rue de la Gaîté qui n'avait jamais si bien mérité son nom, les vieux, les moins vieux, les plus jeunes, les blue-jeans et les visons venaient se tenir les côtes en chœur avec interdiction de se tenir la tête...

Les critiques étaient heureux, élogieux, prolixes, je ne reçus donc pas de grosses pierres, quelques petits cailloux seulement de la part des acteurs du Français en particulier qui affichaient leur dédain. Le gros silex qui me resta sur le cœur fut celui qu'y déposa mon amie Denise Gence. Il me fut difficile de comprendre son mépris qu'une amitié de vingt ans ne pouvait faire taire. Mépris de quoi?

Pour moi, je ne comprends rien à cette discrimination que certains font entre le théâtre noble et le théâtre de boulevard. Jouer la comédie, c'est jouer la comédie, on n'a pas toujours sous la main *Maison de poupée* d'Ibsen, ou *La Mère* de Brecht. Il m'importait avant tout de ne pas faire oublier que j'existais, et d'entrer en scène en belle humeur. Je gardais de mon métier le sens artisanal et m'efforçais de ne pas entendre les perfidies de la profession. Les salles étaient pleines, le public content, la troupe adorable.

« De quoi vous inquiétez-vous, Micheline? me disait Mithois avec gentillesse. Des amies qui vous critiquent, vous en aurez toujours. Dites-vous que beaucoup d'entre elles voudraient avoir votre entrain et votre succès, et dormez tranquille! »

Et puis Lars Schmidt nous persuadait, par sa seule présence dans l'enceinte du théâtre Gaston-Baty, de la qualité de notre travail.

Le jour où je mis les pieds sur le plateau, la brochure à la main, pour la première répétition, je fus un peu déconcertée. Au Français, l'alternance donne à la scène une vie continuelle, les décors de la matinée sont rangés, mais présents dans les « dégagements », on voit toujours un accessoiriste passer dans les coulisses de la cour au jardin portant une pendule 1900, ou bien un tapissier qui range un tabouret Louis XIII, ou encore des comédiens qui empruntent le couloir du fond de la scène pour se rendre à la salle Mounet-Sully.

Bref, la ruche « Simul et Singulis », emblème de la maison, ne cesse de bourdonner, les bavardages « de ville » ajoutant leurs murmures à ceux des répliques de travail.

Dans un théâtre privé, à deux heures de l'après-midi, tout est mort et morne : la petite lampe, appelée baladeuse sans doute parce qu'elle est immobile, veille, solitaire, sur un plancher poussiéreux; on lève le rideau de fer devant une salle sombre qu'éclaire confusément la vague des housses jetées à la hâte sur les fauteuils muets, les portes sont closes; on accorde aux comédiens une lumière parcimonieuse, le « service », qui leur permet tout juste de déchiffrer leur texte (on limite les frais, ici, pas d'aide de l'État, nulle subvention pour permettre un éclairage coûteux et un personnel superflu).

« Curieux effet, Micheline, de vous voir sur cette scène, me dit Lars Schmidt, soyez la bienvenue. »

Dehors, le mois d'avril dispense ses rayons déjà tièdes; à l'intérieur, il fait un peu froid. Lars me montre ma loge, j'essaie de réprimer mon premier mouvement qui est de recul : la fenêtre ouvre largement sur les tombes du cimetière Montparnasse. Cette proximité reposante m'aidera le soir de la générale. Pourquoi avoir peur? De chaque côté de la rampe, tout le monde y sera tôt ou tard, dans le jardin d'en face. Peu à peu, je finirai par trouver un vrai charme à ce vis-à-vis ombragé; j'aurai un dialogue muet avec les croix qui ouvrent leurs bras de pierre... Je me demande même si elles ne vont pas les réunir, ces bras, pour arriver à applaudir, depuis le temps qu'elles attendent les rappels d'avant Gaston Baty!

Oh! le délire des actrices avides de triomphes! Que vais-je imaginer là?

Tout de suite, les premières sympathies naîtront au sein de

l'équipe. Je goûte particulièrement le naturel de Guy Tréjan; il peut dire les choses les plus énormes avec un sérieux presque pudibond qui déclenche le fou rire du public. Nous nous disons sans cesse notre désir de nous retrouver un jour pour jouer la comédie... Il suffit d'aller l'admirer aujourd'hui avec Edwige Feuillère dans *Le Bateau pour Lipaïa* et l'on comprend mon admiration pour ce partenaire d'une qualité rare.

Mes débuts au boulevard n'allèrent pas sans quelques incidents. J'avais tellement l'habitude qu'on vînt me chercher par la main (au Français, le régisseur vous accompagne jusqu'à votre entrée en scène et vous avertit quand vous pouvez lancer au public votre première réplique), que je me sentais sans protection. C'est ainsi que bien sérieuse derrière le portant du décor, j'attendais le moment d'entrer... et que par deux fois, je le laissai passer, parce que personne en coulisses ne m'avait dit : « C'est à vous. » De ma vie, je n'avais raté une entrée; une fois encore, je pus me rendre compte du confort qu'on nous mitonne à la Comédie-Française.

Mes camarades ne se fâchèrent pas, mais ces deux affreux soirs, je rentrai chez moi mourant de honte. C'est pour des raisons identiques qu'un autre jour, alertée par ces précédentes défaillances, je fis tout le contraire et me précipitai en scène beaucoup trop tôt, surprenant mes partenaires affairés à un moment où ils se disaient des choses que mon personnage ne devait absolument pas entendre. Je m'aperçus de ma bévue en les trouvant dans des places qu'ils ne devaient absolument pas avoir; je fis rapidement volte-face en m'écriant : « Bonjour, bonjour, ne vous dérangez pas, je passe » et retournai en coulisses le cœur battant, les jambes ramollies, ayant pu apercevoir Jean Jacques, Guy et Tsilla pétrifiés, ne comprenant rien à mon intrusion inopinée et saisis tout à coup d'un fou rire qui les rendit muets pendant plusieurs minutes.

Mis à part ces légers incidents, *Le Saut du lit* nous mettait du rose, du blanc, du vert au cœur, on riait, on buvait un petit vin blanc-cassis à minuit au bistrot du coin, on piqueniquait le samedi entre matinée et soirée, chacun régalait à son tour. Lars nous recevait dans sa campagne française à la suédoise. C'était l'hiver blanc autour de sa maison; nos yeux brillaient de vodka, nos joues rouges auraient pu faire fondre la neige, mais personne n'était de glace. Tout le monde brûlait de plusieurs feux, celui de la rampe, du succès, de la joie d'être ensemble tout au long de la saison.

Et puis les meilleures choses ayant une fin, après un an la pièce termina sa carrière et nous nous séparâmes. Encore une nostalgie qu'on ignore au Français, les murs et le sociétariat nous assurent une continuité à vie; on n'y reprend pas sa petite valise à maquillage et tout ce qui s'est accumulé pendant une année, photos, objets, petits cadeaux, vases de fleurs, coussins, châle qu'on jette sur ses épaules pour descendre sur le plateau, les lettres, les télégrammes de la première, devenus poussiéreux, la corbeille à maquillage qui reste en coulisses contenant de quoi se rafistoler l'œil et se repoudrer le nez... le peignoir, les bonbons, les livres. Cette fois, il me fallut donc faire mes bagages : j'emportai tout, y compris ma théière, et mon thé de Chine qui m'accompagnent toujours. Je dois avoir un brin de sang anglais dans les veines, pas possible, le thé, c'est ma drogue, mon remonte-moral, mon pousse-bonne humeur.

Le dernier soir, il y eut aussi les fleurs de Lars, le foulard de soie, don de Marcel Mithois qui a toujours quelque chose à offrir. Mon premier auteur vivant n'avait cessé de me gâter l'année entière, j'avais de la chance, il paraît qu'ils ne sont pas tous généreux, les auteurs, loin de là, j'étais tombée sur le bon du premier coup!

Tout le monde s'est embrassé avec émotion en se jurant de se revoir. Puis, comme toujours dans ces cas-là, chacun se trouvera accaparé par une nouvelle pièce, une télévision, une tournée; on ne se reverra plus qu'occasionnellement. On s'appellera encore de temps à autre, on finira par se perdre tout à fait de vue et d'ouïe...

Chacun va vers l'inconnu, vers d'autres contrats, vers quelque activité nouvelle. J'ai dit adieu à ma loge, aux habitants du cimetière, à la rue de la Gaîté... j'ai tourné la page.

A la page suivante m'attendaient Elvire Popesco, Hubert de Malet, Jean-Claude Brialy et *L'Hôtel du libre échange*.

« Encore un Feydeau, Micheline Boudet, pourquoi? » me demande Mathieu Galey dans une interview télé.

Ça y est! Il va falloir encore se justifier, s'expliquer, donner des raisons fausses pour la plupart, crâner. On ne peut pas dire, ce qui est vrai : Parce que j'ai la frousse qu'on ne me demande rien d'autre, parce que mon mari a en ce moment des difficultés, un passage à vide, parce que j'ai une maison lourde, un grand fils, une fille en bas âge, une Nadine, et une mère qui veillit; que j'ai peur de ne pas m'en sortir... parce que je dois enchaîner, remonter sur mon cheval, faire mon métier, parce que je sais que si je ne travaille pas, je vais me dessécher, parce que les gentils compagnons du métier vont dire d'un air apitoyé de bonheur : « Pauvre Micheline, elle n'a rien, c'était à prévoir, pourquoi est-elle partie du Français? »

Ce que je ne savais pas, c'est qu'on allait le dire tout de même : « Vraiment, si c'est pour rejouer un Feydeau qu'elle a quitté le Français, quel intérêt? »

« Les gens en parleront, n'en doutez nullement. » Je vais mettre beaucoup de temps à cesser de souffrir par les mots, ceux qui vous tombent sur l'orgueil et vous rongent la vanité. Il me faudra la grave opération de 1975 et l'aide de Voltaire pour me détacher des coteries, des petites bassesses, des bavardages stériles et des fausses gloires, et aussi pour comprendre qu'on a quelquefois beaucoup de succès en restant chez soi.

« Ah! si Micheline avait joué cela! »

Mais je m'aperçois que je prends garde encore à ces on-dit de notre minuscule Tout-Paris... Tout Paris, une poignée de mode, rien de plus.

16

Ce n'est pas par goût de la mode que nous cherchions à quitter la rue de Lille; la présence de Marie et surtout celle de Nadine qui venait d'entrer à la maison pour garder l'enfant nécessitaient une pièce de plus. Après bien des visites infructueuses, je finis par trouver un appartement qui avait grand besoin d'être rajeuni, mais qui avait l'avantage de comporter une cour plantée de quelques aucubas assez tristes, mais aussi d'un énorme marronnier et de deux frênes. Des arbres en plein Paris... quelle tentation!

Après avoir décidé d'y succomber, nous avons raclé nos fonds de tiroir, nos porte-monnaie, nos vieilles poches, et nous nous sommes lancés dans l'aventure.

Robert qui a la phobie des murs sales trouva plus simple de les abattre tous afin d'en remonter d'autres tout neufs, et recommença comme rue de Lille à recreuser, à recréer d'autres pièces, à fabriquer des portes et des placards, à agrandir un foyer de cheminée qui fissura le mur jusqu'au troisième étage, à chercher sous les plâtres du plafond les poutres qui pourrissaient et qu'il fallait remplacer, à faire une terrasse dans la cour, à faire de la cour un jardin, à rechoisir cheminées, tissus, canapés, carrelages. Je pensais ne jamais en sortir, ou plutôt ne jamais y entrer...

Et maintenant nous sommes installés depuis quatre ans dans ce paradis de verdure et de chants d'oiseaux. A chaque instant je revois la mansarde et je me demande si ce miracle-là est bien vrai. Je suis épatée, je ne songe pas à m'en cacher au risque de faire sourire; mais je me fiche d'avoir l'air d'une parvenue, qu'est-ce que je suis d'autre? Être parvenue jusqu'ici, ce n'est pas tellement honteux, j'en remercie tout bas le destin; il a d'ailleurs une drôle de ressemblance avec un certain Robert Petit sans qui, aujourd'hui, ma vie serait bien morne.

7 mai 1978. Le jardin est de plus en plus vert, le ciel de plus en plus gris; il ne cesse pas de pleuvoir, mes projets de théâtre s'effondrent en même temps que les fleurs terrassées par l'orage.

Deux chefs-d'œuvre impossibles à monter, l'un parce que l'auteur a mis une mauvaise volonté flagrante dans le choix du rôle masculin, l'autre parce qu'aucun metteur en scène n'est libre en ce moment.

La troisième pièce pointe à l'horizon, mais chacun des théâtres où elle pourrait se jouer est déjà pourvu d'un spectacle pour la rentrée. Je crois bien que je vais rester en rade... Je découvre, en me demandant si j'ai lieu de m'en réjouir, que je m'en fous éperdument.

J'ai ma maison, le jardin, le chant des piafs, les coups de fil avec Arletty.

« Allô Arlette? C'est la petite Boudet. »

Les rires fusent dans l'appareil.

« Ah! la p'tite Boudet? De la Comédie-Française?

– Ex, voyons, ex!

– C'est flatteur de connaître une ex... vous savez. »

Je raconte mes projets ratés; le rire s'affaisse.

« Ah! je suis triste Micheline. C'était tellement bien ce rôle, tellement pour vous!

– Arlette, vous êtes vraiment trop gentille de prendre une telle part.

– Ah! mais, c'est que j'ai mes têtes, Micheline.

– Je suis rudement fière, Arletty de faire partie de vos têtes!

– Comment, mais voyons, mais vous êtes en tête de mes têtes! »

Nos cocoricos repartent jusqu'à plus souffle, jusqu'à plus bis.

« Je suis sûre, dit Arletty, qu'un auteur nous aurait écrit quelque chose, Micheline; vous vous rendez compte, le rire de ces dames! »

Nous prenons un rendez-vous précis et vague à la fois, précis parce que nous avons envie de nous voir, vague parce qu'Arlette n'aime pas prévoir trop longtemps à l'avance la moindre rencontre.

« Surtout pas le 15 mai, Micheline (c'est la date de son anniversaire) : ce jour-là, je barricade ma porte, je coupe mon téléphone et je reste au lit! »

Nous n'en sommes pas encore en mai 1978 pour l'instant, mais en juin 1973...

Au fond, je crois bien que j'ai accepté *L'Hôtel du libre échange* parce qu'il est très difficile de résister au charme d'Elvire Popesco.

J'arrive sur sa demande au théâtre de l'avenue Gabriel avec la ferme intention de dire non. Elvire est assise toute droite dans son salon Marigny. Ses deux codirecteurs l'encadrent : Hubert de Malet, grand lézard de charme, fabuleux homme d'affaires, et Robert Manuel acquiesçant avec conviction à chaque phrase imprégnée du célèbre accent roumain. Je me sens étrangement intimidée en présence du trio, j'ai l'impression de comparaître devant Catherine de Russie flanquée de ses ministres impériaux ou bien devant quelque reine de gang couvée par deux gardes du corps des plus affranchis...

Je me fais un visage gracieux pour apporter ma réponse négative.

« Ah! quel beau sourire, dit-elle en m'offrant le sien, éblouissant, il en a de la chance, ce M. Le Petit que vous êtes sa femme. »

Flûte! Si elle me prend par les sentiments... Je me sens fondre, je discute un peu, j'expose mes réticences, on les réfute avec art. Elvire est magnifique, elle accentue son accent, elle attrape sa canne, marche de long en large, m'assure que si je n'accepte pas de faire couple avec Brialy, elle ne montera pas le spectacle. Elle m'entortille, me captive, je suis tellement sous la séduction de Nina, de la Contessa, de la Mamma que je n'entends même plus ce qu'elle dit, j'assiste au spectacle; elle me retourne comme une crêpe, me noie dans les reflets de ses cheveux fauves, m'anéantit de son regard malheureux, de ses intonations choisies pour moi. Sa voix roule, ondule, module, et moi, bien sûr, je capitule!

Il y a très peu de temps que je suis capable de résister à ce genre de supplique, très peu de temps que je suis capable de dire non. Au Théâtre-Français, on ne m'avait pas appris, le choix se faisait automatiquement, et comme en général il tombait sur un chef-d'œuvre classique, je risquais rarement de me tromper.

Maintenant, je n'ai envie de sortir de chez moi que si le jeu en vaut vraiment la chandelle, c'est bien le cas de le dire. Ce métier, nous le savons, n'est qu'un jeu, mais un jeu, s'il ne vous amuse pas, ce n'est pas la peine d'y jouer!

Ce sacré jardin aussi qui me berce du chant perpétuel des oiseaux chamailleurs, tout ce vert frais qui m'invite à lever la tête des carreaux de mon cahier pour assister à ses éclosions, toutes ces croissances lisses, découpées, gazonnantes ont tendance, avec celle, triomphante, de ma fille, à me persuader que le théâtre n'est qu'une suite d'artifices sans feu qui mérite à peine qu'on s'y arrête.

Pas possible, Boudet, tu vieillis. Inutile de le nier, c'est ça : après les années d'action, voici celles de la contemplation. Choix ou force des choses, je ne sais. Évidence en tout cas, et bien sûr, tout au fond, un troublant désenchantement, un abandon. Le ciel glacé qui nous couvre le chef en ce moment, ce plomb froid dont nous sommes enveloppés y est peut-être pour quelque chose. Difficile d'avoir des pensées guillerettes dans ces conditions tristement atmosphériques. Envie de rester au fond du lit, lovée sous le duvet dans la position fœtale jusqu'à la fin des mondes.

Revenons à Marigny, ce sera moins lugubre, d'autant qu'ici, ma loge ne donnait pas sur le cimetière mais sur les rhododendrons des Champs-Élysées. C'est un vrai délice d'aller travailler lorsqu'on est accompagné jusqu'à la porte, des parfums de l'été. Nous avions en effet décidé de commencer les répétitions avant les vacances pour mettre au point la plus grosse partie du travail... Un travail précis, vif et joyeux entrecoupé des sketches de Jean-Claude Brialy qui possède une série de portraits irrésistibles allant de Marie Bell à Marlène, numéros mis au point avec soin, dont les mots et les mimiques, quand on les entend pour la première fois, sont assez désopilants. Moi, je riais, et la nouvelle famille sur notre nouveau bateau s'en donnait à cœur joie.

Pour les historiettes, Jean Parèdès (il arrivait régulièrement avec vingt minutes de retard) nous en racontait une bonne demi-douzaine chaque jour avec volubilité. Michel Roux opposait à ce torrent de mots le laconisme et l'ironie à froid dont il a su faire sa personnalité. Je découvrais la gentillesse et le talent d'Annick Alane et je retrouvais ma petite amie Arlette Didier qui avait sauté du *Lit* avec moi jusqu'à l'*Hôtel;* pas étonnant, elle a une telle vitalité, cette Arlette-là; elle fait tout, et tout très bien : la cuisine, le théâtre, l'équitation, la natation; elle va dans sa maison en week-end, où elle trotte, barbote et tricote, se marie entre-temps, reprend la route pour aller jouer, répéter, tourner, se fait les ongles entre deux scènes, se fabrique un châle à troutrous au crochet, trouve le moyen en prenant la vie à pleins bras d'avoir de l'esprit comme quatre et du cœur comme personne.

Quel travail pour l'ami Cochet de diriger ce petit monde aux couleurs diverses, sans compter les quatre filles de Parèdès, et le jeune Marcel Philipot, plein de drôlerie et de talent dans le garçon d'étage. Toutes les générations représentées dans la pièce faisaient un heureux mélange, et côté coulisses, comme toujours dans les pièces de Feydeau, on allait de la joie au délire. On y riait en s'efforçant avec difficulté de parler bas pour ne pas gêner les camarades qui s'activaient en scène. Les langues allaient bon train à coups de propos plus ou moins mondains ou enfantins, souvent coquins, voire libertins, tout est bon teint dans les potins des cabotins!

Jean-Claude Brialy méprise la superstition; quand une pièce commence... il s'installe! Contrairement à moi qui, depuis le Théâtre-Français, n'apporte que ma trousse de maquillage, Jean-Claude, lui, apporte son divan, ses tissus, ses coussins, une grande affiche de Piaf, une autre de Raimu, une trentaine de photographies de ses amies, les stars, car toutes les stars sont ses amies, son réfrigérateur rempli de boissons variées, une caisse de champagne, des gravures, des rideaux, un tapis, deux fauteuils, et bientôt une centaine de télégrammes dont il tapisse sa loge le soir de la générale, dès qu'il est allé porter à chaque comédien, du plus grand au plus petit, un cadeau souvenir avec un mot d'affection.

L'ambiance dès lors créée, tout le monde se congratule, se remercie, pousse des oh! et des ah! en dénouant les rubans, en lisant les petits mots : que de sourires, de grosses bises, de ravissements... Car tout le monde a eu la même idée et chacun de nous a autant de cadeaux qu'il y a de comédiens.

Les couloirs sont parcourus du froufrou des jupons de ces dames, du bruit des cannes de ces messieurs; nos loges sont ouvertes, et nous resterons ainsi pour la durée de la pièce en communication constante. Je voisine avec Jean-Claude qui s'est confiné dans une petite loge pour me laisser la grande. Nos matinées et soirées du dimanche deviennent légendaires. En effet, Jean-Claude a toujours peur que je ne meure de faim et fait apporter de son restaurant de l'Orangerie un poulet rôti, des radis noirs, un peu de foie gras, du fromage et – catastrophe – une bouteille d'excellent bordeaux que nous partageons en frères.

« C'est bon pour toi, Mimiche, ça va te remonter, vas-y! »

J'y vais, prudemment, mais un seul verre me suffit pour avoir des fleurs dans la tête. Cette euphorie causée par la bonne chère nous empêche de nous dominer et voilà qu'un soir, en voulant éviter de marcher sur ma traîne de dentelle, Jean-Claude, peut-être un peu déséquilibré par le vin de Bordeaux, se retrouve les quatre fers en l'air devant une Boudet d'abord ahurie, puis saisie d'un tel fou rire que le public, comprenant la situation, emboîte le pas et rit avec nous. Jean-Claude s'est relevé rapidement et se précipite vers moi, un Kleenex à la main pour sécher mes hilarantes larmes en me disant tout bas, ce qui me fait repartir de plus belle :

« La honte sur nous, ma chérie, c'est la honte! »

A partir de ce soir funeste, tous nos dimanches soir furent empoisonnés.

« Tu ne te rends pas compte, disait Jean-Claude, tu as un œil rond qui s'agrandit, s'agrandit. Je ne peux pas résister, c'est affreux, cela ne m'est jamais arrivé, moi qui me fâche si fort quand les autres rient en scène!

– Et moi donc, j'ai horreur de ça, répond la pauvre Boudet qui en a mal au corset de rire. Si tu ne me faisais pas boire! »

Bref, désormais, le dimanche soir, au premier acte, tous les acteurs descendent et se plantent en coulisses pour assister au désastre. Les voir là, le visage épanoui, guettant nos premières défaillances, précipite encore notre honte et anéantit notre résistance. Heureusement, il s'agit d'une pièce comique. L'humeur du public ne s'en trouve pas changée... et même parfois la troupe survoltée donne à la représentation une nouvelle impulsion qui entraîne les spectateurs à sa suite.

Un dimanche – c'était en matinée – nous étions sérieux. J'aperçus dans la salle, en saluant, Roland Petit et Zizi Jeanmaire. Nous ne savions pas qu'ils assistaient au spectacle.

Je suis toujours heureuse de revoir mes amis de jeunesse. Ils montèrent en coulisses, et passèrent m'embrasser avant d'aller voir mon partenaire.

« T'es bien, dit Zizi, mais le rôle n'est pas fantastique.

– En effet, mais tu sais, je m'amuse, il faut bien travailler! »

Roland me tâte la taille.

« C'est fou ce que tu es restée mince », dit-il. Puis, m'attrapant la peau du cou sans douceur d'un mouvement ascendant :

« Tu devrais te faire tirer tout ça! »

On a beau y avoir pensé, ça suffoque un peu tout de même! Restons calme.

« Que tu es gentil, Roland, personne n'a osé me le dire jusqu'ici. Ta sincérité me touche... c'est une vraie preuve d'amitié.

– Moi, je l'ai fait, dit Zizi, regarde comme c'est bien.

– En effet, dis-je, croyant être aimable, ça ne se voit pas du tout! »

Aïe, c'est maladroit, ces paroles-là. Voilà comment on se fait des réputations vipérines.

Roland ne doit pas être très à l'aise, il me dit avant de quitter ma loge :

« Ne raconte pas cette conversation à Robert, hein? il ne serait pas content. »

Robert, ça lui est bien égal!

« Si tu en as envie, tu le fais, c'est ta peau, ça te regarde. C'est trop personnel pour que je m'en mêle. »

Un de mes amis écrit justement un livre en ce moment sur un expert de la chirurgie esthétique, le Dr Sosthène. Cet ami me propose de venir au spectacle avec le chirurgien en question et sa femme; nous irons souper ensuite et je pourrai exposer mon cas.

Rendez-vous est pris. Le soir fixé, le couple entre dans ma loge à l'issue du spectacle, mon ami me les présente. Disons la vérité, ce rafistoleur de visage me fait un peu peur. L'œil et la barbe sont d'ébène – Landru de luxe, il me met mal à l'aise.

Sa toute jeune femme doit avoir dans les cinquante-cinq ans, elle n'en paraît pas trente. Elle est superbe. Évidemment, elle n'a pas dû rire beaucoup dans son fauteuil, son visage est archi-lisse mais sa démarche est mal assurée et, en y regardant bien, on découvre qu'elle branle légèrement du chef et que ses mains sont tavelées. N'empêche, elle a un cou de statue, pas de ride, un air un peu figé, soit, mais l'ensemble est une réussite... du mari.

Nous apprenons au cours du souper qu'elle a subi huit opérations. Ce n'est pas une femme, c'est un rapiéçage; elle ne parle que de liftings, de coutures, de nez scié, de dégraissage des yeux, je n'en peux plus... Au bout d'une heure, je finis par suggérer :

« Et un beau visage de grand-mère, les rides d'un sourire auréolé de cheveux blancs?

– Jamais, s'exclame-t-elle, horrifiée, je me ferai remonter jusqu'à la fin. »

Son courage me rend nauséeuse. Au dessert, l'ami charmant qui a organisé le rendez-vous risque la question qui nous a menés ici :

« Docteur, vous comprenez, Micheline ne veut pas jouer Agnès, ses rides ne la traumatisent pas. Si vous pouviez... juste un peu le cou... »

Alors Landru me regarde une seconde en évaluant les dégâts et laisse tomber sa sentence d'un air glacial : « Il faut tout refaire! »

« Alors, me dit Robert quand je le retrouve à deux heures du matin, qu'est-ce que tu fais?

– Rien! rien, je garde tout! Mes rides, mes sillons, mes friperies, je ne change rien à ce que m'a donné la nature, je n'ai pas de rides à l'âme, je m'accommoderai des autres! » Ouf! je crois que je l'ai échappé belle.

Et après, eh bien après, j'ai joué une petite pièce très amusante qui n'a pas eu de succès du tout. Et pourtant comment aurais-je pu résister à l'idée de la performance que me proposait Robert Thomas? Huit personnages à jouer l'un derrière l'autre et pratiquement sans transition : une femme tigresse qui veut tuer son mari, une petite provinciale effacée, une grosse dame avec l'accent du Midi, une poétesse virile qui s'exprime en alexandrins, une Anglaise pompette, une femme suicidaire, et une mère désespérée parce que son fils ne veut plus être pédéraste... En somme une série de sketches.

Le public préfère une vraie pièce avec un commencement, un milieu, une fin. On avait pourtant bien travaillé avec François Guérin, l'auteur avait une idée par minute. Tout cela était sans prétention, divertissant, et j'avais pu découvrir en moi des ressources ignorées, des capacités parodiques, burlesques et même caricaturales, que je n'avais jamais eu l'occasion d'exploiter. J'étais contente de ces possibilités variées et du tour de force que je devais accomplir chaque soir. Hélas, la critique me reprocha de faire le clown, d'abîmer mon passé classique, et la pièce n'atteignit pas la centième. C'est dur, l'échec, surtout quand on se démène chaque soir de toutes ses forces, qu'on défend sa partie avec une énergie féroce, qu'on va au-delà de la fatigue, au-delà de soi-même et qu'on ne se sent pas soutenue. Robert Thomas heureusement ne cessait de m'affirmer qu'on ne pouvait mieux jouer sa pièce, contrairement à bien des auteurs qui rendent l'interprète responsable du manque de succès de leur œuvre. Son enthousiasme fut un baume à mon malheureux amour-propre blessé.

J'en avais gros sur le cœur et par-dessus la perruque... C'était ma faute sûrement, j'en profitais pour jouer à *mea culpa* tant que je pouvais, mais me frapper la poitrine ne me soulageait pas.

D'autres soucis graves me préoccupaient, d'ordre familial, et qu'il est inutile de pleurer sur le papier. Mais je pleurais beaucoup dans mes draps et commençais à me demander ce qu'avait le petit Jésus à m'éprouver ainsi, lorsque Marie Bell m'appela pour me demander si je voulais bien faire au Gymnase une reprise du *Saut du lit* qu'elle souhaitait garder tout l'été. Plutôt que de rester chez moi à pleurnicher, pourquoi pas?

« Je repris ma trousse et mon cuir anglais », et me voilà réunie à mes bons copains, Guy Tréjan, Arlette Didier, Patricia Karim, Jacques Ciron, Jean Jacques et Madeleine Barbulée qui remplaçait Tsilla Chelton.

Là-dessus, on me proposa une télévision, *Le Siècle des lumières,* promenade amoroso-littéraire, imaginée très habilement par Claude Brulé et mise en scène par François Villiers.

Une vie plutôt agitée! Aux studios des Buttes à dix heures du matin pour le maquillage, je reprenais mes atours de marquise, corset et perruque compris (à cette différence près qu'au théâtre, lorsque je jouais Marivaux ou Molière, c'était pour une durée de deux heures, tandis qu'à la télévision, j'étais dans mon carcan pendant sept heures); après quoi je filais au Gymnase; à peine le temps d'avaler un mince sandwich et je me retravaillais la figure et le cheveu pour entrer en scène, joyeuse, pimpante et superficielle jusqu'à minuit. Je n'étais pas fraîche à la sortie, les Grands Boulevards non plus : on arrivait au mois de juillet, le temps d'été m'accablait, projecteurs l'après-midi, projecteurs le soir, les quelques instants où je mettais le nez dehors, c'était le soleil qui me tapait dans les yeux. Je me traînais en me fouettant, il me fallait toujours surmonter, surmonter les événements, mes tristesses, mes regrets, farfouiller dans ces jours exténuants pour trouver quelques gouttes d'espoir, comme, dans un lit trop chaud, on cherche vers le bord un peu de fraîcheur du bout de son pied.

Qu'est-ce qui me prend ce soir de juillet 1975?

Il me prend que j'en ai assez... assez de jouer des vaudevilles, assez de porter des corsets, assez d'avoir l'air de prendre mes échecs avec dignité et insouciance, assez de faire l'idiote et de m'agiter pour trois sous, assez de ce monde où les serments ne comptent pas, où les promesses ne sont pas honorées, où les directeurs se parjurent, où les auteurs mentent, où les acteurs crèvent.

Qu'est-ce que j'ai? Je n'en peux plus, je me sens incroyablement fatiguée, lasse de tout, je me traîne, portant sur le monde qui m'abandonne un jugement presque désespéré.

Le dernier soir du tournage, je m'évanouis, on s'occupe de

moi, on me retape à coups de Coramine, de calcium, l'attirail habituel. Je pars comme une femme ivre pour le Gymnase, je vais jouer en me battant, en m'exténuant de bonne humeur. Mais qu'est-ce que j'ai?

Entrer en scène me semble aussi impossible que d'escalader l'Himalaya. Je me demande d'ailleurs dans quelles profondeurs je puise ma force... Mais ça, ce sont les ressources cachées du comédien...

Quand j'arrive au théâtre à bout de lassitude, j'ai des envies d'en ressortir en vitesse et de courir, courir jusqu'au-delà de la ville dans une campagne sans spots, sans caméras, sans public, sans acteurs... Fuir, entrer jusqu'au cou dans l'ingratitude jusqu'à trouver l'indifférence. Mais qu'est-ce que je peux bien avoir?

Je vais l'apprendre assez tôt. J'ai un cancer, tout simplement. Vous savez, ce truc qui n'arrive qu'aux autres.

Après une visite de routine, le médecin me conseille une mammographie.

« Allez-y vite, on ne sait jamais. »

J'ai lu des magazines, je sais bien à quoi il pense en me palpant la poitrine.

« C'est le corset, docteur, je le porte plusieurs heures par jour depuis plus d'une semaine.

– C'est peut-être le corset, mais il y a là une petite boule... la radio nous rassurera. »

Allons chez le radiologue. Dans la salle d'attente, après une demi-heure environ, on m'appelle. La mécanographe me reconnaît, me parle théâtre; je me détends, les plaques sont froides, mais avec cette chaleur, ce n'est pas tellement désagréable.

« Rhabillez-vous, nous vous donnerons le résultat tout à l'heure. »

Cinq minutes se passent... la jeune fille aimable revient me chercher.

« Le cliché est mal tiré, nous allons le refaire. »

Redéshabillage, re-plaque froide, rhabillage, re-salle d'attente.

Troisième entrée de la mécanographe, toujours souriante :

« Ce n'est vraiment pas de chance, je ne sais pas ce qui se passe, le cliché est un peu trouble. »

Je suis plus troublée que le cliché. Qu'est-ce que c'est que cette histoire?

« Le patron veut vous voir, me dit un homme en blouse blanche qui vient de me poser des questions indiscrètes sur mon âge et ses conséquences. »

Il est très sympathique, le patron, il m'examine de ses doigts rapides.

« Voyons cela », dit-il. Il me palpe en souriant. « Quel souvenir, *Le Prince travesti!* Levez les bras... Je vous ai applaudie aussi dans *Un fil à la patte* avec Charon et Hirsch. » Ses mains cherchent. « Ah! voilà, oui, oui, c'est là, à gauche... Vous formiez une fière équipe, tous, c'était d'un drôle! Vous pouvez vous rhabiller, on va vous expliquer ce qu'il faut faire. Au revoir, Micheline Boudet, très heureux de vous avoir rencontrée. »

L'homme en blouse blanche qui m'a questionnée tout à l'heure me prend à part, me tend mes radios :

« Nous vous conseillons de ne pas garder cette boule, faites-vous opérer le plus tôt possible. Ravi de vous avoir rencontrée, au revoir, madame. »

Dehors l'été éclate. Le soleil m'attaque de front quand j'émerge du porche frais. Une opération? Il ne manquait plus que ça, et *Le Saut du lit?* Et la télévision qu'on doit en faire dans une semaine? Et cet été le théâtre du Gymnase qui doit rester ouvert? Non, ce n'est pas possible, tant pis, je me ferai opérer en septembre.

« Allô, docteur Bamberger, voilà, j'ai passé une mammographie, j'ai une boule.

– Une boule? Venez me voir. »

J'y cours. Celui-là est un si bon médecin. Il soigne Marie depuis sa naissance, arrive au milieu de la nuit si elle a de la fièvre, accourt quand il me sent abattue, j'ai en lui toutes les confiances... il m'ausculte.

« Allez donc voir Hourtoulle à Junot, c'est à lui que je confierais ma mère, ma femme, ma sœur... appelez-le dès ce soir. »

« Venez demain avec vos mammographies, je vous attends, me dit le chirurgien au téléphone. » Le lendemain, je dois déjeuner avec Marie chez ma mère à Montmartre.

« Oh! oui, allons à son Martre, dit Marie qui est toujours ravie de s'expatrier. Après le déjeuner, nous sortons. »

Il y a un square près de la clinique, j'y laisse maman et sa petite-fille, et j'entre à Junot. Le médecin Hourtoulle me reçoit dans son cabinet au rez-de-chaussée de la maison. Il observe les radios en prenant bien son temps.

« Je ne me fie qu'à mes doigts, dit-il, déshabillez-vous. »

Il voit en effet très clair avec ses doigts. Minutieusement, il me tâte, me palpe la poitrine avec insistance. A ce moment le téléphone sonne, c'est Bamberger qui vient aux nouvelles.

« Allô oui? Sûrement, tu l'aimes bien, dit Hourtoulle en souriant, tout le monde l'aime bien. »

Un temps.

« Seulement, ou plutôt justement... il faut " aller voir ". Je t'appelle ce soir. »

Il raccroche, il me regarde derrière ses lunettes, me repalpe, me regarde à nouveau.

« Qu'est-ce que vous avez à faire en ce moment?

— Je joue, docteur, et j'enregistre la pièce lundi pour la télévision.

— Je me fous de la télévision, dit-il sans hausser le ton. Une évolution rapide est toujours à craindre, je vous opère jeudi. Vous entrerez en clinique mercredi soir pour les examens préopératoires. Je vais vous accompagner à la caisse pour les papiers. Et si c'est mauvais, dit-il, vous êtes d'accord pour enlever tout?

— Évidemment docteur, il vaut mieux conserver une mère à ses enfants que conserver un sein, enlevez ce qu'il faut! »

Cela l'amuse. Il me tapote la joue gentiment.

« On vous en fait, des misères! »

Dans le petit square, Marie joue à se salir, elle saute dans le sable. Je pousse le portillon, je la récupère ainsi que ma mère.

« Dis donc, Marianne, j'ai quelque chose au sein. C'est peut-être grave, on va m'opérer.

— Enfin tu vas te reposer un peu! » s'écrie maman.

Je reste une seconde interdite! Après tout, tant mieux si elle ne comprend pas. Un poids de moins en ce moment, ce n'est pas du luxe.

Je suis calme. Je pense à Marie Bell qui va devoir me faire remplacer en trois jours, au souci que je vais causer à tout le monde et à la télé lundi. Ce sont d'abord les complications professionnelles que j'envisage.

Nous grimpons toutes les trois l'avenue Junot, puis la rue Norton, nous passons la rue des Saules, la rue Saint-Vincent. Marie demande une glace à la pistache, nous marchons sans parler...

Brutalement, la place du Tertre nous saute à la figure. Tout bouge, les peintres à leurs chevalets, le soleil à travers les arbres, les buveurs aux terrasses, les parasols colorés, les robes claires, les vestes blanches des garçons de café, un vertige de vie m'empoigne sans prévenir : et si j'allais mourir? On a déjà vu des opérations impossibles, des négligences irrémédiables... Trou d'air... mon cœur tombe... Je me penche vers ma fille qui lèche sa glace. Elle aime ça, la glace à la pistache, elle en a partout, elle éclate de rire, mon petit museau vert. Je ne vais pas lui faire ça, me dissoudre quand nous avons à découvrir le monde ensemble, le monde que je lui ai donné volontairement un dimanche de Pâques.

En arrivant le soir au théâtre du Gymnase, je passe voir Marie Bell dans son salon-bureau, j'essaye de m'expliquer sans émotion, je fais des excuses, je balbutie, je m'étrangle un peu.

« Donne-moi la main, dit Marie, regarde-moi, tu n'as pas de cancer, tu entends? J'en suis sûre. »

Elle m'a aidée ce soir-là, Marie Bell. Cette main serrée sur la mienne m'a parcouru d'un fluide d'espérance. Je monte me préparer, je suis à ma table de maquillage. Des pensées stupides me viennent à l'esprit, c'est peut-être la dernière fois que je me maquille. Arlette Didier vient me dire bonsoir, je plaisante avec elle et, d'un seul coup, je jette ma poudre sur la table. Je flanche, je ne pourrai pas jouer, j'en suis sûre. Je suis à bout de nerfs et d'angoisse. Je pense à mes enfants, je lâche les vannes.

« Tu es folle, dit Arlette, tu as vu ton teint? Tu n'es pas malade. Tu as toujours eu du courage, tu en auras ce soir encore, tu sais que tu joueras, tu le sais bien.

– Non Arlette, non je n'ai plus de courage, je ne peux plus, je ne pourrai pas entrer en faisant : " Hou! hou! Philippe! " avec mes paquets dans les bras, c'est grotesque... je ne veux pas... je ne peux pas! »

Oh! Arlette, comme elle a été mignonne et tonifiante et

énergique. Elle m'a essuyé les yeux, recoiffée, bercée. Je me suis replâtré les joues dévastées de rimmel noir. J'ai passé ma robe à pois, attrapé mon sac, mes paquets, mon carton à chapeaux... Rideau. J'entre en scène :

« Hou! hou! Philippe... »

La machine se met en marche jusqu'au bout, sans un raté. Jamais je n'ai aussi bien joué...

Et le public? Pas possible, ils étaient venus exprès pour me remonter le moral! Dès l'entrée je les ai sentis avec moi. Je me disais : « Ils me voient jouer peut-être pour la dernière fois, il faut donner le maximum. »

Un succès fou, une vraie fête! J'étais lavée par les applaudissements, par l'effervescence de la salle, régénérée par les rires, décidément, malade ou non, je ne suis qu'une cabotine!

En me rhabillant, j'ai senti la petite boule rouler sous mes doigts. Je l'ai bien repérée maintenant, nous nous connaissons, elle et moi. Drôle de connaissance que je fais avec ce mot que personne ne prononce et qui me tourneboule la cervelle.

Mercredi, mon fils Alain m'accompagne à la clinique. La chambre est bleue, un cabinet de toilette, la télévision, j'installe mes livres : *Ma vie en plus* de Françoise Prévost, et Voltaire à tout hasard, une ou deux revues idiotes; une robe de chambre, une chemise vaporeuse. J'ai l'impression d'être en tournée. Deux bouquets de roses m'accueillent, l'un rouge de Françoise Dorin qui habite à côté de la clinique et me souhaite bon courage, et l'autre rose, trois douzaines de chez Lachaume, celles de mon mari.

Alain est parti, je suis seule; on vient pour la prise de sang, l'électrocardiogramme, tout le cirque. Il paraît que je suis saine des pieds à la tête. Je plaisante avec l'homme aux électrodes :

« Vous allez voir que je vais mourir guérie.

— Avec le cœur que vous avez, vous n'êtes pas encore partie.

— Sauf si c'est le cancer...

— Taisez-vous, voyons, rien n'est moins sûr... Soyez calme, dormez bien. »

Il sort. Le soir tombe... on m'apporte mon somnifère. Robert m'appelle, je suis dans le vague; il me dit des mots gentils... Je raccroche, un peu engourdie. Je m'endors *Zadig* dans les mains qui me donne son message d'espoir : « Il n'est point de mal dont ne naisse un bien. » Cette phrase, je vais me la répéter longtemps, souvent au cours des nuits suivantes.

Réveil brutal, deux hommes en blouses de toile entrent dans ma chambre avec un chariot roulant, on me passe un doigt dans la bouche.

« Pas de prothèse... »

On me retire ma chemise vaporeuse pour me passer une camisole de toile, des bottes de toile... piqûre... chariot... ascenseur. J'arrive à la salle d'opération un peu hébétée. Hourtoulle se lave les mains, me dit bonjour en souriant, on me fait glisser du chariot sur la table, sous la grosse lampe. Je me demande si je ne suis pas en train de tourner un film. On ligote ma veine, on m'injecte le penthotal... bonsoir, messieurs, dames.

Je lutte pour mon réveil, j'aperçois Robert qui sort du coton, ma mère qui gémit, l'infirmière qui me tapote les joues. J'ai la bonne main de mon mari sur la mienne. Je n'arrive pas à articuler une syllabe; je voudrais pourtant savoir si... Je tâte le côté gauche de mon buste : « il » est encore là...

Ce n'est que vers le soir que je distingue tout à fait les contours de la réalité...

Robert, entre-temps, est parti travailler, puis revenu. Il m'apprend la décision du chirurgien : on a enlevé la partie mauvaise, le Dr Hourtoulle espère préserver le reste... On saura demain après l'analyse.

« Je veux absolument la vérité, Robert, les mots ne me gênent pas, c'est le mensonge qui me gêne... je veux savoir. »

Le lendemain après-midi, mon grand garçon vient me rendre visite. Il marche de long en large puis il se lance :

« Voilà, maman, c'est bien cancéreux... Alors il vaut mieux... je sais que tu es d'accord...

– Enlever le sein, c'est ça?

– Oui, c'est une plus grande garantie de guérison.

– Très bien. »

L'essentiel est de tenir le coup, il faut crâner, parler d'autre chose, je ne sais trop de quelle futilité; je crâne, je plaisante.

Robert arrive, souriant. Je parle la première pour me débarrasser.

Il devient blême, s'assied et change de conversation.

« J'ai un problème avec le décor que nous faisons en ce moment, dit-il en détournant la tête, c'est d'un compliqué! »

Je m'intéresse au décor... je sens bien que c'est lui qui a besoin d'aide. Nous parlons théâtre, c'est toujours notre aspirine, notre tranquillisant, la panacée de notre univers.

« Et Marie?

– Elle est à la campagne chez ma mère. Tout va bien. Monique et Nicole s'occupent d'elle, ne t'inquiète pas. »

Je ne m'inquiète pas, je l'imagine, marchant en forêt avec ses tantes, je sais qu'elle est choyée au maximum.

Ma famille se retire, je suis contente d'être seule, de me parler, d'arranger dans l'ordre les événements que je vis, que je vais vivre encore; je sais bien que je n'ai pas fini ma vie, je suis pleine de certitude.

L'infirmière de nuit fait une entrée quasi militaire et d'une douceur exquise :

« On vous opère demain matin à neuf heures... pas de petit déjeuner. »

On me donne de quoi dormir, la nuit passe, le matin arrive et avec lui, à nouveau, hommes de toile, chemise de toile, bottes de toile, re-piqûre, re-chariot, ascenseur. L'arrivée en salle est nettement moins gaillarde que l'avant-veille, j'abandonne sans pudeur mes larmes à leur roulis.

« Anesthésiez vite, dit mon bon chirurgien, elle n'a pas le moral. »

Merci, docteur... je sombre dans le penthotal libérateur.

Réveil en douleur, encore embrumée de la tête et des yeux dans le bleu vague de ma chambre. J'aperçois vers le haut du lit un bocal qui déverse goutte à goutte par un tube transparent du sérum dans mon sang et, posé sur le sol, un autre bocal où s'en va goutte à goutte par un autre tube du sérum de mon sang. Qu'est-ce que c'est que cette usine de tuyauterie? ce Beaubourg de poche? ce vase communicant qui respire au rythme d'une demi-gorge à demi soulevée. Oui, cette fois c'est sûr, il en manque un à l'appel de mes doigts, je suis une amazone sans tir à l'arc, une moitié de femme, une amputée.

L'anesthésiste est à mon chevet, il vérifie son travail, guette mes réactions. Il est servi! Telle je me suis endormie, telle je me réveille, sanglotant comme une petite fille. J'aimerais lui dire merci aujourd'hui à celui-là. C'est à peine si, au milieu de mes chutes du Niagara, je parviens à articuler mes craintes :

« Quelle horreur! Mon Dieu! et mon mari?

– Ne vous inquiétez pas de cela, je n'ai vu jusqu'ici aucun couple sombrer après cette épreuve; au contraire, j'en ai vu se rapprocher. »

Il me rassure avec fermeté :

« Allez-y. Pleurez un bon coup, crevez la bulle, vous vous sentirez mieux! »

Pas besoin de me le dire deux fois, je m'en donne à pleurs joie. Quand Alain et Robert arrivent en fin d'après-midi, je me sens vidée, mais en paix. Mon bras est posé sur un coussin, je ne dois pas le bouger... La peau est tendue comme un tambour et je n'ai pas un pouce de graisse en dessous pour la soutenir, il ne s'agit pas de la faire craquer!

11 mai 1978. J'ai vu Zola hier soir à la télévision. Je devrais dire : j'ai vu Topart hier soir. Je suis troublée comme toujours quand quelqu'un se dépasse, je me demande comment il fait pour être Zola à ce point-là?

Je le lui dis au téléphone, il me répond que Lorenzi l'a si bien « cueilli », si bien aimé qu'il n'a eu qu'à se laisser aller. Il est modeste, ce Jean. Nous égrenons quelques souvenirs, quelques rencontres professionnelles, le passé de nos dix-huit ans.

« C'est la vie, dit-il, qui fait qu'on devient vraiment plein et vivant vers la cinquantaine, Micheline, tu le sais bien. »

La vie, les joies... la souffrance aussi. C'est curieux, quoi qu'on fasse, ce sont les images de jeunesse qui surgissent les premières. Je le vois, jeune tragédien, arriver au cours Escande, tenant par la main sa petite sœur Lise, sa petite sœur morte aux environs de vingt ans dans un accident d'avion.

« Et nul ne se connaît tant qu'il n'a pas souffert. »

Est-ce que je souffre, moi, ce dimanche de 14 juillet 1975 sur mon petit lit bleu, par une chaleur intenable, dans la clinique où on vient de m'enlever mon cache-cœur?

Physiquement, oui... Assez pénible, mais pas plus qu'après n'importe quelle opération, je suppose. Je n'ai pas le privilège de la souffrance.

A travers les fenêtres entrouvertes me parviennent les musiques du défilé militaire diffusées par toutes les télévisions du quartier. Drôle de 14-Juillet! J'ai chaud, je suis gênée par les tuyaux, les drains, le goutte-à-goutte. Je ne peux pas dormir sur le côté, c'est ce qui me prive le plus. J'ai mal...

Mon mari téléphone :

« Commande mon déjeuner, je viens casser la croûte avec toi, mais avant, je passe au marché aux puces.

— Tu as un achat à faire, mon chéri?

— Ben, oui.

— Lequel?

— Je vais voir si je trouve un nichon. »

Ça y est, je sens qu'on va pouvoir en rire!

On va beaucoup rire dans cette chambre, d'ailleurs, à la minute où les visites vont être autorisées. D'abord, je vais être entourée de fleurs comme pour une générale — ou un enterrement, mais alors pardon, de première classe, celui-là! Et les cartes qui les accompagnent, une affiche à faire pâlir d'envie Jean-Michel Rouzières, une distribution impayable dont tous les atouts sont des cœurs!

Ne parlons pas de Brialy qui vient presque chaque jour malgré sa répugnance pour les blouses blanches et les vapeurs d'éther. Il est accompagné de mon fils de théâtre, Plantu, porteur de foie gras, de vin de Bordeaux... et même de vaisselle parce qu'un soir, Jean-Claude, m'ayant vu dîner, a trouvé l'assiette et le verre de la clinique démoralisants.

« Je t'ai porté aussi du radis noir; comme ça, tu auras l'impression d'être à l'entracte du dimanche soir à Marigny. Et, dès que tu es sur pied, tu viens à Monthyon te reposer... tu seras au calme. »

Je souris, je me laisse dorloter, prendre en charge, aimer...

« Ma chérie, quelle histoire! »

C'est Jean-Pierre Grédy qui arrive, poussant la porte, les bras chargés de livres et d'une liseuse d'organdi. Il est furieux, rage, peste contre le destin.

Annie Ducaux l'a précédé de quelques minutes avec des fleurs jusqu'au-dessus de la tête et des exclamations admiratives :

« Vraiment, on se demande ce qu'il te faut pour avoir mauvaise mine... Tu es superbe, ma Miche ! »

Annie, toujours présente dans les moments difficiles de ma vie, s'efforce de peindre de couleurs claires le moindre des drames.

Chacun réagit à sa manière personnelle, mais que ce soit révolte ou sourire, le manège de l'amitié fait son office et tourne autour de mon lit.

Voilà Casile, la blonde, la nette, la fausse froide, la vraie tendre; Denise Gence, la fidèle, l'amie de vingt années de Comédie-Française que je retrouve avec douce amertume et qui efface des yeux nos froideurs oubliées.

Et celui-là, mon Jacques, mon Charon, les yeux embués, son bouquet de roses orangées à la main. Il a un sourire triste au coin des lèvres. Dans trois mois, c'est lui qui sera sous terre... et moi vivante encore.

Triste manège, manège de mort... C'est toi, c'est moi, hé non, ce n'est pas lui ! Cache-cache inexpliqué des autos tamponneuses de nos corps « désâmés »... Oh ! Jacques, je voudrais pouvoir encore me serrer sur ton gros ventre rassurant, tu me manques !

Mon Arlequin-Scapin, mon ami Robert Hirsch, m'appelle deux fois; lui, c'est en m'injuriant qu'il masque son émotion :

« Pauvre idiote tu n'en fais jamais d'autres ? Non mais, a-t-on idée ? Quelle gourde, figure d'abrutie, il n'y a que toi pour empoisonner le monde comme ça ! »

J'écoute cette gerbe de tendresse qu'il déverse pour moi sous forme d'insultes à travers l'appareil. Je sais qu'il ne viendra pas me voir... trop pénible pour nos souvenirs de presque enfance ! Il refuse de s'attendrir. La prochaine fois que nous nous téléphonerons, ce sera ce matin horrible du 15 octobre qui nous a enlevé Jacques...

Après quelques jours, le Dr Hourtoulle décide de dégrafer mon corsage de peau. On me porte en haut dans une petite salle claire sous la grosse lumière. J'ouvre les yeux et je vois les reflets d'acier d'une chaîne oblique qui barre mon demi-buste plat. On dirait une illustration de quelque épisode maso du marquis de Sade. Au fur et à mesure que tombe avec un petit bruit métallique chaque agrafe dans le plat tenu par Claudine, l'infirmière, je vois apparaître la cicatrice, spectacle peu réconfortant, mais que je juge nécessaire.

« Regardez-la, comme elle est courageuse, dit le chirurgien à ses assistants, elle est spectatrice. »

Courageuse... courageuse... la tête me tourne tout de même un peu, je me sens bizarre et, bien sûr, je tombe dans les pommes.

On me glisse un liquide chaud et noir entre les lèvres, je reviens à moi écœurée.

« Docteur, il est dégueulasse, votre café! »

Tout le monde rit, le pansement est fait, je me sens moins tiraillée. On me redescend dans ma chambre. Quel bonheur! Je retrouve mon lit bleu d'azur, la douce Mme Villepeau qui m'assiste et fait trois heures de trajet par jour pour venir au secours des souffrants. Elle admire mes fleurs.

« Comme on vous aime », dit-elle.

Je retrouve aussi maman et Nadine venues me voir ce jour-là. Nadine trouve que Marianne a l'air fatigué.

« Vous pensez, s'écrie celle-ci, deux opérations en trois jours, je n'en peux plus... Dès que je serai en bonne santé, j'irai voir le médecin! »

Je retrouve aussi Voltaire et les roses de Monthyon que Jean-Claude a déposées à mon chevet. Elles sont émouvantes, les roses de Monthyon : ce ne sont pas des roses sophistiquées, cultivées en serre, mais de simples fleurs de jardin. De tous les tons de rouge, du pourpre au grenat, du sang profond au velouté d'Opéra, elles font valoir la pâleur des roses thé ourlées d'incarnat, la clarté des roses d'aurore fragiles, et la transparence des fleurs laiteuses juponnées de linon blanc qui s'ouvrent jusqu'au cœur, indécentes, laissant apercevoir des éclairs de chair troublée.

Ces merveilles palpitantes, je les saisis, j'y plonge mon visage, j'aspire leur parfum de framboise, mes joues épousent leurs vies satinées... Elles m'arrachent à la mauvaise rencontre que j'aurais peut-être faite si la bonne rencontre avec le Dr Hourtoulle ne m'avait heureusement arrêtée sur le chemin noir de la dernière descente.

Il est heureux, le héros chirurgien, celui dont le visage a éclaté un jour de guerre en Indochine et qui a découvert sa vraie mission de médecin en se portant au secours de son camarade tombé dans les marécages.

Il est heureux aujourd'hui en arrivant à mon chevet, le sauveteur :

« Nous avons reçu les analyses, dit-il, pas d'adhérence, en principe, c'est nettoyé, vous êtes guérie à 95 p. 100.

— 95 p. 100, que vous êtes restrictif, docteur ! »

Il rit. Un temps.

« Le radiologue viendra vous voir demain, il faudra faire quelques séances de rayons. »

Je me rembrunis. Des rayons? pourquoi? Il m'explique : Si le cancer peut avoir maintenant un refuge, c'est au centre de votre féminité. Cette féminité doit être stoppée artificiellement, alors on dessèche tout, et on est tranquille...

Tranquille? Façon de parler. Après ce traitement, je suis, à cette heure encore, plus perturbée que la plus perturbée des femmes, puisque cet arrêt forcé a des conséquences qu'on ne peut pas corriger : pas d'hormones, pas de médicaments qui pourraient me soulager mais qui risqueraient d'amener une résurgence du cancer. Alors? je supporte les vertiges, les rages, les désespoirs, les excès d'énervement, le manque de sommeil et les bouffées de chaleur suivies de grelottements.

« Pauvre maman, dit Marie, tu as toujours tes étés et tes hivers ! »

Naturellement, je suis chamboulée, mais, mon Dieu, je suis vivante, ça vaut bien quelques secousses ! Je comprends tout à fait maintenant la signification du titre de Françoise Prévost : *Ma vie en plus*. C'est justement une vie supplémentaire qu'on m'a donnée en m'enlevant une partie de moi-même. On m'a fait cadeau d'une seconde naissance. Tout ce qui va m'arriver maintenant sera du supplément, du superflu, du luxe. Vivre deviendra un luxe à partir de la minute où je quitterai la clinique.

J'ai hâte de sortir de cette clinique. Si le lecteur le permet, je vais précipiter, comme une caméra accélère, le cours de ces moments qui s'installent un peu trop à mon gré dans une morose délectation.

Ambulance... maison... retour... mon lit, le jardin... ma Nadine qui s'occupe de moi, m'entoure, me gâte, me lave.

Grâce à ce coup imprévu, je goûte les remontées à la surface d'amitiés qui se manifestent après de longs silences, celle de Francine Dux que je retrouve avec émotion. Nos enfants jouaient ensemble au parc Monceau autrefois. Fanny, sa fille, est au Français, Alain, mon fils... je ne sais trop où il est. Avant qu'il ne parte dans le Midi quand il m'a sentie un peu mieux, je l'ai remercié.

« C'est moi, maman, qui te remercie d'avoir guéri », m'a-t-il répondu.

« Avec une phrase pareille, pas besoin de somnifère, claironne Arletty au bout du fil, vous pouvez dormir tranquille ! »

Je les vois encore, les fleurs affectueuses de Paul Meurisse, celles de Françoise Christophe, celles de mes amies de l'Opéra, Jacqueline Moreau et Claude Naud, bons petits nègres d'autrefois, et celles de Claude Brûlé, et celles de mon ami, le Dr Fourcade, qui ne m'a pas opéré, mais vient me voir tout de même, et les livres d'Alain Feydeau. Je lis... je lis...

« Écris, Micheline, fais un livre toi aussi », dit Feydeau.

Il est vrai que si la main du cœur est immobilisée, j'ai celle du stylo qui peut marcher... je jette des notes à tout hasard.

Je reçois des lettres et des lettres, et tous les deux jours, les bons coups de fil de l'ami Toni qui appelle de la baie des Canoubiers, et celui, très ému, de Jacqueline Maillan du fond de Saint-Tropez, ceux de Sempé, de Jean Meyer, de Catherine Samie.

Un petit mot de Jean-Jacques Bricaire, administrateur de Marigny, m'amuse : « Il faut encore que tu te seingularises ! » Les jeux de mots ne manqueront pas... du cancer-tôt en sein mineur au cancer sein phonique, j'en arrive à une Célimène tronquée à qui Alceste dirait : « Me désavouerez-vous pour n'avoir point de sein? » Il faut bien rire... Entre deux visites, je m'exerce, je m'oblige à ne rien prendre au sérieux. Mes visiteurs m'assistent dans cet effort.

Ils me réconfortent, les amis de l'Opéra, du Français, du Boulevard. Je voyage avec eux dans le passé, en éclairant parfois quelque coin particulier, ainsi que fait la baladeuse qu'on installe sur le plateau pour la nuit et qui, selon l'endroit où elle est posée, reflète tel décor, tel accessoire, tel morceau de rideau.

Tout en restant comme elle fidèle à mon poste, je me suis pourtant baladée dans le monde, laissant ma veilleuse sans cesse allumée, tentant de m'éclairer moi-même dans l'obscurité de l'existence. Elle est en moi, la lampe de ténèbres... Quelquefois elle n'a plus de halo, elle semble s'éteindre d'incompréhension et pfffuit, il lui en faut peu pour luire à nouveau, gourmande de watts et de volts, toute contente d'être le flambeau de mon théâtrâme!

La littérature, le théâtre, sont de première utilité pour qui n'a pas la tête assez riche : on peut y puiser par l'entremise de la tête des auteurs de quoi nourrir la sienne. C'est ce que je fais. En ouvrant un livre, je trouve toujours une pâture propre à me rassurer ou à résoudre mes problèmes du moment. Chacun, pour s'en sortir, fait ce qu'il peut. J'accepte donc le coup du destin avec l'aide de Voltaire qui me murmure : « Il n'y a point de hasard, il n'y a que des épreuves, des punitions, des récompenses et des prévoyances. » Il me panse l'esprit, mon philosophe, il me cautérise le cœur à l'heure où, quand l'ombre devient plus intense, les blessures se rouvrent, les peines se ravivent.

Épreuve... récompense... celle-ci suivra de peu celle-là, grâce à un court voyage professionnel que Robert doit faire à Londres où je l'accompagnerai sur sa demande. Ces vingt-quatre heures feront plus pour ma convalescence que les deux mois de repos d'après l'opération. Chaque minute de ce séjour sera goûtée en commun dans sa plénitude à la sortie du tunnel de l'interrogation.

Dans ses moindres détails, sans un seul accroc, la journée se déroulera avec une de ces perfections qui étonnent toujours lorsque, par exemple, le taxi arrive à point nommé, qu'on trouve de la place au restaurant, que le temps se met de la partie...

Londres vibre dans le soleil qui dore les feuilles cuivrées de Hyde Park. La lumière d'automne nous enlace. Nos bagages déposés à l'hôtel *Grosvenor*... Tiens! justement celui où j'étais descendue avec le Français la dernière fois que je suis venue, je remets les pieds dans les pas de naguère : le magasin d'herboristerie sur une place où lui font face en vitrine les Roll's nouveau modèle. J'appuie mes forces encore faibles au bras de Robert, il prend soin de ma fatigue, attentif à une défaillance possible. Pour un peu, je me réjouirais de cet incident de parcours qui me procure aujourd'hui ma première lune de miel. C'est vrai, ma résurrection ressemble à un voyage de noces. Le destin, décidément, ne cesse de m'étonner. Est-ce ici récompense ou prévoyance ? Je ne sais. D'ailleurs je n'ai pas le temps de me poser la question. Nous arrivons, après une promenade, dans le quartier des maisons victoriennes dont l'architecture ravit Robert, jusqu'au restaurant de poissons : une envie que nous ne songeons pas à nous refuser.

On nous y présente une carte où les soles larges comme des éventails peuvent être accommodées au choix de dix-huit façons différentes; je choisis la plus simple, Robert la plus riche, et en attendant leur venue nous buvons l'apéritif qui est toujours pour nous fête et complicité : notre Pimm's. On nous sert au bar. Le garçon ressemble à un Anglais de la Loire, il sort pour nous son vocabulaire français et un petit vin blanc frais qui pétille. Nous accompagnons notre sole de pain bis déjà beurré tenu au frais dans des serviettes légèrement humides.

Il me semble que notre joie se lit sur nos visages; les voisins de tabouret nous parlent; notre « petit nègre » anglais fait merveille, le vin nous ôte nos complexes... Un excellent café, et nous voilà partis tous deux à la Tate Gallery où notre préféré nous attend : nous nous donnons du Turner à en perdre le souffle. A croire, là aussi, que cette rétrospective du grand peintre était tout exprès prévue pour nous. « Il n'y a que des prévoyances »...

Ensuite, un petit tour à Burlington Arcade pour ne pas repartir d'Angleterre sans un cachemire – le plus beau sera pour moi; chez Fortnum and Mason pour acheter du thé Earl Grey et Lapsang Souchong... puis un peu de repos à l'hôtel... La soirée au théâtre est divertissante, Robert prend ses repères pour le décor qu'il devra construire à Paris, et nous finirons la soirée dans un endroit dont nous avons souvent parlé ensemble, qui possède une chaîne dans bien des pays : le *Trader Vicks*. L'Indonésie nous comble de petits plats salés-sucrés, de sauce au curry, d'étranges salades, de boulettes de viande épicées. Un grand verre plein de glace pilée et d'une boisson appelée Scorpion, à base de rhum, accompagne notre régal. Un gardénia parfumé y flotte, plus enivrant que le liquide glacé.

Nous rentrons à l'hôtel à pied dans la nuit londonienne, continuant notre conversation qui s'estompe. Parallèles, nos pensées cheminent ensemble... Nous refaisons mentalement la route des jours sombres à peine écoulés. Nous nous réjouissons avec une prudence tacite des « encore » redevenus possibles.

L'avion du lendemain nous ramène au jardin de Miromesnil, à notre maison où Marie attend, protégée par Nadine. Nous sommes accueillis par le bruit des baisers sonores et par le parfum continu de la maison, feu de bois, fleurs sèches du pot-pourri. La table est mise sur la terrasse, il fait beau, c'est la fin de l'été. Au fond, les accidents physiques, c'est de la rigolade : on se bat avec des armes nettes, il suffit d'un peu de volonté et d'appétit de la vie. D'autres épreuves appelées bien à tort morales sont infiniment plus redoutables pour la femme pélican. Sa seule consolation elle la trouvera dans la contemplation du fruit de ses entrailles.

Quand tout dort dans la maison, quand je sors des bravos d'un public heureux ou de la déception d'un public sans enthousiasme, j'entre, silencieuse, dans la chambre de Marie... Je retiens mon souffle devant le lit rose, je me penche doucement, je pose dans le cou tendre un baiser d'oiseau, je respire son odeur de petite fille tiède : le diablotin du jour est devenu angelot, sa bouche est à peine entrouverte, la main posée près de la tête sur l'oreiller est abandonnée, la respiration est régulière.

C'est là que tient mon espérance paisible, ma foi en demain, ma vraie raison de soutenir une volonté souvent prête à défaillir; c'est pour elle que je donne un vigoureux coup de pied pour remonter à la surface quand il m'arrive de toucher le fond vaseux du dégoût. C'est pour elle aussi que je me force bien souvent à « paraître », comme l'autre Marie, celle qui m'a appris l'énergie et qui est morte d'en avoir eu trop.

A reculons, en retenant le plus longtemps possible la vision de ma chérie, je quitte la chambre, je referme la porte... J'endosse moralement la robe noire, les faux bijoux, je me maquille à l'intérieur et j'entre, brillante, sur une scène fictive.

17

A l'automne qui suivra l'intervention, je connaîtrai sur une scène réelle la belle ovation d'*Acapulco Madame,* avec sans doute la presse la plus brillante de ma carrière et le plus attachant de mes personnages modernes. Merci Yves Gasc.

Il y eut à la Michodière une représentation peu banale. On nous avait annoncé une grève d'électricité dans la soirée, mais, ne sachant si elle aurait vraiment lieu ni à quelle heure, la direction décida de lever le rideau.

C'était trois jours avant la dernière. La salle était pleine. Tout alla normalement jusqu'à l'entracte; au moment de jouer la seconde partie, obscurité complète. Seul le « secours » de la salle dispensait sa triste lumière sur les spectateurs. Nous demandons à ceux-ci de patienter un moment, dans l'espoir d'une remise en route d'E.D.F.

Les spectateurs patientent un quart d'heure... une demi-heure... trois quarts d'heure. Je les trouve si coopératifs que je n'y tiens plus.

« Mes enfants, dis-je à mes camarades, on ne peut pas les abandonner dans cette pénombre, je vais leur dire des fables de La Fontaine. »

Je me présente devant le rideau, munie de ma *Jeune Veuve,* de ma *Laitière et de son pot au lait,* de ma « Cigale » et de ma « Fourmi ». Tout le monde a l'air content. Dans la foulée j'épuise mon répertoire. Musset, Marie Noël, Verlaine... La lumière cependant manquant toujours, je suis obligée de leur annoncer que je n'ai plus rien à leur dire.

Alors une voix s'élève dans le fond de la salle :

« Jouez sans lumière!
– Oui, oui! »

Toute l'assistance fait chorus! J'explique que le rideau est électrique.

« On vous aidera à le relever à la main », dit un monsieur au second rang.

C'est clair, ils ne veulent pas s'en aller. Une dame se lève :

« Racontez-nous au moins si vous partez pour Acapulco à la fin de la pièce. Nous, les femmes, nous avons besoin de savoir! »

Mon étonnement est grand. La comédie jouée est donc à ce point prise au sérieux? Je repasse derrière le rideau pour demander ce qu'on peut faire. Gérard, notre chef électricien, est déjà parti. En deux coups d'interrupteur, il ramène une sorte de projecteur qui tient du phare de voiture et de la lampe à bronzer et, la branchant sur je ne sais quelle force secrète, la dirige sur les comédiens, Philippe Nicaud en tête.

Nous jouerons dans cet éclairage de fortune; de toute petite fortune, car la moitié de nos visages est sombre et l'autre blafarde. C'est à peine si nous voyons les yeux de nos partenaires. Nous dansons sur une musique imaginaire, mais le public écoute, rit, applaudit, et nous prouve ce soir-là que le théâtre n'a besoin que d'une bonne histoire à raconter et se passe des artifices souvent superflus de bien des metteurs en scène qui sans leurs spots ne seraient peut-être pas des lumières.

Juin 1978. J'ai tiré le fil de cette histoire jusqu'à la bobine, la mienne bien entendu, et je vais en faire une drôle si ce bouquin voit le jour. Je me sens vaguement soulagée d'en avoir fini avec le passé et surprise d'être allée jusqu'au bout. Ce qui m'intrigue un peu maintenant, c'est l'avenir... Ne suis-je pas nouvellement née pour tous les metteurs en scène, tous les auteurs que j'attends et qui me donneront peut-être un avenir transformé? On peut bien rêver. Rêver par exemple à cette pièce imaginée par Yves Saint Laurent pour Madeleine Renaud et moi... Un sujet qu'il m'a raconté un soir au *Cintra* en dînant. Jouer avec mon modèle une trentaine d'années après *Le Chandelier,* quel cadeau ce serait! Je l'ai supplié d'y travailler, son idée est étonnante. Nous en avons parlé longuement. A la fin du dîner, il était si candide dans son enthousiasme que j'avais envie de le prendre dans mes bras. Yves, génie fragile, petit garçon qui sait tout d'instinct : écriture, dessin, chiffon. Jeune Byron, archange de la couture, accroché à la terre dont il rêve sans cesse de s'envoler.

« Je ne peux pas, dit-il avec humour, il faut que je fasse des serviettes de bain, des chaussures, des maillots ! »

Il est un peu triste que son *Aigle à deux têtes* n'ait pas eu le succès qu'il espérait.

« J'ai compris, me souffle-t-il, on donne dans le misérabilisme, on travaille dans la cretonne et la toile de jute, je vais remiser mes vieilles traînes royales. »

Peut-être, grâce à lui ou à un autre, existerai-je dans quelques semaines sur une scène réelle où tout sera faux, c'est-à-dire tellement bien imité qu'on croira que tout est vrai.

Ce sera le jour inquiétant de la première répétition. J'arriverai sur le plateau vide dont on retirera la baladeuse. Le metteur en scène demandera le silence. Face à mes nouveaux partenaires, j'aurai le texte à la main qui tremblera un peu dans la crudité de la lumière mendiée, dans la peur du premier mot à lire... dans le désir de repartir pour l'exploration de ce nouveau personnage.

Pas une seconde je ne penserai que je suis une actrice, je ne m'en souviendrai que le terrible soir de la générale quand tombera le couperet du rideau. A ce moment-là seulement, je retrouverai ma tête ! J'aurai réintégré la p'tite Boudet dans sa carapace civile, la p'tite Boudet en mansarde avec sa maman, la p'tite Boudet en chaussons, les pieds meurtris, la p'tite Boudet, dite Boul'Miche, en négrillon amoureuse du dieu Lifar.

La p'tite Boudet pleurant de joie à son premier prix, jambes mal peintes et robe prêtée, la p'tite Boudet qui souffre d'être laide, la « p'tite Boudet » appelée ainsi par le fameux critique du Monde, Robert Kemp, et par ses camarades ; la p'tite Boudet, Comédienne-Française, pensionnaire, sociétaire, part entière, démissionnaire, honoraire !

La p'tite Boudet deux fois mère, la p'tite Boudet devenue la petite à Petit... Dix ans d'Opéra, vingt-cinq ans de Français, six ans de liberté. La p'tite Boudet, un demi-siècle de fraîcheur.

Bon ! La Boudet trouve que ça va bien comme ça, qu'elle n'a que trop exposé sa petite personne, étalé ses états d'âme, son théâtre personnel et celui des autres, sa vie d'artiste et celle de femme.

La p'tite Boudet éteint sa baladeuse, la p'tite Boudet vous dit bonsoir !

Illustrations

1. Paul et Virginie. *Photo Wilh. Berger.*

2. Entrée... en vie de la « p'tite Boudet ». *Photo Jean Rio.*

3. Ah ! c'qu'on s'aimait ! c'qu'on s'aimait toutes les deux ! Maman et Micheline : années trente.

4. Mon premier rôle de composition.

5. Des danseuses... Trois hommes, un négrillon.
Les hommes, de gauche à droite :
Serge Lifar (en béret basque), Paul Morand,
J.-B. Lévy, metteur en scène,
pendant le tournage de *La Mort du cygne*. Le négrillon, c'est moi !

6. Ce rôle de danseuse décidera de mon futur métier d'actrice. France Ellis, Mady Berry, *La Mort du cygne. Photo Limot.*

7. Le ballet des poupées. En tutu, Denise Bourgeois, Jacqueline Moreau, danseuses étoiles chez Cuevas, Claude Naud, Jacqueline Queffélec. Debout, Jean Guelis, Christiane Vaussard. Sur les hauteurs, Zizi Jeanmaire. A genoux et sans tutu, votre servante. *Photo Gaston et Lucien Manvel.*

8. Date historique : 28 juin 1945, le premier prix de Conservatoire. De gauche à droite : ma tante Marthe, maman, notre ami Achille Warembourg.

9. La débutante officielle : un trac fou ! Lisette, *Le Jeu de l'amour et du hasard. Photo Lipnitzki.*

10. *L'Homme au chapeau rond,* le premier film pour Micheline, le dernier, hélas! pour Raimu, avec Aimé Clariond.

11. En sortant du cours Escande avec le « maître ». Le petit jeune homme timide, c'est Michel Bouquet.

12/13. Deux Silvia, un seul cœur pour mes deux Arlequins : Jacques Charon « poli par l'amour »; Robert Hirsch « double inconstant ». *Photo Lipnitzki, photo M. Bernand.*

14. Café de La Régence, après le spectacle. De quoi parlons-nous? De théâtre sans doute. Jacques est sérieux. Le regard des deux complices, plutôt malicieux : Hirsch-Boudet. *Photo André Lefebvre / Paris-Match.*

15. Quand le séduisant loup s'apprête à croquer la petite chèvre, dans une pièce appelée *La Brebis,* d'Edmond Sée. Julien Bertheau. *Photo Bernand.*

16. Rideau de fer et rideau de velours ou « Le Français à Moscou ». Dans les rues avec André Falcon.

17. Toinette avec le cher Loulou dans Argan. *Photo Lipnitzki.*

18. Aux studios de Hollywood, avec Kirk Douglas. De gauche à droite : Chamarat, Denise Gence, Micheline Boudet, Robert Manuel, Jacques Eyser, Dhéran; derrière : Alain Feydeau, Louis Seigner, J.-L. Cochet. *Photo Universal Pictures Co.*

19. Première à New York. Souper au Waldorf Astoria. Mon amie Marie et Pierre Descaves, administrateur. *Photo Reputable Service Co.*

20. Avec mon fils Alain à l'époque où il disait : « Près de toi, ça sent bon le théâtre. » *Photo Ronald Falloon.*

21. Madame la sociétaire à part entière dans sa loge à la Comédie-Française. *Photo Alain Canu.*

22. Où la brune soubrette se métamorphose en diva de blondeur et d'aigrette : *Le Fil à la patte. Photo Jacques Pourchot.*

23. Le grand emploi. J'ai rejoint mon modèle Madeleine Renaud, Araminte. *Les Fausses Confidences :* Jean Piat, Jacques Toja. *Photo Archives Lipnitzki.*

24. La « baladeuse » arrive à Orly, accueillie par Robert Petit, l'homme qui lui construit une si douce vie. *Photo Jacques Pourchot.*

25/26. *Le Mariage de Figaro.* Chérubin et Martinelli. Dix ans plus tard, Chérubin devient Suzanne, Descrières remplace Martinelli, mais le costume d'Almaviva ne change pas : « Économie, économie, Horatio. » *Photo Serge Beauvarlet, photo Roger-Viollet.*

27. Mon rôle préféré : la tendre Hortense dans la robe de la Pompadour. *Le Prince travesti,* avec Geneviève Casile. *Photo Bernand.*

28. L'ultime triomphe avant le départ : *Mais n'te promène donc pas toute nue,* avec Alain Feydeau et Jacques Charon, « mon Jacques Etal ».

29. Nous fêtons la 300e d'*Acapulco.* Arletty et Jean-Claude Brialy nous font l'amitié d'être présents. *Photo Pierre de Macon.*

30. *Fleur de cactus* en tournée à Nice. Robert me rejoint pour le déjeuner de l'amitié avec les Sempé, Jean-Jacques et Mette.

31. Dans le film de Cayatte *Il n'y a pas de fumée sans feu,* le rôle est court mais la Rolls est longue!

32. Naissance de Marie. La mère et l'enfant se portent bien, merci.

33. *Acapulco Madame.* A moi l'avenir! Merci, Yves Jamiaque. *Photo François Darras.*

*La composition
et l'impression de ce livre ont été effectuées
par l'Imprimerie Floch à Mayenne
pour les Éditions Albin Michel*

AM

*Achevé d'imprimer le 5 février 1979
N° d'édition 6443. N° d'impression 16655
Dépôt légal : 1er trimestre 1979*

Imprimé en France